Rebecca Maly

Die Waterperry Girls – Blütenträume



PIPER

Zu diesem Buch

»In diesem Moment trat ein Mann durch die Tür. ›Den kenne ich!‹, flüsterte Tilda überrascht und straffte zugleich die Schultern.

›Guten Morgen, Ladys‹, sagte er. Ihr unfreiwilliger und unfreundlicher Helfer von der Flower Show am Blenheim Palace, wo sie ihr Stipendium gewonnen hatte.

›Mein Name ist Bennet Morris, und das Schicksal will es, dass ich Ihnen die Grundlagen der Botanik näherbringe.‹

Tilda hatte den Eindruck, dass er die Berufung nach Waterperry als Demütigung empfand. Sie nahm sich vor, diesem aufgeblasenen Kerl zu beweisen, dass Frauen genauso gute Arbeit leisten konnten wie Männer.

›Ah, Miss Allers, so sieht man sich wieder. Sie haben es also wirklich geschafft‹, sagte er plötzlich.

Hinter ihr begann Millie, mit ihrer Nachbarin zu tuscheln. Tilda hatte nicht vergessen, wie die älteren Schülerinnen den gutaussehenden Vagabunden angesehen und über ihn geredet hatten. Hoffentlich dachte nun niemand etwas Falsches.«

*Rebecca Maly*, geboren 1978, arbeitete zunächst als Archäologin. Bevor die passionierte Gärtnerin sich ganz der Schriftstellerei widmete, war sie in Köln und Los Angeles beim Film tätig. Bei Piper erschien zuletzt ihre erfolgreiche Reihe »Die Krankenschwester von St. Pauli«.

Rebecca Maly

# DIE WATERPERRY GIRLS

## Blütenträume

Roman

PIPER

*Mehr über unsere Autorinnen, Autoren und Bücher:*
*www.piper.de*

Wenn Ihnen dieser Roman gefallen hat, schreiben Sie uns unter Nennung des Titels »Die Waterperry Girls – Blütenträume« an *empfehlungen@piper.de*, und wir empfehlen Ihnen gerne vergleichbare Bücher.

Von Rebecca Maly liegen im Piper Verlag vor:
Die Krankenschwester von St. Pauli – Tage des Schicksals
(Die St. Pauli-Reihe 1)
Die Krankenschwester von St. Pauli – Wandel der Zeiten
(Die St. Pauli-Reihe 2)
Die Krankenschwester von St. Pauli – Jahre des Aufbruchs
(Die St. Pauli-Reihe 3)

Unser Versprechen für mehr Nachhaltigkeit
• Klimaneutrales Produkt
• FSC®-zertifiziertes Papier
• Hergestellt in Europa

FSC www.fsc.org
MIX
Papier aus verantwortungsvollen Quellen
FSC® C083411

Originalausgabe
ISBN 978-3-492-31831-0
März 2022

Redaktion: Sarah Heidelberger
Umschlaggestaltung und -abbildung: Johannes Wiebel | punchdesign, unter Verwendung von shutterstock.com und Rekha Arcangel/arcangel.com
Satz: Satz für Satz, Wangen im Allgäu
Gesetzt aus der Aldus Nova Pro
Druck und Bindung: CPI books GmbH, Leck
Printed in the EU

# 1

*Nahe Oxford, Oktober 1935*

Nebel zog in dünnen Schleiern über die weichen Hügel von Wheatley und verschmolz in der Ferne mit schweren grauen Wolken. Ein Flickenteppich aus braunen, abgeernteten Feldern und grünen Wiesen erstreckte sich bis zum Horizont, durchbrochen von Hecken und Wällen aufgeschichteter Steine.

Matilda, die von allen nur Tilda genannt wurde, riss sich von dem herbstlichen Anblick los. Sie mochte auch die grauen Tage, ganz besonders jene, an denen es so windig war wie heute. Es sah aus, als wären die Wolken alle auf dem Weg zu einer wichtigen Verabredung, so wie sie sich aneinander vorbeischoben und zu hohen Türmen übereinanderballten.

Tilda schob sich einige Strähnen aus der Stirn, zurück unter das schlichte dunkelgrüne Tuch, das sie sich um den Kopf gebunden hatte. Ihr rotes, lockiges Haar war auffällig, und auffallen wollte sie nicht.

Eigentlich sollte sie gar nicht hier sein. Mit ihrem kleinen Korb über dem Arm tauchte sie in einen Hohlweg, der zwischen verwilderten Hecken hindurchführte. Die Hainbuchen waren über viele Jahrzehnte, vielleicht sogar Jahrhunderte geschnitten worden, was gut an den verdrehten, narbigen Stämmen zu erkennen war. Vor einer Weile hatte jemand diesen Weg und damit auch die Arbeiten daran aufgegeben. Seitdem wuchsen Schösslinge ungebremst in den Himmel, und die noch weichen, biegsamen Zweige bildeten ein luftiges Kuppeldach über dem Weg, auf dem das Gras beinahe hüfthoch stand.

Hier entlangzugehen erschien Tilda stets, als würde sie einen Märchenwald betreten. Am Ende des Pfades wuchsen uralte Eichen und einige Eschen. Ihre Stämme waren tief gefurcht und mit Moos und Flechten überwachsen. Das Gelb des Herbstlaubes leuchtete vor dem dunklen Himmel besonders intensiv und bildete eine dicke, raschelnde Schicht auf dem Boden.

Schnell entdeckte Tilda die ersten Steinpilze, die ihre runden Köpfe aus dem braunen Laub schoben, und konnte ein glückliches Jauchzen nicht unterdrücken. Mit einem kleinen Messerchen putzte sie ihren Fund und verstaute die drei Prachtexemplare im Korb, dann schlich sie weiter.

Sie duckte sich zwischen jungen Bäumen hindurch, die eine lichte Schneise nutzten, wo ein Baumriese gefallen war, und fühlte sich dabei, als wäre sie auf der Pirsch nach weit größerer Beute.

Leise und vorsichtig ging sie, dabei konnten die Pilze Tilda weder hören noch vor ihr flüchten. Es fühlte sich immer ein wenig an wie ein Abenteuer, zumal ihre Mutter eigentlich nicht wollte, dass Tilda allein loszog. Es schickte sich nicht für eine heranwachsende Frau von siebzehn Jahren, und sie befürchtete, dass überall Männer lauerten, die ihrer unbedarften Tochter unter die Röcke wollten.

Doch welcher Mann würde schon in einem gottverlassenen Wäldchen ausharren, in dem nur ein-, zweimal im Jahr ein Frauenzimmer auftauchte? Nein, solche Kerle warteten im Örtchen, wo sie schneller Erfolg hatten.

Tilda kniete sich neben den nächsten Pilz und grub den dicken Stiel vorsichtig aus dem weichen Boden, als sie etwas aufmerken ließ. Über ihr kreischten Eichelhäher einen Warnruf und flogen davon.

Männerstimmen. Schwere Schritte ließen Zweige brechen, herabgefallene Eicheln zerplatzten unter groben Stiefeln. Hunde hechelten, während sie einander windschnell über den nahen Weg jagten.

Tilda hatte die Stimme von Baxter Strands sofort erkannt. Er sprach stets zu laut und zu aufgeregt, als versuchte er, sich in einem Pub Gehör zu verschaffen. Wo er war, da konnte sein jüngerer Bruder Keith nicht weit sein. Die beiden Söhne des Kohlehändlers waren stark wie Stiere und unter den jungen Männern von Wheatley ausnehmend beliebt.

Tilda kannte die beiden schon seit Kindertagen. Früher hatte sie vor der Bande, mit der sie umherzogen, Angst gehabt, mittlerweile waren die Brüder ihr nur noch unangenehm. Vermutlich waren die Strands ebenso wie der Sohn des Bäckers und der Packer Johnny Dix harmlos. Aber Tilda zog es dennoch vor, unbemerkt zu bleiben.

Sobald sie die Hunde gehört hatte, war ihr sofort klar, was die vier an dieses abgelegene Fleckchen trieb. Sie waren auf Karnickeljagd. Zwei der Jungs hatten neben Rucksäcken auch Hacke und Spaten geschultert, und die Strands führten Holzkisten mit sich, in denen sich Frettchen verbargen. Sie würden die kleinen Marder in die Bauten schicken, um die Kaninchen aus den Tunneln zu scheuchen. Die beiden Windhunde würden der flüchtenden Beute nachhetzen, während die Männer sich diejenigen schnappten, die in den Netzen hängen blieben, die sie zuvor zu diesem Zweck aufgestellt hatten.

Ein Vergnügen, dem auf dem Land viele einfache Leute nachgingen. Auch Tildas Vater erzählte noch immer gerne von den sonntäglichen Jagdausflügen, die er als Junge mit seiner Familie unternommen hatte. Vermutlich wünschte er sich dann, dass ihm von seinen sechs Kindern nicht nur ein Mädchen, sondern auch ein Sohn geblieben wäre, mit dem er die Tradition fortsetzen könnte. Seine Tochter mitzunehmen, stand nicht zur Diskussion. Zwar genoss Tilda einige Privilegien, die anderen Mädchen ihres Alters nicht zuteilwurden, doch dabei handelte es sich niemals um Dinge, durch die ihre Familie ins Gerede kommen konnte.

Unweigerlich musste Tilda an die Zeit zurückdenken, als ihre Geschwister noch lebten, auch wenn sie sich kaum daran erinnern konnte. Sie wusste nur noch, dass es in ihrem Haus stets laut und voller Trubel gewesen war. Dann kam 1920 die Spanische Grippe, und im Cottage der Familie Sanders wurde es still. Zuerst verstummte das Lachen der Kleinsten, dann raffte es auch die älteren Brüder und Schwestern dahin. Ausgerechnet die vierjährige Tilda wurde verschont. Nicht einmal einen Schnupfen hatte sie bekommen, während ihre Geschwister dahinwelkten.

Die Eltern hatten es nie verwunden. Auch Tilda wurde hin und wieder von einer Schwermut erfasst, die ihre Gedanken lähmte. Die gemeinsame Trauer hatte die verbliebenen Familienmitglieder zusammengeschweißt. Tilda, ihre Eltern und Grandma Maryann, die ihren Mann wenige Jahre zuvor im Krieg verloren hatte. Sie hielten zusammen, klammerten sich aneinander fest. Die Arbeit in der Gärtnerei war Teil des kleinen Restes Normalität, der ihnen nach dem Schicksalsschlag geblieben war, und sie nahm keine Rücksicht auf menschliche Befindlichkeiten. Pflanzen stellten keine Fragen, Pflanzen sahen nicht mitleidsvoll auf sie herab oder tuschelten hinter vorgehaltenen Händen. Zugleich ließen sie sich nicht ignorieren. Das Wetter und die Jahreszeiten warteten nicht darauf, dass die Trauer der Allers abklang. Es musste gepflanzt, geharkt, Unkraut gejätet, gewässert und vermehrt werden, und das alles zu seiner Zeit. Die Aufgaben zogen die Familie in den Alltag zurück. Wenn Tilda nicht in der Schule war, begleitete sie ihre Eltern stets aufs Feld und in die Gewächshäuser. Sie genoss es, wie viel Zeit die drei Erwachsenen ihr widmeten. Besonders ihr Vater brachte ihr geduldig alles über Pflanzen und die Arbeit mit ihnen bei, was sie wissen wollte. Und das war eine ganze Menge.

Für die Schule zu lernen, bereitete ihr wenig Freude, doch Bücher über Bäume, Sträucher und Blumen konnte sie kaum aus den Händen legen. Am schönsten waren jene mit Fotografien aus fernen Ländern. Dann träumte sie sich weit, weit fort und stellte sich vor, wie es sein würde, durch Urwälder und exotische Gärten zu streifen. Das Beschriebene anzusehen und zu riechen und die unterschiedlichen Strukturen von Blättern und Borke zu ertasten, von denen die Fotos nur eine blasse Ahnung zeigten.

Hinter einem Dickicht von Adlerfarn kauernd, dessen Wedel sich gelb verfärbt hatten und an den Spitzen bereits braun wurden, ließ Tilda die Erinnerungen über sich hinwegschwappen. Früher in der Schule hatten die Mitschülerinnen oft über ihre Eltern geschimpft. Tilda dagegen war nie ein böses Wort über die Lippen gekommen, auch wenn sie die Sorge ihrer Eltern manchmal als einengend empfand.

Ihr wurde kurz die Brust eng, dann atmete sie tief die erdige Waldluft ein, und es wurde besser. Schließlich hörte sie die Strands in der Ferne noch ein letztes Mal auflachen, dann war es still. Sie hatte den Wald wieder für sich.

Auf leisen Sohlen suchte sie all die vertrauten Stellen ab, an denen in den Vorjahren Pilze gewachsen waren, und fand genug, um den ganzen Abend mit Schneiden und Trocknen verbringen zu können.

Als sie schließlich den Rückweg antrat, fühlte sie sich leicht und beschwingt. Was für ein wunderbarer Ausflug, zu dem sie sich davongestohlen hatte. Und wie er sich gelohnt hatte! Ihr Korb war richtig schwer.

Sie lief quer durch den Wald, um etwas weiter hangabwärts auf den Hohlweg zu stoßen. Zwischen den Bäumen konnte sie den Ort Wheatley ausmachen. Eine Ansammlung kleiner Häuschen mit meist grauen Steinfassaden, verwinkelter Straßen und Gassen, nur eine kurze Fahrt von Oxford entfernt.

Aus zahlreichen Schornsteinen stieg der Rauch von Kohleöfen und wurde vom Herbstwind davongezerrt.

Über Tilda rissen Böen die Blätter in Scharen aus den Kronen, rieben Äste aneinander und brachten Stämme zum Knarren. Sie blickte den gelben Blättern nach, wie sie auf eine Viehweide getrieben wurden. Dann erst entdeckte sie die Strands und ihre Freunde.

Es war eine muntere Gesellschaft, die jungen Männer palaverten gut gelaunt. Zu ihren Füßen lag eine ansehnliche Zahl toter Kaninchen, und die Hunde hetzten einem weiteren hinterher, von den Männern mit lauten Rufen angefeuert.

Sie klangen, als hätten sie schon einiges getrunken. Ein unwohles Gefühl setzte sich zwischen Tildas Schultern fest, und sie blieb unbewusst stehen.

Sollte sie dort entlanggehen? Die Strands waren sich nie zu schade, einem Mädchen mit anzüglichen Kommentaren die Schamesröte ins Gesicht zu treiben. Darauf konnte sie getrost verzichten, insbesondere heute. Nein, dieser Tag gehörte ihr, und sie würde ihn sich nicht verderben lassen!

Tilda musste nicht lange überlegen, um zu entscheiden, welche Richtung sie einschlagen würde. Schließlich befand sie sich auf einer Kuppe, die einen weiten Blick bot. Vor ihr im Tal lag Wheatley und eine knappe Meile weiter links die Gärtnerei ihrer Familie. Das Feld hinter dem Cottage war abgeerntet, also musste sie sich nur bis zu dessen Rand durch unwegsames Terrain bewegen und konnte dann quer über das Stoppelfeld gehen. Mit etwaigen Hindernissen wie Hecken und Steinmauern würde sie schon zurechtkommen. In diesem Moment änderte einer der Windhunde die Richtung, der zweite folgte, und ehe sie nur dreimal geblinzelt hatte, sprangen die Hunde kläffend an ihr hoch.

»He, lasst mich, ich bin kein Karnickel!« Sie drückte den Korb schützend an sich, während sie die schlanken Jäger mit der anderen Hand abwehrte. Tilda hatte keine Angst vor den Hunden, sie waren nur ungezogen und freuten sich, einen Menschen zu sehen.

»Na, wen haben Bell und Swift denn da gefangen!«, tönte auch schon Baxter Strands' vom Kohlestaub kratziger Bass durch die Herbstluft. Er ließ einen Pfiff folgen. Die Hunde gehorchten nur unwillig, und schon sah sich Tilda von den vier jungen Männern umringt. Keith Strands schien von allen am meisten getrunken zu haben. Er schwankte und sah sie mit glasigem Blick und feuchten Lippen an.

»Lasst mich«, sagte Tilda leise. Wie so oft wünschte sie, sie wäre Menschen gegenüber, die nicht zu ihrer Familie gehörten, nicht so schüchtern gewesen. Wünschte, sie hätte den jungen Männern mit einem kecken Spruch begegnen oder sie zumindest anfauchen können, dass sie gefälligst verschwinden sollten.

»Wenn das nicht mal die rote Matilda ist.« Baxter zog ihr das Tuch vom Kopf und kreiste mit den Hüften. »Rostiges Dach, feuchter Keller«, stieß er mit einem Stöhnen aus und warf dem jungen Packer das Stoffstück zu. Johnny Dix fühlte sich sichtlich nicht ganz wohl in seiner Haut. Trotzdem war von ihm keine Hilfe zu erwarten, er würde vor seinen Kumpels nicht sein Ansehen für ein Mädchen riskieren, das ihm nichts bedeutete.

Baxter Strands schürzte die Lippen. »Für ein Küsschen bekommst du es wieder.«

Tilda schüttelte den Kopf. »Nein.« Sie wich zurück, doch Baxters Hand schloss sich wie eine Schraubzwinge um ihren Arm. Es war, als würde ihr Körper erstarren, erfrieren, nur ihr Herz pochte noch laut, heiß und irrsinnig schnell.

»Ein Küsschen«, schnurrte Keith, während sein Bruder sie weiter festhielt.

Die Angst wuchs wie eine sich aufbauende Welle. Wurde beinahe übermächtig. *Muss etwas tun, etwas sagen. Sag etwas, Tilda, wehr dich, sag etwas … tu etwas!*, ratterte es in ihrem Kopf. Bevor die Angst sie ganz überwältigen konnte, trat sie zu. Rammte die Spitze ihres kräftigen Stiefels gegen Baxters Schienbein. Der ließ sie mit einem überraschten Aufschrei los, und sie rannte davon. Im selben Moment jagten zwei Kaninchen aus einem Bau gleich vor ihr. Die Hunde setzten hinterher, und Tilda war vergessen. Nur ein, zwei spöttische Bemerkungen verfolgten sie, während die jungen Männer Hunden und Beute hinterherhetzten.

Tilda blieb stehen und sah zurück. Glühende Wellen schwappten durch ihren Körper. Ihr Arm tat weh, wo Baxter sie festgehalten hatte. Ihr hübsches Tuch lag zwischen toten Kaninchen auf der Wiese wie ein Mahnmal.

Es war verloren, ebenso wie der Heimweg, den sie sich zuvor überlegt hatte. Aber es gab noch einen Weg. In der Theorie musste es eine Abkürzung durch den verwilderten Garten der alten Ruine geben. Betreten hatte sie ihn noch nie und das unheimliche Haus gemieden wie alle im Dorf.

Aber was sollte ihr schon ein verfallenes Gebäude antun? Nichts! Bei den jungen Männern aus dem Dorf hingegen war sie nicht mehr so sicher, dass sie eigentlich harmlos waren.

Energisch ausschreitend machte sich Tilda auf den Weg. Das Laub raschelte unter ihren Stiefeln, Sperlinge lärmten in den Hecken, und schon bald waren die lauten Männerstimmen nicht mehr zu hören. Mit jedem Schritt, den sie zwischen sich und die Grobiane brachte, fiel es ihr leichter zu atmen.

Der Wald begann sich merklich zu lichten. Anstelle der Eichen erhob sich bald eine überraschend gerade Linie von Eiben. Als Spross einer Gärtnerfamilie war ihr sofort klar, dass sie nicht zufällig so wuchsen. Sie trat an einen der rostroten Stämme und blickte hinauf. Die Äste waren vor langer

Zeit in Form geschnitten worden. Was sie hier vor sich hatte, war die ehemalige Einfassung eines Grundstücks oder eine Zufahrt. Sie hatte die Ruine gefunden.

Sie mit eigenen Augen zu sehen war etwas ganz anderes, als nur Geschichten darüber zu hören. Angeblich hatte ein Adeliger dieses Anwesen für seine bürgerliche Geliebte erbaut. Die Romanze endete tragisch. Beide starben an einer geheimnisvollen Seuche. Es war eine Schauergeschichte, die man sich in Wheatley an ungemütlichen Wintertagen erzählte. Dann hieß es auch, dass die Geister der Toten noch immer hier herumspukten.

Tilda hielt das für Unsinn, aber ein wenig mulmig war ihr nun doch. Aber die Alternative, Baxter und seinen Kumpanen noch einmal zu begegnen, war indiskutabel.

Vorsichtig schob sie sich zwischen den Eibenstämmen hindurch.

Auf der anderen Seite empfing sie ein Dickicht aus verwilderten Ziersträuchern und Gehölzen, dazwischen junge Eichen und ein Gewirr aus stacheligen Brombeerranken, Ginster und Schlehen. Entschlossen, sich nicht so leicht entmutigen zu lassen, zog sie ihren Rock eng um sich, damit er nicht hängen blieb, und benutzte ihr Pilzkörbchen als Schutzschild.

Vor ihr schlängelte sich ein Tierpfad durch den Wildwuchs. Sie folgte ihm, ohne zu sehen, wohin er überhaupt führte, bis sie mit dem Fuß gegen etwas Hartes stieß. Es war eine zerbrochene Figur, halb unter Efeu verborgen. Einst musste sie das Wasserbassin geziert haben, das nun leer und mit einer dicken Moosschicht bedeckt das Zentrum des Wildwuchses bildete.

Tilda stellte ihren Korb ab und beugte sich vor, um sich den Schnürsenkel neu zu knoten, der sich in einer Dornranke verfangen haben musste. Das Piepsen eines Rotkehlchens ließ sie aufmerken.

Und da entdeckte Tilda sie.

Die schönste Rose, die sie je gesehen hatte.

Wie eine Königin thronte sie zwischen ihren gewöhnlichen Untertanen, zartes Gelb in der Mitte, zu den Rändern in Rosa übergehend, die Blütenblätter teils mit weißen Linien durchsetzt und ungewöhnlich groß.

Der Großteil der Pflanze war kahl, nur einige letzte welke Blätter hingen noch daran. Tilda stieg über einen umgestürzten Baum hinweg und näherte sich wie gebannt. Schnell wurde ihr klar, warum die Rose in einem derart jämmerlichen Zustand war. Der Stamm hatte den Stock an der Basis getroffen und abgeknickt. Es musste vor zwei Tagen passiert sein, als der erste heftige Herbststurm über das Land gezogen war.

Die nach oben gereckte ungewöhnliche Blüte erschien Tilda wie ein verzweifelter Hilferuf. Noch nie hatte sie eine Rose mit solchen hellen Linien auf den Blättern gesehen. Es musste sich um eine Anomalie handeln. Wenn die sich nun vererben ließe! Tilda wurde immer aufgeregter, sogar die scheußliche Begegnung mit den Strands war beinahe vergessen.

»Ich habe dich entdeckt, meine Schöne«, flüsterte sie und roch an der gefüllten Blüte mit der ungewöhnlichen Farbe. Sie duftete süßlich, nach Vanille und Honig und ein wenig wie reife Pfirsiche.

Alle anderen Rosen in dem verwilderten Beet waren von ähnlicher Farbe. Gelb mit Rosé, aber ohne die weißliche Streifenzeichnung.

Tilda sah sich um wie eine Diebin, während sie ihr kleines, scharfes Pilzmesser zückte. Sie war überzeugt, die Pflanze zu retten. Dennoch wusste sie natürlich, was sie ebenfalls tat: Sie stahl. Dieses Anwesen war zwar verlassen, aber es gehörte noch immer jemandem, mitsamt allem, was darauf wuchs.

Aufgeregt und mit klopfendem Herzen schnitt sie nicht

nur die Blüte ab, sondern tief ins Holz. Vorsichtig wickelte sie den Steckling in feuchtes Moos. Die dünne Schicht zwischen Rinde und Holz, wo die Säfte flossen, durfte auf keinen Fall austrocknen.

Tilda verstaute ihren Schatz sorgsam, dann sprang sie auf und eilte los. Hektisch schlug sie sich quer durch den Garten, watete durch ein weiteres, bis auf eine Pfütze leeres Wasserspiel und tauchte auf der anderen Seite durch die Hecke. Jenseits davon ging es schneller voran. Den Rock mit einer Hand fassend, den Korb in der anderen, lief sie los und rannte so lange weiter, bis das Seitenstechen unerträglich wurde.

Schließlich hatte Tilda das Feld hinter der Gärtnerei erreicht. Über den abgeernteten Acker hinweg konnte sie die beiden in die Jahre gekommenen Gewächshäuser, die Beete und die kleine Baumschule erkennen. Ihre Mutter war im eigenen Gemüsegarten beschäftigt, in dem es um diese Jahreszeit viel zu ernten gab. Kohl, Rüben, Kürbisse und späte Kartoffeln. Die roten Bohnen trugen noch immer wie auch die großen grünen Saubohnen. Außerdem warteten noch Birnenquitten und Winteräpfel auf die Ernte.

Tildas Vater ging gebeugt durch seine Baumschule, wo Obst und Ziergehölze in akkuraten Reihen wuchsen. Sie meinte, die Kneifzange in seiner Hand erkennen zu können. Tilda wurde es warm ums Herz, wenn sie ihren Vater in seinem Element sah, ganz in sich versunken und mit sich im Reinen. Er hatte die besondere Gabe, einem jeden Bäumchen anzusehen, welches Potenzial in ihm steckte. Auch wenn er wenig Sinn für Rosen hatte, konnte sie es kaum erwarten, ihm ihren Fund zu präsentieren.

Wieder bei Atem, eilte sie auch das letzte Stück nach Hause. Die Pflanzung betrat sie durch ein kleines Törchen. »Pa!«, rief sie aufgeregt.

Er hielt inne und erwartete sie, in seinen Augen diesen besonderen Blick, der ihr verriet: Sie war sein Schatz, sein

Ein und Alles, das einzige Kind, das ihm geblieben war. Sorge huschte über sein Gesicht, als er ihren etwas derangierten Zustand bemerkte.

»Ist etwas passiert, Tilda?«

Sie schüttelte schnell den Kopf. Von der Begegnung mit den jungen Männern musste sie schweigen, wenn sie nicht alle Ängste der Eltern bestätigen wollte. »Nein und ja. Du glaubst nicht, was ich gefunden habe!«

»Einen Berg Steinpilze, nehme ich an. Wie immer, wenn du dich im Herbst gegen den Willen deiner Mutter in den Wald schleichst.«

»Das auch.« Sie umarmte ihren Vater. Er war ein großer Mann mit kräftigen Schultern und Armen, gezeichnet von einem Leben voller harter Arbeit. Seit einiger Zeit wurde er etwas fülliger, denn sie lebten gut. Sein Haar war einst genauso rot gewesen wie Tildas, doch mittlerweile war es dünner geworden und von Grau durchsetzt. Der Vollbart hingegen wurde mit jedem Jahr üppiger und dunkler.

»Schau nur!« Vorsichtig nahm Tilda die Rose aus ihrem Korb.

Theodor Allers drehte den Steckling prüfend zwischen den Fingern. Zwischen seinen buschigen Augenbrauen erschienen zwei ungleiche, tiefe Falten. »Eine Mutation, nicht ohne Interesse. Wo hast du die geräubert?«

Er hatte sie sofort durchschaut. Tilda errötete bis zu den Ohren, sie konnte die verräterische Hitze spüren. »Im Garten der alten Ruine.« Sie wies hangaufwärts in den Wald.

»Wo es angeblich spukt?«

»Gespenster habe ich keine gesehen. Mich nur vor lauter Pilzen ein wenig verirrt. Über die Rose bin ich fast gestolpert.«

»Nun, dort vermisst sie keiner. Gab es mehr?«

»Nein, nur die eine.«

»Dann lass deine Mutter nicht hören, dass du dich dort

herumgetrieben hast, sonst bekommt sie in der Nacht kein Auge zu.«

Tilda nickte. »Ich gehe nicht mehr hin.«

Der Vater strich ihr kurz über den Rücken, dann wickelte er das Moos von der Rose ab. »Gut geschnitten. Komm, suchen wir dir eine Unterlage für deinen Fund.«

Das spärliche Lob war wie eine Auszeichnung, denn Theodor Allers lobte selten. Sie folgte ihm beinahe andächtig in den Bereich der Gärtnerei, wo sie wilde, robuste Rosen als Veredelungsgrundlage zogen. Tilda stellte ihr Körbchen ab und schritt mit dem Vater schweigend durch die Reihen. Auch die wilden Rosen hatten ihren Charme, und es würde ihr ein wenig in der Seele wehtun, nun eine von ihnen ihres Charakters zu berauben. »Die hier?« Sie wies auf eine vor Gesundheit strotzende Hundsrose, die ihre letzten rosafarbenen Blüten dem Herbsthimmel entgegenreckte.

Der Vater trug ihr den Topf zu einer Werkbank und brachte noch zwei weitere Wildrosen, denn ihr erbeutetes Zweiglein hatte gleich drei Augen, aus denen sich je eine Pflanze veredeln ließ. Tilda arbeitete konzentriert, schnitt in die Stämme der Wildlinge T-förmige Schlitze. Mit einem sehr scharfen Messer trennte sie dann zuerst die Blüte von ihrem Steckling und schnitt anschließend die Augen aus. Aus diesen noch schlafenden Knospen, die in den Blattachsen saßen, würden mit etwas Glück im nächsten Frühjahr neue Pflanzen sprießen. Vorsichtig setzte sie die keilförmigen Stückchen in die vorbereiteten Stämme und verschloss die Wunden mit einer Paste, die der Vater aus Harz, Bienenwachs und Rindertalg herstellte.

Noch immer aufgeregt betrachtete sie ihr Werk.

»Gut gemacht«, brummte der Vater und legte einen Arm um ihre Schultern. »Ich bin stolz auf dich.«

# 2

Sibylla fühlte sich, als würde ihr das Herz entzweigerissen. Wie konnte James Wolfe sie nur fallen lassen, nachdem sie auf dem Tanzfest bei den Inwoods ein derart traumhaftes Paar abgegeben hatten!

Wie naiv sie gewesen war! Hatte an seinen hübschen Lippen gehangen und geglaubt, seine charmanten Komplimente bedeuteten etwas. Und nun schrieb er ihr diesen lächerlichen Brief, dass er sich auf den Landsitz der Familie zurückgezogen habe und die nächsten Monate auch dortbleiben werde. Pah! So etwas konnte sich ein Student gar nicht erlauben, und Sibylla wusste aus sicherer Quelle, dass er noch gestern bei einem Treffen seiner Verbindung gesehen worden war.

Und dabei wäre er eine so gute Partie gewesen! Seine Familie war zwar nicht mehr so reich wie noch Generationen zuvor, aber in seinen Adern floss das blaue Blut, das ihr Tür und Tor in die Aristokratie geöffnet hätte. Sibylla war schon der heimlichen Hoffnung erlegen, demnächst in Ascot große Hüte auszuführen und fortan mit Duchessen und Countessen Tennis zu spielen und sich zum Tee zu treffen.

Ihre eigene Familie war zwar wohlhabend, aber bürgerlich. Ihr Vater besaß eine große Tuchfabrik, die feine Stoffe für Tischwäsche und Gardinen herstellte. Ihre Produkte mochten die Anwesen der Adeligen schmücken, aber die Tür zu deren Welt blieb ihnen dennoch verschlossen. Das

Schlimme war, dass es die Eltern nicht einmal interessierte. Statt nach oben zu streben, machten sie sich in ihrer freien Zeit lieber die Hände schmutzig.

Sibylla würde das nie verstehen.

Mit Tränen in den Augen blickte sie auf den Brief, dem jegliche Finesse der kultivierten Handschrift abging, die sie eigentlich von einem Mann seiner Abstammung erwartet hatte. Was sie da in Händen hielt, sah aus, als hätte James es einfach hingeschmiert. Und doch brachte Sibylla es nicht über sich, das Schreiben zu zerknüllen und fortzuwerfen. Sie war mindestens genauso feige wie James. Er konnte ihr nicht ins Gesicht sagen oder zumindest ehrlich schreiben, dass ihm nichts an einem Wiedersehen lag, und sie …

Sibylla blickte auf das Schriftstück in ihrer Hand. Es zitterte, weil *sie* zitterte. Dabei wollte sie nicht wegen dieses Dummkopfs zittern! Mit zusammengebissenen Zähnen faltete sie den Brief erst einmal, dann noch einmal zusammen. Schließlich ließ sie ihn fallen und trat mit dem harten Absatz ihrer Lederschuhe darauf.

Das tat gut, jetzt war es besser. Sibylla zupfte ein Taschentuch aus ihrem Ärmel und tupfte sich die Augen trocken, dann hob sie das verräterische Schriftstück auf und warf es in das träge flackernde Kaminfeuer.

Eigentlich war das Anwesen mit hübschen gusseisernen Heizkörpern ausgestattet. Doch hier im Teesalon brannte den ganzen Herbst und Winter hindurch ein Feuerchen. In diesem Raum hielt sich die Familie abends häufig gemeinsam auf, wenn der Vater es nicht vorzog, bei seinen Pflanzen zu sein. Er sammelte Orchideen wie schon sein Vater vor ihm. Diese Leidenschaft für die Pflanzenwelt ging so weit, dass er sogar seine einzige Tochter nach der berühmten Naturforscherin Sibylla Merian benannt hatte.

Sibylla betrachtete die üppigen Gemälde an den Wänden, auf denen exotische Landschaften und Blumen, nichts als

Blumen und Bäume abgebildet waren. Vaters Hoffnung, ihr Bruder Benedict oder zumindest sie würde die Familientradition fortführen, erfüllte sich nicht. Benedict war seit jeher ein rastloser Charakter gewesen. Vor drei Jahren hatte es ihn dann gepackt, und er bestieg einen Dampfer nach Amerika. Seitdem hörten sie nur noch sporadisch von ihm.

*Er wird zurückkommen, muss sich nur die Hörner abstoßen und sich sattsehen an der Welt,* wiederholte ihre Mutter gebetsmühlenartig, auch wenn sie damit weder sich selbst noch den Rest der Familie überzeugen konnte. Jemand würde eines Tages die Tuchfabrik übernehmen müssen, wenn der Vater nicht mehr konnte. Doch noch war er ein energiegeladener, kerngesunder Mann von nicht einmal fünfzig Jahren.

Er hatte die Entscheidung seines Sohnes zähneknirschend akzeptiert. Doch was war mit Sibylla? Ihr Weg, so schien es, war vorgezeichnet. Sie würde einen Mann heiraten, der ihren Eltern genehm war, und der Familie keine Schande machen. Mehr wurde nicht verlangt, aber auch nicht weniger. Schule und Privatlehrer hatten dafür gesorgt, dass sie ihren zukünftigen Ehemann nicht langweilen würde und in der Lage war, einen Haushalt mit Personal zu führen. Und dass es ein solcher werden würde, stand außer Zweifel. Denn unter ihrer gesellschaftlichen Stellung zu heiraten, war nicht denkbar – weder für ihre Eltern noch für Sibylla selbst, die sogar weitaus höhere Ambitionen hegte. Mit ihren neunzehn Jahren war sie nun im *richtigen Alter,* aber während ihre Jugendfreundinnen nach und nach Familien gründeten und zwei sogar studierten, ging bei Sibylla nichts voran.

Sie wollte nicht irgendeinen mit einem gut gefüllten Konto und von akzeptablem gesellschaftlichem Stand. Sie wollte mehr! Nicht mehr bürgerlich sein. Einen Titel, und mochte es auch nur ein kleiner sein. Lady genannt zu werden … Dafür lohnte es sich zu warten, oder nicht?

Sibylla warf einen letzten Blick auf den Brief, der mittlerweile zu einem dünnen Aschehäutchen verbrannt war, die Schrift noch immer als zarte Linien sichtbar.

»Miss Healey?« Die krächzende Stimme gehörte zweifellos der Haushälterin. Wie ertappt wandte sich Sibylla zu ihr um.

Housekeeper Gleeson war ein gestandenes Weibsbild von über fünfzig Jahren mit breiten Hüften, üppigem Busen und großen Händen, die von der täglichen Arbeit geformt waren. Auch wenn es im Haus ausreichend Angestellte gab, die ihr unterstellt waren, hielt sie es für ihre Pflicht, möglichst viel selbst zu machen. Sibyllas Erinnerungen an die strenge, aber durchaus liebenswerte Gleeson reichten bis in früheste Kindertage zurück. Das Anwesen Healey House ohne Mrs Gleeson war für sie überhaupt nicht denkbar.

»Hier bin ich!«, rief sie und wandte sich endgültig vom Kamin ab.

Mrs Gleeson wartete im Flur, und in ihr rundliches Gesicht stand deutlich geschrieben, dass ihr etwas nicht passte. »Die Herrschaften wünschen die Miss umgehend zu sprechen«, richtete sie aus.

»Wo sind meine Eltern?«, erkundigte sich Sibylla, auch wenn sie meinte, die Antwort bereits zu kennen.

»Im Gewächshaus. Es scheint wichtig zu sein.«

»Vielen Dank!« Sie rang sich zu einem Lächeln durch. Schließlich war die Gleeson nur die Überbringerin der Nachricht.

In säuerlicher Stimmung zog sich Sibylla einen Mantel über ihr hübsches blaues Kleid, auf dem sich kleine Punkte verteilten. Eigentlich hatte sie sich mit einer Fahrt nach Oxford trösten und dort ein wenig mit einer Freundin flanieren wollen. Nun riefen sie ihre Eltern ausgerechnet in ihr muffiges Gewächshaus.

Zweifellos sah es von außen wunderschön aus: ein glänzender Kuppelbau voller großer Glasflächen. Die verbindenden Metallstreben wiesen an den Knotenpunkten Verzierungen auf, und alle strebten sie einem Zylinder zu, der wie ein Krönchen in der Mitte der Kuppel thronte.

Ein hübscher, gewundener Weg führte auf der Rückseite des Anwesens zum Gewächshaus. Bunte Blätter hatten sich darauf gesammelt, obwohl der Gärtner noch vor wenigen Stunden gefegt hatte. Das Gewächshaus war elektrifiziert – im Gegensatz zum Haupthaus, wo die Lampen noch immer mit Gas betrieben wurden. Warmes goldenes Licht schien heraus.

Sibylla entrang sich ein Seufzer. Warum konnten ihre Eltern nicht normal sein? Der Vater wie andere Männer seines Standes in seiner Freizeit lesen, auf Pferderennen gehen oder Golf spielen, die Mutter sich in Theaterzirkeln mit anderen Damen treffen, Tennis spielen oder sich in einem Verein engagieren?

Sibyllas Freundinnen machten sich schon lustig über sie, auch weil das Gewächshaus mit modernem Luxus ausgestattet war, während das Wohnhaus aus Sibyllas Sicht inzwischen entsetzlich rückständig war. Es gab keinen Strom, die Möbel waren alt und klobig, und die Teppiche hatten auch schon bessere Zeiten gesehen.

Sibylla betrat das Gewächshaus durch eine Tür, die in einen schmalen Korridor führte. Sofort wurde die Luft stickig und der Erdgeruch so intensiv, dass es sie fast ein wenig würgte. Stachelige Palmenblätter ragten bis auf den Weg und hatten ihr schon häufig die Haut zerkratzt oder das Kleid zerrissen, wenn sie unachtsam gewesen war.

Nach dem Korridor folgte eine zweite Tür, danach befand man sich direkt in den Tropen. Die Hitze war beklemmend. Von Gestellen hingen Körbe mit Farnen und Orchideen ohne Zahl, die ihre fleischigen Wurzeln in die Luft reckten wie gieriges Getier, das nach Beute haschte.

Sibylla sah nun vor allem auf den Boden, denn dort huschten kleine, fremdländische Vögel umher. Exotische blau schimmernde Zwergwachteln und winzige bunte Papageien aus Australien. Gehwegplatten waren hier ein seltenes Gut, die schmalen Seitenwege waren vor allem mit Kies oder alten Rindenschnitzen bedeckt.

Ihre Eltern standen gemeinsam an einem langen Tisch. Beide waren angetan mit hellgrauen Kittelschürzen und operierten wie Doktoren mit Skalpellen und Pinzetten an Pflanzen herum. Der Vater, ein gedrungener Mann mit rundlichem, aber keineswegs dickem Gesicht, kaute wie so oft auf dem Stiel seiner Pfeife, die er im Gewächshaus niemals anzündete.

Die Mutter hatte ihr sorgsam frisiertes braunes Haar unter einer Haube geschützt. Sie trug feine Lederhandschuhe, die bis zum Ellenbogen hinaufreichten und natürlich für immer mit Erdflecken und Pflanzensäften verdorben waren.

»Ah, da bist du, Darling«, sagte sie nun und platzierte ein winziges grünes Bröckchen auf einem Stück Baumwollwatte.

»Setz dich doch.« Sie wies auf einen alten, hölzernen Klapptritt, von dem sie etwas Erde wischte.

Sibylla schüttelte den Kopf. Da würde sie sich ganz bestimmt nicht draufsetzen.

»Liebeskummer?«

Sie schüttelte noch heftiger den Kopf. Wie konnte Mutter das nur wieder wittern, da sie doch die meiste Zeit hier bei ihren Pflanzen verbrachte?

»Mr Boyle, bringen Sie meiner Tochter bitte einen Stuhl.«

Erst jetzt nahm Sibylla den jungen Head Gardener wahr, der wie so oft diensteifrig im Schatten gewartet hatte, bis Vater oder Mutter ihm einen Auftrag erteilten. Sicherlich stank es ihm, jetzt für Botengänge herhalten zu müssen. Trotz seiner zurückhaltenden Art kam ihr der hochgewachsene Kerl in seiner grünen Uniform immer ein wenig überheblich vor. Als wäre er stolz darauf, etwas mit ihren Eltern zu teilen, was sie nicht verstand. Auch jetzt bedachte er sie wieder mit diesem durchdringenden Blick aus graublauen Augen, bevor er beinahe lautlos davonhuschte.

»Ihr habt mich herrufen lassen?«, hakte Sibylla nach und hoffte, ihre Eltern würden mit der Sprache herausrücken, bevor dieser blasierte Kerl zurückkehrte. Vater schob seine Pfeife von einem Mundwinkel in den anderen und legte endlich sein Werkzeug nieder, um sie anzusehen.

»Deine Mutter und ich hatten ein langes Gespräch über deine Zukunft, und wir haben eine Entscheidung getroffen, die für uns alle von Vorteil sein wird«, leitete er das Gespräch ein.

Es fühlte sich an, als wäre plötzlich ein Damoklesschwert über ihr erschienen. Natürlich hatten die Eltern dieses Gespräch über ihre Zukunft ohne sie geführt. Mutters aufmunterndes Lächeln trug nicht dazu bei, dass sie sich besser fühlte.

»Du weißt, wir halten nichts davon, wenn Mädchen allzu früh heiraten«, nahm nun ihre Mutter den Faden auf. »Die Ehe ist eine Entscheidung, die dein restliches Leben bestimmen wird. Dein Vater und ich führen eine glückliche Ehe, und das wünschen wir auch dir von Herzen. Du bist erst neunzehn Jahre alt, lass dir Zeit.«

Spielte sie auf diesen Dummkopf an, dessen Brief Sibylla verbrannt hatte? Sie spürte, wie ihr die Enttäuschung den Hals zuschnürte. Nein, sie würde nicht noch einmal weinen. Energisch ballte sie die Hände zu Fäusten.

»Es gibt eine fortschrittliche neue Schule für junge Frauen gleich hier in Wheatley. Ich bin sicher, dass du schon davon gehört hast. Du beginnst zum nächsten Unterrichtsjahr«, sagte Vater und griff schon wieder nach einer seiner verdammten Pflanzen.

»Was für eine Schule?«, fragte Sibylla mit dünner Stimme. Denn nein, sie hatte noch nichts davon gehört. Generell aber gefiel ihr die Aussicht, direkt in der Stadt mit anderen jungen

Frauen zu lernen. Das war auf jeden Fall besser, als die Tage hier zu verbringen. Sie könnte viel öfter Cafés besuchen, tanzen gehen …

»Die Waterperry School of Horticulture. In den vergangenen Jahren sind vermehrt solche Mädchenschulen gegründet worden. Doch die von Mrs Havergal hat den besten Ruf.«

»Horticulture? Eine Schule für *Gärtner?*« Sibylla meinte, ihr Herz setze für einen Moment aus. »Das ist nicht euer Ernst.«

»Sibylla, achte auf deinen Tonfall!«

»Ja, Vater!«, entgegnete sie erstickt und verschränkte die Hände vor der Brust. Genau in diesem Moment kam der verdammte Gärtner mit dem Stuhl zurück und stellte ihn mit ausdrucksloser Miene ab. So ausdruckslos, dass es einem süffisanten Grinsen gleichkam. Er hatte von den Plänen ihrer Eltern gewusst.

Angeekelt blickte Sibylla auf seine sehnigen, bis in die letzte Pore schmutzigen Hände. Vermutlich hatten die Eltern ihn längst in ihre Entscheidung eingeweiht.

»Ach, Darling.« Ihre Mutter seufzte und sah sie dabei an, als wunderte sie sich noch immer, wie mit Sibylla der Apfel so weit vom Stamm hatte fallen können. »Dein Bruder hat wenigstens ein gewisses Interesse gezeigt. Du weißt, es ist Tradition. Dein Großvater war weit über England hinaus für seine Orchideensammlung bekannt. Du solltest zumindest die Grundlagen kennen, um dich in der Gesellschaft nicht zu blamieren.«

Sibylla hielt es nicht aus. In diesem Moment war es ihr gleich, ob sie sich respektlos verhielt. »*Eure* Gesellschaft vielleicht. Die Eltern meiner Freundinnen sicherlich nicht. Die sind normal.«

Mutters Blick wurde eisig. »Gebe Gott, dass du in einigen Jahren verstehen wirst.«

»Genug der Diskussion«, fuhr der Vater dazwischen und

wurde dabei etwas laut, was so gut wie niemals vorkam. »Du wirst auf diese Schule gehen, und du wirst bis dahin dreimal die Woche mit Mr Boyle die Grundlagen üben, um uns nicht allzu sehr zu blamieren.«

»Ich kann ihn nicht ausstehen«, fauchte Sibylla und hielt sich mit beiden Händen an dem Stuhl fest, den Boyle gebracht hatte.

»Gut so«, erwiderte Mutter, »dann muss ich mir keine Sorgen machen, euch allein zu lassen. Dein Unterricht beginnt morgen früh um zehn. Sei pünktlich, sonst gibt es am Samstag keinen Tanzabend.«

Sibylla stieß den Stuhl um und jagte davon. Der Erdgestank raubte ihr die Luft zum Atmen. Ihr Herz dröhnte so laut, dass sie es im ganzen Körper spürte. Ihr war heiß und kalt vor Wut. Oh, diese unbeschreibliche Ungerechtigkeit!

Der nächste Morgen kam viel zu schnell, und Sibylla überlegte noch immer, ob sie nicht doch den kostbaren Tanzabend opfern sollte, nur um nicht zu ihrem sogenannten Unterricht erscheinen zu müssen.

Am Abend zuvor hatte sie beinahe bis zur Geisterstunde in ihr Tagebuch geschrieben. Sie führte es schon, seitdem sie schreiben konnte. Von den anfänglich kurzen, naiven Berichten war sie längst weit entfernt. Mittlerweile schrieb sie, als würde sie ihr Leben wie einen Roman erzählen, mit einigen Ausschmückungen und fantastischen Begegnungen. Es half ihr, ihre Gedanken zu ordnen und ihre Ziele zu erkennen. Vor allem aber bereitete es ihr einfach Freude. Außerdem hatte das Schreiben nicht das Geringste mit dem zu tun, was ihre Eltern oder Freunde von ihr erwarteten. Es war ganz allein für sie gedacht. Etwas, das sie nur für sich tat.

In der Nacht hatte Sibylla davon geträumt durchzubrennen, doch jede Arbeit, die einer jungen Frau angeboten werden konnte, war noch ein wenig schlimmer, als mit Boyle über Blumen zu reden. Sie taugte weder als Wäscherin – der Dreck anderer Leute ekelte sie noch mehr als Erde – noch als Hausmädchen. Für Klavierunterricht spielte sie selbst nicht gut genug, und zur Kindererziehung fehlte ihr die Geduld.

Also biss sie in den sauren Apfel und tröstete sich mit einem Blick auf ihr neues, aufregend kurzes Tanzkleid, auf dem himmelblaue Pailletten schimmerten. Am Samstag hatten sie und das Schmuckstück eine Verabredung. Sie würde so lange und wild tanzen, bis sie sich wie reingewaschen fühlte. Der Tanz war für Sibylla wie eine Kur für die Seele, an deren Ende sie ihr Herzeleid vergessen haben würde und sich aller Ärger der vergangenen Woche in Luft auflöste.

Mit einem Seufzen zog Sibylla einen alten Rock und eine abgelegte Bluse an, beides Kleidungsstücke, in denen sie sich niemals auf die Straße gewagt hätte, dafür aber nun an den Frühstückstisch. Der Vater war bereits fertig und las in der Zeitung, während er seine letzte Tasse Tee trank. Mutter bestrich einen frischen Scone mit Butter. Es würde wie jeden Morgen bittere Orangenmarmelade folgen, die von den mannshohen Bäumchen im Gewächshaus stammten. Dabei trug sie einen aufwendigen Morgenrock aus chinesischer Seide mit bunten Motiven, die verschlungene Pflanzen und längliche, schlangenartige Drachen zeigte.

»Guten Morgen«, sagte Sibylla leise. Es wäre ihr kindisch vorgekommen, auf die Begrüßung zu verzichten. Zwar war sie noch immer wütend über die Entscheidung ihrer Eltern, aber sie war schließlich keine sechs Jahre mehr.

Der Vater blickte von seiner Zeitung auf. »Ah, Sibylla. Ausgeruht und, wie ich sehe, bereits gut vorbereitet. Ich hoffe, du findest zumindest etwas Gefallen an deiner neuen Aufgabe.«

Sie setzte sich mit einem Seufzen. »Wir werden sehen.«

Francis hatte mit den anderen Angestellten in der Küche gegessen, wo er sich einigen gut gemeinten Spott anhören musste, weil er der jungen Miss Unterricht in den Grundlagen der Botanik geben sollte. Am liebsten hätte er es auf einen der beiden Hilfsgärtner abgewälzt.

Nun war er in das schlichte Zimmer zurückgekehrt, das er auf dem Anwesen bewohnte. Es war in einem kleinen Häuschen untergebracht, das wohl schon lange vor der Errichtung des prunkvollen Anwesens hier gestanden hatte. Von außen sah man den Mauern kaum an, wie dick sie waren. Beinahe einen Schritt tief waren die roh behauenen Steine aneinandergefügt, verputzt und weiß gekälkt. Nur die bucklige Oberfläche verriet die altertümliche Bauweise. Die Fenster, von denen es nur wenige gab, waren klein und mit tiefen Fensterbänken versehen.

Francis und der Porter George hatten sich das Häuschen gut aufgeteilt. Jeder besaß einen kleinen Raum für sich, den außen gelegenen Abort teilten sie sich, und auf dem Dachboden wurde altes Gartengerät aufbewahrt wie die Sicheln, mit denen früher in mühevoller Arbeit der Rasen getrimmt worden war.

Diese Zeit hatte Francis zum Glück nicht mehr selbst erlebt. Die Erfindung des Mähers hatte vermutlich viele einfache Hilfsgärtner und Tagelöhner die Anstellung gekostet, doch für ihn war sie ein Segen.

Mit wachsender Unruhe blickte Francis auf die kleine Uhr, die auf dem Kaminsims stand. Er hatte noch eine Viertelstunde, bis er die junge Miss treffen würde. Langsam wurde ihm mulmig. Es gelang ihm kaum noch, sich auf das Buch zu konzentrieren, das er von seinem Brotherrn ausgeborgt hatte. Es war ein umfangreiches Werk über historische Gärten, reich bebildert mit Zeichnungen und Fotografien. Trotz der Darstellung in Schwarz, Weiß und Grauschattierungen setzten sich in seinem Kopf die schönsten Bilder zusammen.

Er kannte die natürlichen Farben der meisten Sträucher, Bäume und Blüten, und so entstand in seiner Fantasie eine üppig grüne Landschaft.

Wieder drängte sich das Ticken der Uhr in den Vordergrund. Er musste los. Mit einem letzten sehnsüchtigen Blick schloss er den Bildband.

Ob er seinen Traum wohl je würde verwirklichen können? Die Healeys waren vielleicht der Schlüssel dazu. Sein Brotherr war Francis wohlgesonnen und, soweit er es einschätzen konnte, mit seiner Arbeit stets zufrieden. Vielleicht würde er von ihm irgendwann eine Form der Unterstützung erhalten, die weit über das Ausleihen von Büchern hinausging.

Doch dafür musste er mit seiner Tochter gute Arbeit leisten, ganz gleich, wie wenig ihm oder ihr die Aufgabe gefiel. Francis nahm sich vor, um jeden Preis die Fassung zu wahren und stets höflich zu bleiben, wie es von ihm erwartet wurde. Lieber hackte er nach den zwei Stunden mit ihr vor lauter Wut so lange Holz, bis ihm schwindelig wurde und ihm der Schweiß in Strömen über den Rücken rann, als zuzulassen, dass Sibylla Healey ihm die Chance auf seine Zukunft stahl.

Zügig durchquerte er den Garten. Gepflegte Wege, deren Kies er noch am Vortag geharkt hatte und die nun wieder voller Herbstblätter waren, durchzogen die weitläufige Anlage wie ein Adernetz. Der Rasen war noch immer leuchtend grün und bildete einen scharfen Kontrast zum Rot der Ahornbäume. Die Healeys hatten hier über mehrere Generationen ein Paradies geschaffen. Francis verstand den Wunsch der Eltern, dass zumindest eines der Kinder die Tradition weiterpflegen sollte. Und da der Sohn ausgewandert war, lag es nun an Sibylla.

Da stand sie und strich über ihr dunkelblondes Haar, das von der Sonne helle Strähnen hatte. Sie trug es heute zu einem schlichten, halblangen Pferdeschwanz zusammengefasst, damit es beim Unterricht nicht störte. Die junge Miss

Healey war ein hübscher Teufel, der von den einfachen Maids im Haus ein wenig gefürchtet wurde. Selbst die robuste Laundry Maid Holly Alliott, die dreimal die Woche nach Healey House kam und die Wäsche besorgte, fürchtete den kritischen Blick ihrer blauen Augen. Die junge Miss fand immer einen Fleck, besonders wenn es um ihre Ausgehkleider ging, die sie anscheinend über alles liebte.

Ja, der morgendliche Frühstücksklatsch unter den Angestellten drehte sich ungewöhnlich oft um die Marotten der jungen Dame.

Hektisch blickte Francis auf seine Taschenuhr und atmete auf. Sie war nicht nur pünktlich, sondern zu früh und wippte ungeduldig auf ihren Stiefelabsätzen, als könnte sie es plötzlich kaum mehr erwarten, ihren Unterricht zu beginnen. Dabei konnte er sich nicht vorstellen, dass sie ihre Meinung geändert hatte, ganz im Gegenteil! Zumal er wusste, dass sie ihn nicht ausstehen konnte.

Da kam er anstolziert, als wäre er der König dieses Gartenreichs. Wohl eher ein Hausgnom, dachte Sibylla, wie in den irischen Märchen, die sie als Kind so gemocht hatte. Für einen Gnom war er allerdings recht groß gewachsen. Aber immerhin trug er Grün. Einen halblangen, abgetragenen Tweedmantel, eine schlichte Hose und hohe Lederstiefel, dazu eine passende Schiebermütze auf dem Kopf.

Er lächelte sie fast schon ein wenig entschuldigend an. »Guten Morgen, Miss Healey!«

»Guten Morgen, Mr Boyle!«

»Nennen Sie mich ruhig Francis«, sagte er schnell, schien aber schon im nächsten Augenblick an seiner Entscheidung zu zweifeln. Ein Lehrer, der sich mit Vornamen ansprechen ließ, verlor an Autorität. Andererseits bestand kein Zweifel an ihren unterschiedlichen Stellungen, und er musste auf ihren guten Willen hoffen, wenn er die Wünsche ihres Vaters in die Tat umsetzen wollte.

»Beginnen wir mit einem Rundgang durch den Garten?«, fragte er höflich.

Den kenne ich schon, lag ihr auf der Zunge, dann besann sie sich eines Besseren. »Wozu soll das gut sein?«

»Ich möchte herausfinden, was Ihnen gefällt. Es müssen keine Orchideen sein, ich weiß, dass Ihnen die Gewächshäuser nicht zusagen. Die Botanik ist so vielfältig, dass wir uns einen Anfangspunkt setzen sollten. Warum also nicht etwas, das Sie interessiert?«

Sibylla war von so viel Entgegenkommen irritiert. »Also werde ich die nächsten zwei Stunden nicht damit verbringen, in der Erde zu wühlen?«

»Nicht, wenn Sie nicht möchten, Miss. Zumindest nicht in den ersten Stunden. Gehen wir?«

Sie nickte nur und spürte, wie der Panzer, den sie um sich errichtet hatte, ein wenig bröckelte. Sie hatte mit allem gerechnet, nur nicht mit einem Spaziergang durch den Garten.

»Haben Sie einen Lieblingsort im Garten?«, brach er das Schweigen, als es gerade unangenehm zu werden begann.

»Die Pavillons. Sie erinnern mich immer an die Sommerfeste. Und die bunten Lianen sind auch hübsch.«

Seine Lippen kräuselten sich. Es war genau zu sehen, dass er sich ein Lächeln verkniff. Francis machte sich über sie lustig.

Sibylla versuchte, es an sich abprallen zu lassen und die Unhöflichkeit zu übergehen, dennoch fühlte es sich an wie ein Stachel, der beständig pikste.

Zum Pavillon ging es einen sanften Hügel hinauf, auf dem ein ungemütlicher Herbstwind pfiff. Blätter jagten über die Wiese, trudelten scheinbar ziellos durch die Luft. Eines blieb

Francis Boyle mit einem leisen Klatschen an der Wange kleben, und Sibylla musste lachen. Er wischte es fort und machte eine gute Miene.

Schließlich erreichten sie den Pavillon. Es war eine kunstvolle Schmiedearbeit des Art déco, bei dem Geometrie und florale Ornamente eine perfekte Verbindung eingingen. »Meinten Sie diese hier?«, erkundigte sich Francis und wies auf ein Gestrüpp, das die Metallstreben umschlang.

»Ich denke schon. Um diese Jahreszeit war ich noch nie hier oben, sie sehen bedauernswert aus.«

»Das sind Klematis. Ihre schönste Phase haben sie wohl, wenn hier die Feste stattfinden.«

»Tanzen Sie, Francis?« Sibylla wusste selbst nicht, warum sie das fragte. Eigentlich wollte sie so wenig mit diesem aufgeblasenen Blumenfreund reden wie möglich. Die Vorstellung, wie er sich mit seinem bäurischen Verhalten ungelenk zu lebhaften Jazztönen bewegte … unmöglich. Ein Storch im Salat.

Sie hingegen liebte den Tango, aber auch den Charleston und Swing. Je wilder, desto besser.

Er zögerte, irritiert von ihrer Frage. »Dafür habe ich kaum Zeit, Miss. Zurück zu den Pflanzen.«

Am liebsten hätte Sibylla eine Schnute gezogen, während er die traurigen Ranken entwirrte und tatsächlich noch eine Blüte fand. Violett war sie, durchsetzt mit Weiß. Die schwarze Mitte hinterließ schmutzige Streifen auf seinen Fingern. »Die gefällt Ihnen also? Man nennt sie auch Waldrebe. Sie kommt in gemäßigten Zonen in Europa, Asien und Amerika vor und wird schon seit vielen Jahren von Menschen veredelt. Kommen Sie her, und sehen Sie sich die Blätter an.«

Und dann hielt er ihr einen nicht enden wollenden Vortrag über Blattformen, Knospen, Vegetationsphasen, Staubgefäße und Blüten. Die kleinen, krallenartigen Auswüchse, mit denen sich die Pflanze festhielt, ließ er sie auseinanderwickeln und auf Zähigkeit prüfen. Als er fertig war, hatte die Klematis für Sibylla auch den letzten Reiz verloren.

Zuletzt zog Francis ein Taschentuch hervor und breitete es in seiner Hand aus. »Nun werden wir reife Samenkapseln ernten. Das sind diese flauschigen Büschel. Nehmen Sie sie in die Hand, und wählen Sie die kräftigsten aus.«

»Und wenn eine Spinne darinsitzt?«

»Es gibt keine giftigen Spinnen in Oxford, Miss.«

»Aber trotzdem sind es Spinnen!«

»Na los«, sagte er kühl und blickte sie durchdringend an.

# 3

*Sieben Monate später*

Tilda arbeitete auf dem Feld der elterlichen Gärtnerei. Unermüdlich trieb sie ihre Hacke in den Boden und jätete das Unkraut zwischen Vaters jungen Obstbäumen. Unter dem breitkrempigen Strohhut rann ihr der Schweiß über die Stirn. Es war sehr warm für Anfang Mai, und die schwere Arbeit machte es noch schlimmer. Neben ihr ackerten Vater und Mutter, ein Stück weiter der neue Gehilfe, dem keiner von ihnen zutraute, zwischen den wertvollsten Bäumen die Hacke zu schwingen. Ein falscher Schlag, und eine wichtige Wurzel war durchtrennt oder gar das Stämmchen selbst verletzt.

Nun begann die aufregendste Zeit des Jahres. In Stadtparks, vor allem aber auf verschiedenen Landhäusern fanden Gartenausstellungen statt. Gärtnereien präsentierten ihre neusten Züchtungen, Schaugärten wurden nur zu dem Zweck angepflanzt, die neusten Moden aus England und Europa zu zeigen. Auch die Allers reisten zu mehreren Ausstellungen, in der Hoffnung, Aufträge zu ergattern und sich einen Namen zu machen.

Zum ersten Mal überlegte Tilda in diesem Jahr, etwas Eigenes auszustellen. Ihre Rose war gut gediehen, und all ihre Hoffnungen hatten sich erfüllt. Aber noch zögerte sie. Was, wenn jemand die seltene Farbe erkannte und begriff, dass die Pflanze gestohlen war?

Vaters Bäumchen hingegen waren über jeden Zweifel erhaben.

»Welchen willst du auf die Flower Show mitnehmen, Pa?«, fragte Tilda ein wenig außer Atem. Diese Bäumchen waren die Krönung von Vaters Schaffen. Eines kostete so viel wie dreißig gewöhnliche, wohlgewachsene Apfelbäume. Diese hier waren etwas ganz Besonderes. Sie waren aufs Kunstvollste gepfropft und trugen bis zu zehn Sorten verschiedenen Obstes. Äpfel, Birnen, Pflaumen, alles auf einem Stamm vereint.

Mutter und Tilda nannten sie heimlich Vaters »Frankenstein-Kreationen«, doch das war nicht abwertend gemeint. Tatsächlich waren sie Kunstwerke und die Herstellung so kompliziert, dass es an Magie grenzte. Zu dieser Jahreszeit blühten die Bäumchen in verschiedenen Farben und Blütenformen, die teilweise ausschließlich der Zierde dienten.

Vater war stehen geblieben und drückte den Rücken durch, der dunkelrote Rauschebart glänzte in der Sonne. »Ich habe eine engere Auswahl getroffen, aber ich bin mir noch nicht sicher, welche drei es genau werden sollen.«

»Du hast nur noch zwei Tage, Vater«, sagte Tilda.

»Ich weiß.« Er lächelte verschmitzt. Die Aufregung war ihm anzusehen. Vorerst ging es nur um eine kleine Ausstellung, doch in zwei Wochen folgte mit der Chelsea Flower Show der Höhepunkt des Gärtnerjahres. Tausende Teilnehmer präsentieren in London dann neuste Züchtungen, kunstvoll angelegte Schaugärten und tropische Exoten.

Die ganze Familie arbeitete bis zum Nachmittag in der Baumschule, dann zogen sie sich müde, aber gut gelaunt in eine kleine Scheune zurück, wo Tildas Großmutter Maryann Kuchen und Tee auftischte. Maryann Miller war eine herzensgute, rundliche kleine Frau. Ihre Umarmungen waren die besten, das hatte Tilda schon als kleines Mädchen gewusst. Und dasselbe galt für ihren schlichten Rührkuchen, den sie oft über mehrere Tage am Nachmittag zum Tee aßen. Je nach Jahreszeit wechselten die Zutaten: Nüsse, getrocknete Aprikosen, manchmal auch frisches Obst wie Johannisbeeren.

»Du bist die Beste«, sagte Tilda fröhlich und gab der alten Frau einen Kuss auf die Wange. Maryanns Augen blitzten vor Freude, als sie ihrer einzigen Enkelin ein Flugblatt in die Hand drückte. Während die Mutter Kuchen und Tee austeilte, zündete sich der Vater eine Zigarette an und ließ sich mit einem wohligen Seufzen in einen alten Korbstuhl sinken, der schon genau an dieser Stelle in der Scheune stand, solange Tilda denken konnte.

»Was soll ich damit?«, fragte sie, bevor sie einen Blick auf das Flugblatt geworfen hatte.

»Lies, Honey.«

Sie überflog die Zeilen. Es ging um die Flower Show in zwei Tagen am Blenheim Palace, wo Vater seine Bäumchen ausstellen würde. Offenbar gab es dort einen Wettbewerb, der sich explizit an junge Frauen richtete. Der Gewinnerin winkte nicht nur ein kleiner Pokal, sondern ein Stipendium an einer Schule am Rande von Wheatley.

»Es gibt eine Schule für Gärtnerinnen!«, stieß Tilda hervor. »Nicht weit von hier. Das wusste ich ja gar nicht! Und ihr?« Sie fuchtelte mit dem Papier in der Luft herum.

»Und wenn schon«, brummte der Vater. »Das können wir uns so oder so nicht leisten. Das ist nur für feine Fräuleins, die sich noch nie im Leben die Fingerchen schmutzig gemacht haben.«

»Es gibt ein Stipendium! Ich könnte meine Rose mitnehmen und … und dann gewinne ich vielleicht. Ich könnte alles über Gartenbau lernen!« Tildas Herz schlug bis hinauf in den Hals.

»Das kannst du bei mir auch.« Der Vater sah auf und blickte

Tilda mit plötzlichem Ernst an. »Du bist mir eine große Hilfe, Mädchen, und ich freue mich, dass dir viel an der Arbeit liegt. Aber sieh der Wahrheit ins Gesicht. Du bist eine erwachsene Frau. Bald wirst du jemanden kennenlernen, dich verlieben und heiraten. Dann ist Schluss damit, den halben Tag in Hosen herumzulaufen und dir den Rücken krumm zu arbeiten. Gebe Gott, dass du mit vielen Kindern gesegnet wirst und mehr Glück mit ihnen hast als wir. Eine Gärtnerinnenschule, das ist doch für nichts gut.«

Tilda sah ihre Mutter an, doch die legte nur mit traurigem Blick den Kopf schief, als erinnerte sie sich in diesem Moment an ihre verlorenen Kinder. Die Söhne, die in des Vaters Fußstapfen treten sollten, und die kleine Tochter. An all das, was Tilda war und nicht war.

Manchmal hatte Tilda das Gefühl, ihre Geschwister ersetzen zu müssen. Die Hilfe für den Vater bei der Arbeit, der Mutter die töchterliche Freundin. Doch keiner dieser Aufgaben wurde sie wirklich gerecht. Sie half Vater im Alltag, tat auch die schweren Arbeiten, die eigentlich eher Männersache waren, und sie tat sie gerne. Dennoch bezog der Vater Tilda nicht in seine Zukunftsplanungen mit ein. Die Möglichkeit, seiner Tochter irgendwann die Leitung der Gärtnerei zu übertragen, tauchte in seiner Vorstellungswelt überhaupt nicht auf. Da war stets die Rede davon, das Familienunternehmen irgendwann zu verkaufen, unterlegt von der leisen Hoffnung, Tilda würde einen Ehemann finden, der als Nachfolger taugte. Jeder schien ihm lieber als das eigene Fleisch und Blut, nur weil sie ein Mädchen war.

Es war ungerecht, so zu denken, doch manchmal tat es gut, zumindest in ihrem Kopf ungerecht zu sein, fand Tilda. Sonst hätte sie womöglich Dinge gesagt, die sie später bereuen würde. Auch jetzt biss sie sich lieber auf die Zunge.

Grandma Maryann lächelte noch immer. Sie hatte ihrer Enkelin Flausen in den Kopf gesetzt und wusste genau, dass die so schnell nicht wieder daraus verschwinden würden. Denn Tilda hatte einen Beschluss gefasst. Sie würde an dem Wettbewerb teilnehmen und mehr über die Schule erfahren. Wenn sie mit viel, viel Glück gewann, dann hatte sie eine gute Basis geschaffen, auf der sie die Diskussion erneut beginnen konnte. Das Argument des Schulgeldes wäre fort, den Rest würde sie auch irgendwie bewältigen.

Denn schon jetzt war sie von ganzem Herzen Gärtnerin. Das musste doch selbst ihr Vater einsehen!

*Zwei Tage später*

Es begann gerade erst zu dämmern, als Tildas Vater den Motor des roten Pritschenwagens startete. Rasselnd und große schwarze Qualmwolken ausstoßend, erwachte der Opel Blitz zum Leben. Die Scheinwerfer schnitten gelbliche Lichtkegel in die Dämmerung.

Die Mutter, Grandma Maryann und der Vater saßen im Führerhäuschen, Tilda kauerte, eine warme Decke um die Schultern geschlungen, auf einer Holzkiste auf der Pritsche. Gegen den Fahrtwind hatte sie sich ein Tuch um den Kopf gebunden. Ausnahmsweise hatte sie am Morgen mehr Zeit als unbedingt nötig auf Haar und Putz verwandt. Sie wollte vor den Richtern unbedingt einen guten Eindruck machen. Es wäre eine Schande, wenn sie neben ihrer Rose, die über jeden Zweifel erhaben war, negativ auffiele.

Mit einem Ruckeln setzte sich der Wagen in Bewegung. Auf der Pritsche wurde es kurz ungemütlich. Vaters Bäumchen in ihren nagelneuen Töpfen wackelten mit raschelndem Laub, es folgten bange Momente.

Tilda musterte eines nach dem anderen. Waren sie auch wirklich gut festgemacht? Konnte keines verrutschen oder gar umfallen, wenn die Fahrt einmal holpriger werden sollte?

Das wäre nicht nur schlecht für die grüne Fracht, auch für Tilda konnte es schnell gefährlich werden.

Nach einigen Minuten entspannte sie sich. Alles war sicher, die Spanngurte hielten. Sie lehnte sich mit dem Rücken gegen das Führerhäuschen und genoss die Fahrt. Alleebäume zogen vorbei. Auf den Wiesen lag Tau und ließ sie aussehen wie verzaubert. Als wäre sie im Land der Feen und nicht der Menschen.

Der Himmel wurde heller, im Osten, wo die Sonne aufgehen würde, färbte ein sanfter gelber Schimmer die Hügel.

Heute war er also gekommen, der Tag, an dem sich vielleicht ihre Zukunft entschied. Es klang selbst in ihrem eigenen Kopf theatralisch, doch Tilda spürte, dass an diesem Samstag etwas Besonderes passieren würde. Als läge ein Zauber in der Luft, der eigens für sie bestimmt war.

Sie blickte auf die Rose. Im Februar hatte sie alle Wildtriebe abgeschnitten und die Wunden sorgsam verschlossen. Aus dem Auge der Veredelung waren drei Triebe gesprossen. An jedem Ende saßen Blüten. Und wie schön sie waren!

Sie sahen genau aus wie jene, die sie aus dem verwilderten Garten stibitzt hatte. Tilda betrachtete ihren Schatz. Es war eine Sache, eine gestohlene Rose für sich selbst zu ziehen, etwas anderes, eine solche zu einem Wettbewerb einzureichen. Aber hatte sie denn eine Wahl?

»Es liegt an dir«, flüsterte sie und berührte den Topf mit den Fingerspitzen. Dann erinnerte sie sich wieder daran, dass sie nicht allein war. Vaters Helfer lag ganz am Ende der Pritsche und schlief tief und fest.

Tilda war der säuerliche Alkoholgeruch nicht entgangen, dem Vater sicherlich auch nicht. Dennoch hatte er nichts gesagt. Vermutlich würde er es auch nicht, solange der Mann sich benahm und seiner Arbeit nachkam. Jeder hatte Mitleid mit dem Witwer Dawkins, der seit dem Tod seiner Ehefrau kaum noch ein Wort über die Lippen brachte und gegen die Trauer das Trinken angefangen hatte.

Sie ließ den Blick in die Ferne schweifen, wollte den Schlafenden nicht beobachten, weil es ihr nicht anständig vorkam.

Noch immer war es empfindlich kalt, und es wehte ein eisiger Wind, als wäre es nicht Mai, sondern erst März. Aber vielleicht bildete sie sich das auch nur ein, und es lag an der flotten Fahrt. Der Vater trat ordentlich aufs Gas, als könnte er die Ankunft kaum erwarten.

Da ging es ihm wie seiner Tochter. Tilda stand mittlerweile auf der Ladefläche und hielt sich an einer Lattenkonstruktion fest, die zur Befestigung von Leitern, Sparren und größeren Pflanzen diente.

Golden strahlte die Morgensonne auf ein Ortsschild. *Woodstock.* Nun war es nicht mehr weit. Bald würde sie das herrschaftliche Anwesen sehen können, in dessen weitläufigen Gartenanlagen die Ausstellung stattfand.

Ihre Aufregung stieg immer weiter. Wie viele junge Frauen sich wohl um einen Platz bewerben würden? Gab es starke Konkurrenz? Tilda konnte sich kaum vorstellen, dass es nicht so war. Andererseits kannte sie keine, die sich wie sie gerne mit dem Gärtnern beschäftigte. Für ihre Freundinnen und Bekannten war die Bestellung des heimischen Gemüsebeetes nicht mehr als eine notwendige Plackerei, und die Zierpflanzen beschränkten sich auf ein, zwei blühende Sträucher im Vorgarten und einen Blumenstrauß auf dem Wohnzimmertisch, der einfach regelmäßig ersetzt wurde.

Aber was wäre das für ein Sieg, wenn nur eine oder zwei weitere junge Frauen antraten?

Unwichtig! Hier ging es um einen kostenlosen Platz an der Schule und nicht darum, sich selbst etwas zu beweisen.

# 4

## *Blenheim Palace*

Die ganze Autofahrt über hatte Sibylla schweigend neben Francis Boyle auf der Rückbank gesessen, während sich ihre Eltern angeregt über die neusten exotischen Pflanzenimporte aus Südamerika unterhielten. Sie sprachen so begeistert darüber, als hätten sie sich gerade erst kennengelernt und festgestellt, dass sie zufällig dieselben Interessen teilten.

Der Gärtner saß stocksteif da und schloss hin und wieder die Augen, als wäre er müde. Vielleicht war er das sogar. Sibylla hielt es kaum noch aus, sie *musste* ihn einfach darauf ansprechen!

Francis Boyle war ausgegangen, und sie hatte ihn gesehen! Er war kaum wiederzuerkennen gewesen ohne seine Gärtnerkluft. Einen modischen Anzug hatte er getragen, ein weißes Hemd, den obersten Knopf gelöst. Und getanzt hatte er wie der Teufel! Von wegen ungelenk, von wegen Storch im Salat!

Oh, dieser Schuft! Mehrfach hatte sie in den vergangenen Monaten versucht, mit ihm über irgendetwas anderes zu sprechen als Pflanzen, Dünger und Erde. Aber nein, kein Wort war aus ihm herauszubringen gewesen, wenn die Frage nicht eng an ihren Unterricht geknüpft war. Vermutlich war das Vaters Schuld, sicher hatte er ihm eingebläut, nur seine Aufgabe zu erledigen. Und Francis kuschte brav, auch wenn meilenweit niemand war außer Sibylla mit ihrer miesen Laune und ein Topf voller Erde.

Er hatte sie dazu gebracht, sich tatsächlich ein wenig mit der grünen Natur auseinanderzusetzen. Schließlich taten sie beide nur, was von ihnen verlangt wurde.

Es änderte nichts, wenn Sibylla ihnen beiden die zwei Stunden so schwer wie möglich machte. Mit der Zeit hatte sie sich an Francis' stille, beharrliche Art gewöhnt und ihn als langweiligen Mann mit seltsamen Interessen akzeptiert, mit denen er vermutlich irgendwann einsam sterben würde. Sie hatte ihn in eine Schublade gesteckt und bis gestern geglaubt, dass ihn nichts daraus befreien konnte.

Dann sah sie ihn ausgerechnet in ihrem liebsten Lokal ausgelassen mit einem Mädchen über die Tanzfläche wirbeln.

Seitdem war sie völlig durcheinander. Bislang hatte sie keinen ruhigen Moment gefunden, ihn darauf anzusprechen. Aber er durfte ihr nicht länger ausweichen!

Sibylla blickte unauffällig zur Seite. Sein markantes Profil zeichnete sich scharf vor der vorbeihuschenden Landschaft ab. Auf seine Weise sah er gut aus, besonders für einen Gärtner. Warum war ihr das nie zuvor aufgefallen?

Sein Gesicht war glatt rasiert, das Haar sorgsam gescheitelt und geölt. Auf den Knien balancierte er eine schwarze Melone. Hin und wieder strich er mit den Fingern über den festen, hochgebogenen Rand. Seine Finger, ja sogar die Nägel waren sauber. Sibylla hätte nicht gedacht, dass das überhaupt möglich war, so leidenschaftlich, wie er in der Erde wühlte. Kein Zweifel, Vaters Gärtner hatte sich für die Flower Show herausgeputzt.

Sibylla wandte den Blick ab. Boyles Lippen waren auf eine Weise geschwungen und an den Winkeln vertieft, dass es stets aussah, als amüsierte ihn etwas. Auch jetzt traf sie ein Stich, denn er schien ihre Musterung bemerkt zu haben und davon belustigt zu sein.

Vielleicht sollte sie sich für sein Schweigen, dieses gemeine, heimliche Lächeln rächen. Ihm ein wenig den Kopf verdrehen, bis er glaubte, ihr läge etwas an ihm, und ihm dann die kalte Schulter zeigen. Das würde ihm nur recht geschehen. Ohnehin ärgerte es sie fürchterlich, dass er sie behandelte, als wäre sie völlig reizlos. Als wäre sie keine Frau, sondern ein Vorgesetzter oder ein verzogenes Kind.

Oh, dir werde ich das Grinsen schon noch austreiben, dachte sie mit leiser Genugtuung und malte sich aus, wie sie ihren kleinen, gemeinen Plan am Abend schön ausgeschmückt in ihr Tagebuch schreiben würde.

Die Fahrt verlangsamte sich, und die Wagenräder knirschten über Kies. Sie waren in die Einfahrt zum Blenheim Palace eingebogen. Auf beiden Wegseiten standen üppige Blumenbouquets auf weiß gestrichenen Holzsäulen. Es war so festlich, als würde hoher Staatsbesuch empfangen. All das nur für ein paar Pflanzenbegeisterte, unter denen allerdings in der Tat viele Wohlhabende und einige Adelige waren. Plötzlich sah Sibylla diesem Tag mit ganz anderen Augen entgegen. Wer weiß, wem sie hier alles begegnen konnte. Vielleicht war es doch nicht so falsch, in der Gesellschaft ein wenig mit Wissen über Botanik glänzen zu können.

Der Palast, der sich nun vor ihnen erhob, hatte gewaltige Ausmaße. Es stammte aus dem frühen 18. Jahrhundert und war einem Duke als Belohnung für einen Sieg in einer großen Schlacht geschenkt worden. Wenn sie sich richtig an ihren Schulunterricht erinnerte, war das Anwesen sogar eigens für ihn erbaut worden, weil der Sieg im Spanischen Erbfolgekrieg für Queen Anne so wichtig gewesen war.

Sibylla beeindruckte vor allem die Größe. Es musste Hunderte Zimmer geben. Der Eingang in der Mitte wurde von riesigen Säulen flankiert und sah aus wie ein griechischer Tempel. An den Enden der Seitenflügel gab es Türme, die wie eine trutzige Festung anmuteten. Wären da nicht die vielen hohen Fenster gewesen, durch die ein Reiterheer hätte hineinspringen können. Überall flatterten Fahnen und Wimpel, gab es Festzelte und Pavillons, in denen Musik aufspielte.

Livrierte Diener winkten ihren Wagen weiter zu einem großen Platz, wo bereits viele Luxuskarossen und auch einige Kutschen parkten. In Oxfordshire liebte man offensichtlich das idyllische Landleben. Da war der sonntägliche Ausflug mit einer prachtvollen Kutsche zu einer Ausstellung im Freien ideal.

Francis Boyle war zuerst aus dem Wagen und hielt erst ihrer Mutter, dann Sibylla die Tür auf. Sie ließ sich von ihm aus dem Wagen helfen, weil es sich so gehörte, und bedankte sich mit einem bedeutungslosen Lächeln.

»Mr Boyle, führen Sie doch meine Tochter ein wenig herum, und sehen Sie sich alles an, meine Frau und ich haben eine Verabredung.« Der Vater sah auf seine Taschenuhr und bestellte sie dann für vierzehn Uhr zum Treffpunkt. Das waren ganze drei Stunden, die es totzuschlagen galt.

Wie immer ließ sich Francis nicht anmerken, ob ihm diese Aufgabe gefiel oder er sie verabscheute. Er tippte sich schlicht an die Melone, deutete eine Verbeugung an und sagte artig: »Gern, Mr Healey.«

»Warten Sie einen Moment, Francis.« Sibylla kramte in ihrer Handtasche, bis ihre Eltern außer Hörweite waren. Erst dann hakte sie sich bei ihrem Begleiter unter. »Haben Sie auch irgendwann einmal eine andere Meinung als mein Vater?«

Er hob fragend eine Augenbraue, als hätte sie eine völlig absurde Frage gestellt. »Mr Healey ist mein Vorgesetzter, das stünde mir nicht zu. Sollte meine Meinung abweichen und ich nicht darum gebeten werden, sie zu äußern, behalte ich sie selbstverständlich für mich.«

»Natürlich, immer dienstbeflissen, unser Mr Boyle«, erwiderte sie säuerlich.

Francis seufzte nur und beschleunigte seine Schritte, sodass sie Mühe hatte, ihm zu folgen. Doch schon Augenblicke später hatte er seine Fassung zurückerlangt, und sie schlenderten gemütlich auf den Seiteneingang des Palace zu.

»Ich habe Sie gestern gesehen, Francis«, sagte Sibylla leise. »Und streiten Sie es nicht ab.«

»Natürlich haben Sie mich gesehen, schließlich habe ich Sie am Morgen zwei Stunden unterrichtet.«

»Weichen Sie mir nicht aus. Sie haben getanzt wie der Teufel und dabei ein Mädchen herumgewirbelt, dass mir selbst vom Zusehen schwindelig geworden ist.«

Seine Mundwinkel vertieften sich, als hielte er ein Grinsen zurück, und an seinen Augen zeigten sich feine Lachfältchen. Doch er hüllte sich in Schweigen.

»Ich dachte, Sie tanzen nicht. Herrgott, ich dachte, Sie würden sich tagein, tagaus mit nichts anderem beschäftigen als mit Blumen, Bäumen und den Farben von Kies!«

»Ich habe nie behauptet, dass ich nicht tanze, sondern nur, dass mir dazu kaum Zeit bleibt. Woher das plötzliche Interesse an meiner Freizeitgestaltung, Miss Sibylla?«

Sie fühlte sich ertappt, dabei wusste sie gar nicht, wobei. So viel zu ihrem neuen Plan, ihm schöne Augen zu machen, bis er ihren Köder schluckte. »Pff«, stieß sie aus und errötete dann so gründlich, dass sie ihre Wangen am liebsten hinter einem Fächer verborgen hätte. Aber es war Mai und kein Fächer weit und breit. Stattdessen betrachtete sie mit vorgetäuschtem Interesse eine Reihe akkurat zu Kegeln geschnittener Büsche, die in regelmäßigen Abständen den Weg flankierten.

Francis besaß den Anstand, den Mund zu halten. Wenigstens das. Andererseits versucht er natürlich, dem Vater alles recht zu machen, erinnerte sie sich. Da wollte er sicherlich nicht riskieren, dass Sibylla sich über ihn beschwerte.

Noch liefen sie durch einen Teil der weiten Parkanlage, in

dem wenige Menschen unterwegs waren. Es war ein geometrisches Labyrinth halbhoher Hecken, penibelst gestutzt. In den Freiflächen dazwischen blühten Staudenrabatten. Sibylla hielt nach Unkraut Ausschau und fand keines. Hier wuchs nichts, was hier nicht wachsen sollte.

»Gibt es etwas, das Sie heute besonders gerne sehen würden?«, fragte Sibylla, als sie das Gefühl hatte, ihr Gesicht sei endlich wieder zu einem normalen Farbton zurückgekehrt.

»Das hier, das alles hier. Die Architektur des Gartens. Er ist riesig, es gibt mehrere Seen, Wasserläufe. Achille Duchêne ist ein Meister seines Fachs, ein echter Künstler. Er hat die Wasserterrassen 1920 neu geschaffen, und zwar im Stil des 17. Jahrhunderts. Das würde ich mir gerne in Ruhe ansehen und am liebsten seine Pläne studieren, was allerdings unmöglich sein wird.«

»Sie sind ja ganz außer sich vor Begeisterung! Dann los, gehen wir uns dieses Wasserwunderwerk ansehen. Und auf dem Weg dorthin erzählen Sie mir, wer das hübsche Mädchen war, das Sie so herumgewirbelt haben!«

Francis wurden die Fragen der jungen Miss zunehmend unangenehm. Warum drängte Sibylla immer wieder darauf, mehr über ihn zu erfahren? Warum konnte sie nicht den Status quo akzeptieren, der alles so viel einfacher machte?

Heute war es besonders anstrengend. Ihr Verhalten hatte sich geändert. Sie warf ihm geheimnisvolle Blicke zu, spielte mit den Fingern in seiner Armbeuge und kokettierte. Leider war er nicht ganz gegen ihre neuen Anwandlungen gefeit, denn er konnte nicht ignorieren, dass sie eine schöne junge Frau war. Ihr Gesicht war ebenmäßig wie das einer klassischen Schönheit, das dunkelblonde Haar schwer und seidig. Sie lächelte oft, besonders in seiner Gegenwart. Meist war das Teil des Spotts, mit dem sie ihn so gern bedachte. Seltener kam es von Herzen, dann erschien es ihm wie eine Kostbarkeit.

Sibylla rückte etwas dichter an ihn, näher, als es anständig war. Sie tat es wie zufällig. Doch er kannte sie mittlerweile gut genug. Nichts, was sie tat, geschah zufällig. Er wusste nicht, wie er reagieren sollte. Sie wegzuschieben wäre schrecklich unhöflich gewesen. Aber was, wenn Mr Healey glaubte, er stelle seiner Tochter nach? Dann konnte er seine Hoffnung auf Unterstützung vergessen und seine Anstellung vermutlich gleich mit.

Er musste sich eingestehen, dass ihn die Stunden mit Sibylla nicht so plagten, wie er sich anfangs einzureden versucht hatte. Ja, sie war fürchterlich hochnäsig, und sie ließ ihn regelmäßig spüren, dass sie über ihm stand. Doch Francis machte es ihr kaum zum Vorwurf. Sibylla wusste so wenig von der Welt. Sie war behütet aufgewachsen, ganz im Kreise ihrer Familie, Freundinnen und Mitschülerinnen, die derselben Schicht angehörten. Sie ahnte wohl nicht einmal, dass es auch in Oxford Menschen gab, die um jeden Bissen kämpfen mussten und für die das Überleben nicht so selbstverständlich war wie für sie. Vor zwei Generationen hatte seine eigene Familie noch als Tagelöhner und in Fabriken geschuftet. Seine Mutter plagte sich seit ihrer Jugend als Wäscherin, der Vater war Wachmann in einem Werk und erst vor einigen Jahren zum Schichtleiter aufgestiegen. Seine zwei Schwestern waren verheiratet, die jüngere an einen einfachen Arbeiter, die ältere mit einem Bäcker. Keiner der Boyles konnte sich Fehler erlauben.

Francis würde nicht in die Gosse zurückkehren. Und schon gar nicht, weil ein hübsches Mädchen sich nicht entscheiden konnte, ob es schmollen, ihn beleidigen oder ihm schöntun sollte. Er wünschte, er hätte sich nie überreden lassen, tanzen zu gehen.

»Nun, wer war das Mädchen, Francis? Läuten da etwa bald die Hochzeitsglocken?«, stichelte seine Begleiterin. Sie würde nicht lockerlassen. Er hätte lügen können, behaupten, Doris sei eine feste Freundin, und Sibylla damit vielleicht zufriedenstellen. Doch Unwahrheiten kamen stets ans Licht und konnten einem in den ungünstigsten Momenten Steine in den Weg legen.

»Doris ist meine Schwester, sie hat mich überredet, mit ihr auszugehen.«

»Die Schwester?« In Sibyllas Gesicht wechselten sich die Gefühle ab. Erstaunen und dann … Erleichterung?

In seinem Bauch machte sich ein seltsames Ziehen breit. Warum war sie erleichtert? Und warum musste er sie immerzu ansehen?

Wieder röteten sich ihre Wangen, und sie wandte den Blick ab. »Sie sollten häufiger tanzen gehen, Francis.«

»Dafür habe ich keine Zeit.«

»Sie müssen auch Ihr Leben leben! Tagein, tagaus dasselbe tun, das ist doch nicht schön.« Ihre Hand, die in seiner Armbeuge lag, fasste fester zu, als wollte sie ihn wachrütteln. Vielleicht sollte er einfach offen mit ihr reden, damit sie verstand und ihre Sticheleien einstellte.

»Ich will nicht für immer Gärtner bleiben, Miss. Sie haben recht, ich will nicht tagein, tagaus so weitermachen, bis ich alt und krumm bin. Aber Sie müssen auch verstehen, um meine höheren Ziele zu erreichen, braucht es all meine Kraft und die Gunst Ihres Vaters und seiner einflussreichen Freunde. Daher meine Fokussierung auf mein Ziel.«

Sie war stehen geblieben und sah ihn mit schief gelegtem Kopf interessiert an, als sähe sie ihn zum ersten Mal wirklich vor sich. In ihren himmelblauen Augen blitzte es geheimnisvoll.

»Und dieses Ziel …«

»Ich möchte Gartenarchitekt werden.« Er wandte sich um, wies auf die Wasserspiele, Bäume und Rabatten, die perfekte Mischung aus Geometrie und natürlichem Wildwuchs. »So etwas hier schaffen. Aber dafür muss ich bei einem der Besten lernen, studieren womöglich. Ihr Vater kennt solche Leute, er kann mir die Türen öffnen, die mir, einem einfachen Mann, sonst verschlossen blieben.«

»Und weiß mein Vater von der ihm zugedachten Rolle?«

Er wandte den Blick ab. Fühlte Scham in sich aufsteigen. »Bislang nicht. Ich habe noch nicht den richtigen Moment gefunden. Aber er ist so gütig, mir seine Bibliothek zur Verfügung zu stellen.«

»Deshalb laufen Sie immer mit den dicken Wälzern aus dem Anwesen!«

»Ihnen entgeht aber auch nichts.«

Sie lächelte triumphierend. Francis bemühte sich zu ignorieren, wie schön sie dabei aussah. Längst waren sie am Rande des Parks stehen geblieben und hielten sich nun im Schatten einer uralten Trauerweide, deren lange, leuchtend grün belaubte Äste wie ein Vorhang herabhingen.

Ihre Hand lag noch immer locker in seiner Armbeuge. »Soll ich mich bei meinem Vater für Sie verwenden?«

Ein verlockendes Angebot. »Ich danke Ihnen, aber nein, noch nicht, ich fühle mich noch nicht gut genug vorbereitet. Außerdem würde Ihr Unterricht darunter leiden.«

Sie verzog spielerisch den Mund. Ihr Gespräch hatte ein natürliches Ende gefunden.

»Kommen Sie, wir sind schließlich hier, um uns die Flower Show anzusehen.« Er lief los, doch Sibylla ließ sich nur widerwillig mitziehen wie ein übellauniges Kind. »Nicht, bevor Sie mir ein Versprechen geben, Francis.«

»Was wünschen Sie, dass ich verspreche?«

Sie blickte ihm tief in die Augen. »Tanzen Sie beim nächsten Mal mit mir.«

Francis schluckte.

Er wusste, wie seine Antwort ausfallen sollte. Wusste es und zögerte doch, sie zu geben.

# 5

Die Gartenausstellung war eine Wunderwelt, ein wahr gewordenes Märchen für Menschen wie Tilda. Direkt nach ihrer Ankunft war sie losgezogen und hatte sich durchgefragt, bis sie zu einem Informationsstand der Waterperry School of Horticulture gekommen war. Eine Traube junger Mädchen, offensichtlich Schülerinnen, plapperte aufgeregt, während sie eine Pflanze in einem Topf betrachteten, den eine von ihnen in den Händen hielt.

Alle trugen dieselben dunkelgrünen Hosen und Stiefel, dazu Blusen, die aussahen wie Männerhemden und kurze Jacken. Die Mädchen waren hübsch zurechtgemacht, aber nicht so aufgetakelt wie viele Gäste. Nein, ihr Make-up war zurückhaltend, die Frisuren allesamt eher praktisch als aufwendig. Das waren Frauen nach Tildas Geschmack. Ihr Herz klopfte wie verrückt, wenn sie sich vorstellte, vielleicht bald zu ihnen zu gehören.

Mit weichen Knien trat sie an den Tisch und räusperte sich. »Guten Morgen!«

Eine resolut aussehende Dame von Anfang vierzig, das Haar stramm zu einem Dutt zusammengefasst, was ihr Gesicht noch derber wirken ließ, kam zu ihr. »Sie wünschen?«

»Ich habe von diesem Wettbewerb gehört.« Aufgeregt faltete sie das Flugblatt auseinander und legte es flach auf den Tisch. »Bin ich dafür hier richtig?«

Die Frau musterte sie. »Ja, das sind Sie, aber wo ist Ihre Pflanze?«

»Ich hole sie sofort, ich wusste nur nicht …«

»Kein Beinbruch. Hier in das Formular eintragen. Tisch 7. Bewertung und Kür der Siegerin um vierzehn Uhr.«

»Vielen, vielen Dank, Madam!« Tilda schrieb eilig Name und Anschrift auf und vermerkte *Rose*. Dann eilte sie los, um die Pflanze zu holen.

Ihre Familie und der Helfer waren noch dabei abzuladen. Mit Sackkarren transportierten sie Vaters Obstbäume vom Wagen zum Ausstellungsort. Als Tilda beim Laster ankam, sah sie ihren Vater und seinen Helfer mit der kostbaren Fracht davonfahren. Die Bäumchen, immerhin höher als ein großer Mann, wackelten gefährlich hin und her. Mutter war nirgends zu sehen. Vermutlich war sie am Ausstellungsort und passte dort auf die bereits transportierten Pflanzen auf.

Großmutter Maryann winkte ihrer Enkelin zu, und Tilda fiel ihr in die Arme. »Raus mit der Sprache, Mädchen!«

»Es hat geklappt, ich durfte mich anmelden.«

»Du bist ja ganz außer Atem.« Maryann kniff ihr liebevoll in die Wange. »Nun verschnaufe erst einmal.«

»Nein, ich muss die Rose bringen.«

»Den schweren Topf? Soll dir nicht dein Vater helfen?«

Wie kam sie denn darauf? Tilda nahm Maryanns Hände in ihre und sah sie eindringlich an. »Nein, die Eltern sollen nichts davon wissen. Es ist unser Geheimnis, Grandma, deins und meins, versprochen?«

»Ja, ja, natürlich, Darling«, erwiderte sie irritiert.

Im Nu war Tilda auf dem Pritschenwagen und schob den Tontopf mit ihrer Rose bis zum Rand. Dann sprang sie hinab, umwickelte alles mit einem alten Lappen, um sich nicht schmutzig zu machen, und hob das schwere Gefäß mit beiden Armen herunter. Die Pflanze war mit einem zarten Leinentuch abgedeckt, damit sie auf der Fahrt nicht verstaubte.

So schwer ist es nicht, dachte sie zuerst, doch nach einigen Minuten, die sie mit ihrer Last über das weitläufige Gelände zurückgelegt hatte, begannen ihr die Schultern wehzutun, und es kam ihr vor, als werde der Griff rutschiger. Die mit einem Tuch verhängten Äste versperrten ihr zusätzlich die Sicht.

»Entschuldigung, Vorsicht!«, rief Tilda, sobald sie Leute vor sich erahnte. Immer dichter wurde das Gedränge früher Besucher und Aussteller. Schließlich blieb ihr nichts anderes übrig, als sich hinter zwei Männern einzureihen, die in ein Gespräch vertieft waren, das zumindest für einen der beiden alles andere als gut verlief.

Tilda konnte nicht anders, als zuzuhören, so laut führten die beiden Herren ihre Unterhaltung. Was ein Glück war, denn so wurde sie abgelenkt von dem zunehmenden Ziehen in ihren Armen und den feinen Schweißperlen, die ihr auf der Stirn kitzelten. Wenn sie ihr Ziel erreichte, würde sie völlig derangiert aussehen. Doch das war ihr im Moment gleich, solange nur die Rose heile ankam. Um sich selbst konnte sie sich später noch kümmern.

»Ich kann Ihnen nicht noch eine Fahrt finanzieren, wenn Sie mir nur verdorbene Ware liefern«, echauffierte sich der Ältere.

»Aber Sir, ich kann doch nichts dafür, wenn das Schiff in tobende See gerät und die Kisten mit Salzwasser durchtränkt werden«, entgegnete der Jüngere, ein hoch aufgeschossener Kerl, von dem Tilda nur den exotischen Panamahut sehen konnte.

»Das sagen Sie! Vielleicht wurden die Pflanzen auch nur schlecht gepackt. Faul waren sie, allesamt faul.«

»Es tut mir leid, Sir. Bitte, geben Sie mir noch eine Chance!«

»Die hatten Sie bereits, Morris! Auch ich kann kein Geld zaubern. Ich hätte mich nie auf so einen Jungspund verlassen sollen. Den Fehler begehe ich nicht noch einmal.«

»Ich flehe Sie an, Sir!« Der Panamahut blieb stehen.

Tilda versuchte auszuweichen und stieß gegen den Älteren der beiden. Ein hörbares Knacken ging von der Rose aus. Nein! Sie stieß einen halblauten Schrei aus.

»So passen Sie doch auf!«, fuhr der Mann sie an. Tilda ließ die Hände mit dem Topf sinken. Sie hatte einen Kloß im Hals, konnte nur an das schreckliche Knacken denken und sah vor ihrem inneren Auge die einzige voll geöffnete Blüte abgebrochen.

Das Gesicht des beleibten Mannes, den sie angerempelt hatte, war puterrot. Er schien vorgehabt zu haben, sie anzuschreien, doch nun, da ihm klar wurde, dass er ein junges Mädchen vor sich hatte, war er offenbar so perplex, dass ihm die Worte fehlten.

»Es tut mir wirklich sehr leid, Sir, ich konnte kaum sehen, was vor mir passiert.«

»Das habe ich gemerkt«, brummte er. »Morris, sehen Sie nicht, dass das Fräulein viel zu schwer trägt? Ich denke, wir haben alles geklärt. Helfen Sie ihr. Ich empfehle mich.«

Sie standen nebeneinander und sahen zu, wie der Mann sich eilends davonmachte.

»Na, danke auch, Miss.« Der Mann namens Morris musterte sie von oben herab aus dem Schatten seines Hutes.

»Geben Sie mir nicht die Schuld, Sir. Und nun einen guten Tag, ich muss mich beeilen.«

»Ach, geben Sie her!« Er riss ihr den Topf regelrecht aus den Händen und machte dabei ein verbissenes Gesicht. Sein zusammengepresster Mund wurde fast so schmal wie das dünne Bärtchen auf seiner Oberlippe.

»Vorsicht bitte!« Tilda fuchtelte hilflos mit den Händen. Der Mann drückte die Rose viel zu sehr, doch sie brachte wie so oft gegenüber Fremden kaum die Zähne auseinander. Seine forsche Art und die offensichtlich schlechte Laune machten es ihr zusätzlich schwer. Sie druckste herum.

»Wohin nun damit?«

»Ich … ich gehe voraus«, stotterte sie schließlich.

»In Ordnung.«

Im Gehen wischte sich Tilda hektisch über die Bluse und die kurze Jacke, beides war zerknittert und ein wenig staubig. Immer wieder blieb sie stehen und sah sich nach Morris um.

»Keine Sorge, ich türme nicht mit Ihrem Schatz.«

»Das wollte ich Ihnen doch auch gar nicht unterstellen«, erwiderte sie schnell, hatte aber das Gefühl, es damit nur schlimmer zu machen. Sein Gesicht wirkte schmal, kantig und angespannt, als schluckte er eine scharfe Antwort herunter.

Besser, sie hielt einfach den Mund, es kam ohnehin nur Falsches heraus, als würden sich die Worte noch auf ihrer Zunge verdrehen.

Endlich konnte sie den Stand der Schule vor sich erkennen, und da war auch ihr Tisch.

Ungeduldig sah sie sich wieder nach ihrem unfreiwilligen Helfer um, der sich von ihrer Eile nicht hatte anstecken lassen. Morris machte keinen Hehl daraus, dass er schlecht gelaunt war und von allein sicher nicht auf die Idee gekommen wäre, ihre Rose zu tragen.

»Vielen, vielen Dank«, sagte sie daher und versuchte es mit einem Lächeln, auch wenn ihr der Sinn nicht danach stand. Sie wollte die Rose auspacken und endlich wissen, was bei ihrem Zusammenstoß so schrecklich geknackt hatte.

»Hierhin, Miss?« Morris stellte seine Last ab. »Was ist das hier, ein Wettbewerb?«

»Ja, die Gewinnerin bekommt ein einjähriges Stipendium.« Flüsternd setzte sie hinzu: »Und das brauche ich unbedingt!«

Er las das Banner über dem Stand, las es noch einmal und verzog den Mund zu einem herablassenden Grinsen. »Was ist das für eine tolldreiste Idee! Gärtnerinnen? Dass ich nicht lache!«

»Sie lachen bereits«, konstatierte Tilda, während sie vorsichtig den Stoff freizupfte, der sich in den Dornen verhakt hatte. Sie kannte Männer wie diesen Morris zur Genüge. Oft tauchten solche Exemplare in der Gärtnerei auf, um mit dem Vater Geschäfte zu machen, und ließen sich dann über Tilda aus. Ein hübsches Mädchen wie sie solle den Spaten weglegen und heiraten. Sie sei zu schade für eine solche Arbeit. Andere wollten ihr beibringen, wie man eine Schaufel richtig hielt, und rückten dabei unangenehm nahe. Sie hatte früh gelernt, sich dagegen zu wehren. Wenn auch nicht mit Worten, denn das lag ihr nicht, wohl aber mit einem bösen Blick oder einem wohlplatzierten Stoß mit dem Ellenbogen.

Doch was scherte es sie, dass dieser Fremde hier sich über sie lustig machte? Kurz musterte sie ihn. Er sah gut aus, so groß gewachsen, mit einem Aristokratengesicht und der etwas zu großen, schmalen Nase, die ihm Charakter verlieh. Vermutlich machten ihm viele Mädchen den Hof, doch Tilda ließ sich von so einem nicht täuschen. Seine Augen waren grasgrün. Morris war ein Frosch, der sich als Prinz verkleidete. Sein gewandtes Auftreten und der exotische Hut verliehen ihm etwas Weltmännisches.

»Nun lassen Sie Ihr Wunderwerk sehen, das ich den ganzen Weg geschleppt habe.« Er begann an dem Tuch zu ziehen.

»Nicht! Vorsicht!«

»Na, na, zarter als eine Orchidee wird Ihr Pflänzchen schon nicht sein«, spottete er. Tilda sah mit Erleichterung, dass er tatsächlich sacht zu Werke ging, und erinnerte sich wieder an das mitgehörte Gespräch. Er war Pflanzenhändler oder zumindest so etwas in der Art, Importeur von Exoten vielleicht, dem eine Ladung verdorben war, was ihm sein Geschäftspartner oder Kunde persönlich zur Last legte.

Gemeinsam hoben sie nun das Tuch herunter. Tilda ließ es achtlos zu Boden fallen und stieß einen erleichterten Seufzer aus. »Sie ist nicht abgebrochen.« Die Blüte erhob sich wie eine Königin aus dem grünen Laub.

»Hier«, Morris bewegte einen abgeknickten Trieb, an dessen Spitze Knospen saßen, die nun niemals aufgehen würden.

»O nein.« Tilda spürte, wie sich ein Kloß in ihrem Hals bildete. Jetzt nur nicht heulen. Die große Blüte war heil, das war alles, was zählte.

»Warten Sie, Miss.« Morris zog eine Streichholzschachtel aus der Tasche und knickte von einem Hölzchen die Spitze ab. Dann spaltete er es der Länge nach, bis er einen dünnen Span in der Hand hielt. »Passen Sie auf, dass niemand guckt.«

»Ich … Ja«, stotterte Tilda und sah sich um. Die Frauen und Mädchen am Stand unterhielten sich, aber niemand sah in ihre Richtung. »Alles … alles in Ordnung«, stotterte sie leise. Als sie sich wieder Mr Morris zuwandte, hatte der sich das Streichholz zwischen die Lippen gesteckt und hantierte mit einem kleinen, scharfen Messer an ihrer Rose. Tilda fuhr der Schreck in den Leib. »Was tun Sie da?«

»Ihren Sieg retten«, nuschelte er. Der gebrochene Zweig war der Länge nach aufgeschlitzt, und nun schob und drückte Morris das Streichholz in die Lücke. »Ein Haar von Ihnen, möglichst lang. Schnell, Miss!«

Tilda war so perplex, dass sie einfach tat, was er ihr sagte, sich in den Nacken griff und ein Haar auszupfte. Morris wickelte es konzentriert um die Bruchstelle, verknotete es und schnitt die Enden ab. Dann bestrich er die Stelle mit etwas Spucke, betupfte alles mit feiner Erde aus dem Topf und drehte ein Blatt so, dass die Stelle verdeckt wurde. Zufrieden mit seinem Werk wischte er sich die Hände an einem Taschentuch sauber.

»Danke … denke ich«, sagte Tilda zögerlich. Die Rose war

dem Aussehen nach heil, es war wie Zauberei. Oder vielmehr das Werk eines geübten Täuschers. Womöglich hatte dieser Mann seinem Kunden wissentlich schlechte Ware verkauft und nur gehofft, dass es durch Trickserei nicht aufflog.

»Wie lange wird das halten?«

Morris blickte zum Himmel hinauf, wo sich soeben eine breite Wolkenbank vor die Sonne schob. »Wenn das so bleibt, bis zum Abend. Lange genug. Es darf nur nicht austrocknen.«

»Kann ich etwas tun?«

»Lächeln und hübsch aussehen, den Rest besorgt Ihre herrliche Rose. Wirklich ein Prachtexemplar. Ich empfehle mich.«

Er wandte sich zum Gehen, da rief die Frau am Stand, mit der Tilda vorhin gesprochen hatte, seinen Namen. »Mr Morris? Sie sind doch Mr Morris, der Pflanzenjäger?«

Er seufzte. Tilda sah noch, wie sich sein Gesicht veränderte, als setzte er eine freundliche Maske auf.

»Ich habe von Ihrem Missgeschick gehört und möchte Ihnen ein Angebot machen.« Er trat mit der Dame zur Seite, sodass Sibylla den weiteren Verlauf des Gesprächs nicht verfolgen konnte. Augenblicke später rief Morris aus: »Niemals! Nur über meine Leiche!«, und marschierte mit großen Schritten davon.

Tilda blickte auf ihre Rose. Nun trat sie nicht nur mit einer gestohlenen Pflanze an, sondern hatte sich auch noch von einem Betrüger helfen lassen. Das konnte nur unglücklich enden.

Neben ihr wurde getuschelt. Die Schülerinnen blickten Mr Morris nach, der mit steifen Schultern den Weg hinuntermarschierte, bis ihn dichtes Gedränge stoppte. Er versuchte auf beiden Seiten, sich vorbeizumogeln, doch es gelang nicht.

»Gut sieht er ja aus«, flüsterte ein Mädchen. »Mit dem wird es bestimmt nicht langweilig. Ich habe gehört, er war schon überall auf der Welt.«

Tilda wollte nicht lauschen, aber neugierig war sie nun doch. Dieser Morris tat also nicht nur weltmännisch, sondern war es auch. Umso verwunderlicher, dass sich so einer hierher in die Provinz verirrte.

»Was Mrs Havergal wohl von ihm wollte?«, sagte nun eine andere Schülerin.

»Vielleicht hat sie ihn um eine Spende gebeten?«

»Das hätte ihn wohl kaum so aufgebracht.«

»Egal, was es ist, ich hoffe, er ändert seine Meinung.«

»Und dann glaubst du dumme Gans, du kannst ihn mit ein paar Sahnetörtchen bestechen, damit er dir von Afrika erzählt?«

Die Angesprochene kicherte. »Der darf mir nicht nur davon erzählen, von dem lasse ich mir Afrika auch zeigen. Afrika und noch viel mehr.«

Nun lachten alle. Tilda war entsetzt. Sie hätte nicht geglaubt, dass anständig aussehende junge Damen so reden würden. Fehlte nur noch, dass sie jedem, der ihnen gefiel, hinterherpfiffen.

Das Thema Mr Morris beschäftigte die Schülerinnen noch eine ganze Weile. Mehrfach fiel das Wort Pflanzenjäger, und so langsam wurde Tilda auch klar, was damit gemeint war. Pflanzenjäger, das schienen Vagabunden und Abenteurer zu sein, die überall auf der Welt, meist in unzugänglichen Sümpfen und Urwäldern, nach unentdeckten Pflanzen suchten, um sie meistbietend an Sammler zu verhökern. Offenbar wechselten dabei oft beträchtliche Summen den Besitzer. Und ganz korrekt ging es dabei wohl nicht immer zu. Sonst hätte Morris nicht sofort gewusst, wie die Richter zu täuschen waren. »Meine Tante sagt, der lässt keine Frauen an sich ran, ist noch nie mit einer gesehen worden.«

»Vielleicht mag er es exotischer.«

»Pfui, Valerie!«

»Nun, hässlich muss so eine Häuptlingstochter aus dem Dschungel ja nicht sein.«

»Meine Damen!« Die strenge Stimme der Frau von vorhin ließ die Tuscheleien augenblicklich verstummen. Diese bodenständig wirkende Frau mit dem derben Gesicht war Beatrix Havergal, die Rektorin? Sofort war Tilda die Schule noch sympathischer.

Vor Aufregung wurde ihr der Hals trocken. Mehrere Frauen und ein Mann, jeweils mit Kladden ausgerüstet, näherten sich den ausgestellten Pflanzen. Das war das Prüfungskomitee. Nun galt es.

Sibylla musste sich eingestehen, dass es durchaus Freude machte, bei diesem schönen Wetter durch die weitläufigen Anlagen von Blenheim Palace zu flanieren.

Sie hatte auch schon einige Adelige und andere wichtige Persönlichkeiten entdeckt, die sich offensichtlich nicht zu schade waren, um sich mit heimischen und exotischen Pflanzen zu beschäftigen. Vielleicht war es am Ende gar nicht so übel, diese Gärtnerinnenschule besuchen zu müssen, wenn sie dort auf die Töchter solcher Leute traf. Denn Familien, die Töchter hatten, hatten oft auch Söhne. Und die wären in genau dem richtigen Alter, um nach ihrer Herzensdame Ausschau zu halten.

Francis machte seine Sache als Begleiter gut. Stets war er höflich und hielt sich vornehm zurück, wenn sie jemanden trafen. Er hörte aufmerksam zu. Ganz anders als dieser Carl Wells, mit dem sie in den vergangenen Monaten ausgegangen war und der immer nur über sich, sein Automobil und Politik reden konnte. Er war auf geradezu ungesunde Weise fasziniert von Adolf Hitler und dessen geschicktem Taktieren, um den Vertrag von Versailles zu unterhöhlen, ohne die ehemaligen Alliierten zu brüskieren. Auf Sibylla wirkte der Mann eher wie eine Witzfigur. Seine zackige Art zu sprechen gehörte ihrer Meinung nach auf eine Theaterbühne, aber doch nicht in die Politik! Carl hatte ihre Meinung stets mit Herablassung quittiert. Zwar redete er selbst gern über Politik, wenn sie ausgingen, fand aber, dass eine Frau zu diesem Thema nichts zu sagen hatte. Bis zum Schluss, als sie die Sache beendet hatte, war es anscheinend über sein geistiges Vermögen hinausgegangen, sich ihren Nachnamen korrekt zu merken. Aber vielleicht hatte es ihn auch schlicht nicht interessiert.

Nun stand Sibylla im Rosengarten und wartete darauf, dass Francis aus einem Pavillon zurückkehrte, in dem Getränke verkauft wurden. Nicht weit von ihr spielte ein kleines Orchester leichte klassische Musik. Die zarten Klänge der Flöten wurden immer wieder vom Brummen großer Hummeln übertönt, die wie trunken von Blüte zu Blüte taumelten. Sibylla zog unauffällig mit einer Hand ihren Rocksaum enger. Die Vorstellung, einer der pelzigen Brummer könnte unter den Stoff geraten, jagte ihr einen Schauer über den Rücken. Jetzt bemerkte sie auch den Mann, der sie beobachtete. Er war teuer gekleidet, das sah sie sofort, was aber nicht von seiner Plauze, den rosigen, fleischigen Lippen und der kleinen Stupsnase ablenken konnte.

Er schien ihren Blick misszuverstehen und setzte sich in Bewegung. Den Altersunterschied von mindestens zehn Jahren sah er wohl nicht als Hinderungsgrund, um ihr den Hof zu machen. Denn genau das schien sein Ziel, als er gockelhaft einen Gehstock schwingend auf sie zumarschierte.

Wo bleibt nur dieser Gärtner?, dachte Sibylla hilflos. Nun brauchte sie ihn ein einziges Mal wirklich, und er war nicht aufzufinden. Da sie hier verabredet waren, konnte sie noch nicht einmal die Flucht antreten, sondern würde sich unterhalten müssen, bis er wiederkam.

»Francis? Francis! Hier bin ich«, rief sie, als ihr potenzieller Verehrer nur noch zwei Schritt entfernt war. Sibylla tat, als würde sie ihn gar nicht wahrnehmen, und lief ein Stückchen in Richtung Pavillon. Erleichterung machte sich breit, denn in diesem Augenblick zwängte sich Francis tatsächlich mit einer eleganten Drehung zwischen einigen Leuten hindurch, zwei Gläser in die Höhe haltend. Sibylla ertappte sich wieder bei dem Gedanken, dass es eine Freude sein würde, mit ihm zu tanzen. Das wäre etwas … mit ihm tanzen, flirten, bis er bereit war, alles für sie zu riskieren, und dann … Nun, das würde sie noch sehen. Es hing ganz von seinem Verhalten ab.

»Entschuldigen Sie, es war schrecklich voll.« Er reichte ihr eine Champagnerschale. »Das ist Sekt mit Pfirsichsaft, ich dachte, das würde Ihnen vielleicht gefallen.«

»Danke!« Erleichtert nahm Sibylla das Glas und stieß es gegen seines. Das kühle, süße Getränk war ganz nach ihrem Geschmack. »Erfrischend, sehr angenehm.«

Sie hakte sich bei ihm unter, noch bevor er ihr seinen Arm bot. »Und nun bitte fort von hier. Soll es nicht auch Wettbewerbe geben? Die würde ich mir gerne ansehen.«

»Dann hier entlang«, sagte er gut gelaunt, während Sibylla über die Schulter zu ihrem unglücklichen Verehrer zurücksah und ihm ein triumphierendes Lächeln schenkte.

In der folgenden Stunde sahen sie sich allerlei an. Es gab Wettbewerbe für Dahlien, Tulpen und Lilien, für Grünpflanzen mit besonders schönem Blattschmuck und auch für essbare Pflanzen.

Erstaunlich, was Menschenhand aus der ohnehin schon schönen Natur formen konnte. Sibylla gab es ungern zu, doch so langsam begann sie, an dem Thema Gefallen zu finden, solange es nur nicht immer um Orchideen in ihren stickigen Gewächshäusern ging. Besonders erstaunte sie eine Sammlung von Obstbäumchen, die nicht nur eine Sorte Obst, sondern gleich fünf bis zehn trugen. »So eines möchte ich haben!«, stieß sie aus, während Francis mit dem Gärtner fachsimpelte, der diese Wunderwerke geschaffen hatte.

Ein Blick auf das Preisschildchen war ernüchternd. Aber sie war sich sicher, dass Vater ihr eines kaufen würde, allein um ihr Interesse zu fördern.

Francis grinste irritiert und dann mit einem gewissen Stolz. *Ja,* wollte sie sagen, *ja, Sie haben es geschafft. Mich wie Alice im Wunderland in den Kaninchenbau gestoßen, und nun gehe ich mit einem Gärtner über eine Flower Show und langweile mich nicht.*

»Reservieren Sie uns eines der Bäumchen? Es müsste geliefert werden«, erkundigte sich Francis und schrieb dem Verkäufer die Adresse auf. War er sich so sicher, dass Vater bezahlen würde, oder hatten sie diesen Fall sogar besprochen?

Der Gedanke verdarb ihr beinahe die Freude.

»Ah, schauen Sie, dort ist ein Stand der Schule!«

Sibylla stellte sich auf die Zehenspitzen, reckte den Hals und konnte trotzdem nichts erkennen. »Das ist doch gemein«, schimpfte sie und hielt sich mit der Hand an Francis' Schulter fest. Vor ihr hatten sich Dutzende Zuschauer versammelt. Sie standen dicht gedrängt und schienen auf etwas zu warten.

»Kommen Sie.« Francis nahm sie an der Hand, und ehe sich Sibylla über sein dreistes Vorgehen echauffieren konnte, zog er sie schon mit sich. Ein wenig Drängeln, ein sanftes Schubsen hier, ein entschuldigendes Lächeln dort, und sie fand sich in der ersten Reihe wieder.

Die Leute applaudierten, dann kehrte erneut gespannte

Ruhe ein. Sibylla musterte die Riege von vier Frauen und einem Mann, die mit feierlichen Mienen dastanden. Ob das wohl ihre zukünftigen Lehrerinnen sein würden? Sie wirkten allesamt grob und in ihrem Aufzug wie verkleidete Bauerntrampel. Am schlimmsten waren die jungen Mädchen, wohl Schülerinnen, die wie eine aufgeregte Wachtelschar etwas abseits standen und tuschelten. Sie trugen sogar an diesem Tag grobe grüne Hosen, von denen zwei auch noch starr vor Schmutz waren, dazu Männerhemden und klobige Schuhe mit flachen Sohlen.

Das ist vermutlich eine der Schulgründerinnen, also entweder Mrs Havergal oder Mrs Sanders, dachte Sibylla, als eine Mittvierzigerin mit dunklem Haar und einem angenehmen, freundlichen Gesicht vortrat. »Und nun kommen wir zur Gewinnerin unseres kleinen Wettbewerbs. Sie bekommt diesen hübschen kleinen Pokal und, was wohl viel wichtiger ist, ein einjähriges Stipendium für die Waterperry School of Horticulture von einer Gönnerin, die ungenannt bleiben möchte.«

Sibylla musterte die Konkurrentinnen. Fünf junge Frauen standen nebeneinander aufgereiht und konnten die Beine kaum stillhalten. Eine wirkte, als wäre sie richtig auf die Folter gespannt, während die anderen nur aufgesetzt lächelten.

Zwei Mädchen standen mit Urkunden abseits. Platz zwei und drei, vermutete Sibylla.

»Der erste Preis geht an Matilda Allers für ihre außergewöhnliche Rose, die alle Juroren verblüfft hat.«

Eines der Mädchen, eine Rothaarige, wurde kreidebleich. Auf Sibylla wirkte es, als würde sie gleich ohnmächtig. Zweimal musste sie aufgefordert werden, ihren Preis entgegenzunehmen, bis sie schließlich mit unsicheren Schritten herüberlief und die ausgestreckten Hände der Juroren schüttelte.

»Kommen Sie, sehen wir uns die Wunderblume an«, sagte Francis und geleitete Sibylla durch die Menge zu einem kleinen Tischchen mit einer getopften Rose. Und tatsächlich: Sie war wunderschön! Gelb und rosé mit feinen weißen Linien. Und das sollte so ein einfaches Mädchen fertiggebracht haben? Wo Sibylla selbst noch nicht einmal Tomaten zum Keimen bewegen konnte?

Sie sah zu ihrer zukünftigen Mitschülerin zurück, fest entschlossen, ihr Geheimnis zu ergründen, sobald sie gemeinsam die Schulbank drückten.

# 6

*Eine Woche später*

Tilda saß neben ihrem Vater in dessen rotem Pritschenwagen. Sie hatte darauf bestanden mitzufahren, weil er ihr in der Enge des Gefährts nicht ausweichen konnte. Nun kämpfte sie damit, wie das Gespräch richtig anzufangen war, ohne dass sie die gesamte Fahrt streiten würden.

Eine Woche lag die Show am Blenheim Palace nun zurück. Wie glücklich sie gewesen war, als ihre Rose tatsächlich den ersten Platz machte! Die kleine Urkunde hing nun direkt über ihrem Bett, der handlange Pokal stand auf dem Nachttisch. Sie hatte gehofft, die Eltern würden beides zufällig finden und das Gespräch auf diese Weise ganz von selbst beginnen, aber nein. Warum sollten sie auch in Tildas Zimmerchen kommen? Jeden Morgen beim Aufwachen erinnerte sie der kleine Pokal daran, was sie alles erreichen konnte, wenn sie es nur wollte. In einigen Wochen würde die Schule beginnen, aber sie wusste noch immer nicht, ob sie hingehen durfte.

Und dann war da noch das andere Unglück. Direkt am Tag nach der Show war sie in den verwilderten Garten zurückgekehrt, wo sie die Rose im Herbst gefunden hatte. Wie groß war ihr Entsetzen gewesen, als sie die Verwüstung sah! Sämtliche Rosen in dem Beet am Brunnen waren aus der Erde gerissen worden, der Boden aufgewühlt, die Pflanzen zerbrochen und verdorrt. Sie konnte nicht einmal sagen, ob hier Tiere oder vielleicht sogar Menschen zu Werke gewesen waren. Hatte noch jemand nach Rosen gesucht, die besten ausgegraben und mitgenommen und den Rest vernichtet?

Was hatten ihnen diese unschuldigen Pflanzen getan? Tilda hatte sich auf den Rand des Brunnens gesetzt und geweint. Es ging gar nicht einmal um die Rosen selbst, sondern darum, dass dieser Ort auf brutale Art entweiht worden war. Er war ihr Geheimnis, ihr Schatz gewesen. Dabei war sie seit dem Herbst nicht mehr dort gewesen und hatte auch nun nur nachsehen wollen, ob noch weitere Pflanzen mit der ungewöhnlichen Veränderung aufgetaucht waren. Und dann das! Wenigstens würde jetzt niemand mehr ihr Geheimnis lüften können, dachte sie. Doch was war das für ein schwacher Trost.

Vater trat auf die Bremse und setzte den Blinker. Tilda bekam einen Schreck. Waren sie etwa schon da? Nein. Ein Glück, doch ihr lief die Zeit davon, wenn sie noch ansprechen wollte, was ihr auf der Seele brannte.

»Pa, wir müssen reden«, begann sie.

Er warf ihr unter buschigen Brauen einen prüfenden Blick von der Seite zu, sagte aber nichts.

»Mein Stipendium für Waterperry«, stieß Tilda hervor. »Ich möchte so gern auf die Schule, und ich verspreche, nein, ich schwöre, dass ich jeden freien Moment in der Gärtnerei arbeite. Ich werde so oft nach Hause kommen, wie ich kann. Es ist ja nicht weit von uns.«

»Schluss. Schluss damit, Tilda! Was denkst du denn, wie es nach diesem einen Jahr weitergeht? Willst du ein weiteres Stipendium auf einem Wettbewerb gewinnen? Das ist doch Unsinn. Du gibst dich falschen Hoffnungen hin. Dein Gewinn war eine Glückssache. Du hast die Rose durch Zufall gefunden!«

»Aber das muss doch keiner wissen.«

»Darum geht es nicht, Mädchen. Du machst dich nur unglücklich. Nach einem Jahr hast du Freundinnen gefunden, der Abschied wird dir schwerfallen, und du wirst es uns zum Vorwurf machen, dass wir uns keinen weiteren Unterricht leisten können.«

»Aber ich werde auch ganz viel lernen können. Pa, bitte!«

»Nein, und das ist mein letztes Wort.«

Tilda ballte die Hände zu Fäusten und schwieg. Sie fühlte sich leer. Auf seltsame Weise erschöpft. Selbst für ein paar Tränen fehlte ihr die Kraft. Für einen Augenblick wünschte sie, Grandma Maryann hätte sie niemals auf die Idee gebracht.

Vater drückte kurz ihre Hand, was sich beinahe wie eine Entschuldigung anfühlte. Er war kein Mann vieler Worte, war am liebsten mit sich und seiner Arbeit allein. Erst als sie eine Viertelstunde später ihr Ziel fast erreicht hatten, erhob er wieder das Wort. »Die Healeys sind Neukunden. Sie haben viel Geld. Es wäre schön, wenn wir sie in Zukunft regelmäßig beliefern könnten. Mr Healey hat unter Pflanzensammlern einen Namen. Wir sollten auf jeden Fall einen guten Eindruck hinterlassen.«

Tilda nickte nur stumm. Wahrscheinlich würde es ihr guttun, wenn sie sich auf etwas anderes konzentrierte. Sie nahm ihren kleinen Taschenspiegel heraus und kontrollierte Gesicht und Haar. Der schlichte, lange Zopf saß, auf den Wangen leuchteten keine Erdspuren. Sie war tatsächlich einmal einem Kunden mit Dreck auf der Stirn entgegengetreten, doch freundlicherweise hatte er sich nichts anmerken lassen, dabei sah sie aus wie ein Indianer in voller Kriegsbemalung.

»Da ist es.«

Der schmiedeeiserne Zaun, der sich samt einer hohen Hecke an der Straße entlangzog, kam ihr endlos vor. Das Tor wurde von zwei mächtigen Eichen flankiert, deren Kronen darüber zu einem gemeinsamen Dach verschmolzen. Zu dieser Jahreszeit waren die Blätter von einem frischen, leuchtenden Grün.

Ein Pförtner öffnete ihnen die Tür, nachdem der Vater das Anliegen genannt hatte.

»Er erwartet uns persönlich«, murmelte er, während er den auf Hochglanz geputzten Pritschenwagen die gewundene Kiesauffahrt hinauflenkte.

»Ist das ungewöhnlich?«, fragte Tilda und musterte das prächtige Anwesen durch die Frontscheibe. Es war beeindruckend, doch was ihre Blicke wirklich auf sich zog, waren die großen Gewächshäuser. Statt der schlichten Bauten, wie sie sich bei den Allers über einigen Beeten erhoben, waren diese hier echte Kunstwerke, deren Stahlverstrebungen Kuppeln und Gewölbe formten. Kathedralen aus Glas, nur für die Pflanzenzucht.

»Ja«, beantwortete der Vater ihre Frage. »Ich dachte, wir würden nur auf seinen Head Gardener treffen. Aber da steht er. Hätte ich ihn nicht schon einmal gesehen, würde ich ihn für seinen eigenen Angestellten halten.«

Tilda musterte den Mann, der angeblich ein reicher Tuchmacher war. Er trug gewöhnliche Arbeitskleidung und eine Tweedkappe auf dem Kopf. Nur die guten, polierten Lederstiefel unterschieden ihn von einem ordinären Gärtner. Neben ihm stand eine hübsche junge Frau in einem luftigen Sommerkleid. Sie wirkte wie ein Schmetterling, der sich nur zufällig auf der Erde niedergelassen hatte. Ihr Haar war dunkelblond, fast braun, die Gestalt zart und anmutig.

Vater hielt den Wagen an. Sie stiegen aus, und Tilda beeilte sich, an seine Seite zu treten. Die Männer gaben sich die Hände.

»Darf ich vorstellen, meine Tochter Sibylla«, sagte Mr Healey. »Sie war es, die auf Ihre ungewöhnlichen Bäumchen aufmerksam geworden ist.«

»Angenehm, mich begleitet meine Tochter Matilda.«

Sibylla Healey wirkte überrascht von Tildas Gegenwart, dabei waren sie einander doch nie begegnet. Ihre abschätzende Musterung war Tilda unangenehm. Es war, als würde ein Gewicht von ihrer Schulter genommen, als Sibylla sich endlich ihrem Vater zuwandte. »Miss Allers hat den Wettbewerb der Schule gewonnen, ich habe es gesehen. Für den ersten Platz war ein Stipendium ausgelobt worden.« Sibylla sah triumphierend zu ihm auf. »Sogar Mr Boyle war von ihrer Rose angetan.«

Tilda fühlte, wie ihre Wangen bis zu den Ohren heiß wurden. »Danke, Miss!«

Mr Healey nahm ihre Hand und schüttelte sie enthusiastisch. »Sehr schön, sehr schön, da kann Ihr Vater aber stolz sein. Sibylla, du solltest dich mit deiner zukünftigen Mitschülerin vertraut machen. Mr Allers, Sie platzen sicherlich vor Stolz, so eine talentierte junge Frau zur Tochter zu haben. Es ist so schön, wenn die Kinder den Eltern in der Botanik nacheifern.«

Tilda sah mit leiser Genugtuung, wie sich der Vater innerlich wand, und ahnte plötzlich, dass sich ihr Schicksal gerade vermutlich durch einen weiteren Zufall zum Guten gewandt hatte. Denn wenn er sich mit seinem Kunden zukünftig gut stellen wollte, wäre die gemeinsame Schule der Töchter ein parates Vehikel.

»Ich bin Sibylla«, sagte die junge Frau und streckte ihr nun ebenfalls die Hand hin.

»Matilda, aber die meisten nennen mich Tilda.«

»Ich freue mich sehr, dass ich nun schon jemanden kenne, wenn es in ein paar Wochen losgeht. Komm, ich glaube, unsere Väter haben sich viel zu erzählen.«

Tilda war irritiert, dass Sibylla Healey so formlos zum Du überging und sie beinahe wie eine Gleichgestellte behandelte, obwohl sie Welten trennten. Sie versuchte, sich nichts anmerken zu lassen, denn ihre zukünftige Mitschülerin schien doch recht nett, wenn auch ein wenig hochnäsig. Aber vermutlich waren alle feinen Leute so. Tilda fand sie dennoch sympathisch, nachdem sie das erste Unwohlsein abgeschüttelt hatte. Und so fühlte es sich nur ein klein wenig seltsam an, als Sibylla sich bei ihr unterhakte wie bei einer guten Freundin und sie einlud, sich den Garten anzusehen.

Sibylla zog die rothaarige Gärtnerstochter mit sich. Tilda sträubte sich ein wenig und sah mehrfach zu ihrem Vater zurück, der sie aber kaum noch beachtete, nachdem er sich mit Sibyllas Vater in Fachsimpelei verstrickt hatte. Hübsch war sie, zumal für ein einfaches Mädchen. Ihre Haut war gebräunt. Auf der Nase zeigten sich trotzdem nur wenige Sommersprossen. Das war ungewöhnlich für eine Rothaarige.

Sibyllas erster Eindruck von der Flower Show bestätigte sich: Diese Matilda gefiel ihr. Außerdem konnte sie nützlich sein. Sie schien einen Dickkopf zu haben, auch wenn sie jetzt sehr schüchtern tat, was angesichts der Situation aber wohl nur natürlich war.

Hoffentlich taute sie bald auf. Tilda sollte ihre Freundin werden, vielleicht konnten sie sich sogar ein Zimmer teilen. Eine wie die Gärtnerstochter war zur zukünftigen Musterschülerin bestimmt! Wer ohne Ausbildung einen solchen Wettbewerb gewann, der konnte doch schon alles.

Sibylla wusste, dass sie selbst auf der Schule Probleme bekommen würde. Denn ihr fehlte schlechthin die Leidenschaft für die Pflanzenwelt. Mit Tilda an ihrer Seite würde es auf der Schule aber womöglich nur halb so schlimm werden. Sie würden einander Gesellschaft leisten und sich – noch wichtiger – unterstützen können.

Nun, was hieß hier »einander«? Wenn sie ehrlich zu sich selbst war, bestand kein Zweifel daran, wer hier wen unterstützen würde. Aber erst einmal musste sie das Vertrauen ihrer neuen Freundin gewinnen. Wie sie deren Hilfe, auf die sie doch schwer hoffte, zurückzahlen würde, stand auf einem anderen Blatt. Vermutlich war eine wie Tilda schon zufrieden damit, eine aus der höheren Gesellschaft zur Freundin zu haben.

»Freust du dich schon sehr auf den Schulbeginn?«, brach Sibylla das Eis mit einer Frage.

»O ja, ich zähle die Tage, aber …« Tilda stockte.

»Heraus damit, gibt es ein Problem?«

Tilda wand sich sichtlich, sie zog ihren langen roten Zopf nach vorne und ließ ihn durch die Finger gleiten. Mehrfach setzte sie an, stotterte, suchte nach Worten und brach ab, als wäre sie es nicht gewohnt, mit Lebewesen umzugehen, die nicht nur grünten und blühten, sondern auch sprachen. Auf gewisse Weise erinnerte Tilda sie an Francis. Auch ihm musste sie jeden Satz abringen.

Ihre Begleiterin versuchte, sich ihre Unsicherheit nicht anmerken zu lassen, und scheiterte. »Nun, es ist so. Mein Vater wollte eigentlich nicht, dass ich die Schule besuche, aber ich habe den Eindruck, dass er seine Meinung vielleicht gerade in diesem Moment ändert.«

Sie sprach so leise, dass es schwer war, sie zu verstehen. Das Gehörte irritierte Sibylla. Was war das für eine verkehrte Welt? So eine Geschichte würde selbst sie nicht schreiben.

»Es wäre eine scheußliche Sache, wenn er dich nicht hingehen ließe. Wo es bei mir doch das genaue Gegenteil ist. Meine Eltern schicken mich hin, obwohl ich nicht möchte.«

»Sie wollen nicht? Und das bei so einem herrlichen Garten?«, stieß Tilda hervor und schien schlagartig ein wenig aufzutauen.

»Nein. Das hier ist der Traum meiner Eltern. Ich liebe es, zu tanzen, die Musik, Konzerte, mich mit Freundinnen zu treffen, zu schreiben. Meine Eltern dagegen wünschen sich eine Tochter, die sich in jeder freien Minute mit Erde beschmiert und ihnen keine Schande macht, wenn andere Orchideensammler zu Besuch kommen.«

Tilda schaffte es nicht, sich zu verstellen, und schmunzelte. »Ich würde sofort mit Ihnen tauschen. Meine Eltern schätzen zwar meine Hilfe in der Gärtnerei, aber meine Zukunft soll ich nicht dort sehen, sondern als brave Hausfrau eines anständigen Mannes.«

»Einen anständigen Mann soll ich auch finden, aber bitte einen, der all das hier fortführt.« Sibylla breitete die Arme aus und machte eine umfassende Geste in Richtung der Gewächshäuser. »Eigentlich sollte mein Bruder Benedict die Sammlungen weiterbetreuen, doch er war schlau genug, sich rechtzeitig nach Amerika abzusetzen.«

Tilda blickte mit glänzenden Augen auf die gläsernen Kuppelbauten voller Pflanzen, als sähe sie die Erfüllung ihrer Träume vor sich. Nur zögernd riss sie sich los, als Sibylla sich räusperte. »In den letzten Wochen hat mein Vater mich von seinem Gärtner unterrichten lassen, damit ich mich nicht ganz so dumm anstelle. Du hingegen hast ja alles in die Wiege gelegt bekommen.«

»Das müssen Sie gerade sagen«, murmelte Tilda und errötete gleich darauf. »Entschuldigung.«

»Es gibt nichts zu entschuldigen. Wir wollen doch Freundinnen sein. Und deshalb bestehe ich auch darauf, dass du endlich aufhörst, mich zu siezen.«

In diesem Moment erschallte ein Ruf. Der Hausherr verlangte nach seiner Tochter. Sibylla nahm Tildas Hand und zog sie hinter sich her. Sie rannten quer über den Rasen bis zu einem kleinen Rondell. In der Mitte war zwischen Lavendelsträuchern eine Grube ausgehoben worden. Dort sollte fortan ihr Wunderbäumchen stehen.

»Nun, Sibylla, so weit ist alles bereit.«

Sie spürte den prüfenden Blick ihres Vaters wie kleine, spitze Dolche. Er erwartete etwas von ihr, aber was?

»Sieht gut aus, so, vielleicht noch etwas drehen. Ist der Boden aufgelockert?«

»Ja, Miss«, sagte Tildas Vater ernst. Sie wurde das Gefühl nicht los, dass die Männer sich abgesprochen hatten.

»Sollte das Bäumchen nicht gestützt werden?«

Ihr Vater nickte, und seine Laune schien sich zu heben.

*Ja,* wollte sie sagen, *ja, ich habe durchaus etwas gelernt in Francis' Unterricht. Ganz so dumm stelle ich mich nicht an.*

Tildas Vater schaufelte das Loch in Windeseile zu. Dann schlug er einen Pfahl ein, der längst vorbereitet, aber hinter einer Hecke versteckt gewesen war.

»Der Baum ist wunderschön, vielen Dank«, sagte Sibylla schließlich. »Ich werde mich gut darum kümmern und ihn bei warmem Wetter gießen.«

»Bei Ihnen ist er sicherlich in besten Händen, Miss. Ich wünsche Ihnen viel Freude damit.«

»Danke!«

»Wir brechen dann auf. Tilda, hilfst du mir tragen?«

»Natürlich, Pa.« Sibyllas neue Freundin griff nach Schaufel und Spaten und sah sie flehentlich an.

Sibylla erinnerte sich an ihre Worte. »Pa, wäre es wohl möglich, dass ich Tilda einmal besuche? Wir sind doch bald Klassenkameradinnen. Ich könnte mir die Gärtnerei ansehen.«

»Natürlich, wenn es Mr Allers keine Umstände bereitet?«

Tildas Vater zog sichtlich die Schultern hoch und schoss seiner Tochter einen zornigen Blick zu. Dann sagte er: »Sie sind beide jederzeit willkommen.«

# 7

*Anfang August 1936*

Es war stets leicht, eine Mitfahrgelegenheit ins Zentrum von Oxford zu ergattern, wenn er die Hauptstraße erst einmal erreicht hatte.

Francis war guter Dinge. Der Unterricht am Morgen war mühelos verlaufen, und Sibylla hatte sogar dann ihre gute Laune behalten, als sie Anzuchterde mischen musste. Mit einer gewissen inneren Genugtuung sah er ihr dabei zu, wie sie mit konzentriertem Blick und gerümpfter Nase abgelagerten Pferdemist und Hornspäne unter die Erde knetete. Sie hatte sich nur kurz beschwert und laut verkündet, dass sie danach dringend ein Bad brauchen würde. Dabei stank es nicht einmal, und ihre Handschuhe reichten bis zu den Ellenbogen hinauf.

Sibylla in einer Badewanne … Das war ein Bild, das er sich gerne vorstellte, auch wenn er jedes Mal beschämt war, wenn er merkte, wie seine Gedanken solchen gefährlich abschüssigen Pfaden folgten.

In den letzten Wochen hatte sich ihr Verhältnis verändert. Hatte Sibylla ihn anfangs noch wissen lassen, dass sie ihn verabscheute, gab es mittlerweile immer wieder Augenblicke, da sie sich nahekamen. Viel zu nahe! Und Francis wurde das Gefühl nicht los, dass mehr dahintersteckte als ein harmloser Jungmädchenflirt. Sibylla bezweckte etwas damit, doch er kam und kam nicht darauf, was sie von ihm wollte. War es bloß Anerkennung? Wollte sie, dass er sie als die schöne Frau behandelte, die sie war, und nicht wie ein Heiligtum ihres Vaters, das auch nur anzusehen verboten war?

Galt ihr Spiel mit dem Feuer ihm oder doch eher ihren Eltern, denen sie eins auswischen wollte? Manchmal kam es ihm so vor, als wollte sie sagen: *Seht, das kommt davon, wenn ihr mich gegen meinen Willen mit diesem nichtsnutzigen Gärtner zusammensperrt!* Ihre Blicke, die zufällige Nähe, dass sie ihn manchmal ansah, als wollte sie ihn im nächsten Moment küssen – alles nur eine Strafe für ihre Eltern?

Wie er es auch drehte und wendete, Sibylla Healey war zu schlau für ihn. Und so fühlte es sich an, als liefe er sehenden Auges in eine Falle.

Ihr Vater durfte niemals bemerken, was seine Tochter da trieb. Es könnte falsch gedeutet werden. Denn wenn die Hierarchien so fest in Stein gemeißelt waren wie in dieser Konstellation, konnte Francis nur verlieren. Sibylla würde mit ein wenig Hausarrest und einer Standpauke davonkommen. Er aber würde seine Stellung und seinen Ruf verlieren und mit leeren Händen dastehen.

Bislang war Mr Healey mit Francis' Unterricht sehr zufrieden. Sibylla schien echtes Interesse zu entwickeln, was ihm die Hoffnung schenkte, sie irgendwann auch für seine Orchideenschätze begeistern zu können.

Die Zufriedenheit seines Brotherrn resultierte für Francis im Zugang zu historischen Gartenbauplänen, die Mr Healey bei seinen Bekannten und Freunden für ihn auslieh. Die Abende verbrachte Francis daher meist lange mit dem Studium der Pläne oder damit, sie abzuzeichnen, um darin Übung zu erlangen.

Heute aber hatte er sich selbst freigegeben. Endlich wollte er sich wieder einmal mit seinen alten Schulfreunden treffen und ausgehen. Es war Samstag, und in den Bars, Pubs und Tanzlokalen würde das Leben brummen.

Am Morgen hatte er Sibylla wie beiläufig ausgefragt, ob sie am Abend tanzen gehe, denn er wollte ihr auf keinen Fall begegnen. Vor allem dann nicht, wenn er einige Pints getrunken hatte. Er wusste, dass seine Kumpel und er, gleich in welchem Pub sie begannen, am Ende in Jacob's Tavern landen würden. Denn dort gab es nicht nur gutes Bier und Cocktails zu annehmbaren Preisen, sondern auch eine Tanzfläche und meist gute Musik. Man wusste nie, wer spielen würde. Manchmal gab es Jazz-Sessions, die von großartig bis unerträglich reichten, mal Lindy Hop oder amerikanischen Swing.

Bei seinem letzten Besuch, der nun schon vier Monate zurücklag, war er Sibylla begegnet. Er hatte den Club seither gemieden, doch heute war ein Besuch ungefährlich, dessen hatte er sich versichert.

Ein Wagen raste erst an ihm vorbei und bremste dann so heftig, dass er Staub und kleine Steinchen aufwirbelte.

»Wo soll es hingehen, junger Mann?«, rief ihm der Fahrer zu, der nicht viel älter sein konnte als er selbst.

»Oxford, Zentrum!«

Was für ein Dummkopf!, dachte Sibylla, während sie vor dem Spiegel stand und sich ein Kleid nach dem anderen vorhielt. Hatte Francis wirklich geglaubt, sie würde ihn nicht durchschauen? Seit der Flower Show hatte er sie noch nie gefragt, ob sie an diesem oder jenem Samstag ausgehen würde. Ganz sicher erinnerte er sich genauso gut wie sie an das Versprechen, das sie ihm abgerungen hatte.

Wenn sie sich das nächste Mal durch Zufall in einem Tanzlokal über den Weg liefen, musste er mit ihr tanzen. Und heute würde er sein Versprechen einlösen! Ganz gleich, wie er sich auch sträubte. In zwei Tagen schon begann die Internatszeit, und dann war es erst einmal vorbei mit ihrem Flirt.

In den letzten Wochen hatte sie die Begegnungen mit Francis herbeigesehnt. Je mehr er sich sträubte, desto stärker fühlte sie sich provoziert. Sie wurde mutiger, sorgte dafür, dass sich ihre Hände wie zufällig berührten, wenn sie Blumen und Setzlinge eintopften. Manchmal ließ sie auch den obersten Knopf ihrer Bluse offen. Immer wenn sie ihn dann dabei erwischte, wie er sie beobachtete, fühlte es sich wie ein kleiner Triumph an. Bisweilen stellte sie sich vor, wie es sein würde, ihn zu küssen, ihn einfach zu überrumpeln. Er hatte einen hübschen Mund. Vielleicht sollte sie es heute Abend versuchen?

In Sibylla machte sich schon seit dem Mittag ein aufgeregtes Kribbeln breit, viel stärker als das, bevor sie an jedem zweiten Morgen zum Unterricht ging.

Kurz flammten Zweifel auf. War es gemein, was sie tat? Francis sträubte sich nicht ohne Grund. Er hatte Angst, seine Anstellung zu verlieren. Sibylla fand, dass er übertrieb. Vater würde doch nichts dagegen haben, wenn sie mit ihm tanzte, das war Unsinn. Schließlich war der Unterricht seine Idee gewesen, und zudem war bislang rein gar nichts zwischen Francis und ihr passiert, außer dass er hin und wieder errötete oder ihr auswich.

Was war schon dabei, wenn sie in einem Club tanzten, statt in der Erde zu wühlen? Es würde Dutzende Leute geben, die ihnen dabei zusahen. Ganz im Gegensatz zum Unterricht. Da waren sie meist allein, und niemanden kümmerte, wie nah sie sich kamen oder ob sie mit ihrem Arm an seinem vorbeistrich.

Ihre Wahl fiel schließlich auf ein schwarzes Kleid, das bei jeder Drehung wunderschön schwang. Dazu kamen ein erdbeerroter Gürtel und ein passendes Stoffband für ihr Haar.

Während sie sich an einem kleinen Frisiertisch zurechtmachte, rief sie sich den Moment herbei, an dem sie Francis heimlich beobachtet hatte. Er war vor einer Stunde aufgebrochen. Wie ein Dieb hatte er sich möglichst unauffällig davongeschlichen. Was auch gelungen wäre, wenn Sibylla nicht bereits an ihrem Fenster gewartet hätte. Gemütlich in ihrem Lesesessel sitzend, ein Buch auf dem Schoß. Ihr Fenster stand offen und ließ die laue Frühsommerluft herein.

Sie hatte gelesen und dabei auf alles gelauscht, was dort draußen geschah. Ihre Eltern waren im Gewächshaus und katalogisierten ihre Sammlung, womit sie sich schon seit Tagen aufhielten. Der Garten war erfüllt von Vogelgesang. Die Tiere nutzten die Stunden bis zum Sonnenuntergang, in denen sie ihr kleines Reich für sich hatten.

Der Duft von Kräutern und frisch gemähtem Rasen machte die Luft schwer und süß. Zwischen dem unermüdlichen Gesang der Amseln und den schrillen Pfiffen der Mauersegler sprang Sibylla ein Knarren deutlich ins Ohr.

Darauf hatte sie gewartet. Die Tür des kleinen Häuschens, in dem Francis lebte, ließ sich auch bei größter Vorsicht nicht geräuschlos öffnen. Früher hatte es sie geärgert, mittlerweile lauschte sie darauf, um Francis hin und wieder zu beobachten, wenn er sich unbemerkt glaubte. Wenn er morgens mit einer Tasse Tee vor die Tür trat, sie auf einem Mäuerchen abstellte und sich dann reckte und streckte wie eine verschlafene Katze. Seitdem es etwas wärmer war, setzte er sich anschließend auf eine Bank und lehnte sich mit geschlossenen Augen zurück, während er mit beiden Händen die dampfende Tasse hielt.

Woran er dann wohl dachte? Dachte er überhaupt, oder gelang ihm das Kunststück, jegliche Gedanken aus seinem Kopf zu verbannen?

In Sibyllas Kopf herrschte ein stetiges Durcheinander, das sich beim besten Willen nicht bezwingen ließ. Doch wenn sie Francis so sah, empfand sie eine seltsame Ruhe und wünschte sich an seine Seite, in die morgendliche Stille des Gartens.

An diesem Abend war Francis nicht zur Bank gegangen.

Er hatte zu Sibyllas Fenster hinaufgesehen, doch sie hatte sich längst hinter dem Vorhang verborgen. Ihr Herz pochte laut und ungehörig schnell. Dieses Katz-und-Maus-Spiel war aufregend. Gespannt hielt sie den Atem an, während sie meinte, seinen Blick wie eine Berührung zu spüren. Als könnte er kraft seiner Gedanken den schweren Brokatstoff des Vorhangs zur Seite schieben, um sie zu enttarnen.

Schließlich wandte Francis sich ab und ging mit großen Schritten Richtung Tor. Schwarz-weiß blitzten seine Schuhe durch die einsetzende Dunkelheit. O ja, er war auf dem Weg in die Stadt. Und wer solche Schuhe trug, hatte nicht vor, die Nacht in einem Pub zu verschwenden!

Ob er den ganzen Weg laufen würde?

Dafür würde er über eine Stunde brauchen. Ging er deshalb so früh los?

Sie hatte sich vom Fenster losgerissen und begonnen, sich auf den Abend vorzubereiten. Schon am Mittag hatte sie das Zimmermädchen mit einem Brief zu den Perlmans geschickt. Die jung vermählten Eheleute waren nur wenig älter als sie selbst und teilten mit ihr die Liebe zu Tanz und Musik. Vater kannte Daniel Perlman und seine Ehefrau Ruth und vertraute ihnen seine Tochter gerne an.

Wenig später hatte die Botin die ersehnte Antwort gebracht.

Sibylla blickte auf eine kleine Standuhr, die den Kaminsims zierte. Nur noch eine Stunde, dann würde sie abgeholt.

Es war geplant, erst etwas essen zu gehen und dann zu tanzen, bis die Füße glühten. Jetzt konnte sie nur noch hoffen, dass Francis denselben Club wählte wie sie.

»Ein Paket? Für mich?«

Bis vor einem Augenblick hatte Tilda sich nach einem Tag harter Feldarbeit noch völlig erschlagen gefühlt. Um etwas

Geld zu verdienen, hatte sie von Sonnenauf- bis Sonnenuntergang bei einem Bauern geschuftet, der die Felder in der Nachbarschaft bewirtschaftete.

In der Gärtnerei war um diese Jahreszeit weniger zu tun, beim Bauern dafür umso mehr. Sie hatte Erdbeeren und Johannisbeeren gepflückt und bis in die Dämmerung Rhabarber geschnitten. Alles sollte am nächsten Morgen in Oxford auf dem Markt verkauft werden.

Ihr Rücken schmerzte, und die aufgesprungene Haut an den Fingern brannte von der Säure der Früchte. Doch all das war vergessen, als sie das große Paket auf dem Esstisch stehen sah. Die Schüssel mit aufgewärmtem Haggis daneben bemerkte sie kaum. Ihre Eltern und Grandma Maryann waren auf ihren Stühlen zurückgerutscht, um sie zu beobachten. Der Vater blickte ernst drein, auf der Stirn tiefe Falten, während Maryann ihre Freude nicht verbergen konnte.

»Von wem ist das?«, fragte Tilda aufgeregt. Sie hatte noch nie ein Paket bekommen. Doch da standen ganz deutlich ihr Name – und der Absender. »Von der Schule?«

Sie blickte ihre Eltern nacheinander an. Offiziell hatten sie ihre Meinung noch immer nicht geändert und das Thema auch nicht mehr angeschnitten. Allerdings war Sibylla Healey zu Besuch gewesen. Die Mädchen hatten sich gut verstanden, waren durch die Gärtnerei gestreift, und Tilda hatte ihr alles erzählt, was sie über das Pfropfen und Veredeln wusste.

Am Abend war Sibylla von Mr Healey in einem schicken Automobil abgeholt worden. Ihre Väter hatten sich lange unterhalten, und immer wieder war dabei auch die Schule zur Sprache gekommen. Tildas Vater hatte den Tuchhändler kein einziges Mal berichtigt, und so war sie davon ausgegangen, dass sich ihr Traum erfüllen würde.

Begeistert strich sie mit den Händen über den dicken Karton. Was wohl darin war?

»Ja, willst du deine alte Grandma denn ins Grab bringen? Mach auf, Mädchen!« Maryann bedachte sie mit einem schelmischen Lächeln, das die Enkelin wohl daran erinnern sollte, wer sie auf diesen Pfad geschickt hatte.

Der Vater reichte ihr ein Messer, mit dem sie das Paketband aufschneiden konnte, und knurrte einen unterdrückten Fluch, der es in sich hatte.

Tilda schnitt das Band entzwei. Obenauf lag ein Brief. Sie überflog ihn. Er war von der Schulleiterin Beatrix Havergal persönlich!

Darunter fanden sich in Packpapier eingeschlagen drei Bücher und Schulkleidung, bestehend aus grünen Hosen, Kniestrümpfen und Holzpantinen sowie mehreren Blusen, die eher Herrenhemden glichen, und einer Jacke.

Tilda stieg in die Pantinen. Sie passten. Dann hielt sie sich die Latzhose an und tanzte mit lautem Klappern einmal in den Flur und wieder zurück.

Ihre Mutter lächelte. Also freute sie sich doch mit ihr.

»Nur das eine Jahr«, brummte ihr Vater. »Das vergiss nicht. Nur dieses eine Jahr.«

# 8

Fish and Chips, darauf hatten sich Francis und seine Freunde geeinigt. Das wenige Geld, das sie hatten, sollte nicht für gutes Essen draufgehen. Bier war wichtiger.

Wie halb verhungerte Wölfe schlangen sie alles herunter. Francis klaubte das letzte, weich gewordene Kartoffelstückchen aus dem zusammengefalteten Zeitungspapier. Es triefte vor Essig und war dadurch beinahe erfrischend, aber so sauer, dass ihm ein leichter Schauer über den Nacken lief. Er leckte sich die Finger.

Seine Freunde Steven und Blake liefen Arm in Arm durch die Gasse. Steven, der von ihnen am meisten und eigentlich jetzt schon zu viel getrunken hatte, flüsterte seinem Kameraden ins Ohr. Zumindest bildete er sich wohl ein, dass er flüsterte. Aber Francis, der einige Schritte hinter ihnen ging, konnte alles mit anhören, was der blonde Lockenkopf über dieses besondere Mädchen dachte, das ihm von einem Arbeitskollegen ausgespannt worden war.

Steven war bullig, obwohl er nichts dafür tat. Das war schon in der Schulzeit so gewesen, als sie sich noch regelmäßig nach dem sonntäglichen Fußballspiel mit den Nachbarjungs prügelten. Nun war Steven Wachmann bei einer Baufirma und schreckte mit seinem Äußeren Diebe ab. Wenn die nur wüssten, was für ein harmloser Kerl er war!

»Du findest schon eine Neue«, rief Francis, knüllte das

fettige Zeitungspapier zusammen und trabte an seinen Kumpanen vorbei zu einem Mülleimer.

»Du Spießer!«, rief Steven, der seinen Müll einfach hinter ein Regenfallrohr an einer Hauswand geklemmt hatte.

»Ihr habt in eurem Leben offenbar zu wenig Abfall aus Hecken geklaubt«, konstatierte Francis, denn sie liefen nun durch einen kleinen Park, in dem es nach Urin roch. In den Büschen blitzte hier und da achtlos Weggeworfenes in der Dunkelheit, Flaschen und alte Zeitungen.

»Dazu tauge ich nicht.« Steven tänzelte von einer Seite des Weges zur anderen, bekam zu viel Schwung und musste sich an einem Baumstamm festhalten. »Müll einsammeln, den ganzen Tag lang für die Ladys Blümchen hegen und pflegen …« Er rülpste laut und lange.

»Du weißt ja nicht mal, wie Blumen aussehen. Deshalb bekommst du auch kein Mädchen, die freuen sich nämlich nicht über Rosenkohl«, erwiderte Francis gut gelaunt. Er war den Spott seiner Freunde gewöhnt und nahm es ihnen nicht übel. »Am besten legst du dich hier in den Park und pennst deinen Rausch aus. So wenig, wie du verträgst.«

»Unsinn!« Steven stieß sich vom Baum ab und landete in Francis' Armen. Sie nahmen ihn in die Mitte, und ohne sich abzusprechen, schlugen Francis und Blake einen Umweg ein, in der Hoffnung, die frische Nachtluft würde ihren Freund etwas ausnüchtern. So wie jetzt würden sie ihn vermutlich gar nicht erst in den Club lassen, dabei war er auch in betrunkenem Zustand liebenswert und völlig harmlos. Zumindest, solange ihn niemand provozierte. Und auch dann zeigte er sich lange geduldig, außer jemand ging seine Freunde an.

Blake erzählte von seiner etwas langweiligen Arbeit als Schreiber in einer Kanzlei, Steven schwieg und stierte vor sich hin. Und Francis? Der war mit den Gedanken wieder ganz woanders.

Sibylla reckte den Hals, als ein weiterer Schwung Gäste durch die Tür von Henry's Tavern gespült wurde. Ihre Freundin Ruth bemerkte es. »Wartest du auf jemand Bestimmtes?«

»Nein, nein. Ich frage mich nur manchmal, was für Leute die alles reinlassen«, log sie. So langsam musste Francis doch auftauchen! Hatte sie sich geirrt? War er doch nur in einen Pub gegangen? Oder zu Familie, Freunden?

Sibyllas Laune sank stetig, seitdem sie angekommen waren und sie ihn nirgends entdecken konnte. So viel zu ihrem feinen Plan, vor dem Beginn des Schuljahrs aus Francis herauszukitzeln, wie weit sie ihr Spiel mit ihm treiben konnte. Nun war eine Stunde verstrichen, und es blieben nur noch zwei weitere, bevor der Porter George Baker, der hin und wieder auch als Fahrer arbeitete, sie mit Vaters Wagen abholen würde.

Daniel war zufällig auf einige Arbeitskollegen getroffen und nun schon seit einer Weile in ein Gespräch vertieft. Die Männer hatten sich Fleischpasteten und Tagessuppe bestellt und schienen die Frauen vergessen zu haben. Ruth strich ihre hübschen blonden Locken zurück und zog die Nase kraus. »Weißt du, wie lange es her ist, dass wir zuletzt miteinander aus waren? Und nun redet er und redet und redet … puh! Und das, obwohl ich ihm ohnehin schon ein wenig böse bin.«

»Warum, liebe Freundin?« Sibylla beugte sich mit Verschwörermiene vor. »Muss ich deinen Daniel etwa für dich ohrfeigen?«

»Nein!« Ruth drückte sich eine Hand auf den Mund und kicherte. »Er hat nur mein neues Kleid nicht bemerkt, das ist alles.«

Sibylla wusste genau, wie sich Ruth fühlen musste. Sie nahm sie an den Händen und ließ sie sich drehen. Der grüngrau karierte Stoff schmiegte sich eng an ihren Oberkörper, der aufregend kurze Rock bauschte sich bei der kleinsten Bewegung.

»Es ist wunderschön.«

»Ich habe es mir in London nachschneidern lassen, nach einem Muster aus Paris. Und er hat mich nicht einmal genau angesehen!«

»Ob er es überhaupt bemerkt, wenn wir einfach verschwinden?«, sagte Sibylla und blickte zu den Männern, die munter Zigarettenrauch in die ohnehin schon stickige Luft bliesen und angeregt diskutierten. Hinter ihnen verschwammen die eingerahmten Poster von den Whitey's Lindy Hoppers und dem Harlemer Savoy Ballroom, einem Tempel des modernen Swing.

»Wohin verschwinden?« Ruth richtete sich auf ihrem Barhocker auf, als wäre sie bereit, sofort aufzubrechen.

»Tanzen. Wir lassen uns doch nicht die Laune verderben!«

»Richtig so, liebe Freundin.« Ruth hakte sich bei Sibylla unter und wackelte dabei mit den Hüften, sodass ihr Rock nur so flog. Daniel sah nicht einmal hin.

»Pff«, stieß Ruth aus, reckte das Kinn vor, und los ging es.

Die kleine Band steigerte den Rhythmus. Die Tänzer wirbelten in einer wilden, bunten Masse umher. Unter Sibyllas Füßen vibrierte der Boden. Ja. Hier, genau hier wollte sie sein, und nichts und niemand konnte sie davon abhalten, heute Spaß zu haben.

Auf der Tanzfläche fasste sie Ruth an beiden Händen. Gespannt warteten sie ab. Der Moment zwischen zwei Songs hatte fast etwas Feierliches. Einige Paare kehrten zu ihren Plätzen zurück, andere warteten noch, ob sie tanzen wollten. Sibylla lauschte auf die ersten Töne. Der Schlagzeuger gab einen flotten Rhythmus vor, dann kamen der Bass, Bläser und Klavier hinzu, und sie wirbelten los.

Ruth und sie hatten schon häufiger miteinander getanzt. Sie wechselten sich in den Rollen ab, mal übernahm Sibylla die Führung, mal ihre Freundin.

In Momenten wie diesem fühlte sie sich frei wie ein Vogel,

der schwerelos im Wind spielte. Wie auf Flügeln. Dann waren alle Sorgen und Gedanken weit weg. Sie war verlockt, die Augen zu schließen, doch das durfte sie nicht. Zu kompliziert war die Schrittfolge, zu schnell folgten Drehungen und Richtungswechsel aufeinander.

Einige andere Tänzer machten ihnen Platz, klatschten im Takt, feuerten sie an. Ruth strahlte über das ganze Gesicht. Ihre blonden Locken wippten auf und ab. In Sibyllas Brust erwachte ein trotziger Stolz. Sie brauchten keine Männer, um zu tanzen oder glücklich zu sein. Sie brauchten niemanden, nur Musik und den Sternenhimmel der Spiegelkugel, in deren funkelndem Licht die ganze Welt in ein aufregendes Licht getaucht wurde. Der dunkle Club, dessen holzvertäfelte Wände ihren altbackenen und etwas schmierigen Charme durch zahlreiche Poster berühmter Jazzlegenden und Tanztruppen unterstrichen. Der Mief zahlloser Zigaretten, Parfüms und frittierter gesalzener Schweineschwarte, die an der Bar in rauen Mengen über den Tresen ging und von jedem zweiten Mann zum Bier gegessen wurde – all das verschwand, wenn Sibylla tanzte.

Sie stieß einen Freudenschrei aus und reckte kurz die Hände in die Höhe, dann war das Lied zu Ende. Ruth umarmte sie, und bevor die nächsten Töne erklangen, wurde jede von ihnen zum Tanz gebeten.

Endlich hatten sie Henry's Tavern erreicht. Der Nachtspaziergang war lang geworden, bis Steven einen Zustand erreicht hatte, der sie nicht den Zutritt kosten würde.

Als Francis das Lokal betrat, kam es ihm nach der vielen frischen Luft vor, als würde er gegen eine Wand laufen. Der Mief von Zigarettenrauch, Essen und viel zu vielen Menschen war zum Schneiden dick. Er war kurz davor, wieder umzudrehen, da wurde er schon von seinen Freunden an der Schulter gepackt und weitergeschoben.

Es herrschte dichtes Gedränge. Die Band spielte so temporeich, als wäre sie auf der Flucht. Die Tische waren allesamt besetzt, doch an der Bar war noch Platz. Francis bestellte die erste Runde Bier. Routiniert schabte der Barmann den Schaum herunter, zapfte noch einmal nach und schob ihnen dann drei randvolle Pints zu. Sie verzichteten darauf anzustoßen und reckten stattdessen die Hälse. Rund um die Tanzfläche versammelten sich mehr und mehr Leute.

»Kommt, da gibt's was zu sehen.« Steven war nicht mehr zu bremsen, trank im Gehen und kippte sich dabei sein halbes Bier übers Hemd. Francis folgte ihm allein deshalb, weil er ein guter Freund war und seinen Kumpel nicht allein lassen wollte. »Vielleicht 'ne Schlägerei?«, überlegte Blake.

»Nein, dafür ist es zu friedlich. Zumindest hoffe ich, dass es keine ist. Wenn doch …«

»Komm jetzt!«, brüllte Blake zurück, denn es wurde immer lauter.

Der Boden bebte unter zahlreichen Füßen, die einen Rhythmus stampften. Es herrschte ausgelassene Feierstimmung. Mitten auf der Tanzfläche, genau unter der Glitzerkugel, tanzten zwei Mädchen, als hinge ihr Leben davon ab. Die Röcke flogen nur so, hübsche lange Beine wurden bei jeder Drehung entblößt, so weit, dass über den Seidenstrümpfen die Halter zu erahnen waren.

»So eine!«, rief Steven. »So eine will ich!«

»Ja, ja«, erwiderte Francis nur und legte seinem Kumpel eine Hand auf die Schulter, damit der nicht tatsächlich im nächsten Moment die Tanzfläche stürmte und versuchte, eine der Elfen zu erhaschen, die ihn so verzauberten.

»Verdammt, die können wirklich tanzen«, sagte Blake, reichte sein Glas an Steven weiter und begann zu klatschen.

Die Frauen fassten sich an den Händen, drehten und drehten sich. Dann wurde Francis plötzlich die Kehle eng. Das war doch nicht …

Am liebsten hätte er sich aus dem Staub gemacht, doch als die Musik nun endete, stürmten und drängten alle auf die Tanzfläche. Männer stießen Francis grob zur Seite, um sich einem der wilden Mädchen als Partner anzubieten. Schnell waren Sibylla und ihre Freundin umringt. Paare drängten hinzu, dann feuerte der Schlagzeuger eine Salve ab, die es in sich hatte. Trompeter, Tenorsaxofon und Kontrabass folgten.

Wie gebannt sah Francis zu, wie die Tochter seines Arbeitgebers in die Arme des Fremden flog, der sie unsanft an sich gerissen hatte. Wut kochte in ihm hoch. Der Mistkerl sollte mit ihr tanzen, nur tanzen und dabei seine verdammten Finger von ihr lassen!

Sibyllas eben noch beinahe entrückte Miene schrumpfte zu einem verkrampften Lächeln, und auch diese Maske bröckelte rasch. Dabei hatte der Song gerade erst begonnen.

Der Fremde hielt den Takt nicht sauber, für viele wohl gut genug, aber nicht für Sibylla.

Sie badete seine Fehler geschickt aus, doch ihr Blick ging von ihrem Tanzpartner weg … und fand in der Menge ausgerechnet Francis.

Sie stolperte.

Francis stand einfach so da, während sie sich von diesem groben Idioten namens Paul über die Tanzfläche schubsen lassen musste. Der Schreck ließ sie stolpern. Wenigstens das federte ihr unbeholfener Tänzer ab, doch Sibylla fühlte sich, als wäre sie verhext worden. Ihre Knie wurden weich, ihr Körper reagierte nur noch. Schritt, Schritt, Drehung. Ein Ruck am Arm, eine fehlplatzierte Hand an ihrer Taille und immer wieder kurze Blicke zu Francis.

Hatte er erst noch erschrocken ausgesehen, stand ihm nun das Missfallen deutlich ins Gesicht geschrieben.

Hätte er sie nur mit Ruth tanzen sehen und nicht mit diesem Grobian! Es hätte sie nicht gewundert, wenn er sich jetzt umdrehte und zur Bar zurückging oder wo auch immer er sich die ganze Zeit versteckt hatte.

Andere Paare verdeckten ihn, und eine Zeit lang konzentrierte sich Sibylla darauf, diesen Tanz nicht zur vollständigen Katastrophe verkommen zu lassen. Dann näherten sie sich wieder seiner Position.

Francis setzte sein Pint an die Lippen, trank einen tiefen Zug und reichte das Glas an seinen Kumpel weiter.

Pauls Hand war wieder auf ihren Hintern gerutscht, und sie versuchte, ihm mit einem wütenden Blick und knappem Kopfschütteln klarzumachen, dass das nicht in Ordnung war.

Endlich erklangen die letzten Töne, und sie kamen zu einem unsanften Halt.

»Francis!«

Er hatte sich Paul in den Weg gestellt, sodass der stehen bleiben musste, bevor der Tanz ganz zu Ende war.

»Sibylla, darf ich dich befreien?«

»Wir sind noch nicht fertig, was fällt Ihnen ein?«, ereiferte sich ihr Tanzpartner und packte Sibylla fester, als erwartete er, dass sie gleich um sie rangeln würden wie zwei Straßenköter um einen Knochen.

»Miss Sibylla und ich waren verabredet«, erwiderte Francis beherrscht. »Entschuldigen Sie meine Verspätung.«

»Man lässt eine Dame nicht warten, die Chance ist vertan.«

»Das entscheide noch immer ich«, fauchte Sibylla. »Und nun lassen Sie mich los, Sie tun mir weh.«

Ihr Tanzpartner löste seinen Griff nur zögerlich, musste aber wohl einsehen, dass er diese Runde verloren hatte.

Francis drängte sich zwischen sie, ohne darauf zu achten, wie hasserfüllt dieser Paul ihn anfunkelte.

»Francis, was hat Sie nur aufgehalten?«, säuselte sie. »Tut mir leid, Paul.« Sie garnierte das gelogene Bedauern mit einem zuckersüßen Lächeln. Der große Kerl trat unentschlossen von einem Fuß auf den anderen. Er wollte Francis' dreistes Verhalten bestrafen, doch damit, so wurde ihm nun klar, würde er es sich mit ihr völlig verscherzen.

»Tanzen Sie später wieder mit mir?«, fragte er verkniffen.

»Aber ja, natürlich.«

Die Band begann bereits wieder zu spielen. Schon der Rhythmus des Schlagzeuges verriet, dass nun eines ihrer absoluten Lieblingslieder kam, *Sing, Sing, Sing* von Louis Prima and His New Orleans Gang. Francis nahm ganz selbstverständlich Aufstellung und bot ihr seine Hand, die sie mit donnerndem Herzklopfen nahm. Paul hingegen stapfte brüskiert davon. Sibylla sah ihm kurz nach und bemerkte Ruth, die nun endlich mit ihrem Ehemann tanzte. Sie hatten beide bekommen, was sie wollten.

»Sie hätten Ihr Versprechen ruhig eher einlösen können«, sagte sie forsch. Ihre Wangen waren bereits vom Tanzen gerötet, ein wenig Schamesröte fiel da nicht weiter auf.

Francis wollte protestieren, doch da fegte die Musik sie davon. Es machte nichts, dass er ein wenig nach Bratfisch und Bier roch. Es machte nichts, dass ihre Schuhe drückten und sie eigentlich schon erschöpft war. Mit Francis zu tanzen war noch viel schöner, als sie es sich in ihren kühnsten Träumen ausgemalt hatte. Er führte meisterlich und wie ein Gentleman. Sie verständigten sich mit Blicken, einem Druck der Finger, einem Lächeln.

So harmonisch wie mit ihm hatte sie noch nie mit jemandem getanzt. Oh, und wie er lächeln konnte! Am Anfang wirkte es nicht, als wäre er froh darüber, mit ihr hier zu sein. Eher als hätte er sich dazu zwingen müssen, um sie vor diesem Paul zu retten, und wäre eigentlich lieber geflüchtet wie in den vielen anderen Situationen, in denen sie sich nähergekommen waren.

Aber seine Fassade bröckelte, denn auch er konnte nicht ignorieren, wie gut sie harmonierten. Wie Schloss und Schlüssel, wie zwei Zahnräder, ein großes und ein kleines, die ineinandergriffen und sich schnurrend drehten und drehten.

Der zweite Song endete, doch keiner von ihnen war bereit, die Tanzfläche zu verlassen. »Bei Gott, wo haben Sie so tanzen gelernt?«, fragte Sibylla atemlos.

»Meine Schwester.« Er grinste beinahe unbeholfen über ihr Kompliment. »Mein Vater hat ihr verboten, allein auszugehen. Anfangs wollte ich nicht mit, aber …«

»… es macht verteufelt viel Spaß«, ergänzte Sibylla und lächelte, und für diesen kurzen Augenblick schien, auch ohne dass sie tanzten, alles zwischen ihnen zu stimmen.

Weiter ging es, die Musik riss sie einfach mit, und diesmal tanzten sie sogar noch besser, denn sie wurden einander vertraut, wussten, was der Partner konnte. Bald sah Francis sie unentwegt an, während sie nur so dahinflogen. Sibylla fühlte sich wie berauscht, gefangen in einem Bann. Sie vergaß die Zeit. Längst tanzten sie nicht mehr Swing, sondern den hektischen Lindy Hop. Sibylla wagte hohe Tritte, die von den Zuschauern mit Zurufen belohnt wurden. Francis hob sie mühelos hoch und machte bald so viele Drehungen wie sie.

Schließlich endete ihr wilder Tanz abrupt, als die Band verkündete, sie würden eine Pause machen. Atemlos standen sie voreinander. Sibylla hatte Seitenstiche, und die neuen Schuhe rächten sich nun. Doch sie war glücklich. Beim Tanzen war es völlig egal, dass Francis nur ein Gärtner und ihr Vater sein Vorgesetzter war. Die Musik machte sie für einen Moment lang zu Gleichen.

Francis' Augen sprühten vor Begeisterung. Er strich sich

das Haar aus der Stirn, seine Mundwinkel zuckten nach oben. Zufrieden wirkte er und ein wenig ratlos.

Es kam ihr vor, als wären sie plötzlich aus einem schönen Traum geweckt worden. Berührungen, die eben beim Tanzen ganz natürlich gewesen waren, rutschten nun wieder in den Bereich des Verbotenen.

Sibylla hasste diese Verbote. Hasste sie.

»Danke«, murmelte sie in die musiklose Stille hinein, die eigentlich aus zahllosen Stimmen bestand. Die Spiegelkugel drehte sich noch immer an der Decke und sandte Schwärme heller Punkte aus. Manche verirrten sich auf Francis' schönen Mund.

In Sibylla erwachte ein Wagemut, den sie sich selbst bis zu diesem Augenblick nicht zugetraut hatte. Natürlich hatte sie es sich ausgemalt, doch in ihrer Fantasie war ein gestohlener Kuss nur der Teil eines Spiels. Ein kleiner, bedeutungsloser Kitzel. Vor wenigen Stunden hätte das auch noch gestimmt. Doch dieser Abend veränderte etwas zwischen ihnen. Wenn sie ihn jetzt küsste, dann bedeutete es mehr. Aber was? Und wollte sie das?

Ein Hauch von Angst huschte durch ihre Brust, begleitet von einem aufregenden Flattern.

Gleich würde ihr Augenblick vorbei und der besondere Zauber verflogen sein. Schon begann Francis wieder, innerlich auf Distanz zu gehen, sie sah es ihm an. Aber so leicht durfte er ihr jetzt nicht entkommen.

Sibylla nahm all ihren Mut zusammen. Sie umarmte Francis, drückte sich fest an ihn, und als er versuchte, sie sacht von sich zu schieben, küsste sie ihn.

Seine Lippen waren weich.

Er stieß einen überraschten Laut aus, dann erwiderte er ihren Kuss.

Und die Welt stand still.

Sie hatte ihn erwischt. Francis fühlte sich wie eine Fliege, die ihr auf den Leim gegangen war. Wie eine, die die Falle gesehen hatte und trotzdem nicht dem süßen Duft widerstehen konnte.

Sibyllas Haar duftete nach Jasmin, ihre Haut war weich wie Seide und fühlte sich ein wenig heiß an. Seine Hand lag auf ihrem Rücken, und er spürte unter den Rippenbögen ihr Herz jagen.

So weich war ihr Mund, so weich und so verboten.

Francis löste sich widerstrebend von ihr. Ihre himmelblauen Augen blitzten aufregend. Sie nahm ihn an der Hand und zog ihn mit sich durch das Gedränge.

Er wand seine Finger aus ihren, und es tat ihm beinahe weh. »Nicht dass uns jemand sieht«, entschuldigte er sein Verhalten und schämte sich zugleich seiner Feigheit.

»Schon passiert«, erwiderte sie mit einem Blick über die Schulter. Ein winziges Nicken, ihre Augen huschten zur Seite. Im Gedränge streiften ihre Finger die seinen ein letztes Mal, dann tauchte sie zur Seite weg.

Eine junge Frau war sofort an ihrer Seite und begann mit ihr zu tuscheln. Francis war stehen geblieben und sah ihr wie gebannt nach. Dann waren Steven und Blake plötzlich neben ihm. Steven schwankte fürchterlich und nuschelte Unflätiges über Francis' neues Mädchen.

»Wir hauen ab, Kumpel«, sagte Blake entschuldigend. »Du wirst dich hier nicht langweilen.« Er grinste und wies mit dem Kinn in Sibyllas Richtung. »Wirst uns nicht vermissen, denke ich. Aber Steven hier, der muss ins Bett.«

»Mussichnich.«

»Maul halten.« Blake knuffte den Betrunkenen in die Seite.

Francis traf seine Entscheidung blitzschnell. »Ich komme mit.«

»Nein, du …«

»Ich komme mit!«, beharrte er, wenn auch wehmütig. Nicht, dass er gehen wollte. Es war, als zöge ihn eine unsichtbare Kraft zurück zu Sibylla. Am liebsten wäre er zu ihr gerannt, hätte sie gepackt und an sich gezogen, um sie noch einmal zu küssen und dann wieder zu tanzen und wieder zu küssen und immer so weiter.

Träume waren das, nichts weiter. Wenn sie Glück hatten, dann war im Gedränge untergegangen, wie verboten nahe sie sich gekommen waren. Wenn er jetzt wieder zu ihr ginge, wäre es aus. Ihre Freundin wüsste Bescheid. Vielleicht würden sie von anderen gesehen … Nein, dieses Risiko konnte er nicht eingehen, wie gerne er es auch getan hätte. Für ihn war der Abend vorbei.

Er erinnerte sich an Sibyllas Blick.

Es war ein Abschied gewesen.

Sie zwängten sich an der dicht besetzten Bar vorbei, schoben sich weiter durchs Gedränge und warteten, bis sie endlich draußen waren. Die frische Luft roch beinahe unerträglich sauber. Francis sog sie tief in die Lunge und schloss kurz die Augen. Dann traf ihn ein heftiger Stoß an der Schulter.

»He, Arschloch«, knurrte Paul. Er hatte nicht vergessen, wer ihm die Tänzerin ausgespannt hatte.

Francis fing sich ab. Und während die erste Faust auf sein Gesicht zuflog, empfand er Erleichterung, weil Sibyllas geprellter Verehrer sich mit ihm prügeln wollte.

Denn ein paar Schläge würden ihn vermutlich rasch auf den Boden der Tatsachen zurückholen und ihm den verdrehten Kopf wieder geraderücken.

# 9

*Zwei Tage später*

Tilda umarmte Grandma Maryann zum wiederholten Mal und drückte sie so fest, dass sie protestierte. »Darling, Darling, nun ist es ja gut. Es ist doch nicht für ewig.« Sie tätschelte ihrer Enkelin die Wangen. Was Tilda sonst stets als unangenehm empfand, ertrug sie nun klaglos.

Die vergangene Nacht hatte sie sich nur herumgewälzt und an die Decke oder aus dem Fenster gestarrt. War es wirklich richtig, was sie tat?

War es nicht selbstsüchtig, ihre Eltern allein zu lassen? Schließlich war sie ihr einziges Kind, das letzte, das ihnen geblieben war. Noch nie hatte sie die Verantwortung, die daraus entsprang, als derart belastend empfunden. Aber nun war es zu spät für Zweifel. Es war Montag, Tag des Schulbeginns, und sie hatten sich gemeinsam vor dem Haus versammelt.

Neben Tilda stand ihr kleiner Koffer, der alles enthielt, was sie zu brauchen glaubte. Ihre Mutter hatte sie davon abgebracht, ihr eigenes Handwerkszeug mitzunehmen. Für Schaufeln, Hacken und Grabekrallen wäre in der Schule sicherlich gesorgt.

»Die vornehmen Leute haben es wohl nicht so mit der Pünktlichkeit«, murrte der Vater und ließ zum wiederholten Male seine Taschenuhr aufschnappen.

»Sie werden unser Mädchen doch nicht vergessen haben? Wir hätten sie selbst bringen sollen«, sagte die Mutter und strich Tilda über das Haar. »Du passt auf dich auf, ja? Ganz allein … Ach, wir hätten das niemals zulassen sollen.«

»Ich bin nicht allein, Ma. Sibylla ist doch auch da. Und dann sind da noch die ganzen anderen Mädchen und die Lehrerinnen.«

»Ja doch.« Tildas Mutter wischte sich hastig über die Wange.

Dann durchbrach Motorenlärm die einsetzende Stille. Hastig umarmte Tilda ihre Familie noch einmal reihum. Nun kamen auch ihr die Tränen. Noch nie war sie länger als einige Tage von daheim fort gewesen. Jetzt würde es vielleicht Wochen dauern, bevor sie zurückkehren würde.

Als der dunkelgrüne Wagen der Healeys um die Kurve fuhr, stand Tilda bereits mit ihrem Koffer in der Hand am Straßenrand. Der Wagen hielt, und auf der Beifahrerseite stieg ein junger Mann aus. Sein Gesicht war von blauen Flecken und einer aufgeplatzten Augenbraue gekennzeichnet. Er sah aus wie ein Schläger.

Tilda machte erschrocken einen Schritt zurück.

In diesem Moment stieg auch Mr Healey aus und tippte sich grüßend an den Hut. »Die ganze Familie versammelt, guten Tag allerseits! Sind Sie schon aufgeregt, Tilda? Mr Boyle, nehmen Sie der jungen Miss Allers das Gepäck ab. Mr Allers, Miss Allers, Sie erinnern sich womöglich an meinen Head Gardener Francis Boyle«, endete sein Redefluss.

»Ich wollte Sie nicht erschrecken, Miss«, murmelte der Gärtner. Tilda hätte ihn in diesem derangierten Zustand niemals wiedererkannt. Zögernd gab sie ihm ihren Koffer, während Mr Healey ihrem Vater berichtete, er werde später noch bei einem anderen Orchideensammler vorbeischauen.

Ob sie sich dort um die Pflanzen prügeln werden?, dachte Tilda bissig und lenkte sich damit erfolgreich von ihrem Trennungsschmerz ab. Noch einmal winkte sie ihren Lieben zu, dann stieg sie auf den Rücksitz.

Sibylla strahlte über das ganze Gesicht, was unmöglich am bevorstehenden Schulbeginn liegen konnte. »Hallo, liebe Freundin!« Sie umarmten sich und hauchten einander Küsse auf die Wangen.

Tilda lehnte sich im Sitz zurück und konnte sich ein Seufzen nicht verkneifen.

»Aufgeregt?«

»Ja, sehr«, gestand sie. »Bekommen wir wohl wirklich ein Zimmer zusammen?«

»Ja, mein Vater hat sich darum gekümmert.« Sibylla zwinkerte ihr zu und flüsterte: »Vermutlich hat er sie mit einer dicken Spende überzeugt.«

Tilda schluckte. Selbst die Zimmerverteilung war also vom Wohlstand der Schülerinnen abhängig.

Der Gärtner stieg zuerst wieder ein. Vom Beifahrersitz warf er Sibylla einen verstohlenen Blick zu. Wurde die etwa rot? Was ging hier vor sich?

Tilda betrachtete den Head Gardener unauffällig über die spiegelnde Scheibe. Hatte er zuerst wie ein Rowdy ausgesehen, milderte die Spiegelung nun die Farbe der Blutergüsse, und sie erkannte den Mann dahinter, den sie nun zum ersten Mal genauer musterte. Er sah recht gut aus, wenn auch auf eine etwas raue, kantige Art. Das dunkle Haar trug er glatt an den Kopf gelegt, was die großen graublauen Augen mit den geschwungenen Brauen hervorhob.

Sibylla lächelte und sah dabei auf ihre Hände. Ja, hier ging eindeutig etwas vor sich, und zwar augenscheinlich etwas Verbotenes.

Ahnte Sibyllas Vater wohl … nein! Das konnte sie sich nicht vorstellen.

Derart abgelenkt merkte sie kaum, wie Mr Healey einstieg und den Schlüssel drehte. Als dann der Motor aufbrummte, kamen ihr doch die Tränen.

Die Fahrt verstrich wie im Flug. Tilda war ganz in Gedanken. Sie hatte Hemmungen, sich vor Mr Healey und Mr Boyle mit Sibylla auszutauschen, wie sie es sonst taten, und so blickte sie einfach aus dem Fenster in die vorbeistreichende Landschaft und malte sich aus, was sie in der Schule alles erwartete. Ob man sie anders behandeln würde, weil sich ihre Eltern das Schulgeld nicht leisten konnten und sie auf das Stipendium angewiesen war?

Früher hatte Tilda über Leute mit viel Geld die feste Meinung gehabt, dass sie allesamt arrogant und herablassend waren. Doch seitdem sie Sibylla kannte, hatte sich ihre Einstellung geändert. Ihre neue Freundin war genauso ein Mädchen wie sie. Viele ihrer Sorgen, die wohl typisch für ihr Alter waren, ähnelten sich.

Um ihre Existenz und ihre Zukunft würde ihre Freundin sich jedoch nie sorgen müssen. Eine wie Sibylla fiel immer weich.

Aber was war das nur mit ihr und dem verprügelten Gärtner? Der Sache musste Tilda unbedingt auf den Grund gehen.

Dann aber erreichten sie Waterperry, und als sie das Ortsschild passierten, wurde Tilda aus ihren Grübeleien gerissen, und ihre Aufregung wuchs sprunghaft.

Doch noch mussten sie sich gedulden. Eine Gänseherde versperrte laut schnatternd den Weg. Mehrere Jungen mit einem Hund trieben die braun-weiße Schar vor sich her.

Mr Healey seufzte und rieb mit dem Daumen über die Hupe, ohne sie zu betätigen. Er war klug genug, um zu wissen, dass er die Sache damit nur noch weiter in die Länge ziehen würde.

Waterperry House war ein gewaltiger, überraschend schnörkelloser Bau, dominiert von großen Fenstern. Das Dach krönte ein umlaufendes Geländer. Den Eingang bildete ein von vier Säulen getragenes Portal. Die hohe, dunkle Holztür im Stein war verschlossen und wirkte ein wenig abweisend. Nur durch ein Stückchen Grün getrennt erhob sich eine kleine, trutzige Kirche, die der Heiligen Jungfrau geweiht war.

Tilda wusste ja auch nicht, was sie erwartet hatte. Keinen großen Empfang natürlich, aber … das? Etwas herzlicher hatte sie sich das Willkommen doch vorgestellt.

Aber dann sah sie die Gärten. Diese endlosen Gärten! So viele Blumen, dahinter Obstspaliere, so weit der Blick reichte. Alle Aufregung, alle Enttäuschung war vergessen.

Sie war im Paradies!

Francis hatte die gesamte Fahrt über geschwiegen. Er erwartete noch immer das große Donnerwetter. Nahm ihn Mr Healey nur deshalb mit, um ihm auf der Rückfahrt die Meinung zu sagen?

Als er zwei Tage zuvor mitten in der Nacht von dem verhängnisvollen Abend in Oxford zurückgekehrt war, konnte er sich kaum auf den Beinen halten.

Sibyllas eifersüchtiger Tanzpartner hatte ihm aufgelauert, und er war nicht allein gewesen. Steven, Blake und Francis hatten sich so gut gewehrt, wie sie konnten. Aber drei gegen sieben – das hatte nicht gut für sie enden können. Zudem waren die anderen Kerle beinahe nüchtern gewesen, während Steven schon beim Stehen schwankte.

Sie hatten durchgehalten, bis die Trillerpfeifen der Bobbys schrillten, und sich dann flugs aus dem Staub gemacht. Francis war noch immer nicht klar, wie sie es geschafft hatten, Steven heimzubringen. Bei ihm angekommen, hatte Francis sich an einer Regentonne gewaschen und dann den Heimweg angetreten. Die aufgeplatzte Braue tat kaum weh, aber sie blutete und blutete. Als der Morgen kam, war er noch immer nicht daheim. Vermutlich hatte ihm der Mistkerl einige Rippen geprellt, wenn nicht sogar gebrochen. Jede Erschütterung, jeder Schritt tat weh.

Als er sich endlich durch das schmiedeeiserne Tor schleppte, glomm die Sommersonne bereits golden über Healey House. Er hätte ahnen müssen, dass der Hausherr auch am Sonntag seine Routinen pflegte und den ersten Tee des Morgens auf der Terrasse stehend einnahm.

»Boyle?«, rief Mr Healey irritiert. Er ließ sich nicht mit einem schlichten Gruß abspeisen, sondern winkte ihn energisch heran, als könnte er selbst auf diese Distanz sehen, dass etwas mit ihm nicht stimmte.

Mittlerweile war Francis durch den langen Marsch völlig ausgenüchtert. Mit gesenktem Blick trat er vor seinen Brotherrn, der unsanft seine Tasse abstellte.

»Wie sehen Sie denn aus?« In seiner Stimme schwang neben Überraschung auch deutlicher Unmut mit. »Haben Sie sich etwa geprügelt? So etwas sehe ich gar nicht gern.«

»Bin verprügelt worden. Sie waren zu siebt, wir zu dritt, Sir. Ich war mit Freunden aus, anständigen Jungs, einer ist sogar Schreiber bei einem Anwalt.«

»Zeigen Sie mal.«

Francis hob den Kopf, und in seiner Schläfe begann es sofort zu pochen. »Halb so schlimm, Sir.«

»Das sehe ich anders. So etwas kann schnell hässlich werden, wenn es nicht anständig versorgt wird.«

»Ich habe Verbandszeug, werde mich drum kümmern.«

»Auch etwas zum Desinfizieren? Warten Sie hier …«

Francis fühlte sich auf der weiten Terrasse etwas verloren, nachdem der Hausherr nach drinnen gegangen war. Kurze Zeit später kehrte er mit einer Karaffe zurück. »Hier, das hat so manch einen Soldaten gerettet. Aber es ist nicht zum Trinken gedacht, verstanden? Und den Rest bringen Sie wieder, aber erst am Montag. Heute legen Sie sich ins Bett und kurieren sich aus.«

Er hatte sich artig bedankt und sich dabei gefühlt wie ein Verräter.

Er war über die eine Schwelle getreten, die er sich vorgenommen hatte, nie zu queren. Sibylla.

Wenn er an sie dachte, geriet er völlig durcheinander. Sie hätten sich niemals küssen dürfen. Es war beinahe, als hätte sie nur darauf gewartet, dass er schwach genug wurde.

Die Prügel waren eine gerechte Strafe gewesen. Sie hatten ihm den Kopf zurechtgerückt. Welch ein Hohn, dass nun ausgerechnet ihr Vater sich um seine Verletzungen sorgte!

Mr Healey hatte in Frankreich gegen die Deutschen im Feld gelegen. Dort und später auch in den Kolonien für das Vaterland gekämpft. Und war nun Francis' Gönner, seine Chance auf eine bessere Zukunft.

Er verdiente die Fürsorge eines solchen Mannes nicht. Nicht nachdem er seine Tochter geküsst hatte.

Den Schnaps auf die Platzwunden zu tupfen, war die reinste Folter. Die Prügel kamen ihm dagegen im Nachhinein wie ein Spaziergang vor. Er biss die Zähne zusammen und reinigte auch den kleinsten Schnitt. Um nicht an Sibylla zu denken, versuchte er sich auszumalen, wie er in den nächsten Tagen den körperlich harten Teil seiner Arbeit umgehen könnte, denn die Rippen taten ihm schon beim Atmen weh. Seine beiden Hilfsgärtner würden viel zu tun bekommen.

Doch gelang es ihm nur für kurze Zeit, sich mit Plänen abzulenken, dann drängte sich Sibylla wieder nach vorn. Ihr glockenhelles Lachen. Der unbeschreibliche Duft ihrer Haut. Das Gefühl ihre Lippen auf seinen. Mit ihr zu tanzen, ihren gelenkigen, überraschend festen Körper zu halten. Sie ungeniert anzusehen, wenn sie sich im Takt der Musik bewegte und dabei kurz die Augen schloss.

Nein! Nein, nein!

Er musste sie wieder aus dem Kopf bekommen. Wie gut war es da, dass sie fortan im Internat wohnte.

Dennoch: Francis sah überall Gespenster. Es fühlte sich an, als stünde die Grenzüberschreitung auf seine Stirn geschrieben. Den gesamten Sonntag hatte er sich in dem alten Gärtnerhäuschen versteckt. Geschlafen, gelesen und sich selbst bemitleidet.

Am frühen Morgen hatte er Mr Healey dann die Karaffe zurückgebracht und von ihm erfahren, dass er mit nach Waterperry fahren sollte. Ob der es mittlerweile bereute? Schließlich hatte Francis' Aussehen nicht nur Sibylla, sondern auch ihre zukünftige Mitschülerin Miss Allers erschreckt.

Es war Sibylla schwergefallen, ihn nicht auszufragen, das wusste er. Die anfängliche Sorge war inzwischen geheimnisvollen Blicken gewichen, denen er kaum etwas entgegenzusetzen hatte.

Kein Zweifel. Er war verliebt in die einzige Frau, in die er sich niemals hätte verlieben dürfen.

War es ein Spiel für sie? Noch immer wurde er aus Sibylla nicht schlau. Er hätte sie gerne gefragt und war doch dankbar, dass er keine Gelegenheit mehr dazu erhalten würde. Meist verhielt sie sich wie eine intelligente, wohlüberlegte Frau, dann wieder plagten sie geradezu kindische Launen, die ihn daran erinnerten, dass sie nicht nur die Welten ihrer Herkunft, sondern auch vier Jahre trennten. Im Club war es ihm vorgekommen, als wären ihre Gefühle für ihn echt gewesen. Aber stimmte das? Seine Gedanken drehten sich im Kreis.

Wie von Mr Healey angeordnet, trug er nun das Gepäck der Mädchen ins Schulhaus. Leiser Neid machte sich in ihm breit. Auch wenn er keine Vorstellung davon hatte, wie gut der Unterricht hier war, so bekamen die beiden zumindest die Möglichkeit, viel über Pflanzen und Gartenbau zu lernen. Das Mädchen namens Tilda schien auch ernsthaft interessiert und konnte sich kaum sattsehen an den ausgedehnten Gartenanlagen und Gewächshäusern.

Sibylla sah sich hingegen gelegentlich verstohlen nach ihm um und lächelte … Oh, wie sie lächelte und sich dabei winzige Grübchen in ihren Wangen zeigten!

Mr Healey ging voraus und merkte von alldem nichts. Als sie das Büro erreichten, wartete Francis draußen. Er stellte die Koffer ab. Durch die hohe, dicke Eichentür drang kein Geräusch. Irgendwo in den weitläufigen Gängen unterhielten sich einige junge Frauen.

An den Wänden hingen Abstammungstafeln verschiedener Pflanzenfamilien. Farne waren darunter, dazu gab es eine für Flechten und eine für exotische Anthurien. Francis wäre am liebsten herumgegangen und hätte sich alles genau angesehen, doch ihm war klar, dass er den Langmut seines Brotherrn schon genügend strapaziert hatte.

Als die Tür sich nach einer Weile wieder öffnete, trat eine Schülerin mit heraus, die er zuvor noch nicht gesehen hatte. »Folgt mir bitte, ich bringe euch zu eurem Zimmer.«

Mr Healey küsste seine Tochter zum Abschied und gab Francis dann mit einem Wink zu verstehen, er solle den Mädchen mit den Koffern folgen.

Er tat es und richtete seinen Blick nun ganz ungeniert auf Sibylla. Schließlich würde sie noch heute aus seinem Alltag verschwinden. Die Gefahr war gebannt, also wollte er sich die letzten Momente mit ihr einprägen, so gut er konnte.

Sibylla spürte Francis' Augen auf sich ruhen, als würde er sie ganz sacht berühren.

Es ging ein weites Treppenhaus hinauf und von dort in den westlichen Flügel. Hier gab es auf beiden Seiten Türen. Einige standen offen und zeigten geräumige Zweibettzimmer. Ein Glück, dass sie nicht mit einer Fremden würde wohnen müssen. Mit Tilda würde es gehen, das spürte sie sofort.

»Hier ist es, richtet euch ein. Um siebzehn Uhr treffen sich alle neuen Schülerinnen unten an der Treppe. Seid pünktlich.«

»Ja, natürlich«, sagte Tilda sofort, während die fremde Schülerin das Zimmer bereits verließ.

Francis war auf dem Gang stehen geblieben wie ein geprügelter Hund, und genauso sah er auch aus. Bevor sie sich das Zimmer anschauen und alles in Augenschein nehmen konnte, musste sie sich von ihm verabschieden. Ausgerechnet jetzt, wo es richtig aufregend wurde.

»Stell die Koffer hier ab, bitte.«

Francis trug beide Gepäckstücke herein und legte sie vor den Fußenden der Betten ab. »Ich wünsche den Misses einen angenehmen Aufenthalt.« Wollte er etwa einfach gehen?

»Nein, Francis, nicht so.« Sibylla war schneller an der Tür, als er reagieren konnte. Sie wusste selbst nicht, was in sie gefahren war, was sie eigentlich wollte. Schon in der Nacht zuvor hatte sie kein Auge zubekommen. Sobald sie an den Kuss dachte, bekam sie wildes Herzklopfen. Das war ganz und gar nicht das, was sie erwartet hatte. Es hatte ein kleiner Triumph sein sollen, wie eine Wette mit sich selbst, eine Mutprobe, die sie gewonnen hatte. Und nun fühlte sie stattdessen leise Verzweiflung, wenn ihr klar wurde, dass sich weder Kuss noch Tanz so bald wiederholen würden. All das hatte nichts mehr mit ihrem ursprünglichen Plan zu tun. Doch ach, sie hatte sich selbst belogen und vermutlich viel länger schon als erst seit dem Tanzabend. Francis war mehr als ein Spiel, Francis war …

Er trat unsicher von einem Bein auf das andere. »Sibylla, bitte seien Sie vernünftig«, murmelte er, als sie seine Hand nahm und zugleich mit dem Rücken die Tür ins Schloss drückte. Er durfte jetzt nicht einfach so verschwinden. »Magst du mich denn wirklich so wenig, dass ich nicht einmal einen Abschiedskuss bekomme?«

Seine Kiefermuskeln arbeiteten, dann fluchte er leise und zog sie mit einem Ruck an sich. Der Kuss war fest und intensiv und voller Hunger, der nicht gestillt werden würde. Ganz anders als ihr ergaunerter Kuss im Club. Er küsste sie und nicht sie ihn, und rein gar nichts an diesem Kuss fühlte sich an wie ein Spiel. Sibylla wurden die Knie weich, ihre Welt trudelte. Was hatte sie da nur losgetreten? Francis strich ihr übers Haar, drückte für einen Augenblick sein Gesicht hinein. Sein Atem kitzelte warm. Sie bekam eine Gänsehaut. »Auf Wiedersehen, Miss Healey«, flüsterte er und war im nächsten Moment aus der Tür.

Nach Atem ringend rief Sibylla ihm hinterher: »Ich schreibe dir.«

»Nein«, kam prompt die Antwort, doch sie wusste es besser.

Ihr Tanz hatte gerade erst begonnen.

# 10

Tilda hatte alles erwartet, nur nicht, dass Sibylla diesen Kerl völlig ungeniert küssen würde! Hastig wandte sie sich ab und blickte aus dem Fenster auf die weiten Gartenanlagen, um zu verbergen, dass sie so aufgeregt war, als wäre sie diejenige, die einen Mann küsste.

Ob Sibyllas Vater ahnte, was hier geschah?

Erst als die Tür ins Schloss fiel, drehte sie sich um. »Sibylla!« Sie drückte sich die Hand auf den Mund und kicherte.

Ihre Freundin sah ganz erhitzt aus, und ihre Augen strahlten. »Jetzt kennst du mein Geheimnis, verrate mich nicht, bitte.«

»Also *ist* es ein Geheimnis!«

»Natürlich, komm.« Sie trat ans Fenster und zog Tilda mit sich. Gemeinsam blickten sie in den Hof, wo Mr Healey noch immer neben seinem Wagen stand. Francis Boyle verließ kurz darauf die Schule, und sie stiegen ein. »Er hat nicht zu mir hochgesehen«, murmelte Sibylla enttäuscht und seufzte. »Ist wohl besser so.«

»Ist das etwa der Gärtner, den du so unerträglich fandest? Arrogant, langweilig und gemein – um deine Worte zu benutzen.«

»Genau der.« Sibylla kicherte. »Oh, wie ich mich geirrt habe! Aber das erzähle ich dir später. Schau, da kommen die nächsten Schülerinnen. Wer hätte gedacht, dass wir die Ersten sind?«

»Wollen wir schnell auspacken und uns dann die Gärten ansehen? Ich kann es kaum erwarten!«

Sibylla verdrehte die Augen und zog eine Grimasse. »Das kann noch was werden mit dir. Aber gut.« Sie wuchtete ihren Koffer aufs Bett und öffnete die Schnallen.

Tilda hatte wenig mitgebracht und war blitzschnell. Ihre Sachen waren ordentlich gefaltet und sortiert. Da war die Schulkleidung und dazu kaum etwas anderes. Alle Röcke und Blusen ließen sich untereinander kombinieren, das galt auch für die Jacke, den Schal und die Strickjacke für kalte Tage. Sie musste einfach die Stapel aus dem Koffer nehmen und, wie sie waren, in den Schrank legen. Nur die Jacke kam auf einen Bügel.

Bei Sibylla sah es anders aus. Nicht nur war ihr Koffer größer, er war auch bis in den letzten Winkel vollgestopft. Neben der Schulkleidung fand sich solche für den Alltag, dann kamen die Kleider. Und nicht nur eines, sondern drei!

»Sibylla, die werden sie dich nie tragen lassen.«

Tilda trat zu ihr und strich vorsichtig über ein violettes Kleid mit schmaler Taille, das nicht einmal bis zu den Knien reichte. »So etwas Wunderschönes …«

Sibylla musterte sie mit einem seltsamen Blick, den sie zuerst nicht recht zu deuten wusste. War es Überraschung? Mitleid gar?

»Hast du denn gar keine Ausgehkleidung dabei?«

»Ich … Nein«, stotterte Tilda. »Wir sind doch hier, um zu lernen. Darum habe ich außer der Uniform nur zwei Tageskleider, Röcke, Blusen und eine dunkelblaue Hose, die ich ganz schick finde. Aber meine Grandma sagt, sie ist geschmacklos. Kleider wie du habe ich überhaupt nicht, aber ich gehe auch nie aus, dafür habe ich gar keine Zeit.«

»Spielverderberin.« Sibylla hielt ihr das Kleid an, schien

kurz zu überlegen und tanzte dann damit einige Schritte durch das kleine Zimmer. »Ich hoffe, wir bekommen zumindest an den Wochenenden frei.«

Endlich war es so weit. Tilda stand neben Sibylla und trat unruhig von einem Fuß auf den anderen. Sie konnte noch immer kaum glauben, dass sie endlich hier war! Sie kam sich vor wie eine Prinzessin – ganz im Gegensatz zu Sibylla, für die es sein musste, als wäre sie plötzlich zum Aschenbrödel geworden.

Die Schule war tatsächlich in einem vornehmen Herrenhaus untergebracht, das seine glorreichen Zeiten gegen einen bescheideneren Stil getauscht hatte. Allein das Treppenhaus und manch exquisite Möbel sprachen heute noch Bände von der pompösen Vergangenheit der Anlage.

Nun warteten sie mit vier weiteren angehenden Schülerinnen auf die Rektorin.

Und da kam sie auch schon. Tilda erkannte Mrs Havergal sofort. Sie hatte die praktische Gärtnerinnen-Kleidung gegen Rock, Bluse und Strickjacke getauscht, alles schlicht gehalten. Neben ihr ging eine weitere Frau, danach folgten zwei Männer, die wie Bedienstete gekleidet waren.

»Herzlich willkommen, meine Damen, ich begrüße Sie auf Waterperry und freue mich auf ein interessantes und lehrreiches Schuljahr mit Ihnen«, sagte Mrs Havergal. Ihre Worte klangen aufrichtig. »Ich möchte Ihnen meine Mitstreiterin Mrs Avice Sanders vorstellen. Gemeinsam haben wir im Jahr 1927 diese Schule andernorts mit nur zwei Schülerinnen begonnen. Vor fünf Jahren zogen wir dann hierher. Fünf Jahre nur … Es gibt für uns alle also noch viel zu tun, um Waterperry weiter zu formen und zu seiner vollen Blüte zu bringen. Gemeinsam legen wir, Lehrkräfte und Schülerinnen, den Grundstein für zukünftige Generationen. Denn wie Sie wissen, wächst ein Apfelbaum nicht über Nacht.«

Die Schülerinnen lachten. Wohl auch, weil sich abzeichnete, dass Mrs Havergal eine freundliche Person war, mit der das Lernen Freude bereiten würde.

»Mrs Sanders kümmert sich um die Organisation und Planung, außerdem ist sie unsere Küchenseele. Ich werde Sie im Feld unterrichten.« Mrs Havergal stellte die beiden Männer vor, die sich um den Garten sowie um anfallende Arbeiten und Reparaturen im Haus kümmerten.

Dann folgte ein umfangreicher Stundenplan. Frühstück gab es um acht, danach folgte ab neun Arbeit in Garten und Gewächshäusern bis zum Mittagessen um eins. Danach bekamen sie Theorieunterricht, dann ging es wieder hinaus aufs Feld. Mit der Teezeit um fünf endete der Tag.

»Am Samstag beliefern wir verschiedene Märkte und Restaurants mit frischem Obst, Gemüse, Schnittblumen und Setzlingen. Am Sonntag haben Sie frei, bis auf die allernötigsten Arbeiten wie das Bewässern der Keimlinge und die Versorgung der Tiere. Viele von uns treffen sich jedoch um zehn zu einem gemeinsamen Gebet in der kleinen Kapelle. Die Teilnahme ist freiwillig. In Ihrer freien Zeit stehen Ihnen außerdem verschiedene Musikinstrumente zur Verfügung. Darüber hinaus können Sie die Tennisplätze nutzen oder Kricket spielen. Nun, meine Damen, das war ein kurzer Überblick. Sie können sich jederzeit mit Fragen an uns wenden. Weiteres Lehrpersonal lernen Sie im Laufe der Woche kennen. Sehen Sie sich um, richten Sie sich ein. Wir sehen uns zum Abendessen um sieben Uhr.«

»Mrs Havergal?« Tilda wusste selbst nicht, woher sie den Mut nahm, ihre Schüchternheit zu überwinden. Vielleicht lag es daran, dass dies ein Ort war, an dem sie sich vom ersten Moment an wohlfühlte, ein Ort der Gärten und des Lernens.

Die Rektorin musterte sie aufmerksam. »Miss Allers, nicht wahr? Die Stipendiatin.«

Tilda deutete einen unbeholfenen Knicks an, was sicherlich lächerlich war und völlig unangebracht. »Ich habe eine Frage, Mrs Havergal. Aber zuallererst möchte ich Ihnen für die Chance danken, hier lernen zu dürfen.« Sie sah aus dem Augenwinkel, wie Sibylla zu zwei anderen Mädchen trat und sich vorstellte.

»Ich werde den Dank an Ihre Förderin weiterleiten. Es freut mich, in diesem Jahr zum ersten Mal ein Stipendium ausloben zu können, wo die Schule doch selbst noch in den Kinderschuhen steckt.« Beatrix Havergal lächelte gutmütig und schien dann plötzlich tief in Gedanken. »Wissen Sie, ich stamme selbst aus sehr bescheidenen Verhältnissen. Arm ist wohl das passende Wort. Mit fünfzehn schon musste ich die Schule verlassen und nahm Hilfsarbeiten an, meist auf dem Feld. Schließlich bekam ich die Möglichkeit, eine zweijährige Ausbildung an der Thatcham Fruit and Flower Farm School in der Nähe von Newbury zu beginnen. Doch ach, auch diese glückliche Zeit stand zuerst unter einem schlechten Stern, denn wieder fehlte das Geld.«

Tilda machte große Augen. »Und was haben Sie dann getan?«

»Gearbeitet und gelernt, als gäbe es kein Morgen, bis ich die Beste war. Die Schulleiterin Mrs Hughes-Jones hat mich schließlich ohne Schulgeld dortbehalten und mir eine Anstellung gegeben, sobald ich meinen Abschluss gemeistert hatte.«

Tilda musterte die Frau, die ihr offenbar ähnlicher war, als sie es sich je hatte vorstellen können. »Danke, dass Sie mir das erzählt haben. Es wird mich inspirieren, immer alles zu geben.«

Mrs Havergal legte ihr eine Hand auf die Schulter. »Daran habe ich ohnehin keine Zweifel. Aber Sie hatten eine Frage, nicht wahr?«

»Ja, dürfen Miss Healey und ich uns das gesamte Gelände ansehen?«

»Natürlich, dies ist nun Ihr Zuhause. Allerdings erwarte ich, dass Sie Türen und Tore so hinterlassen, wie Sie sie vorgefunden haben. Besonders bei den Gewächshäusern ist die richtige Belüftung das A und O.«

»Selbstverständlich«, erwiderte Tilda schnell und biss sich auf die Zunge, um nicht damit herauszuplatzen, dass sie all das selbstverständlich bereits wusste. Das gehörte sich nicht. »Nochmals vielen Dank!«

Als sie schließlich zu Sibylla trat, tratschte die bereits mit zwei Mädchen, die sich als Millie und Gertrude vorstellten. Es ging um die berühmten Waterperry-Erdbeeren und die noch berühmtere Kundschaft. Die Schule hatte es doch tatsächlich zum Hoflieferanten gebracht. So etwas sprach sich herum, und so gehörte inzwischen auch der ein oder andere Duke und Sir zu den neuen Kunden. Eine Tatsache, die besonders Sibylla sehr entzückte.

»Ich wollte mir die Anlage anschauen, kommst du mit, oder bleibst du hier?«

»Wir kommen alle mit«, verkündete Millie, ohne Sibyllas Antwort abzuwarten.

Kurz darauf verließ die muntere Gesellschaft das Haupthaus und wandte sich zuerst nach links. Sie hatten beschlossen, die berühmten Erdbeeren zuerst zu besuchen. Sie mussten in den großen Gewächshäusern angebaut werden, von denen sich mehrere akkurat nebeneinanderreihten. Darum herum erstreckten sich perfekt gepflegte kleine Parzellen, auf denen Mangold, Radieschen, Zwiebeln und Knoblauch sprossen.

Es war ein warmer Tag, und so standen die Türen der Gewächshäuser weit offen, ebenso die Fenster auf den Dächern. Drinnen zeigen sich Reih um Reih Erdbeerpflanzen. Es duftete nach den Früchten, aber auch ein wenig vergoren.

»Nun reicht es aber mir all dem Grün, Tilda«, murrte Sibylla schließlich. »Suchen wir lieber die wirklich interessanten Sachen. Die Picknickwiese und den Tennisplatz!«

Sibylla hatte erstaunlich gut geschlafen, nur das frühe Aufstehen am Dienstagmorgen war eine Herausforderung. Tilda hingegen brauchte nicht einmal einen Wecker. Gut gelaunt war sie sofort munter und plapperte aufgeregt, weil sie ihren ersten Unterrichtstag kaum erwarten konnte.

Sibylla quittierte alles mit leise gemurmelten Antworten. Das Frühstück, das gemeinsam im Speisesaal eingenommen wurde, war eine angenehme Überraschung. Die Lehrerinnen saßen zwischen den Schülerinnen und beantworteten auch jetzt gerne jede Frage. So auch, dass sich die Schülerinnen nach zwei oder drei Jahren einer Prüfung durch die Royal Horticultural Society unterziehen konnten, wenn sie es wünschten.

Mrs Sanders tischte gemeinsam mit der Köchin reichlich auf, und die neuen Schülerinnen wurden angehalten, tüchtig zu essen, denn sie erwartete harte Arbeit. Sibylla fühlte sich ein wenig überwältigt, und ihre Freundin wirkte vollkommen erschlagen von der Auswahl. Auf dampfendes Porridge folgten gebratener Fisch, Würstchen, Spiegeleier, kalt geräucherter Hering, saure Gurken und knuspriger Speck. Dann waren da noch Brot, Butter, Honig und eine große Auswahl selbst gemachter Marmeladen.

Nach dem Essen fühlte sich Sibylla so ermattet, dass sie sich am liebsten auf ihr Bett gelegt und ein wenig in ihrem Tagebuch geschrieben hätte, denn noch immer war es ihr nicht gelungen, ihr Abenteuer mit Francis in Worte zu fassen. Die einen waren zu leicht, bei den anderen klang es, als stünde sie kurz vor einem Liebesgeständnis. Nichts passte.

Sie wurden auf die Zimmer geschickt, um kurz aufzuräumen und sich umzuziehen. Es war Zeit für die Schuluniform. Da hätte sie sich genauso gut einen Jutesack überstülpen können.

»Ist das nicht herrlich? Ich bin eine Schülerin von Waterperry, Waterperry, Waterperry«, sang Tilda unterdessen und drehte sich in ihrem unansehnlichen grünen Kittel im Kreis.

»Es ist unmöglich, in deiner Gegenwart schlechte Laune zu haben, Tilda Allers! Sie zwingen uns dazu, Säcke zu tragen, und du freust dich auch noch darüber!«

»Ich habe sogar neue Stiefel bekommen, schau!« Tilda reckte ihr die klobigen Treter hin, die man ihnen am Abend gebracht hatte.

»Wenigstens müssen wir die nicht putzen«, erwiderte Sibylla nur. Es gab einen Vorraum, wo sie nach getaner Arbeit ihre Schuhe abstellen sollten, damit sie gereinigt werden konnten. Tilda hatte protestieren wollen, doch Sibylla knuffte sie nur in die Seite. »Bring sie nicht auf dumme Gedanken.«

Der Vormittag war größtenteils mit einem großen Rundgang durch die weitläufigen Anlagen verstrichen, von denen sie am Vortag gemeinsam mit Millie und Gertrude nur einen Bruchteil angesehen hatten. Das Gelände der Schule war riesig. Es gab mehrere der von Sibylla so verabscheuten Gewächshäuser, doch statt Orchideen gediehen hier neben den berühmten Erdbeeren verschiedenste Tomatensorten, Auberginen und Paprika. In endlosen Reihen standen Setzlinge in winzigen Töpfchen.

Für Sibylla sahen sie alle gleich aus, doch Tilda erkannte sofort, um was für Pflanzen es sich handelte. Es war geradezu beängstigend, wenn sie nicht nur die Art, sondern gleich auch die Sorte vor sich hin flüsterte. So hatte Sibylla sie noch nie erlebt. Aus dem maulfaulen Mädchen war ein ständig schnatterndes Wesen geworden. Tilda schien den Himmel auf Erden gefunden zu haben.

Im Freiland gab es verschiedene Bereiche, Staudenrabatten und auch die gestern entdeckte herrliche Tennisanlage, die wiederum von Gärten umgeben war.

»Morgen spielen wir nach dem Unterricht«, verkündete Sibylla sofort gut gelaunt, nur um ihre Begleiterin blass werden zu sehen. »Ich habe noch nie …«

»Dann zeige ich es dir eben.«

»Nein, das ist peinlich.«

Sibylla hatte trotzdem darauf bestanden. Tennis, das war etwas, was sie ihrer Freundin beibringen konnte. So würde es ihr nicht ganz so schwerfallen, Tilda demnächst vermutlich nicht nur einmal um Hilfe bitten zu müssen, wenn es um Unterrichtsfragen ging.

Zum Schluss zeigte Mrs Havergal die Tiere, die zur Schule gehörten. Neben Hühnern, Enten und mehreren Bienenstöcken gab es auch Schweine, die mit Gemüse und Essensresten gemästet wurden, sowie zwei lebhafte braune Ponys. Sie zogen die Wagen, mit denen samstags die Märkte und Restaurants beliefert wurden.

Voller neuer Eindrücke waren sie schließlich in einem Innenhof zwischen zwei Gewächshäusern angelangt. Sibylla hatte auf eine Pause gehofft, doch weit gefehlt.

Es gab anscheinend viel für den nächsten Tag vorzubereiten. An langen Tischen hatten sie mit Bürsten und Kellen Tontöpfe gereinigt, sortiert und gestapelt, während Mrs Havergal über den richtigen Aufbau von Erde, Dünger und Drainage-Schichten referierte. *Pflanzen sind so unterschiedlich wie Menschen, eine jede verdient es, nach ihrem Charakter behandelt und gepflegt zu werden,* war ein Satz, den Sibylla sich merken wollte.

Ihr Stundenplan bestand aus einem großen praktischen Teil, der fast ausschließlich von Mrs Havergal und zwei Absolventinnen bestritten wurde sowie von Theorieunterricht, der nicht enger gefasst wurde und sich anscheinend am praktischen Unterricht orientierte und ihn ergänzte. Zu Anfang sollten sie die Grundlagen lernen, und dazu gehörte nach Auffassung der Rektorin die Düngung und Bearbeitung des Bodens. Sie referierte schon seit Stunden über Mist von Hühnern, Schweinen und Pferden, wie er gelagert und genutzt wurde, über Hornspäne, Pottasche und Rinderblut, das die Erdbeeren besonders ergiebig machte, Bodenbelüftung, Humus und Wasserspeicherung.

Sibylla schwirrte der Kopf. Sie sehnte sich schon jetzt nach einer Badewanne und Ruhe.

Ruhe, um über sich nachzudenken. Über sich und Francis.

*Zwei Tage später*

Staunend betraten die Schülerinnen den Unterrichtsraum. Er roch nach Chemikalien und wirkte ein wenig wie ein Labor, ganz und gar nicht so, wie Tilda es sich ausgemalt hatte. In großen Holzvitrinen an den Wänden verteilten sich Tierpräparate. Viele waren nicht von hoher Qualität, und so wirkten sie teils grotesk, mit verschrumpelten Mäulern und seltsam gestellten Pfoten und Flügeln.

Damit würden sie sich hoffentlich nicht beschäftigen müssen. Sibylla hatte noch nie etwas daran gefunden, tote Lebewesen auszustopfen und über ihre Lebenszeit hinaus aufzubewahren. Ganz anders sah sie es mit Herbarien. Die getrockneten Pflanzensammlungen waren wie ein Fenster in eine andere Welt.

Ratlos verteilten sich die Schülerinnen auf die einzelnen Tische. Jeweils vier bildeten eine Reihe, von denen sich offenbar immer zwei ein Mikroskop teilten. Sibylla stellte sich neben sie, damit sie auf jeden Fall zusammenarbeiten würden.

Es wurde leise getuschelt, und auch Tilda raunte ihrer

Freundin zu: »Was wir wohl hier machen sollen?« Es war ihr erster Theorieunterricht.

»Unter *Grundlagen der Botanik* kann man sich alles Mögliche vorstellen. Schau mal, da liegen Zwiebeln auf dem Lehrerpult.«

»Sieht aus wie ganz gewöhnliche rote Gemüsezwiebeln«, meinte Tilda, nachdem sie sich unnötigerweise auf die Zehenspitzen gestellt und vorgereckt hatte.

In diesem Moment trat ein Mann durch die Tür. Zweifellos kein Schüler, denn die gab es nicht. Also musste es sich zwangsläufig um den Lehrer handeln. »Den kenne ich!«, flüsterte Tilda überrascht und straffte zugleich die Schultern.

»Guten Morgen, Ladys«, sagte er. Bennet Morris. Ihr unfreiwilliger und unfreundlicher Helfer von der Flower Show am Blenheim Palace, wo sie ihr Stipendium gewonnen hatte. Vermutlich erinnert er sich nicht an mich, überlegte Tilda. Was bestimmt auch besser war.

Schon am Blick ließ er erkennen, dass er nichts davon hielt, Frauen zu unterrichten, vielleicht sogar vom Unterrichten an sich. An den Tagen zuvor war der Mann nicht in der Schule zu sehen gewesen. Auch die Mahlzeiten, die Schüler und Lehrerinnen gemeinsam einnahmen, hatten ohne ihn stattgefunden. Allerdings auch ohne die beiden männlichen Angestellten, die sie an ihrem ersten Schultag kennengelernt hatten. Männer wurden in Waterperry offenbar nur als Gäste geduldet. Vermutlich war das der Grund für Mr Morris' Abwesenheit.

»Mein Name ist Bennet Morris, und das Schicksal will es, dass ich Ihnen die Grundlagen der Botanik näherbringe und Ihnen die Eckpfeiler der Vererbungslehre erkläre.«

Seine Stimme war laut, als wäre er es gewohnt, Leute herumzukommandieren. Vielleicht lernte man das bei der Arbeit als Pflanzenjäger zuerst.

Sie dachte an ihre erste Begegnung und das belauschte

Gespräch zurück. Mrs Havergal hatte ihn zu sich gerufen, um ihm ein Angebot zu machen, das er anscheinend brüskiert ausgeschlagen hatte.

War es darum gegangen? Um die Anstellung als Lehrer? Und warum hatte er am Ende doch zugesagt? Womöglich hatte er nach der verdorbenen Pflanzenlieferung Geldsorgen. Ja, so musste es sein. Das erklärte auch, warum er die Begeisterung, mit der Mrs Havergal ihren Schülerinnen entgegentrat, vermissen ließ. Er *wollte* gar nicht unterrichten.

Tilda wurde den Eindruck nicht los, dass er die Berufung nach Waterperry als Demütigung empfand. In diesem Moment nahm sie sich vor, diesem aufgeblasenen Kerl zu beweisen, dass Frauen genauso gute Forschungsarbeit leisten konnten wie Männer. Mochten sie auch körperlich schwächer sein, an Verstand mangelte es ihnen nicht, davon war sie überzeugt.

»Ah, Miss Allers, so sieht man sich wieder. Sie haben es also wirklich geschafft«, sagte er plötzlich. Tilda hatte gar nicht gemerkt, wie er an ihr Pult getreten war und eine Zwiebel sowie ein Skalpell und ein kleines Glasplättchen vor ihr abstellte.

Er erkannte sie nicht nur wieder, er hatte sich sogar ihren Namen gemerkt! Hinter ihr begann Millie, mit ihrer Nachbarin zu tuscheln. Was die anderen wohl dachten, woher sie Morris kannte? Sie hatte nicht vergessen, wie die älteren Schülerinnen den gut aussehenden Vagabunden angesehen und über ihn geredet hatten. Hoffentlich dachte nun niemand etwas Falsches.

Tilda senkte den Blick, als hätte sie seine Bemerkung überhört.

»Heute werden Sie ein Präparat anlegen. Zwiebeln sollten Sie alle aus der Küche kennen und auch den Umgang damit. Die rote Zwiebel eignet sich für unsere Zwecke besonders …«

Er ging zwischen den Bänken umher, als wäre er ganz in seinem Element. Er war vielleicht kein Lehrer, aber dieser Mann hielt häufiger Vorträge, wurde Tilda klar.

Sie hatte ihn für einen Gauner und Scharlatan gehalten, nachdem er ihre Rose geschient hatte. Nun musste sie sich eingestehen, dass sie einiges von ihm würde lernen können. Vermutlich war er Mitglied in verschiedenen gelehrten Gesellschaften, wo er über die Funde und Entdeckungen seiner Fernreisen referierte.

Keine ihrer Mitschülerinnen sagte ein Wort oder war unaufmerksam. Morris gab sich keine Mühe, einfache Erklärungen zu liefern.

Es war anstrengend, aber auch sehr spannend, seinem Unterricht zu folgen. Tilda und Sibylla präparierten unter seiner Anleitung ein feines Häutchen aus der Innenseite einer Zwiebelschicht, schnitten ein Quadrat heraus und legten es mit einem Tröpfchen Flüssigkeit zwischen zwei Glasträger.

Unter dem Mikroskop konnten sie dann die Struktur erkennen.

Wie wundersam das war! Ein Blick in eine andere Welt. Tilda fand keine Worte, so begeistert war sie.

Morris trat nun an die Tafel und malte mit ausgreifenden Bewegungen eine Pflanzenzelle auf. Erklärte Kern und Hülle.

»Kenne ich aus Vaters Büchern«, flüsterte Sibylla, während Tilda die Zeichnung eifrig in ihr Notizbuch übertrug.

Die Zeit flog nur so dahin, und dann war die Stunde plötzlich vorüber.

»Beim nächsten Mal beschäftigen wir uns mit dem Nährstofftransport in Pflanzen«, kündete Morris an. »Lesen Sie dazu das erste Kapitel in Ihrem Grundlagenbuch. *Faserleitbündel* ist Ihr Stichwort.«

Die Schülerinnen packten zusammen, noch immer wie erschlagen von den geballten Informationen, die mit einem

Donnerschlag über sie hereingebrochen waren. Nun würden sie nur kurz ihre Sachen zurück auf die Zimmer bringen und dann in den Gewächshäusern arbeiten. Wenn das so weiterging, war sie im Paradies auf Erden, dachte Tilda. Und das alles verdankte sie einer gestohlenen Rose, ein wenig handwerklichem Geschick und diesem Mann. Bei dem sie sich noch nicht einmal richtig bedankt hatte.

Sie wusste, dass es richtig gewesen wäre, sich zu bedanken. Gleichwohl fürchtete sie, dass sie den Mund kaum aufbekommen würde und zudem die Tuscheleien der Mitschülerinnen danach noch schlimmer würden. Sie sah sich um. Die anderen Mädchen waren ihnen schon weit voraus, weil Sibylla wieder einmal länger gebraucht hatte, um all ihr Zeug zusammenzupacken. Wenn nicht jetzt, dann nie!

Tilda nahm ihren ganzen Mut zusammen.

»Warte draußen auf mich«, sagte sie zu ihrer Freundin, ohne eine Erklärung zu liefern. Dann trat sie ans Lehrerpult, wo Mr Morris soeben seine abgewetzte Ledertasche mit einem Riemen verschloss. So eine Tasche hatte niemand, der wohlhabend war, oder es hingen Erinnerungen daran.

Er ist wirklich groß, stellte Tilda fest und versuchte, sich nicht davon einschüchtern zu lassen, zu ihm aufsehen zu müssen. »Mr Morris?«

Er blickte überrascht auf. Seine grünen Augen wirkten heute wie tiefe Schluchten. Dunkel und bedrohlich, aber auch geheimnisvoll, wie ein wildes Dickicht, das es zu erkunden galt.

»Ah, Miss Allers. Hatten Sie Verständnisprobleme? Von Ihnen hätte ich das am allerwenigsten erwartet.«

»Nein, nein. Ich denke, ich habe alles verstanden.«

»Was also dann?« Er setzte sich seinen Panamahut auf. Nun waren seine Augen fast schwarz, und die leichte Adlernase stach wie ein scharfer Grat hervor.

»Ich … ich habe mich noch gar nicht bedankt. Für Ihre

unkonventionelle Hilfe auf Blenheim, meine ich«, sagte sie unsicher. So, nun war es heraus.

»Nicht der Erwähnung wert. Noch etwas?«

»Ich schätze Ihren Unterricht sehr«, fuhr sie mutiger fort. »Und ich möchte Ihnen beweisen, dass Frauen genauso gut für diese Arbeit taugen wie Männer.«

»Da reden Sie der Rektorin nach dem Mund«, murrte er. »Aber spätestens bei der Feldarbeit, wenn Sie den ganzen Tag mit Spaten und Hacke arbeiten, teilt sich das schwache Geschlecht vom starken.«

Nun fühlte sich Tilda erst recht herausgefordert. »Mit Verlaub, Mr Morris. Auf dem Lande arbeiten die Frauen genauso viel auf dem Feld wie die Männer. Diese Herausforderung nehme ich ohne Zögern an.«

»Ich habe Sie nicht herausgefordert.« Morris' Blick wanderte zu ihren Händen. Gepflegten Händen zweifellos, doch Tilda würde nie verstecken können, dass sie von Kindesbeinen an im Gewächshaus gearbeitet hatte. Ihre Unterarme, die nicht von der halblangen Bluse verdeckt wurden, waren gebräunt und sehnig.

»Ich freue mich auf jeden Fall auf den Unterricht«, sagte Tilda, der die Musterung unangenehm wurde. »Auf bald!«

»Auf bald, Miss Allers!«

»Was wolltest du denn bei dem blasierten Affen?«, fragte Sibylla flüsternd und hakte sich bei Tilda unter.

»Wir sind uns schon einmal begegnet, ist eine lange Geschichte.«

»Du hast ihm doch nicht etwa schöne Augen gemacht?«

»Niemals, auch wenn er der letzte Mann auf Erden wäre!«, protestierte Tilda sofort. »Doch … wo du gerade Augen sagst, hast du seine gesehen? Ganz grün, froschgrün. Wenn es einen anderen Mann mit solchen Augen geben würde, der täte mir gefallen.«

»Pass bloß auf, was du sagst«, mahnte Sibylla streng, dann umspielte ein Lächeln ihren Mund.

Tildas Gedanken waren schon wieder ganz woanders. Der Unterricht hatte sie schwer beeindruckt. Diese winzigen Teilchen, die sie unter dem Mikroskop gesehen hatte, gingen ihr nicht mehr aus dem Sinn. Sie hatte den Baustein gesehen, aus dem die Pflanzen bestanden, ja, jedes Ding, das lebte, auch Menschen und Tiere.

»Wie ein Blick ins Universum war das«, murmelte sie.

»Was, bitte?«

»Diese Zellen, die ganzen winzigen Teilchen!« Tilda strich sich über den Arm. »In mir drin, in dir … Stell dir vor, sie würden sich plötzlich entscheiden, nicht mehr aneinanderhaften zu wollen, durcheinanderwirbeln, einfach wegfliegen und sich mit anderen verbinden.«

»Tilda, du bist betrunken!«

»Betrunken von der Wissenschaft vielleicht!« Sie legte den Kopf in den Nacken. »Ist es nicht traumhaft, was wir alles lernen dürfen?«

»Dürfen?«, schnaubte Sibylla.

Tilda presste die Lippen zusammen. Mit ihrer Begeisterung war sie wohl allein. Auch die anderen Mädchen tratschten über Gott und die Welt, nicht aber über den Unterricht.

»Tilda, ich brauche deine Hilfe«, sagte Sibylla plötzlich.

»Natürlich, liebe Freundin, was ist es?«

»Nicht viel. Ich will an Francis schreiben, aber meine Eltern dürfen es auf keinen Fall herausfinden. Deshalb brauche ich dich. Du beschriftest den Umschlag für mich, und wenn er mir zurückschreibt …« Kurz umwölkten sich Sibyllas Augen, als wäre sie nicht ganz überzeugt, dass er es auch wirklich tun würde. »Wenn er mir zurückschreibt, dann an dich adressiert.«

»Wenn das herauskommt …«

»Aber das wird es nicht. Das wird es auf gar keinen Fall!«

# 11

*Waterperry, drei Wochen später*

Los, Mädchen, der Boden gräbt sich nicht von alleine um!« Mrs Longeyear stemmte die Hände in die Hüften und blieb ausgerechnet vor Sibylla stehen. Mrs Longeyear war eine ehemalige Schülerin, die vor zwei Jahren den Abschluss gemacht hatte und diesen Sommer beim Unterricht auf dem Felde assistierte. Sibylla konnte sie nicht ausstehen. Sie war eine grobe Person, und unfreundlich kam sie ihr auch vor. Anscheinend gab es besonders an Sibylla immer etwas auszusetzen. Auch jetzt wurde sie lang und kritisch gemustert.

Sibylla arbeitete mit gesenktem Kopf weiter und prügelte mit der Rübenhacke auf den Boden ein, als gälte es, einen Angreifer zu erschlagen. Sibylla hasste die Stunden, die sie auf den Feldern und in den Gärten verbringen mussten. Hasste sie! Fast jeden Nachmittag wurden sie von dieser Matrone Longeyear getriezt. Die Vormittage bei Mrs Havergal waren zwar ebenfalls anstrengend, aber zumindest vermittelte sie ihr Wissen auf eine sehr freundliche, verständliche Weise. Die zwei Stunden am Nachmittag bei Longeyear dagegen waren eine einzige Strafe. So stellte sich Sibylla den Militärdienst vor, von dem der Vater und ihr Bruder berichtet hatten. Beim Militär wäre diese alte Schrapnelle, die sie heute dazu zwang, die trockene Erde eines Beetes aufzubrechen, von Unkraut zu befreien und den Boden so fein zu zerkrümeln wie die Streusel auf einem Kuchen, Sibyllas bescheidener Meinung nach auch besser aufgehoben gewesen.

Natürlich hatte Sibylla noch nie selbst einen Streuselkuchen gebacken, aber sie hatte oft genug einen gegessen, um zu wissen, dass die Aufgabe, die vor ihnen lag, beinahe unmöglich war.

Für alle neuen Schülerinnen außer für Tilda, die sich wie eine niemals müde werdende Maschine durch den Boden grub. Ungefragt bearbeitete sie einen Teil von Sibyllas Streifen und den ihrer Nachbarin Millie auf der anderen Seite mit und war trotzdem schon drei Schritt weiter vorn.

In Situationen wie dieser hasste Sibylla ihre Freundin ein wenig. Tilda schien eine göttliche Begabung für die Feldarbeit zu besitzen. Oder auch einfach viel Übung.

Nie ging ihr die Kraft aus, nie verlor sie die Begeisterung. Nach fast jedem anstrengenden Tag setzte sie sich abends ein, zwei Stunden hin und ging noch einmal alles durch, was sie im Unterricht gelernt hatte. Die Bücher, die für das ganze Jahr reichen sollten, konnte sie längst auswendig.

Es kam Sibylla so vor, als wollte Tilda alles in einem Jahr erledigen, was die anderen Schülerinnen in zwei oder drei Jahren Schulzeit lernten. Und sie ahnte auch warum, hielt es aber für unanständig, Tilda darauf anzusprechen.

Das Stipendium war nur für ein Jahr ausgeschrieben, und sie konnte nicht darauf hoffen, ein weiteres zu erhalten.

Sibylla konnte sich nicht vorstellen, wie sie ohne Tilda hier zurechtkommen sollte. Ohne ihre einzige richtige Freundin an der Schule, mit einer Fremden im Zimmer. Aber was war die Alternative? Tilda würde sich das Schulgeld unmöglich verdienen können, war sie doch die ganze Zeit in Waterperry. Die Lehrer beschäftigten sie gut, sogar an den Wochenenden gab es immer etwas zu tun. An Samstagen und manchmal auch Sonntagen verkauften sie die Erträge aus den Gärten auf dem Markt. Dann gab es noch unaufschiebbare Arbeiten wie das Wässern der Pflanzen sowie das Lüften der Gewächshäuser, in denen es im Sommer schnell zu heiß wurde.

Ob Vater nicht vielleicht Tildas Schulgeld bezahlen oder zumindest einen Teil übernehmen würde, wenn Sibylla ihm irgendwie überzeugend klarmachte, dass sie es ohne Tilda nicht schaffte?

In gewisser Weise stimmte das sogar. Sie lernten nicht nur gemeinsam, Sibylla hatte in Tilda auch bei der praktischen Arbeit eine unermüdliche Helferin. Wie jetzt, da sie nur die Hälfte von dem hacken musste, was eigentlich nötig war.

Nun plagte sie zwar das schlechte Gewissen, aber schließlich hatte sie Tilda nicht darum gebeten und mühte sich auch selbst nach Kräften. Ihre Kräfte reichten nur eben nicht für derart harte Arbeit.

Irgendwie würde sie ihrer Freundin all das zurückzahlen, nahm sie sich vor.

Eine halbe Stunde später waren sie endlich am anderen Ende des kleinen Feldes angekommen. Zwölf Schülerinnen richteten sich mit gequälten Gesichtern, manche auch mit einem entschuldigenden Lächeln auf und atmeten durch. Sibylla tat der Rücken weh, aber wenigstens waren ihre Hände in Ordnung.

In Millies Augen schimmerten Tränen, während sie die Handschuhe auszog und dann mit Erschrecken mehrere offene Stellen betrachtete, die vermutlich erst jetzt so richtig wehzutun begannen.

»Siehst du«, flüsterte Tilda. »Das kommt davon, wenn man weiche Hände hat und dann diese groben Handschuhe anzieht. Spuck drauf, dann wird es besser und brennt nicht mehr so.«

Millie blickte sie an, als hätte Tilda ihr vorgeschlagen, sich die Finger abzubeißen. »Wirklich?«

»Ja, na los.«

Millie verzog den Mund, wandte sich geniert ab, und man konnte sie leise spucken hören. Sibylla lief eine Gänsehaut über die Arme.

»Es hilft wirklich.«

»Sag ich doch.« Tilda grinste und stützte sich gut gelaunt auf ihre Hacke.

Sibylla blickte auf ihre eigenen Finger. An manchen Stellen glänzte die Haut, aber mehr war nicht passiert. »Du hattest recht. Die Holzgriffe der Hacken sind so glatt, dass es ohne Handschuhe besser ging, danke.«

Sie hatten zuvor heiß darüber diskutiert. Sibylla hatte sich schließlich auf Tilda verlassen. Die Lehrerin war nicht eingeschritten. Manche Erfahrungen musste man selbst machen, war ihre Meinung, und das ging für die Schülerinnen oft unangenehm aus.

»Werkzeuge säubern, dann geht es zu den Äpfeln«, rief Mrs Longeyear im Militärtonfall. »Wer offene Wunden hat, waschen, Jod, und dann dalli, dalli, damit die anderen nicht für Sie mitarbeiten müssen.«

»Ich dachte, wir wären fertig«, murrte Sibylla. Tilda legte ihr den Arm um die Schultern und lächelte, als wäre all das nur ein Spaziergang für sie. »Komm, liebe Freundin, es wird schön sein, sich nach der Plackerei ein wenig zu strecken. Die Apfelplantage ist jetzt genau das Richtige.«

»Ich würde heute Abend nicht einmal tanzen wollen, und du freust dich auf die nächste Arbeit? Du bist ein seltsames Geschöpf, Tilda Allers. Bist du sicher, dass du nicht als Kind vertauscht wurdest? Vielleicht bist du ein Wechselbalg, ein nimmermüder Hausgeist.«

Tilda lachte laut auf und knuffte sie in die Rippen. »Böses Weib.«

»Wer? Ich? Niemals!«

»Ich kann gar kein Hausgeist sein, mit einem Krumen

Brot und einem Schälchen Milch wäre ich niemals zufrieden. Außerdem trage ich keine braune Kleidung.«

»Du bist eben ein großer Geist …«

»… mit großem Appetit.«

Sie lachten noch, als sie den Apfelhain erreichten, wo unzählige Sorten artig in Reih und Glied standen.

Nein, dachte Sibylla bei sich, sie würde verhindern, dass Tilda in einigen Monaten gehen müsste. Koste es, was es wolle!

Francis saß konzentriert an einem gekachelten Tisch im Gewächshaus der Healeys. Mit Pinzette und Spatel präparierte er kleine Pflänzchen vorsichtig aus einem Bett von Rindenstückchen und Holzmehl heraus. Das tat er schon seit Stunden. Seine Augen brannten, und er schwitzte in dem weißen Kittel, der ihn ein wenig wie einen Chemiker aussehen ließ. Dazu trug er Handschuhe und Stulpen, die bis über die Ellenbogen reichten. Allesamt durch Kochwäsche gereinigt.

Die Vermehrung der Orchideen war eine heikle Angelegenheit. Auf keinen Fall durfte Schmutz oder gar ein falscher Pilz an die winzigen Pflänzchen kommen.

Vor fünf Monaten war ihm der erste Teil der Prozedur geglückt, nachdem er in einem Fachjournal gelesen hatte, dass es unter bestimmten Bedingungen möglich war, Orchideen anders als durch Teilung zu vermehren. Bislang war es so gut wie nie gelungen, aus den Früchten Samen zu gewinnen und diese zum Keimen zu bringen. Sie trieben entweder gar nicht aus oder starben kurz danach ab.

In der Studie war ein Symbiosepilz entdeckt worden, der offenbar für eine erfolgreiche Keimung notwendig war.

Der Fachartikel schlug vor, die Samen daher zu der Mutterorchidee zu pflanzen und so den Pilz im Boden auf die Keimlinge zu übertragen.

Sein Brotherr und er waren sofort Feuer und Flamme gewesen. Und nun endlich ernteten sie die Früchte ihrer Arbeit. Oder besser, Francis erntete, denn Mr Healey hatte in seiner Fabrik zu tun.

Seit dem Morgen war er daran, sämtliche winzigen Sämlinge vorsichtig aus den Gefäßen der Mutterpflanzen zu lösen und einzeln zu setzen. Dabei durfte keine der kostbaren fleischigen Wurzeln gequetscht werden oder zerbrechen. Sie hatten für ihr Experiment verschiedene Arten der Gattung *Oncidium* gewählt. Drei von ihnen sahen *Oncidium polycladium* ähnlich, waren aber noch nicht wissenschaftlich beschrieben worden. Einige der Ableger waren daher für Universitäten bestimmt.

»Hab ich euch«, sagte Francis leise und wischte sich die Stirn. Im Gewächshaus war es unangenehm warm und durch die hohe Luftfeuchtigkeit stickig.

Auf einer Keramikschale lagen aufgereiht sechs winzige Pflänzchen. Es waren die letzten, dann wäre seine Aufgabe für heute geschafft.

Vorsichtig setzte er sie nacheinander in kleine Pflanzgefäße, besprühte sie mit Regenwasser und setzte sie in einen Korb, der bereits mit dem Namen und der Nummer, mit der sie Mr Healey im Register führte, beschriftet war.

Seufzend lehnte Francis sich in seinem Stuhl zurück und schloss einen Moment lang die Augen.

Er musste eingenickt sein. Denn als sich leise Schritte näherten, schreckte er auf. Den Blick auf den Weg, der durch das Gewächshaus führte, versperrten eine Palme und eine daran emporgewachsene Mostera mit ihren ausladenden, geschlitzten Blättern. Doch Francis musste ihn nicht sehen, er erkannte Mr Healey am Schritt. Energisch, groß und doch stets leicht. Ein Gang, der gut zu seinem unaufgeregten, aber entschlossenen Charakter passte.

Mr Healey trug noch seinen Anzug. Also war er direkt

und ohne einen Umweg über das Haus aus der Fabrik gekommen. So gespannt war er auf das Ergebnis ihres Experiments.

»Und, Mr Morris?«

Francis erhob sich. »Es ist geglückt, würde ich meinen. Im Schnitt ist ein Drittel der Samen aufgegangen und hat sich gut entwickelt. Es gibt einige Kümmerlinge, die ich bei den Mutterpflanzen belassen habe. Aber sehen Sie selbst.«

Mr Healey lief die Reihen der Setzlinge ab, überprüfte einzelne. »Sehr gute Arbeit, Morris. Was würde ich nur ohne Sie anfangen?«

»Danke, Sir«, erwiderte Francis etwas verlegen.

»Wenn es gelingt, behalten Sie von jeder Art eine für sich, das haben Sie sich verdient.«

Francis war verblüfft von so viel Großzügigkeit. Der Wert jeder einzelnen Orchidee entsprach einem Monatsgehalt. Natürlich erwartete Healey, dass er sie pflegte und kultivierte und nicht gleich an den nächsten Sammler verkaufte. »Danke, vielen Dank! Ich weiß gar nicht, was ich sagen soll.«

»Nichts. Machen Sie Feierabend, den haben Sie sich verdient. Und hier … Das mysteriöse Fräulein hat Ihnen wieder geschrieben.«

Er reichte ihm einen Umschlag, und Francis wurde schlagartig flau. »Vielen Dank!« Hastig nahm er den Brief, ohne Mr Healey zum Abschied anzusehen, und eilte davon. Sein Herz pochte bis hinauf in die Schläfen.

Sibyllas Wagemut würde sie beide noch ins Unglück stürzen, auch wenn sie es unter falschem Namen tat und die Umschläge von ihrer Freundin beschriften ließ, damit die eigenen Eltern ihre Handschrift nicht erkannten. Denn Francis' Post lief über den Briefkasten der Healeys, schließlich wohnte er auf deren Grund und Boden.

Eigentlich hatte er nicht erwartet, dass sie ihm wirklich schreiben würde. Denn warum sollte sie? Ihr musste doch ebenso klar sein wie ihm, dass eine Verbindung zwischen ihnen keine Zukunft hatte. Es war ein gefährliches Katz-und-Maus-Spiel, wobei kein Zweifel daran bestand, wer die Maus war. Manchmal wünschte sich Francis ein Loch, in dem er sich verkriechen konnte, bis die Katze das Interesse verlor und sich ein anderes Spielzeug suchte. Dann dachte er wieder daran, wie es gewesen war, mit ihr zu tanzen. So durch und durch mühelos. Und ihre Küsse erst!

Es wäre so einfach gewesen, den Beginn des Internatsbesuchs als natürliches Ende zu begreifen. Doch Sibylla hatte die Chance nicht genutzt. Nun fürchtete Francis das Ende, das zweifellos früher oder später kommen würde. Denn er wusste jetzt schon, dass es ihm wehtun würde.

Vielleicht investierte Sibylla kaum Gefühle. Er aber konnte keine oberflächlichen Liebschaften führen. Schon jetzt empfand er zu viel für sie. Er war ein Idiot, und doch war er glücklich über den kleinen Schatz, den ihm der Postbote heute gebracht hatte.

Er schob den Brief in seine Hemdtasche und entledigte sich der Handschuhe und der übrigen Schutzkleidung. Dafür stand am Ausgang eine kleine Truhe bereit. Was darin landete, kam in die Kochwäsche und wurde so für den nächsten Einsatz sterilisiert.

Anfangs hatte Francis den Aufwand für übertrieben erachtet, doch Healeys Erfolge und sein exzellenter Ruf auch über England hinaus gaben ihm recht.

All das sollte Sibylla in die nächste Generation tragen, doch sie sträubte sich.

Sobald Francis ihren Namen auch nur dachte, kribbelte es in seinem Bauch. Die räumliche Trennung hatte die Angelegenheit nicht verbessert, sondern ganz im Gegenteil verschlimmert.

Ob sie ihre Meinung mittlerweile geändert hatte und Gefallen an der Flora fand? In einem schwachen Moment hatte er sich ausgemalt, wie es sein würde, gemeinsam mit ihr die Sammlung der Healeys weiterzuführen. Was war er nur für ein Idiot, sich nach einem Kuss und einem Tanz solchen Tagträumen hinzugeben? Lächerlich war das.

In den letzten Tagen war es allmählich besser geworden. Dachte er. Und nun war da dieser Brief. Am besten sollte er ihn gar nicht aufmachen. Sechs hatte sie ihm bereits geschrieben.

Francis trat aus dem Gewächshaus und atmete tief ein und aus. Endlich frische Luft, endlich wieder Wind auf der Haut spüren.

Zügig ging er zum alten Gärtnerhäuschen und nahm sich aus dem Erdkeller, der von außen zugänglich war, eine Flasche Bier. Damit setzte er sich in das sogenannte französische Rondell, einen abgelegenen Teil des Gartens, in den sich die Healeys so gut wie nie verirrten. Er interessierte sie nicht und wurde nur deshalb noch instand gehalten, weil er von Sibyllas Großmutter gestaltet worden war. Duftende Wildrosen, Lavendel und hüfthoher Rosmarin zwischen Lorbeerhecken. Ein Garten der Düfte. Auf dem ehemals hellen Kies wuchs Moos.

Francis setzte sich auf eine kleine Marmorbank, ließ den Bierverschluss knallen und trank einen tiefen Schluck. »Ah«, seufzte er.

Sollte er?

Langsam ließ er den Zeigefinger in das Kuvert gleiten und schalt sich in Gedanken wohl zum dritten Mal einen Idioten, dann riss er den Brief auf und faltete ihn auseinander.

*Mein lieber Francis,*
*ich hoffe, dieser Brief findet Dich wohlauf und Vater plagt Dich nicht so sehr im Gewächshaus. Bei diesem schönen Wetter sollte man keine Minute in diesem Glaskasten verbringen. Ich weiß doch, wie gerne Du im Sommer unter freiem Himmel bist.*
*Hier plagen sie uns von morgens bis abends. Mir schwirrt der Kopf vor lateinischen Namen, Düngeplänen und Fruchtfolgen. Sie lassen uns jeden Tag im Garten und auf dem Feld schuften, bis wir todmüde umfallen. Meine Haut ist braun wie die einer Landfrau. Hier ist weit und breit keine Orchidee oder Lilie zu sehen, und es macht mich ein wenig schadenfroh, dass Vater eine Botanikerin zurückerwartet und eine Gemüsebäuerin bekommt.*
*Du hättest hier Deine wahre Freude, und ich stelle mir oft vor, wie Du voller Begeisterung durch die Bibliothek von Waterperry streifen würdest.*
*Ich hätte nicht geglaubt, das je zu denken oder gar ausgerechnet Dir zu schreiben. Aber unser Unterricht fehlt mir. Die Zeit mit Dir fehlt mir. Du fehlst mir.*

»Oh, Sibylla, nicht«, murmelte Francis. Ihm wurde die Kehle eng, denn er ahnte, was in den nächsten Zeilen stehen würde und dass er dieses Mal zu schwach sein würde, vernünftig zu bleiben.

Sie bat um ein Treffen am Sonntag, dem einzigen freien Tag an der Schule. Francis lehnte sich zurück, klammerte sich an seinem kühlen Bier fest und wusste, dass er verloren war. Die Gefühle, die sich über die Monate langsam aufgebaut hatten, ließen sich nicht unterdrücken oder ignorieren. Er hatte es versucht und verloren. War sogar unter einem Vorwand in das Anwesen der Healeys gegangen, nur um sich dort heimlich Fotografien von Sibylla anzusehen.

Dabei blieb die böse Ahnung, dass all das für sie nichts weiter als ein Spiel war, ein bedeutungsloser Flirt. Er war sich sicher, dass sie ihn zumindest zu Beginn nur hatte reizen wollen, um ihn vom Unterricht abzulenken. Damit sie keinen Dünger anmischen oder Wurzeln mit der Zange bearbeiten musste. Außerdem war da noch der Trotz, mit dem sie ihren Vater bedachte. Mit einem Mann unter ihrem Stand zu flirten, war für eine junge Frau vom Format einer Sibylla Healey sicher eine effektive Form der Rache.

Er wusste das alles, hatte es Tausende Male in Gedanken wiederholt. Doch all die warnend roten Gefahrenzeichen verblassten, wenn er an die Nacht im Club dachte.

Die Unvernunft.

Francis musste sie einfach wiedersehen! Ihr Kuss war wie süßes Gift gewesen. Ihre pfirsichweiche Haut zu berühren auf unheimliche Weise wichtiger, als so energisch wie möglich das Ziel zu verfolgen, eines Tages Gartenarchitekt zu werden. All das konnte noch ein wenig warten, solange Sibylla ihn nur beim Tanzen so ansah. Er wusste, dass sie keine gemeinsame Zukunft hatten. Aber einige kostbare Wochen oder Monate … Zumindest auf die wollte und konnte er nicht verzichten. Nicht mehr, nicht seit dem Kuss.

Schnell überschlug er im Kopf, wie viel Erspartes er in seinem Zimmer aufbewahrte. Reichte es, um mit Sibylla einen schönen Sonntag zu verbringen? Sie war anderes gewohnt als ein Mädchen aus dem Dorf, und er wollte sich nicht blamieren, indem ihm für ein gemeinsames Essen das Geld ausging. Er wusste, er konnte ihr nicht dasselbe bieten wie ihre üblichen Verehrer. Zwar hatte er dank Mr Healeys Geschenk heute mehrere Monatsgehälter dazugewonnen. Vorausgesetzt, es gelang ihm, die zarten Ableger aufzuziehen. Aber bis dahin würde es noch dauern. So lange wollte er nicht warten.

Er war also auf sein bescheidenes Gehalt angewiesen.

Aber was, wenn er es völlig anders anging? Wenn er sich etwas einfallen ließ, das so ganz anders war als ihre üblichen Verabredungen? Würde sie sich freuen oder empört davonrauschen?

Nun, er würde es darauf ankommen lassen müssen.

An diesem Samstag war Tilda zum ersten Mal an der Reihe, mit Mrs Havergal die Märkte zu beliefern. Eine Aufgabe, der sie seit ihrer Ankunft an der Schule entgegenfieberte.

Schon vor dem Frühstück waren mehrere Mädchen ausgezogen, um Rosen, Dahlien, Astern zu schneiden. Obst und Gemüse stand seit dem Vorabend in Kisten bereit.

Tilda hatte die Aufgabe erhalten, eine Liste mit allem anzulegen, was sie auf dem Markt anbieten würden. Neben Äpfeln, Birnen und samtigen Pflaumen gab es verschiedene Rüben, vorgezogene Kräuter und eine große Auswahl von Stecklingen und Jungpflanzen.

Mr Reuben Clifford, einer der männlichen Angestellten, schirrte das temperamentvolle braune Pony Socks vor den Wagen und lud die Kisten auf, während Tilda noch einmal ihre Liste überprüfte.

Schließlich erschien Mrs Havergal, setzte sich wie selbstverständlich auf den Kutschbock und nahm die Zügel in die Hand. Socks tänzelte und warf sich ins Geschirr, doch noch war die Bremse angezogen.

»Nun husch, Miss Allers!«

Das ließ sie sich nicht zweimal sagen. Sofort nahm sie neben der Rektorin Platz, und los ging die wilde Fahrt. Anfangs ließ sich das Pony kaum bändigen, doch als sie schließlich das Städtchen Thatcham erreichten, verlief die Reise längst ruhig und angenehm.

Sie hielten auf dem Markt, wo soeben die Stände aufgebaut wurden. Mrs Havergal nahm eine Kiste mit Äpfeln, während Tilda sich Mirabellen und Birnen auflud.

Ein gewisser Mr Smart erwartete sie bereits, nahm ihnen das Obst ab, unterschrieb dann in einem kleinen Büchlein, und weiter ging es.

Am nächsten Stand wurden Schnittblumen und Setzlinge abgegeben, am dritten Kräuter, Kartoffeln und Saatenmischungen.

Danach fuhr Mrs Havergal mehrere Restaurants und Gasthöfe ab. Auch hier wurden volle Kisten abgeladen, leere abgeholt, und jeder schien ein nettes Wort oder kurze Zeit für einen Plausch mit der Rektorin zu haben. Tilda gefiel dieser Teil der Arbeit ungemein. An vielen Freitagen betrieb die Schule außerdem einen eigenen Marktstand. Diesen zu betreuen würde ihre nächste Aufgabe sein. Sie hoffte allerdings, dass es noch eine Weile dauerte, denn schon jetzt war ihr das Gedränge zwischen den Buden unangenehm.

Auf der Rückfahrt gingen sie die gemeinsamen Listen durch, und Mrs Havergal hielt ihr einen langen Vortrag über Preisentwicklung. Dabei hätte Tilda viel lieber aus ihr herausgekitzelt, ob es eine Chance gab, dass sie sich durch Fleiß ein weiteres Stipendium erarbeitete.

# 12

Am darauffolgenden Sonntag war das Internat wie ausgestorben. Viele Schülerinnen waren nach Hause gefahren, um ihre Familien zu besuchen, oder verbrachten den Tag in Oxford im Café oder Kino. Tilda tat nichts davon. Sie vermisste ihre Familie schmerzlich, aber Briefe würden bis zu den Herbstferien reichen müssen. Für Stadtbummel und Cafés fehlte ihr der Sinn. Seit dem ersten Schultag fühlte sie sich getrieben, als hörte sie eine ablaufende Uhr im Hintergrund ticken.

Sibylla war direkt nach dem Frühstück aufgebrochen, um sich mit ihrem Gärtner zu treffen. Mittlerweile kannte Tilda die ganze Geschichte und zog ihre Freundin regelmäßig damit auf, dass sie ausgerechnet mit einem Mann flirtete, der alles verkörperte, wogegen sie sich so sehr gesträubt hatte.

Es war still im Internat ohne die anderen. Auch die Außenanlagen wirkten verlassen.

Noch am Morgen hatten sie gemeinsam in der kleinen Kapelle gebetet und gesungen, während Mrs Havergal sie auf dem Harmonium begleitete. Ihre Rektorin war ein wahres Wunder an Talenten. Sogar ihre Stimme war angenehm und besonders feierlich, wenn sie aus der Bibel las und ihre Schutzbefohlenen zu einem anständigen, tüchtigen Leben anhielt.

Danach hatte sich die Schar der Schülerinnen schnell verlaufen. Die wenigen, die zurückgeblieben waren, genossen nun ihre freie Zeit. Gelächter schallte vom Tennisplatz und dem Kricket-Feld herüber, und für einen Augenblick beschlich Tilda leise Wehmut, weil sie nicht bei den anderen Mädchen war.

Ein wenig allein fühlte sie sich schon, gestand Tilda sich ein, während sie mit einem dicken Wälzer unter dem Arm am großen Seerosenbecken vorbeischlenderte. Das Buch war eine Enzyklopädie der Pflanzen und Pilze. Sie hatte versucht, sich so viele wie möglich einzuprägen, doch nun summte ihr der Kopf, und sie würde sich beim besten Willen keinen weiteren lateinischen Namen mehr merken können. Außerdem wurde es langsam sehr warm draußen.

In der Luft schwirrten die Insekten auf und ab, auf und ab, wie in einem Tanz. Schillernde Libellen jagten ihnen nach und haschten sie in akrobatischen Manövern aus dem Flug. Mit ihrer Beute in den unheimlich aussehenden Mäulern ließen sie sich dann wieder auf den Seerosen nieder.

Tilda nahm ihren breiten Strohhut ab und fächelte sich damit Luft zu. Auf ihrem Rückweg zum Schulgebäude kniff sie hier und da eine Blüte ab und legte sie vorsichtig in ihren Hut.

Schließlich war sie mit ihrer Sammlung zufrieden, brachte das Buch in ihr Zimmer, aß ein Stück trockenen Kuchen und machte sich dann auf den Weg zum Biologieraum. Dort wollte sie ihre kleine Sammlung unter dem Mikroskop betrachten. Angeblich konnte man viele Arten nur an der Anzahl der Blütenblätter und der Form ihrer Staubgefäße unterscheiden. Tilda hatte sich für diesen Sonntag vorgenommen, der Sache auf den Grund zu gehen. Sie hatte nicht nur ihre Blüten im Hut dabei, sondern auch ihr Notizbuch, das bereits zur Hälfte mit Zeichnungen gefüllt war. Mrs Havergal hatte allen Schülerinnen erlaubt, die Ressourcen der

Schule jederzeit zu nutzen, doch nur wenige nahmen die Möglichkeit wahr.

Tilda öffnete die Tür zum Unterrichtsraum und lief sogleich an ihren Platz, entschied sich dann um und wählte einen breiten Tisch am Fenster. So würde sie das Licht von draußen nutzen können. Sorgfältig richtete sie das Mikroskop ein, drehte die Spiegel und legte ihre Pflanzen aus. Auf einem Keramiktablett aus einem Schubladenschrank trennte sie mit Pinzette und Skalpell die erste Blüte auf. Zuerst nutzte sie eine aufstellbare Lupe und fertigte eine Zeichnung des Querschnitts an, dann widmete sie sich dem Staubgefäß und dem Stempel.

Leise summend vertiefte sie sich völlig in ihre Arbeit. All ihre Sorgen verschwanden hinter dem Wunsch nach Wissen, die Geheimnisse dieser fremden Welt zu erkunden, von der der Mensch noch viel zu wenig wusste.

Ein Windzug ließ die Pollenkörner auf dem Objektträger verrutschen, und ihr entfuhr ein leiser Fluch.

Der Boden knarrte.

Tilda wischte sich einige Strähnen aus der Stirn und drückte ihr Auge wieder auf das Okular.

Ein Räuspern.

Sie zuckte zusammen und konnte einen Schrei nur halb unterdrücken. Neben ihr stand Bennet Morris und blickte mit einer Mischung aus Erstaunen und Amüsement auf sie herab. »Was machen Sie denn hier, am heiligen Sonntag?«

Morris umwehte der Duft von Tabak und, wenn sie es richtig deutete, Schokolade. Er hatte seine abgewetzte Ledertasche bei sich, ohne die er anscheinend nirgendwo hinging. Nun stellte er sie auf dem Tisch neben ihr ab. »Hat es Ihnen die Sprache verschlagen, Miss Allers?«

»Nein, natürlich nicht«, stammelte sie. »Wir dürfen doch hier sein, das ist uns so gesagt worden.«

»Aber sicher dürfen Sie. Also, was wird das?«

Es war Tilda unangenehm, dass er stand und sie zu ihm aufsehen musste. So kam er ihr noch größer vor, als er ohnehin schon war, und mit seiner weltmännischen, etwas herablassenden Art gab er ihr das Gefühl, sie benähme sich wie ein Trampel.

»Ich … ich vergleiche Staubgefäße und Stempel.«

»So? Wussten Sie, dass es Frauen noch vor einigen Jahren untersagt war, sich mit den Geschlechtsteilen der Pflanzen zu beschäftigen, weil es zu unkeuschen Gedanken führt?«

»Das ist doch absurd, Mr Morris!«, protestierte Tilda.

»Nicht meine Worte.« Ohne zu fragen, zog er ihr Notizbuch zu sich, und ehe sie protestieren konnte, saß er auch schon auf dem Tisch und blätterte es langsam durch. »Da hat es Sie aber wirklich gepackt.«

Tildas Herz raste. Wie konnte er nur! Selbst wenn er ihr Lehrer war, durfte er sie nicht so behandeln. Das hatte niemand sehen sollen, niemand! Und am allerwenigsten Mr Morris.

Sie beobachtete ihn dabei, wie er aufmerksam ihre Zeichnungen und Notizen studierte. Die hereinfallende Spätsommersonne brachte seine giftgrünen Augen zum Leuchten. Unheimlich war das.

Vergingen Sekunden? Mehrere Minuten? Ganz gleich. Für Tilda fühlte es sich an wie eine stundenlange Prüfung.

»Nicht schlecht«, sagte er schließlich knapp und ließ das Notizbuch zuschnappen. »Aus Ihnen könnte sogar noch etwas werden.«

»D-danke«, stotterte Tilda. Sie hatte mit allem gerechnet, aber nicht mit einem Lob.

»Aber nicht, wenn Sie weiterhin hier Ihre Zeit vergeuden. Packen Sie Ihr Zeug, und kommen Sie ins Hinterzimmer.«

»Hinterzimmer?«

Er stand auf und ging voraus, ohne eine Antwort abzuwarten. Tilda war unschlüssig. Sollte sie ihm folgen? Dabei konnte doch nichts Gutes herauskommen. Denn in einer Sache hatte er recht: Die Schule war so gut wie verlassen. In diesem Trakt war niemand bis auf Morris und sie selbst.

Unschlüssig blieb sie auf ihrem Platz sitzen und horchte in sich hinein.

Was sagte ihr Bauchgefühl? War dieser Mann eine Gefahr? Die Situation verfänglich?

Die Erinnerung an die vier jungen Männer aus Wheatley war noch immer präsent. Sie waren ihr allerdings schon vorher unangenehm gewesen, und ihre Instinkte hatten sie schlussendlich nicht getäuscht. Auf Morris traf das nicht zu. Zwar war seine ungehobelte Art brüskierend, aber nicht abstoßend.

Ein Lehrer, der Schülerinnen unter den Rock wollte, hätte sich wohl ganz anders verhalten. Geschmeichelt, Komplimente gemacht vielleicht.

Während Tilda das noch dachte, packte sie bereits ihre Sachen zusammen.

Kurz darauf klopfte sie zaghaft an die Tür des Hinterzimmers.

»Kommen Sie«, erklang es von drinnen.

Sie öffnete und blieb erstaunt stehen. Dies war offensichtlich Mr Morris' privates Arbeitszimmer. Es gab große Schreibtische unter den Fenstern. An den Wänden hingen naturwissenschaftliche Zeichnungen, fast alle zeigten Liliengewächse. Herbarien stapelten sich auf einem gesonderten Tischchen.

Morris saß vor einem Zeichenblatt, auf der schmalen Nase eine Brille mit eleganten, runden Gläsern und dünnem Rand. Vor ihm stand ein Topf mit einer prächtigen Lilie darin. Auf dem Fensterbrett befanden sich weitere Exemplare. Die meisten hatte Tilda nie zuvor gesehen. Ihnen entströmte ein intensiver, fast schon unangenehmer süßlicher Geruch.

Mr Morris erhob sich und machte eine einladende Geste

an den Tisch neben sich. »Hier, bitte.« Er zog ein Tuch von einer bis dahin zugedeckten Apparatur. »Ein Labormikroskop von Leitz, eines der besten, die derzeit auf dem Markt zu bekommen sind. Hier werden Sie bessere Ergebnisse erzielen.«

»Ich darf daran arbeiten?«

»Sonst hätte ich Sie doch wohl kaum dazu eingeladen. Sie kommen zurecht?«

Tilda betrachtete die glänzenden, messinggefassten Rädchen, Halterungen, Okulare und Rasten. Es sah nicht so anders aus als die einfacheren Instrumente im Klassenraum. »Ich denke schon, vielen Dank!«

Tilda setzte sich und machte sich ehrfürchtig mit dem kostbaren Gerät vertraut. Wenn ihre Eltern sie nun sehen könnten! Wie eine richtige Wissenschaftlerin musste sie ausschauen. Fehlten nur noch ein Kittel und eine Brille, wie Mr Morris sie trug. Sie wagte einen Blick zur Seite. Ihr Lehrer war bereits wieder in seine Arbeit vertieft.

Was sie ihm für ein Unrecht getan hatte, auch nur daran zu denken, er könne sich einer Schülerin unsittlich nähern! Nur weil er nicht immer freundlich war und keinen Hehl daraus machte, dass das Lehrerdasein nicht seiner Vorstellung von einem erfüllten Leben entsprach.

Konzentriert arbeitete er an seiner Zeichnung und bewegte dabei ein klein wenig den Mund.

Ich sollte mich wohl besser ebenfalls an die Arbeit machen, dachte Tilda, auch wenn sie gern weiter zugesehen hätte. Sie hatte nur einen kurzen Blick auf das Blatt erhascht. Die Zeichnung war erst in den Anfängen, würde sich aber, wenn vollendet, mit jeder aus ihren Büchern messen können.

Ob Mr Morris auch publizierte?

Schluss jetzt! Tilda zog ihre Blütensammlung heran, wählte eine aus und legte sie nach kurzer Vorbereitung unter das Mikroskop. Es war wie Zauberei. Was sie zuvor nur erahnt hatte, zeigte sich nun in seiner ganzen Komplexität und Schönheit. Die Stempel der unterschiedlichen Blüten waren jeder für sich wie ein abstraktes Kunstwerk.

Tilda zeichnete sie mit einem Bleistift in ihr Notizbuch und notierte daneben, was ihr auffiel. Was sie hier tat, war sicherlich nicht hochwissenschaftlich, nicht einmal annähernd, aber es fühlte sich so an.

Nur am Rande nahm sie wahr, wie Mr Morris den Stuhl zurückschob, aufstand und sich streckte. Er ging ein wenig umher, drehte die Pflanze vor sich, ging wieder.

Dann verließ er das Hinterzimmer ohne ein Wort zu Tilda. Anscheinend würde er gleich wiederkommen. Sie widerstand dem Wunsch, aufzustehen und sich ein wenig umzusehen.

Als Mr Morris schließlich zurückkehrte, umwehte ihn der Duft von Schokolade, den sie schon zuvor an ihm bemerkt hatte.

Er stellte ihr eine angeschlagene, dampfende Blechtasse hin.

»Hilft beim Denken«, sagte er erklärend. »Aber erwarten Sie nicht das, was Sie gewöhnt sind.«

Er lehnte sich gegen den Tisch und trank einen großen Schluck. Tilda bedankte sich und nippte an der Tasse. Sofort brannten ihre Lippen, doch nicht von der Wärme.

»Pfeffer?«, sagte sie entgeistert und musterte das dunkle Gebräu, auf dem sich Fettaugen sammelten. Es war mit Wasser angerührt, und auf die Süße von Zucker oder Honig wartete sie vergebens.

»Chilischote, Pfeffer, Salz und einiges andere. So trinkt man Kakao in Südamerika. Die Inka hatten der Überlieferung nach stets Kakaobohnen bei sich, nahrhaft auf der Reise, gesund und gut für junge Eheleute, sagt man.«

Tilda ignorierte seine Erklärung und nahm noch einen

Schluck. Normalerweise trank sie Tee. Kaffee hatte sie probiert und als für sie ungenießbar abgehakt, aber das hier war etwas ganz anderes. Ihr wurde warm, dabei hatte sie das Zimmer zuvor als angenehm kühl wahrgenommen.

»Du meine Güte.« Sie rieb sich über die sich rötenden Wangen. »Daran könnte ich mich gewöhnen.«

»Das ist etwas anderes als der Kakao mit Milch und Zucker, der in den feinen Salons serviert wird, nicht wahr?« Er schlürfte genüsslich von dem belebenden Gebräu.

»Ich habe keine Ahnung von feinen Salons, Mr Morris. Falls Sie sich erinnern, brauchte ich im Gegensatz zu den anderen Mädchen ein Stipendium, um hier lernen zu können. Meine Familie ist nicht wohlhabend. Bei uns gab es Schokolade nur zu Weihnachten. Und Sie haben das Rezept von den Wilden übernommen?«

»Ja, vor acht Jahren. Von den Trägern auf meiner ersten Expedition, da war ich siebzehn.« Sein Blick verklärte sich, als er in die Erinnerung eintauchte.

»Siebzehn, du meine Güte. Da haben Sie so früh schon erlebt, was ich nicht einmal zu träumen wage. Mein Vater besitzt einige naturkundliche Bücher mit Fotografien aus den Tropen. Seit ich mich erinnern kann, liebe ich es, sie anzusehen und mir vorzustellen, dort entlangzulaufen und alles mit den eigenen Sinnen zu erfahren. Es muss so anders sein … die Hitze, die Gerüche der Pflanzen, der pure Wildwuchs ungezähmter Natur, und dann, wie Sie sagten, all die Speisen und Eigenheiten fremder Kulturen … Das würde ich auch gerne einmal erleben. Im Urwald ist es bestimmt aufregend, allein schon die wilden Tiere …«

Sein Blick wurde schlagartig finster. »Der Dschungel ist kein Ort für eine Frau«, knurrte er, dann wandte er sich ab und kehrte an seinen Arbeitsplatz zurück.

Tilda erschrak ob seiner heftigen Reaktion. Es war, als setze er wieder eine Maske auf, die er Fremden gegenüber eigentlich stets trug. Er hatte sie nur einen Augenblick lang heruntergenommen und Tilda einen Blick auf einen anderen Bennet Morris gewährt. »Habe ich etwas Falsches gesagt? Dann tut es mir leid. Aber eine junge Frau darf doch wohl noch träumen.«

Er antwortete nicht.

Sibylla fasste Tilda an der Hand und zog sie vom Schreibtischchen fort, der in ihrem Zimmer stand und mit einem kleinen Bücherberg aufwartete. »Na los, das Wetter ist herrlich!«

»Ach, Sibylla, muss das sein? Kannst du nicht eine andere finden, die mit dir Tennis spielt? Ich blamiere mich nur.«

»Das wirst du, wenn du nicht endlich anfängst zu üben, das ist nicht anders als mit deinen dummen Büchern.«

Tilda stieß ein tiefes Seufzen aus. »Aber nur bis sechs, heute Abend lässt du mich in Ruhe lernen.«

»Versprochen«, sagte Sibylla triumphierend. Sie hatte sich schon vor einer Weile umgezogen und sah nun ungeduldig zu, wie Tilda ihr Hauskleid gegen Hose und Bluse tauschte.

Bislang hatte sie ihre Freundin im Schnitt nur einmal in der Woche dazu bringen können, den Schläger statt der Hacke zu schwingen, doch dafür machte sie sich recht gut.

Kurze Zeit später durchquerten sie zügig die Nutzgärten und kamen zu den drei Tennisplätzen, von denen zwei besetzt waren. Eine Gruppe Mädchen saß etwas abseits auf zwei Bänken, von wo aus sie das Match im Blick hatten und zugleich tratschen konnten.

Sie begrüßten Sibylla gut gelaunt und winkten Tilda verhaltener. Es folgte kurzes Tuscheln. Ihre Freundin war wegen ihrer Strebsamkeit nicht gerade beliebt, hatte sich aber auch noch kein Mädchen zur Feindin gemacht, weil sie auf Gerüchte und Gehässigkeiten nichts gab und sie auch nicht weitertrug.

»Suchen wir uns Schläger«, sagte Sibylla. Ein Korb mit Schlägern und Bällen stand bereits draußen.

»Sag mir, welchen ich nehmen soll«, erwiderte Tilda und wirkte dabei ein wenig verloren. Sibylla prüfte die Bespannung einiger Schläger. »Hier, nimm den.«

Tilda stopfte sich einige Bälle in die Hosentaschen, als sich zwei Mädchen zu ihnen gesellten. Ada war die etwas plump geratene Tochter eines Lords, deren Intellekt nicht gerade weit reichte. Ihre Begleiterin Olive hingegen war listig wie ein Wiesel, was für Töchter von Bankiers üblich sein mochte, und dabei schrecklich faul. »Tilda …«, begann Ada. »Du bist doch so gut in Theorie.«

Ihre Freundin horchte auf, sagte aber nichts. Sibylla spürte einen Stich von Eifersucht. Diese beiden, die neulich noch versucht hatten, Gerüchte zu streuen, dass Tilda nur deshalb so gute Noten bekam, weil sie Mr Morris schöntat, wollten nun womöglich ihre Hilfe? Das würde sie diesen beiden Schnepfen schon austreiben.

»Was Ada fragen will: Was kostet es, wenn du uns Nachhilfe gibst? Mein Vater macht mir die Hölle heiß, wenn ich die Prüfungen nicht bestehe.«

»Ich weiß nicht«, sagte Tilda verlegen.

Sibylla verpasste ihr einen Stoß in die Rippen. Die Sachlage hatte sich schlagartig geändert. Tilda brauchte Geld, das hatte sie selbst oft gesagt, und hier präsentierte sich eine Chance wie auf dem Silbertablett. Sie *musste* sie einfach ergreifen.

»Tilda ist eine erstklassige Nachhilfelehrerin«, sprang Sibylla ein. »Aber das hat seinen Preis.« Sie zwinkerte Tilda zu, ohne dass Ada und Olive es sehen konnten.

Als sie kurz darauf endlich zu spielen begannen, bekam Tilda ihr breites Grinsen gar nicht mehr aus dem Gesicht.

Vielleicht hatte Sibylla durch ihr schnelles Einschreiten gerade erreicht, dass Tilda genug Geld für das nächste Schuljahr zusammenbekäme.

Was allerdings nichts daran änderte, dass ihre Rückhand miserabel war.

# 13

*Oxford, Anfang September 1936*

Francis hatte wirklich an alles gedacht.

Sibylla und acht Mitschülerinnen waren gemeinsam mit dem Bus ins Zentrum von Oxford gefahren. Während die anderen dem Markt und den Cafés zuströmten, wartete sie. Hatte behauptet, gleich von Verwandten abgeholt zu werden, und sich auf ein Bänkchen gesetzt. Dabei war Francis längst da. Ausgerüstet mit einem geflochtenen Picknickkorb stand er bei einem Straßenmusikanten und tat so, als würde er zuhören. Der alte Mann kurbelte an einer Drehleier und ließ dazu ein kleines Äffchen tanzen. Ein Hund in einem bunten Kostüm winkte jedem mit den Pfoten, der Geld in den Hut warf.

Die schiefe Melodie wehte zu Sibylla herüber. Noch waren die anderen Schülerinnen zu nahe. Drei waren nur einige Häuser weiter stehen geblieben, um sich ein Eis zu kaufen. Während sie warteten, bis sie an der Reihe waren, sahen sie hin und wieder zu Sibylla herüber, die verhalten winkte. Dabei klopfte ihr Herz wie verrückt. Wie sehr hatte sie diesem Augenblick entgegengefiebert! Sie hatte Francis schrecklich vermisst, und erst dadurch war ihr klar geworden, dass der Flirt mit ihm mehr war, als sie sich eingestehen wollte. Es war ein Alarmzeichen. Doch statt Francis zu meiden und abzuwarten, bis das Kribbeln verschwand, das sich zuverlässig jedes Mal dann einstellte, wenn sie an ihn dachte, war sie nun hier.

Sie schob es auf ihre Neugier.

Vielleicht war nun, da der Nervenkitzel, von ihren Eltern erwischt zu werden, fehlte, alles ganz anders. Vielleicht hatte Francis seinen Reiz verloren.

Doch wenn sie ehrlich zu sich war, wusste sie schon jetzt, dass sie sich belog. Sie hatte ihn gern, wirklich gern. Zum Beweis reichte es, zu ihm hinüberzuschauen, und schon schlug ihr Herz schneller, und eine geheime Kraft zog sie in seine Richtung.

Es stimmte nicht, dass sie Francis nur deshalb interessant gefunden hatte, weil er sich als erster Mann gesträubt hatte, mit ihr auszugehen, und sie das nicht auf sich sitzen lassen wollte. Sicher, er hatte sie bewusst gekränkt, um den nötigen Anstand zu wahren. Aber daraus konnte sie ihm keinen Vorwurf machen. Sie hatte sich ihm gegenüber anfangs mehr als eklig benommen. Nun konnte sie sich gar nicht mehr vorstellen, warum.

Wie er dort stand, mit seinem Picknickkorb. Unter seinem offenen Sakko trug er ein graublaues Hemd, das wundervoll mit seinen Augen harmonierte, das dunkle Haar war sorgsam gescheitelt und glatt an den Kopf gelegt.

Seine Kleidung passte zu den letzten warmen Spätsommertagen und wie durch Schicksalsfügung auch gut zu Sibyllas hellgrauem Kleid mit den weißen Polkadots. Schneeweiß waren auch ihr breiter Sommerhut und die kleine Handtasche.

Als er nun endlich mit dem geschmeidigen Gang eines guten Tänzers die Straße überquerte, wurden ihr die Knie ein wenig weich.

»Sibylla«, sagte er leise und lächelte. Sie brachte kein Wort heraus und schmiegte ihre Hand in seinen Ellenbogen.

»Du siehst wunderschön aus«, murmelte er etwas verlegen.

»Danke! Ich hatte schon befürchtet, dass du nicht kommst

und ich den ganzen Tag mit diesen Plappermäulern verbringen muss.« Sie sah zurück zu der Bushaltestelle, wo sie sich von den anderen Schülerinnen getrennt hatte. Keine von ihnen war noch zu sehen.

Sibylla hatte sich schon auf der Hinfahrt überlegt, was sie Francis alles erzählen konnte, ohne ihn zu langweilen. Schließlich wusste er sicher schon die Hälfte von dem, was sie im Internat lernte.

Doch nun war all das vergessen. Francis besaß eine seltsame Wirkung auf sie. Eigentlich war Sibylla gut darin, Konversation zu betreiben, das hatte sogar ihre alte Privatlehrerin gesagt. Selbst mit Fremden wusste sie sich stets gut zu unterhalten. Mit Francis aber war alles anders. Als hätte es ihr die Sprache verschlagen. Schweigend liefen sie nebeneinanderher. Sibylla hatte kaum noch einen Blick auf das Wohin und Warum. Stattdessen sah sie auf ihre Füße, wie sie im Gleichschritt über das Kopfsteinpflaster traten, und versuchte, den Duft von Francis' Rasierwasser zu erhaschen, wenn es ein Lüftchen in ihre Richtung trieb. Sie stellte sich vor, wie es sein würde, jetzt einfach zu tanzen, sich von ihm hochheben und drehen zu lassen. Seine Hand auf ihrer Hüfte, den konzentrierten und doch gelösten Blick, wenn er sich zu Musik bewegte, die ihm wirklich gut gefiel.

Bald lagen die engen, lauten Straßen der Oxforder Altstadt hinter ihnen, und sie streiften durch einen Park. Die Wege waren bei diesem herrlichen Wetter voller Menschen. Frauen im schönsten Sonntagsstaat, manche schoben Kinderwagen, andere führten verzärtelte kleine Hunde an dünnen Leinen aus. Auf einer Wiese wurde Kricket gespielt, auf einer anderen saßen Familien zusammen. »Würde es dir gefallen, ein Ruderboot zu mieten?«, brach Francis die Stille.

»Oh, das wäre wunderbar, das habe ich zuletzt als Kind gemacht. Und du hast was fürs Picknick dabei?«

»Ich habe mir die Freiheit genommen, ja. Wenn du möchtest?«

»Natürlich möchte ich! Es ist eine schöne Idee.«

»Ich war mir nicht sicher, es ist schließlich kein Restaurant.«

»Nein, es ist viel besser! Restaurants habe ich schon genügend von innen gesehen, aber mein letztes Picknick ist ewig her.«

Sie spürte Francis neben sich erleichtert aufatmen. Das Thema musste ihm arges Kopfzerbrechen bereitet haben, aber nun war das Eis gebrochen, und sie unterhielten sich über die Erlebnisse der vergangenen Wochen.

Sibyllas Befürchtung, die lange Zeit, die seit ihrem Tanz vergangen war, könnte zu einer seltsamen, beklommenen Stimmung führen, in der sie sich beide nicht wohlfühlten, war nicht eingetreten.

Als sie schließlich den Bootsverleih erreichten, lachte Francis herzlich über Sibyllas Missgeschicke in der Schule. Was ihr vor den Mitschülerinnen peinlich gewesen war, belustigte sie nun. »Ich tauge einfach nicht für die Arbeit auf dem Acker. Diese riesigen Hacken sind ja größer und schwerer als ich!«

Francis fasste sie an den Hüften und wirbelte sie mühelos im Kreis, wie er es beim Tanzen gemacht hatte. Dass es dabei im Picknickkorb gefährlich klirrte, war in diesem Augenblick unwichtig. Sibylla lachte und legte die Arme um seine Schultern. Bevor er sie herabließ, küsste sie ihn flüchtig auf die Wange.

Francis errötete und drückte hastig einem alten Mann etwas Geld in die Hand, der ihnen daraufhin ein paar Ruder aushändigte.

Sibylla stieg zuerst in das schwankende Gefährt, dann nahm sie den Picknickkorb an, und schließlich stieg Francis hinzu. Nachdem er sein Sakko abgelegt hatte, legte er die

Ruder in die Dollen und stieß das Boot vom Steg ab. Sibylla saß im Heck und sah genüsslich zu, wie der Anlegeplatz und damit der sonntägliche Trubel des Parks hinter ihnen zurückfiel.

Enten nahmen schnatternd Reißaus, als Francis tiefer in das Flüsschen Cherwell fuhr. Später vereinte es sich mit dem breiten Strom der Themse, doch hier, wo sie unterwegs waren, war es sacht und idyllisch.

Staken befestigten das Ufer, an dem in unregelmäßigen Abständen Bäume wurzelten und ihre schattenspendenden Kronen über den Wasserlauf reckten.

Auf den Wiesen dahinter weideten Kühe und auch einige Pferde. Reiher suchten in dem hohen Gras nach Fressbarem und sahen dabei aus wie vornehme Herrschaften in grauen Fracks.

Auf dem Cherwell wuchsen an ruhigen Stellen Seerosen und bildeten einen Teppich aus glänzend grünen Blättern und vereinzelten rosa Blüten. Es war so idyllisch und perfekt, dass es beinahe künstlich wirkte, als wäre es von einem großen Maler komponiert worden.

»Ach, ist das herrlich!« Sibylla reckte die Arme in die Höhe.

»Wirklich?«

»Ja!«

Francis wirkte erleichtert, als hätte er lange gezweifelt, ob der Bootsausflug ihren Geschmack treffen würde.

Er ruderte, als hätte er nie etwas anderes getan, und sie sah ihm gerne dabei zu. Auf seine kräftigen Hände, wie sie die Ruder fassten, sie vorschoben und zurückzogen. Francis hatte die Ärmel hochgekrempelt. In den Unterarmen spielten die Muskeln unter gebräunter Haut. Sibylla stellte sich vor, wie es sich anfühlen würde, ihre Hände genau dorthin zu legen. Sie war kurz versucht, es wirklich zu tun, als sie Kinderlachen aufhorchen ließ.

Auch eine junge Familie mit zwei kleinen Jungen hatte den schönen Septembersonntag für einen Ausflug im Ruderboot genutzt. Die Kinder krakeelten und planschten mit den Händen im kühlen Nass, während der Vater ruderte und sich dabei mit seiner Frau stritt. Es ging um Geld, das sie angeblich verschwendet hatte. Ihre Stimme schrillte unangenehm hoch.

Die herrliche Idylle war dahin. »Schnell weg hier«, sagte Sibylla.

»Zu Befehl, aber halt dich gut fest!« Francis legte sich in die Riemen, und das Bötchen sprang vorwärts. Sibylla wurde kurz nach vorn geworfen, fand aber sofort ihre Balance wieder. Schnell waren sie weit genug von der Familie und den meisten anderen Ausflüglern entfernt. Francis schien nicht müde zu werden. Erst als sie nur noch von Wiesen und alten Trauerweiden umgeben waren, ließ er die Ruder los.

Auf seiner Stirn standen Schweißperlen, und er atmete schnell ein und aus. Dabei grinste er, als hätte er einen Preis gewonnen.

»Ich möchte neben dir sitzen«, sagte Sibylla. Francis streckte ihr die Hand hin. Es war fürchterlich wackelig, aber dann saß sie doch an seiner Seite. Die Hand ließ sie nicht los. »Ich bin verschwitzt«, warnte Francis.

»Das ist mir egal.«

Sie lehnte den Kopf an seine Schulter, während das Bötchen träge Richtung Ufer trieb und an der Wurzel einer alten Erle hängen blieb. »So kann es bleiben, nur du und ich und niemand sonst«, sagte sie, ohne zu überlegen. Es waren leichthin ausgesprochene Worte, und doch trafen sie den Kern dessen, was sie nicht für möglich gehalten hatte.

Sie wollte ihn wirklich, nicht nur einen flüchtigen Kuss, einen flotten Tanzpartner oder einen aufregenden Flirt. Sie wollte Francis, wollte ihn kennenlernen, wie er wirklich war. Wollte nur sich und ihn und niemanden sonst.

Francis musterte sie, als könnte er ihre Gedanken erahnen. Ernst war sein Blick und zugleich anziehend wie ein Strudel. Winzige braun-goldene Sprenkel durchzogen das Graublau, in das ein Hauch von Sorge geschrieben stand. Als würde er längst wissen, was ihr in diesem Moment erst bewusst geworden war.

Francis seufzte tief, dann legte er ihr einen Arm um die Schultern und zog sie sanft an sich. Seine Haut fühlte sich durch die Anstrengung heiß an. Sein schneller Atem blies ihr durch das Haar. »Ach, Sibylla, was soll nur …«

»Nein!« Energisch wandte sie sich in seinem Arm um und drückte ihm einen Finger auf den Mund. »Ich will nichts davon hören. Heute gibt es nur dich und mich und diesen wundervollen Ort. Die Sorgen von morgen werden ausgesperrt.« Sie wollte nicht darüber nachdenken, was ihre veränderten Gefühle bedeuteten oder wie viel schwerer sie alles machten. Ein Flirt war in vielen Belangen einfacher. Er bedeutete nichts, und es tat auch niemandem weh, wenn er endete.

Francis küsste ihren Finger. »Aye, aye, Frau Kapitän.«

Sibylla strich ihm über die glatt rasierte Wange, ließ die Hand in seinen Nacken gleiten und zog ihn an sich. Er küsste sie vorsichtig, als wäre es das erste Mal, dann sah er ihr wieder lange in die Augen, als stellte er ihr ein weiteres Mal die Frage, ob sie sich sicher war.

Sie waren im Begriff, eine Grenze zu überschreiten, das spürten sie beide.

Sibylla zog ihn an sich. Sie hatte es satt zu warten. In den vergangenen Wochen hatte sie sich diesen Moment wieder und wieder ausgemalt, und schon jetzt war er tausendmal schöner als in ihrer Vorstellung. Denn das hier war kein Flirt.

Wider ihr besseres Wissen hatte sie sich ein wenig in Francis verliebt.

Sich das einzugestehen, war gleichsam erleichternd und erschreckend. Sie klammerte sich an Francis fest und küsste ihn, wollte nicht mehr nachdenken, nur noch ihm nahe sein. Sie küssten sich leidenschaftlich und hungrig, dabei stießen sie auf beiden Seiten an die Ruder und mussten sich auf der schmalen Bank arg verdrehen.

Sibylla drückte Francis ganz fest an sich, doch noch immer war er ihr nicht nah genug. Als sie sich aus einem Impuls heraus aufrichtete, um sich auf seinen Schoß zu setzen, kippte das Boot mit einem Schlag zur Seite. Sibylla schrie auf und ließ sich sofort wieder auf die Bank plumpsen. Francis, der gerade so einen herabhängenden Ast zu fassen bekam, begann zu lachen und konnte gar nicht mehr aufhören. Auf beiden Seiten schwappte das Wasser gefährlich hoch.

»Los, an Land mit dir, du tolldreistes Weib, sonst erleiden wir noch Schiffbruch!«

»Wir haben eine Decke ausgebreitet und gepicknickt. Die Scones waren leider von der Weinflasche etwas zerdrückt worden und die Creme überall verteilt, aber das hat uns gar nichts ausgemacht. Es war so ein wundervoller Tag, du kannst es dir gar nicht vorstellen!« Sibylla seufzte.

Sie lag neben Tilda auf dem Bett und konnte gar nicht mehr aufhören zu schwärmen. Erst am späteren Abend war sie von ihrem Ausflug nach Oxford zurückgekehrt und hatte ihre Freundin wie immer über ihren Büchern vorgefunden. Dennoch wirkte Tilda verändert, aber der Sache würde sie später auf den Grund gehen, wenn ihr der Kopf nicht mehr vor lauter Aufregung schwindelte. Was war da nur geschehen? Wie hatten ihre Gefühle bloß so aus dem Ruder laufen können? Ausgerechnet bei Francis, einem Gärtner, der so gar nichts von dem hatte, wonach sie ihre Partien bislang ausgewählt hatte? Weder stammte er aus ihrer Schicht, von Adel ganz zu schweigen, noch würde er je vor ihren Eltern bestehen können.

Es hatte doch nur ein kleiner Spaß sein sollen, ein harmloser Flirt! Und nun fühlte sie sich beinahe krank vor Sehnsucht nach einem Mann, den sie eben noch gesehen hatte.

»Und du hast ihn lieb, ja?« Tilda stützte den Kopf auf und sah sie ernst an.

»Wie kannst du so etwas fragen!«

»Weil ich deine Freundin bin und es dir an der Nasenspitze ansehe. Außerdem bin ich schrecklich neugierig.«

In Sibylla rumorte es. Allein an Francis zu denken, löste eine Flut an Gefühlen in ihr aus, einen Schwindel und ein Durcheinander im Bauch. So war es ihr noch bei keinem anderen ergangen. »Ich glaube, ja. Auch wenn ich es mir eigentlich nicht eingestehen kann. Es macht alles so schrecklich kompliziert, und es soll nicht kompliziert sein! Natürlich kann ich ihm das nicht sagen, er wäre gleich auf und davon.«

»Natürlich nicht!« Tilda grinste. »Erzähl mir mehr, wie war es, ihn zu küssen?«

Sibylla seufzte erleichtert. Ein Glück, dass ihre Freundin nicht weiterbohrte. Sie wollte nicht über Gefühle reden, über die sie sich selbst noch nicht im Klaren war. Die Küsse waren etwas anderes. Daran dachte sie ohnehin die ganze Zeit.

Sie wälzte sich auf den Rücken und sah zur stuckverzierten Zimmerdecke hinauf, während sie sich auf die Picknickdecke zurückträumte. »Es war einfach nur herrlich. Er küsst ganz wunderbar, mal zart, mal leidenschaftlich. Und wenn er mich anschaut, dann gerate ich ganz durcheinander. Ich möchte ihn in den Arm nehmen, ihn so fest drücken, dass uns beiden die Luft wegbleibt. Und zugleich will ich ihn ansehen, immer nur ansehen, bis ich ganz trunken davon werde.«

Tilda seufzte und lehnte sich auf dem Bett zurück. Den Blick gegen die Decke gerichtet sagte sie: »Ich beneide dich, liebe Freundin. Ich hoffe, ich finde auch einmal jemanden, den ich so gernhaben kann. Der einzige Junge, den ich geküsst habe, war betrunken und schmeckte nach altem Zigarettenrauch. Es kam mir vor, als wollte er mich auffressen.

Nein, schön war das nicht, dabei war er anfangs recht charmant.«

»Ach, Tilda, das wird schon. Du musst einfach mehr ausgehen. So ein kleiner Flirt tut jedem gut.«

»Ich doch nicht!« Sie prustete. »Ich tanze nicht gern, und in Gesellschaft fühle ich mich immer fehl am Platz. Und einem Mann schöne Augen machen, da würde ich mich schämen oder fühlen wie eine schlechte Schauspielerin.«

Sibylla musterte ihre Freundin mit plötzlichem Ernst. »Aber du kannst dich doch nicht für immer zwischen deinen Pflanzen verkriechen. So lernst du nie jemanden kennen! Ich glaube, du weißt gar nicht, wie hübsch du bist.«

»Sag so etwas nicht, das ist Unsinn. Die Einzigen, die mir bislang den Hof gemacht haben, waren Erntehelfer, und die haben mir auf dem Acker die ganze Zeit auf den Hintern gestarrt, das habe ich genau gesehen.«

»Männer!« Sibylla stieß Luft aus, und ruck, zuck waren ihre Gedanken wieder auf dem alten Pfad. »Francis kann sich übrigens auch von der Rückseite sehen lassen.«

»Was? Du hast doch nicht …« Tilda lief rot an.

»Wir waren schwimmen, du dumme Gans.« Sibylla lachte. »Aber Wasser hat so seine Eigenschaften.«

»Du warst auch schwimmen?«

»Nein, nicht richtig.« Sibylla bereute es nun. »Nur bis zur Hüfte, mehr habe ich nicht gewagt, außerdem war der Boden ganz schlammig, und dieser Glitsch zwischen meinen Zehen … eklig. Was da drin alles lebt!«

»Wie du dich immer anstellst«, foppte Tilda sie liebevoll.

»Nächstes Mal.«

»Nächstes Mal ist es zu kalt zum Baden, du siehst deinen Francis erst in den Herbstferien wieder.«

# 14

*Waterperry – Oktober 1936*

Morgen früh würde es zurück nach Hause gehen. Die Herbstferien standen an, und Tilda konnte es kaum erwarten, endlich ihre Familie wiederzusehen. Dennoch würde sie in den zwei Wochen sicherlich auch die Schule und ihre neuen Freundinnen, allen voran Sibylla, vermissen. Sie war gerade dabei, ihren Koffer zu packen, als es an der Tür klopfte.

»Herein!«, rief sie und fragte sich zugleich, wer sich nun wieder verabschieden wollte.

Es war die Assistentin der Schulleiterin. »Miss Allers, Sie werden in zehn Minuten im Rektorat erwartet.«

»Ja, n-natürlich«, stotterte Tilda. Was war da los? Es hatte ernst geklungen.

Mit einem flauen Gefühl fand sie sich kurz darauf vor dem Zimmer von Mrs Havergal ein. Sollte sie klopfen?

Tilda biss sich auf die Unterlippe und hob die Hand. Nur ein Schlag, und schon wurde ihr geöffnet. Nicht nur die Rektorin war dort, auch Mrs Sanders, Mrs Longeyear und Mr Morris, der sich etwas abseits bei einem Bücherregal hielt, hatten sich eingefunden. Er wirkte, als fühlte er sich nicht wohl in seiner Haut.

»Ah, da ist sie ja. Miss Allers, nehmen Sie Platz«, sagte die Rektorin und wies auf einen Stuhl, der so weit weg vom Schreibtisch stand, dass Tilda sich sofort fühlte wie bei einem

Verhör. »Habe ich etwas falsch gemacht?«, rutschte es ihr heraus.

»O ja, das haben Sie, Miss Allers. Das haben Sie ganz eindeutig.« Beatrix Havergal schob die Brille auf ihrer Nase zurecht. Unter ihrem forschenden Blick fühlte sich Tilda, als wäre sie in den Magen geschlagen worden. Und nun sah man ihr dabei zu, wie sie sich am Boden wand. Was war nur passiert?

»Können Sie sich nicht vorstellen, warum wir Sie hierhergerufen haben? Vorab, Ihre Leistungen sind es nicht. Sie sind die Jahrgangsbeste. Das freut uns besonders, Sie haben sich das Stipendium wirklich verdient.«

Das Lob berührte sie in diesem Moment nicht. Es glitt an ihr ab wie Wasser. Fragend sah Tilda zu Mr Morris, in dessen Büro sie mittlerweile schon einige Abende und Sonntage verbracht hatte. Stets war er in seine Arbeit vertieft. Sie sprachen kaum, außer wenn er heiße Schokolade zubereitete und ihr ein Glas davon brachte. Dann unterhielten sie sich kurz, und er gab ihr Ratschläge zu ihren Zeichnungen. Zum Beispiel, was nötig war, um sie wissenschaftlicher zu machen. Manchmal blickte sie ihm auch über die Schulter, wenn er sich der Erforschung neuer Lilien widmete.

Nun war von ihm offenbar keine Hilfe zu erwarten, er sah sie nicht einmal an. War es das? Hätte sie nicht auf sein Angebot eingehen dürfen? Verdächtigte man sie, ein Verhältnis mit einem Lehrer angefangen zu haben? Nichts lag ihr ferner. Sie hatten sich nicht einmal zufällig berührt, geschweige denn mehr.

Tilda rang hilflos die Hände. »Ich weiß nicht, was ich getan haben könnte, Madam. Wenn ich nicht in Mr Morris' Arbeitszimmer …«

»Nein, Miss Allers, damit hat es nichts zu tun. Es geht um die Geschäfte, die Sie mit Ihren Mitschülerinnen machen. Mir ist zu Ohren gekommen, dass Sie für andere die Arbeit auf dem Wochenmarkt übernehmen und sich dafür bezahlen lassen. Nachhilfe geben, auch das für Geld. Dies ist eine Schule, Miss Allers, kein Basar!«

Tilda schluckte. Wenn sie die kleinen Arbeiten nicht länger annehmen durfte, war alles vorbei. Ihre Augen begannen zu brennen, doch sie riss sich zusammen. Was sollte sie tun, was sagen? Vielleicht war die Wahrheit das Beste. »Ich brauche das Geld, sonst kann ich mir das nächste Schuljahr nicht leisten. Meine Eltern … Wir haben nicht viel. Es tut mir leid, ich habe nie gegen Regeln verstoßen wollen.«

»Gut, Miss Allers. Also haben wir uns verstanden? Wenn mir das noch einmal zu Ohren kommt, müssen Sie die Schule verlassen.«

»Ja, Mrs Havergal«, murmelte Tilda niedergeschlagen. Es fühlte sich an, als würde etwas in ihr zerbrechen. Die Tränen würden sich nicht mehr lange aufhalten lassen.

»Darf ich gehen, bitte?« Sie war schon auf den Beinen, als sie mit einer Geste entlassen wurde. Mit wenigen Schritten war sie an der Tür.

»Miss Allers, halt, warten Sie«, erklang da Mr Morris' Stimme. Sie wandte sich um, den Rücken an den Türrahmen gedrückt wie ein in die Enge getriebenes Tier. Warum ließ man sie nicht wenigstens jetzt für sich sein?

Mr Morris trat an den Tisch der Rektorin. »Ich möchte einen Vorschlag machen, der nicht nur Ihrer besten Schülerin zugutekommt, die Sie sonst verlieren würden, sondern auch der Schule und nicht zuletzt mir.«

»Ich höre«, erwiderte Mrs Havergal kühl. Ihr war deutlich anzusehen, dass sie den Pflanzenjäger mit seiner überheblichen Art nicht gut leiden konnte.

»In den vergangenen Wochen konnte ich mich von Miss Allers' Fähigkeiten überzeugen. Ich schlage vor, dass sie mich als Assistentin bei der Arbeit an meinem Buch unterstützt und sich damit ein Stipendium für das kommende Jahr verdient. Solange mein Arbeitsvertrag läuft, könnte sie mir zehn Stunden in der Woche assistieren.«

Tilda verschlug es den Atem. Mr Morris, der sich oft so abfällig über Frauen äußerte, wollte sie, ausgerechnet sie als Helferin bei seiner Arbeit?

»Ich sehe nicht, wie das der Schule nutzen sollte, Mr Morris.«

Er wand sich. Seine Kiefermuskeln traten hervor, als er die Zähne zusammenbiss, als müsste er eine weitaus schärfere Antwort zurückhalten. »Sollte Miss Allers sich bewähren, gebe ich sie in der Publikation gleich vorn mit an. Sie und die Schule. Das sollte gut für den Ruf von Waterperry sein, oder nicht? Schließlich wird meine Abhandlung bei einem renommierten Verlag erscheinen und allein deshalb Anklang in der Welt der Wissenschaft finden.«

»Sie sind sehr von sich überzeugt, Mr Morris.«

Er schien ein wenig zu wachsen, als er mit kühnem Blick erwiderte: »Mit Verlaub, Frau Rektorin. Ich weiß, was ich leisten kann, und ich weiß, was ich auf meiner letzten Fahrt entdeckt und gesammelt habe.«

Die Schulleiterin sah ihn prüfend an, dann richtete sie ihren Blick auf Tilda, der die Hände vor Aufregung feucht wurden. Zugleich fühlte sie sich wie betäubt, als könnte sie sich nur auf einen Teil ihrer Sinne verlassen.

»Gut, versuchen wir es. Am Ende dieses Schuljahres sehe ich mir Ihre Ergebnisse an und treffe eine endgültige Entscheidung.«

»Danke«, sagte Mr Morris.

Tilda brachte kein Wort heraus und verzog den Mund zu einer Grimasse, die ein Lächeln darstellen sollte. Die Verabschiedung verlief schnell, und schon verließ sie gemeinsam mit Mr Morris das Zimmer.

Schweigend liefen sie nebeneinander den Gang hinab, und mit jedem Schritt wurde das Gewicht auf Tildas Schultern ein wenig leichter. Als sie schließlich ein hohes Fenster passierten, fand sie ihre Stimme wieder. »Mr Morris.«

Er blieb stehen, blickte zuerst hinaus, als fühlte er sich im Inneren eines Gebäudes nie ganz wohl. Selbst jetzt nicht, obwohl draußen Regen über das Land peitschte und gegen die Glasscheiben prasselte, die unter dem Ansturm von Wind und Wasser leicht vibrierten. Es zog kühl durch die Ritzen. Sein Hemd hatte er dennoch nicht ganz geschlossen. Statt der Krawatte trug er ein Tuch, was ihm immer etwas leicht Unbeherrschbares verlieh, etwas Wildes. Als wäre der Pflanzenjäger trotz der geordneten Institution, in der er arbeitete, ein Rebell. Wie eine wilde Ranke, die nur deshalb einer geometrischen Sprossenwand folgte, weil es gerade günstig für sie war, die besten Bedingungen für das eigene Streben bot. Und nun hatte er einen Schritt aus seinem Kosmos heraus gemacht. Auf Tilda zu. Aus Mitleid wohl.

Sie konnte nur ahnen, welche Überwindung ihn das gekostet hatte.

»Mr Morris«, wiederholte sie und griff nach seiner Hand. »Sie ahnen nicht, was mir das bedeutet, danke! Für immer danke!«

Er wirkte überrascht. Musterte sie. Seine Augen waren ganz dunkel, wie ein schattiger Dschungel, in dem man sich schnell verirren konnte.

»Ich weiß es sehr wohl«, sagte er gedankenvoll. Sein Daumen strich kurz über ihren Handrücken, dann ließ er sie hektisch los, als hätte er sich verbrannt.

»Sorgen Sie dafür, dass ich meine Entscheidung nicht bereue«, fuhr er frostig fort.

»Niemals«, sagte Tilda, doch da wandte er sich bereits ab und marschierte mit großen Schritten davon.

»Wir sehen uns nach den Ferien«, rief sie halblaut. Eine Antwort bekam sie nicht.

Zum Glück hatte es aufgehört zu regnen. Am Himmel trieben dunkle Wolkenberge. Bedrohlich und unendlich hoch sahen sie aus mit ihren schwarzen Schattentälern und den scharfen Graten. Im Westen war eines der Gebilde aufgerissen und tränkte das Land darunter mit einem Vorhang aus Regen.

Sibylla trat neben Tilda unruhig von einem Fuß auf den anderen. Dort, wo sie standen, war die Sonne herausgekommen und ließ die nasse Landschaft funkeln und glänzen.

Zum dritten Mal zog Sibylla den Handschuh herunter und sah auf ihre schmale Armbanduhr. Es war kurz vor elf, und Tildas Vater sollte zur vollen Stunde kommen, um sie abzuholen.

Wenn Sibylla weiter so zappelte, würde sie sich nie auf das Buch konzentrieren können, das schon jetzt schwer in ihren Händen wog. Sie war erst beim Vorwort, und schon das enthielt so viele Fachworte, dass ihr der Kopf brummte. Sie spürte den Blick ihrer Freundin auf sich ruhen, noch ehe Sibylla an Tildas dicker Wollmütze zupfte, die sie sich tief in die Stirn und über die Ohren gezogen hatte. Ein Modetalent war sie wahrlich nicht, aber Mode war ihr auch egal. Außerdem fehlte ihr das Geld, um wählerisch zu sein. Die von Grandma Maryann gestrickte Mütze wärmte auch noch, wenn sie nass war, und das machte sie zu einer guten Mütze, sollte Sibylla noch so viel daran zupfen. »Lass mich«, murmelte Tilda nur und blätterte eine Seite weiter.

»He, wir haben Ferien, Tilda! Kannst du nicht wenigstens jetzt aufhören zu lesen? Was ist das überhaupt wieder?« Sibylla klappte das Buch zusammen, um den Titel erkennen zu können.

»Au, mein Finger.« Manchmal konnte ihre Freundin wirklich nervtötend sein. Aber vielleicht hatte sie dieses Mal ja recht. Tilda seufzte. »Das ist ein Buch von Mr Morris, er hat es mir geliehen. Vermutlich erwartet er, dass ich es auswendig kann, wenn ich zurückkomme.«

»Dann lerne es später auswendig.« Sibylla schob schmollend die Unterlippe vor. »Wir sehen uns nicht mehr lange.«

Tilda klappte ihr Buch zu und verstaute es in der Tasche. »Entschuldige, dass ich dir so eine schlechte Freundin bin, aber zu Hause muss ich garantiert die ganzen zwei Wochen durcharbeiten. Zum Lernen bleibt da kaum Zeit.«

Sibylla wirkte, als fühlte sie sich ertappt. »Das war selbstsüchtig von mir. Entschuldige bitte! Du hast Sorge, dass Morris es sich anders überlegt und du das Stipendium nicht bekommst.«

Tilda nickte, und Sibylla legte ihr einen Arm um die Schultern. »Das wird niemals passieren. Denn du bist die Beste.«

»Das sagst du nur so.«

»Nein, ich meine es so. Außerdem würde ich es hier ohne dich gar nicht aushalten!«

Ein Taxi näherte sich, und Tilda sah Millie und ihre Freundinnen winken. Seit zehn Uhr leerte sich die Schule. Nun erklang ein vertrautes Rasseln. »Das ist mein Pa.« Der rote Pritschenwagen war noch nicht zu sehen, aber das Motorengeräusch war so vertraut, dass ein Irrtum ausgeschlossen war.

»Sag, wollen wir vorne mitfahren oder auf der Ladefläche?«

Sibylla machte große Augen. »Ich bin noch nie auf einer Ladefläche gefahren.«

»Dann machen wir es! Wenn es regnet, können wir ja immer noch einsteigen.«

Gleich darauf bog das rote Automobil in die Einfahrt. Tilda winkte mit beiden Armen, dabei waren sie wohl kaum zu übersehen. Wie sehr sie ihre Familie vermisst hatte, wurde ihr erst jetzt richtig klar. Als der Vater anhielt und ausstieg, rannte sie die wenigen Schritte zu ihm und fiel ihm in die Arme. Er drückte sie, bis sie keine Luft mehr bekam. »Ach, Mädchen, mein Mädchen, geht es dir gut?«, fragte er leise.

»Ja, Pa, sehr sogar. Und jetzt noch mehr!«

»Deine Mutter kann es kaum noch erwarten. Sie steht seit dem Morgen in der Küche und kocht all deine Lieblingsspeisen.«

»Also alles!« Tilda lachte, und er gab sie wieder frei.

»Miss Healey, guten Tag«, sagte er förmlich.

»Guten Tag, Mr Allers!«

»Pa, wir möchten hinten fahren«, kündigte Tilda an, als ihr Vater die Koffer auf die Ladefläche wuchtete.

Mit gerunzelter Stirn wandte er sich zu ihr um. »Ich weiß nicht, ob Mr Healey das recht wäre.«

»Mr Allers, bitte, ich halte mich auch gut fest!«, flehte Sibylla.

»Aber ihr sitzt die ganze Zeit!«, sagte er streng.

Kurz darauf saßen sie auf der Holzkiste, die auf der Ladefläche direkt hinter dem Führerhaus festgeschraubt war.

»Nimm dein Tuch und binde es dir um den Kopf«, wies Tilda ihre Freundin gut gelaunt an.

»Den Schal meinst du?«, fragte Sibylla irritiert.

»Ja, sonst bekommst du die Haare nie mehr auseinander, und deine Eltern erkennen dich nicht wieder. Vertrau mir, du willst nicht als Vogelscheuche enden.«

»Ich werde aussehen wie ein altes Mütterchen«, knatschte Sibylla, während sie ihren Schal aufknotete und dem Beispiel ihrer Freundin folgte.

»Du musst nicht, dann wirst du aber die ganze Zeit im Sitzen reisen müssen.«

»Wir stehen auf?«

»Natürlich.« Tilda grinste.

»Aber dein Vater hat doch gesagt …«

»Das sagt er immer. In seinen Augen bin ich noch immer ein kleines Mädchen, das er vor allen Gefahren beschützen muss. Es wird nichts passieren, du musst dich nur gut festhalten.«

Vater klopfte von innen gegen das Dach der Kabine.

»Los geht es.«

Der Motor keuchte auf, dann setzte sich der Wagen in Bewegung. Tilda stand auf und hielt sich wie gewohnt an einem der Holzsparren fest, die ihr Vater quer hinter dem Führerhäuschen angebracht hatte, um dort Gerätschaften zu fixieren. Es schaukelte mäßig.

Sibylla sah zweifelnd zu ihr auf.

»Nun los!« Tilda streckte ihr die Hand hin.

Ihre Freundin gab sich einen Ruck, ausgerechnet als der Wagen in eine Kurve bog. Beinahe hätte sie das Gleichgewicht verloren, doch Tilda bekam sie gefasst.

Mit kalkweißem Gesicht stand Sibylla neben ihr. Der Wind brauste um sie herum und riss an ihrer Kleidung. Als der Wagen auf die Landstraße einbog, waren sie bestimmt genauso schnell wie die Herbstwolken am Himmel. Zumindest fühlte es sich so an.

Tilda liebte diesen Hauch von Gefahr, den Kitzel, bei dem sie sich trotzdem sicher fühlte.

Steinmauern und Hecken huschten vorbei, dahinter abgeerntete Äcker oder Weiden, auf denen Kühe grasten. Das Herbstwetter hatte Krähen hervorgelockt, die spielerisch im Wind segelten.

»Und?«, rief Tilda gegen den Fahrtwind an.

»Herrlich!« Sibylla hatte ihren ersten Schreck sichtlich überwunden. Nun hielt sie sich mit ausgestreckten Armen fest und schloss die Augen. »Das ist ja fast wie fliegen!«

»Sag ich doch«, rief Tilda. Sie fuhren nun schneller, und der Wind brauste ihnen um die Ohren, zu laut, um sich zu unterhalten, ohne dabei schreien zu müssen. Also genossen sie einfach die wilde Fahrt und sahen sich hin und wieder an wie zwei Verschwörerinnen.

Bald wurde die Landschaft vertrauter. Nun war es nicht mehr weit zum Anwesen der Healeys. Es wurde auch Zeit, denn Tildas Wangen fühlten sich bereits eisig an, und ihr tränten die Augen vom Fahrtwind. Dennoch entging ihr der Mann nicht, der mit einer Tasche über der Schulter in ihre Richtung lief.

»Ist das nicht dein Gärtner?«

»*Mein* Gärtner?«

»Meiner wird es nicht sein«, spottete Tilda und klopfte mit der flachen Hand auf das Blech der Fahrzeugkabine. Ihr Vater setzte den Blinker und hielt an.

»Francis!«, rief Sibylla und winkte. Es hielt sie kaum noch auf der Ladefläche.

Tilda setzte sich auf die Holzbank hinter dem Führerhaus und beobachtete, wie Francis Boyle mit langen Schritten auf sie zueilte. Meine Güte, wie glücklich sie sind, nur weil sie sich sehen, dachte sie bei sich und beneidete die beiden ein wenig.

Francis strahlte, als er die Arme auf die Ränder der Ladefläche stützte und zu Sibylla aufsah. »Miss Healey, welch eine Überraschung«, sagte er dennoch förmlich.

»Sind Sie auf dem Weg in die Stadt, Mr Boyle?«, spielte Sibylla das Spiel mit.

»Ja, Ihr Vater hat mir das Wochenende freigegeben, und ich werde meine Familie besuchen.«

»Fahren Sie mit uns«, rief Tilda dazwischen. »Wir setzen Sibylla zu Hause ab und können Sie dann fast bis nach Oxford mitnehmen. Das können wir doch, Pa?« Sie lehnte sich zum Fenster der Fahrerseite.

»Ja, sicher, steigen Sie nur ein, junger Mann.«

Als Mr Healey ihn beurlaubte, hatte Francis schon die schlimmsten Befürchtungen, sein Tête-à-Tête mit der Tochter des Hauses sei aufgeflogen. Andererseits wäre die Reaktion dann mit Sicherheit weitaus schlimmer ausgefallen.

Vermutlich war es besser, wenn Sibylla das erste Wochenende zu Hause ganz und gar ihrer Familie widmete. Mit seiner Abwesenheit lief sie auch nicht Gefahr, sich zu verraten. Sibylla war eine schlechte Schauspielerin, auch wenn sie vom Gegenteil überzeugt war.

Deshalb hatte er beschlossen, das Wochenende bei seinen Eltern zu verbringen, was er ohnehin viel zu selten tat. Als nun der rote Pritschenwagen hielt, machte sein Herz einen beinahe schmerzhaften Satz.

Dort war sie, winkte ihm zu, die Wangen vom Fahrtwind gerötet, einen blauen Schal um den Kopf gebunden. Wundervoll sah sie aus! Die Schule und Tildas Einfluss taten ihr gut. Früher hätte sie sich bestimmt nicht auf die Ladefläche des Wagens getraut.

»Vielen Dank«, rief er nun Mr Allers zu, warf seine Ledertasche auf die Ladefläche und sprang dann selbst hinterher. Sobald der Wagen wieder anfuhr, lag Sibylla in seinen Armen. Oh, wie er sie vermisst hatte! Wie wunderbar ihre Haut duftete, ihr Mund schmeckte!

Tilda warf ihnen eine Decke zu, damit sie nicht im Dreck sitzen mussten. »Ich passe auf«, sagte sie mit einem verschwörerischen Lächeln, stellte sich breitbeinig wie ein Seemann am Schiffsbug hinter die Führerkabine und blickte geradeaus.

»Wir haben nur wenige Minuten«, seufzte Sibylla und legte sich flach auf die Decke, sodass sie von draußen nicht zu sehen war. Francis saß neben ihr, hielt ihre Hand. Ihre Blicke versenkten sich ineinander. Die vielen Briefe, die sie einander geschrieben hatten, waren nicht ohne Folgen geblieben. Auch ohne einander zu sehen, waren ihre Gefühle stärker geworden. Inzwischen war Francis sich nahezu sicher, dass die Zeit, in der Sibylla in dem Flirt mit ihm nur einen Zeitvertreib gesehen hatte, vorbei war. Zwar lag ihre gemeinsame Zukunft im Dunkeln, schlicht deshalb, weil es sie nicht geben konnte. Aber die Zeit, die sie miteinander hatten, wollten sie genießen. Enden würde es früh genug.

Dennoch hatte Francis nicht vor, seine Vorsicht fahren zu lassen. Er wollte seine Stellung nicht für etwas riskieren, das so oder so enden würde, ja, *musste*. Irgendwann würde der Tag kommen, an dem Sibylla das Interesse an ihm verlor und sich einen Mann suchte, der all das verkörperte, was er nicht war. Allen voran eine gesellschaftlich gute Partie und wohlhabend.

Oft hatte er durchgespielt, wie er Sibylla zuvorkommen und die Sache beenden könnte, aber er brachte es nicht über sich. Er wollte glücklich sein, und wenn es auch nur für kurze Zeit war und er damit ein viel größeres Unglück heraufbeschwor. Sibylla jetzt neben sich liegen zu sehen, in ihre blauen Augen zu schauen, dazu ihr kaum sichtbares, geheimnisvolles Lächeln … Wie oft waren seine Gedanken zu ihrem ersten Abend zurückgekehrt, hatte er davon geträumt, erneut mit ihr zu tanzen, sie dem Glitzerhimmel der Spiegelkugel entgegenzuheben.

»Ich würde morgen Abend ausgehen, wenn du es auch tust.«

Sie drückte seine Hand. »Und ob! Meine Freunde lassen sich bestimmt nicht zweimal bitten. Vater wird nichts sagen, wenn die Perlmans wieder mitfahren.«

»Ich werde die Stunden zählen«, murmelte er sehnsüchtig in ihr Haar. Dann sah er sich um. Die Straße war verlassen, ebenso wie die herbstlichen Felder. Tilda drehte ihnen den Rücken zu. Francis gab sich einen Ruck, ließ sich neben Sibylla tiefer sinken und küsste sie lange.

»Musst du denn wirklich nach Oxford?«, fragte sie mit funkelnden Augen.

Er erklärte es ihr. »Dein Vater hat mir freigegeben, außerdem war ich viel zu lange nicht mehr bei meiner Familie. Es würde auffallen, wenn ich nicht fahre. Sonntagabend bin ich wieder zurück. Aber dann müssen wir vorsichtig sein. Sehr, sehr vorsichtig.«

»Ich kann das Haus sehen!«, rief Tilda.

Francis drückte einen letzten Kuss auf ihre Hand, dann rückte er von Sibylla fort, zog die Tasche an sich und richtete seinen Blick auf Tilda, die nun brav auf der Holzkiste saß und ihn verschwörerisch angrinste.

# 15

Hinter Tilda lag ein anstrengender Tag, so wie seit ihrer Rückkehr jeder Tag anstrengend gewesen war. Auch wenn die Eltern sie nicht drängten, so arbeitete sie doch von früh bis spät. Das schlechte Gewissen trieb sie an. Dabei hatte sie ihrer Familie noch gar nicht gesagt, dass sie, wenn alles glücklich verlief, noch ein zweites Jahr in Waterperry bleiben würde.

Heute hatten sie die Obstbäume beschnitten und neue Setzlinge gepflanzt. Mit Hacke und Spaten für jedes Bäumchen ein Pflanzloch vorbereitet, dann lange Furchen für die Edelsträucher.

In ihrer Abwesenheit hatte der Vater die Pflege ihrer Rosen übernommen. Eine war eingegangen, doch die übrigen waren gut gediehen. Schon waren neue Augen geschnitten und in Wildrosenstöcke eingesetzt. Im nächsten Jahr würden sie zwanzig der ungewöhnlichen Varietät besitzen. Eine davon würde Sibylla bekommen, das stand jetzt schon fest. Für die anderen würde sie sich einen Namen ausdenken, und ein Jahr später könnten sie mit viel Glück bereits die ersten verkaufen.

Neue Rosenzüchtungen brachten viel Geld ein, wenn sie dem richtigen Publikum vorgestellt wurden. Ob sie die Healeys fragen könnte?

War sie eine schlechte Freundin, wenn sie Sibylla die

Pflanze mit Hintergedanken schenkte? In der Hoffnung, dass die Rose bei Festen auffallen und nachgefragt werden würde?

»Nicht, wenn ich es ihr sage. Nicht, wenn ich ehrlich mit ihr bin«, murmelte Tilda und fühlte sich sogleich besser.

Das Geld sollten ihre Eltern bekommen, zumindest im nächsten Jahr, wenn sie als Mr Morris' Assistentin an der Schule bleiben könnte. Danach würde sie es selbst brauchen. Doch all das war Zukunftsmusik. Es konnte noch so viel geschehen. Angefangen damit, dass Mrs Havergal oder ihre Eltern jederzeit verhindern konnten, dass sie die Waterperry School überhaupt ein zweites Jahr lang besuchte.

Tilda nahm sich Mr Morris' dicken Wälzer vor.

Erst hatte sie sich zum Lesen auf ihr Bett legen wollen, aber ihre Tage im Elternhaus waren gezählt, und so klemmte sie sich das Buch und ihr Notizbuch unter den Arm und ging ins Wohnzimmer, um zumindest lesend Zeit mit ihrer Familie zu verbringen.

Der Vater saß am Kamin und hatte die Füße in Richtung Feuer gestreckt. Die Wärme tat ihm gut. Bei nasskaltem Wetter schmerzten ihm oft die Gelenke.

Mutter und Grandma Maryann teilten sich das Sofa und waren beide mit Handarbeiten beschäftigt. Maryann häkelte feine weiße Sterne, die sie kurz vor Weihnachten auf dem Kirchenbasar verkaufen wollte, und Mutter strickte. Tilda liebte die Pullover aus kratziger, aber ungemein warmer Wolle, die einen selbst dann noch vor dem Frieren bewahrten, wenn sie nass wurden.

Sie erinnerte sich noch genau an Sibyllas abwertenden Blick, als sie ihre rostrote Strickjacke aus dem Koffer gezogen hatte. Das war das Einzige, was Tilda an ihrer Freundin wirklich störte. Dieser Hang zum Oberflächlichen. Dass sie alles, gleich ob Ding oder Person, nach seinem Aussehen und nicht nach Nutzen oder Charakter beurteilte.

An der Schule war Sibylla nicht allein mit dieser Einstellung. Viele Mädchen aus besserem Hause waren offenbar so, und einige hatten in den ersten Schulwochen auch auf Tilda herabgesehen. Aber ihre Lästereien und bösen Worte waren an ihr abgeprallt, denn die anderen Schülerinnen interessierten Tilda anfangs nicht. Mittlerweile hatten sie einander allerdings besser kennengelernt, und die anfänglichen Feindseligkeiten waren verschwunden.

»Wie schön, dass du dich zu uns gesellst, Sweetheart«, sagte Maryann und blickte von ihrer Häkelarbeit auf. Immer wenn Tilda mit ihr allein war, wie gestern beim Pflanzen der Stecklinge, redeten sie miteinander über nichts anderes als die Schule. Tilda hatte ihr im Detail vom Unterricht erzählen müssen, von den anderen Mädchen und vor allem von Sibylla. Grandma glaubte, dass solch feine Leute wie die Healeys bestimmt all die Adeligen und Vornehmen kannten, über die sie so gerne in der Klatschpresse las. Tilda machte jedes Mal gute Miene, wenn ihre Großmutter einen der Skandale nacherzählte, nur um immer gleich zu antworten: *Nein, was du nicht sagst. Wirklich? Ich habe nichts davon gehört! Sibylla? Nein, die kennt diese Leute nicht. Natürlich hätte sie es mir erzählt, wenn doch.*

So anstrengend die Gespräche auch waren, genoss sie doch die Zeit mit der alten Dame. Manchmal redete Maryann auch über die Vergangenheit, erzählte kleine Anekdoten von einem Großvater, den Tilda nie kennengelernt hatte, und ihr Blick wurde schwer vor Sehnsucht und Trauer um ein längst verlorenes Glück.

Nachdem ihr Mann nicht mehr aus dem Krieg wiedergekommen war, hatte sie es sich zum Ziel gesetzt, wie ein guter Geist über die Familie ihrer Tochter zu wachen. Für Tilda waren die Erinnerungen an ihre Kindheit angefüllt mit Augenblicken, die sie mit ihrer Grandma erlebt hatte. Maryann hatte auch dann Zeit für ihre Enkelin gehabt, wenn deren Eltern, geplagt von Trauer, keine Kraft mehr hatten. Sie war es gewesen, die Tilda ins Bett brachte, die ihr vorlas und ihr morgens vor der Schule eine warme Milch mit Honig zubereitete. Auch jetzt stand in ihren alten Augen die Liebe für ihr einziges Enkelkind geschrieben. Liebe und Stolz.

Tilda setzte sich in einen Ohrensessel und seufzte. »Ach, hier ist es immer so gemütlich.« Das Buch auf dem Schoß, streifte sie die Pantoffeln ab. Vaters Beispiel folgend streckte sie die Füße auf einem Höckerchen in Richtung Kaminfeuer, wo die Flammen munter prasselten und knackten. Feuerholz gab es bei den Allers stets genug, denn der Vater nahm alles an Holz mit, was in den Gärten seiner Auftraggeber anfiel. Die Bessergestellten verzichteten gerne darauf, mit harzenden Koniferen und Eiben zu heizen. Den Allers kam das gerade recht.

Tilda blätterte durch den wissenschaftlichen Band und blieb immer wieder an den Pflanzenzeichnungen hängen. Neben einigen stand in winziger Schrift *B. Morris*. Zwar hatte er nur einen einzigen Artikel zu der Publikation beigesteuert, doch bestimmt ein Drittel der Zeichnungen stammte von ihm.

Vor ihrem geistigen Auge sah sie ihn wieder an seinem Zeichentisch sitzen, neben sich eine Pflanze, deren typische Merkmale er akribisch auf Papier übertrug. Seine Hände waren langgliedrig und trotzdem kräftig, wie sie vielleicht auch zu einem Klavierspieler gepasst hätten. Bennet Morris war ein seltsamer Mann und geheimnisvoll obendrein. Wenn sie sich unterhielten, gab es immer wieder Situationen, in denen er abrupt und ohne erkennbaren Anlass das Gespräch beendete. Tilda kam sich vor, als müsste sie blind durch ein Labyrinth navigieren. Ständig stieß sie gegen Wände oder endete an tiefen Gräben, die sie nicht zu überwinden wusste. Sie konnte ja nicht einmal sehen, was auf der anderen Seite war!

Es war so mühsam, sich ein Bild von Mr Morris zu machen. Vermutlich hätte sie das Thema einfach ruhen lassen sollen, doch je mehr Hürden sich auftaten, desto neugieriger wurde sie. Obwohl er erst Mitte zwanzig war, hatte er schon so viel von der Welt gesehen. Sie dagegen kannte nur Wheatley, Oxford, London und ein wenig vom Land drum herum. Sie beneidete ihn um diesen Reichtum an Erfahrungen, der aber offenbar seinen Preis gehabt hatte. Hinter Mr Morris' Schweigen verbarg sich ein großer Schmerz, das sah sie ihm an.

Aber was hatte ihn bis in die Seele verletzt?

Sie wusste, dass schon seine Eltern viel gereist waren und er deshalb bereits als Junge viele Jahre in den Tropen und auf verschiedenen Inseln verbracht hatte. Normale Schulen hatte er immer nur sporadisch besucht, was seiner Bildung aber keinen Abbruch tat. Seine Eltern waren ihm gute Lehrer gewesen. Doch irgendwann war es zum Bruch mit der Familie gekommen. Durfte man den Gerüchten trauen, war Bennet Morris zunächst nur noch mit seinem Vater gereist, schließlich zerstritten sich dann auch die beiden Männer. Worüber? Das war ein weiteres Geheimnis.

War der alte Morris in irgendwelche geheimen Machenschaften verstrickt? Oder gar der Sohn? Tilda war überzeugt, dass es mit der Pflanzenjägerei zu tun haben musste. Ein heiß umkämpfter Markt, wie sie mittlerweile durch Sibylla über deren Eltern erfahren hatte. Es ging um große Summen. Für die Abenteurer war es eine Art Glücksspiel. Geschichten kursierten, wonach einige von ihnen ein unrühmliches Ende in den Kochtöpfen von Kannibalen gefunden hatten, während andere in Konflikten mit Holzfällern starben oder von Konkurrenten ihrer eigenen Zunft beseitigt wurden. All das nur, um sich am irren Sammlerwahn einiger Pflanzenverrückter in Europa und Amerika zu bereichern.

Mr Morris kam ihr nicht vor wie jemand, der mit derart

harten Bandagen kämpfte. Vielleicht ein wenig wie ein Abenteurer und Glücksritter, aber nicht … Ja, was nicht? Gewalttätig? Zu allem bereit, um seine Ziele zu erreichen?

Sie hatte nicht vergessen, wie er aus ihrer zerbrochenen Rose eine Gewinnerin gemacht hatte. Füchsische Schläue besaß er auf jeden Fall. Aber sich unliebsamer Konkurrenz auf verbotene Weise zu entledigen, das passte nicht zu ihm.

Dagegen sprach auch seine Geldnot. Tilda schloss daraus, dass er nicht skrupellos war. Aber vielleicht wollte sie das auch nur glauben. Denn sie mochte ihn. Und auf eine gewisse Weise vermisste sie die Gegenwart ihres mürrischen Gönners, der mit wenigen Worten ihre Zukunft an der Schule gesichert hatte.

Noch immer verstand sie nicht ganz, warum. Schließlich machte er doch keinen Hehl daraus, was er von wissenschaftlich arbeitenden Frauen hielt. Oder nein, gegen die Wissenschaft hatte er sich eigentlich nie gewandt, wenn sie es recht bedachte. Er sprach sich nur gegen Frauen auf Expeditionen aus, und auch in der praktischen Arbeit traute er ihnen nicht viel zu.

Warum war er dann so freundlich zu ihr gewesen?

Tilda wischte den Gedanken zur Seite. Besser, sie widmete sich ihrer Aufgabe, schließlich war sie fest entschlossen, ihm zu beweisen, dass Frauen genauso viel leisten konnten wie Männer und weder seiner Herablassung noch seines Mitleids bedurften. Vielleicht weihte er sie dann endlich in seine Geheimnisse ein. Wie gern hätte sie sich all die Geschichten von fernen Ländern und exotischen Landschaften erzählen lassen! Wenn sie schon nie die Chance haben würde, mit eigenen Augen zu sehen, was er gesehen hatte, so sollte er ihr zumindest davon berichten.

Ein kleiner Zettel markierte, wo sie aufgehört hatte zu lesen. Es war eine anstrengende Diskussion über die Klassifizierung verschiedener Orchideengattungen, die mal nach

Fundorten, mal nach Blütenformen vorgenommen werden sollte. Die Botaniker stritten sich, und Tilda, die bislang nur oberflächlich an dem Thema gekratzt hatte, verstand nur die Hälfte. Mehrfach fiel allerdings Bennet Morris' Name, der sich um das Finden neuer Arten und der genauen Beschreibung der Fundorte verdient gemacht hatte. Zwischen den Zeilen las Tilda heraus, dass er zwar ein anerkannter Entdecker und Pflanzenjäger war, aber als Wissenschaftler nicht ernst genommen wurde.

Half er ihr deshalb? Weil er unbewusst Parallelen zwischen sich und ihr zog?

»Was liest du denn da wieder, Kind?« Ihr Vater faltete seine Zeitung zusammen. »Lass mich mal sehen.«

Tilda reichte ihm das Buch und bekam dafür die ausgelesene Zeitung. Sie überflog die fett gedruckten Überschriften. In letzter Zeit kannten die Zeitungen anscheinend nur ein Thema. Deutschland wurde zunehmend als Bedrohung wahrgenommen, seitdem Hitler an der Macht war und das Militär ausbaute. Der Erste Weltkrieg war noch nicht lange her und in den Köpfen und Herzen der Menschen tief verankert. Vater hatte dort gekämpft, Großvater war auf einem Schlachtfeld in Belgien gefallen.

Ein wiedererstarkendes Deutsches Reich war wie ein Gespenst der Vergangenheit, das physische Gestalt annahm. Tilda hatte keine Erinnerung an den Krieg, sie war noch zu klein gewesen, um zu verstehen. Über die leidende Bevölkerung und die vielen Millionen Soldaten auf den Schlachtfeldern und in den Schützengräben war bei Kriegsende weiteres Unglück hereingebrochen.

Vater war gerade erst heimgekehrt, als die Spanische Grippe über Europa und die Welt fegte. Alle waren sie krank geworden. Auch das eine Erinnerung wie Schemen im Nebel. Ein Albtraum. Als sie daraus erwachte, war Tilda das einzige Kind der Allers, das überlebt hatte.

Sie klappte die Zeitung auf, wollte die Überschriften nicht sehen. Sie ähnelten sich seit Monaten auf erschreckende Weise. Nur im Sommer schien Hitlers Machtgier kurz unwichtig geworden, und alle bejubelten die Olympischen Spiele in Berlin. Als hätte die ganze Welt vergessen, was im Frühjahr gewesen war, als deutsche Soldaten ins entmilitarisierte Rheinland einmarschiert waren und den Vertrag von Locarno damit faktisch zunichtemachten. Frankreich und England hätten intervenieren müssen. Vater regte das auf. Für ihn war es, als hätte er umsonst gekämpft, als stünde die Welt kurz vor einem neuen Abgrund, weil niemand, zumindest nicht die Politiker, die Warnzeichen erkannten. Sie hatten sich von Hitlers Friedensbeteuerungen einlullen lassen. *Es wiederholt sich alles,* sagte Papa dann manchmal. *Aber dieses Mal wird es noch schlimmer, wenn niemand etwas tut.* Dann seufzte er meist, und über sein Gesicht fiel ein dunkler Schatten. Er sprach nicht über das, was er an der Front in Belgien und Deutschland erlebt hatte, und Tilda fragte nicht mehr. Sie sah, dass es ihm zu wehtat.

Auf Seite drei stand das Übliche. Gerüchte und Tratsch über das Königshaus und diverse Adelige, deren Namen sie sich nicht merken konnte. Sie überflog, wer mit wem und wo gesehen worden war und was die Gräfin Soundso für Weihnachten plante, und hatte es gleich darauf wieder vergessen. Auf der nächsten Seite stand etwas über die weiteren Brandherde in Europa. In Italien waren Mussolinis Faschisten an der Macht und hatten Äthiopien überrannt. In Spanien hatte im Juli das Militär unter Franco geputscht, und seitdem tobte dort ein Bürgerkrieg. England kam Tilda vor wie eine rettende Insel, nur leider viel zu nah dran am Unheil. Inmitten des Pazifiks wären sie besser aufgehoben gewesen.

Sie faltete die Zeitung zusammen und sah zum Vater, der seine erloschene Pfeife in einer Hand hielt und mit der anderen im Buch blätterte, genau bis an die Stelle, wo ihr Merkzettel lag.

»So etwas geben sie euch Mädchen zu lesen? Das ist lächerlich!«

»Nein, das ist nicht von der Schule.«

Er hob fragend die Braue und zündete, als sie nicht sofort antwortete, seine Pfeife mit einem Streichholz wieder an.

Tilda streckte die Hand aus, damit er ihr das Buch wiedergab. Er tat es nur zögernd. Sie legte es auf ihren Schoß und wischte eine Ascheflocke herunter. Zum Glück war keine Glut dabei. Das wäre etwas, wenn sie Mr Morris das kostbare Werk mit einem Brandfleck zurückgeben müsste!

»Verstehst du denn ein Wort von … dem da?« Er wies mit der Pfeife in ihre Richtung.

»Natürlich. Es handelt sich um einen Abriss der Forschungsergebnisse der vergangenen Jahre, und es gibt viele Kontroversen.«

»Und was sollst du damit? Das ist doch nichts für eine Frau, so ein verkopftes Geschreibsel. Das geht über deine Fähigkeiten, Tilda.«

Die Worte bohrten sich wie Stachel in ihr Fleisch, und der Schmerz provozierte eine entsprechende Reaktion. »Wenn hier statt meiner einer deiner Söhne sitzen würde, hättest du das bestimmt nicht gesagt, oder, Pa?«

»Tilda!«, protestierte Mutter erschrocken.

Ihr Vater musterte sie. Die Augen umwölkten sich. Er wirkte plötzlich älter. Gebrochen. Er versteckte es im Alltag gut, doch nun trat der ganze Schmerz, der in ihm wohnte, an die Oberfläche. Er rang mit sich, rang um eine Antwort.

Tilda bedauerte ihre Worte längst. Sie umklammerte das Buch wie einen Rettungsanker und wünschte sich weit fort. Am liebsten hätte sie ihre bissige, vorschnelle Antwort zurückgenommen, doch das war unmöglich.

»Nein, vermutlich nicht, Matilda«, erwiderte er gefasster, dennoch schimmerte es in seinen Augen verräterisch.

»Ich bin nicht dumm, Pa«, erwiderte sie in einem versöhnlichen Ton und lenkte das Gespräch in eine andere Richtung. »Wie sollen Frauen je beweisen, was sie alles leisten können, wenn die Männer sie nicht ernst nehmen und ihnen ständig einreden, zu schwach, zu dumm oder zu gefühlvoll zu sein? Lass es mich ausprobieren! Ich möchte, dass ihr stolz auf mich sein könnt, mich unterstützt.«

»Und wozu soll das alles führen?« Er wedelte mit der Hand in Richtung Buch. »Über kurz oder lang wirst du hoffentlich einen anständigen Mann finden, Kinder bekommen. Der Haushalt macht sich auch nicht von selbst. Wir können von Glück sagen, wenn es ein Mann ist, der die Zukunft der Gärtnerei sichert. Gelingt dir das, dann wäre ich stolz auf dich. Aber doch nicht, weil du ein Buch auswendig lernst und klug daherredest!«

Tilda rang nach Luft. Sie wollte ihren Vater nicht noch einmal verletzen, ganz gleich, was er sagte, und doch würgte sie an der zornigen Erwiderung. Sie sah sich nach den anderen Frauen um, doch die Mutter und Maryann widmeten sich mit stoischer Ruhe ihrer Handarbeit.

Mutter war nie rebellisch gewesen, es lag nicht in ihr. Sie wollte Harmonie um jeden Preis und meistens zu ihren eigenen Lasten. Die Großmutter spann ihre Netze heimlich und geschickt, um ihre Ziele zu erreichen. Nur Tilda hatte einen Trotzkopf, und der stammte ausgerechnet vom Vater. Deshalb konnten sie ebenso gut miteinander arbeiten wie streiten.

»Mehr erwartest du nicht von mir? Einen passenden Mann finden und Kinder in die Welt setzen?«

»Du hast richtig gehört, Tilda. Und nun zieh nicht so ein Gesicht. Du hast noch Zeit, aber die Mutterschaft wird dir gut bekommen und dir die Flausen aus dem Kopf treiben.

Denk nicht nur an dich, sondern auch an unsere Familie. Der Krieg und die Grippe haben die Allers fast ausgerottet. Deine Kinder werden unseren Namen in die Zukunft tragen.«

»Du meinst, den Namen meines Mannes. Sonst müsste ich Bastarde in die Welt setzen.«

»Wage es nicht, Tilda.«

Sie sah wieder auf das Buch, von dem sie geglaubt hatte, es würde ihre Eltern vielleicht ein wenig beeindrucken und ihnen zeigen, dass sie auf der Schule richtig aufgehoben war. All das geballte Wissen darin, von verschiedenen Forschern aus unterschiedlichen Ländern zusammengetragen, war ein Schatz, und der Vater spottete nur darüber.

Tilda wünschte sich einen schwachen Augenblick lang zurück nach Waterperry in die Stille von Mr Morris' Arbeitszimmer, dazu eine heiße, bittere Schokolade, die Schärfe von Chili, die auf der Zunge brannte und den Geist anregte.

Doch ihre Tagträume brachten sie nicht weiter, und die Unterhaltung schwelte nur und war noch nicht zu Ende. Sie hätte alles dafür gegeben, den Vater dazu zu bringen, in ihr seine Nachfolgerin zu sehen. Eines fernen Tages die Gärtnerei zu führen, sie um das zu ergänzen, was sie in Waterperry lernte, das war inzwischen ihr größter Traum. Was schließlich aus ihrem Mund kam, war eine verrückte, aus purem Trotz geborene Idee, an der Mr Morris die Mitschuld trug.

Ihr Herz war so durcheinander! Warum konnte Papa sie nicht ernst nehmen? Warum durfte sie nicht in seine Fußstapfen treten? Warum war sie es in Mr Morris' Augen nicht wert, dass er ihr seine Geschichten erzählte?

»Und wenn ich das nicht möchte? Wenn ich nicht Kind um Kind in die Welt setzen, sondern diese Welt lieber bereisen will? Wenn ich auf ein Schiff steige und in den Süden fahre, um neue Pflanzen zu entdecken? Es gibt mehr zu sehen als das verschlafene Wheatley und Oxford. Und sag jetzt nicht, es gibt keine Forscherinnen und Entdeckerinnen, denn die gibt es sehr wohl!«

Stille. Im Kamin fielen Scheite zusammen, als hätten sie nur auf diesen Moment gewartet. Funken stoben. Die auflodernden Flammen erhellten das Wohnzimmer kurz wie vorbeistreifende Schlaglichter. Vaters Gesicht wirkte starr, wie aus Stein gemeißelt.

»Das lehren sie euch also in Waterperry? Eure Eltern zu missachten und wie die Suffragetten zu rebellieren?« Sein Blick wurde kalt. »Ich sage dir eins, Mädchen, so wahr mir Gott helfe. Du wirst nicht in diese Irrenanstalt zurückkehren!«

## 16

Die Stille in der Schule war wie Balsam für die Seele. Bennet Morris hatte seine neu gefundene Routine auch in den Ferien beibehalten. In Waterperry kümmerten sich nur noch Mrs Havergal, Mrs Sanders und die Angestellten um Gärten und Gewächshäuser. Die anderen Hilfslehrer waren zu ihren Familien gefahren.

Er selbst hatte keine Familie mehr, dafür umso mehr Arbeit mit seiner Publikation. Jeden Morgen um kurz vor acht betrat er daher die Räumlichkeiten, die ihm vom Hausmeister aufgeschlossen wurden.

Auch in der vergangenen Nacht hatte er sich im Bett seiner kleinen Dachbehausung wieder mehr herumgewälzt als geschlafen. *Sie* hatte ihn wieder heimgesucht, ihr vertrautes, niemals alterndes Gesicht. Wie ein Gespenst geisterte sie durch seine Träume. Stand einfach da und blickte ihn an, ohne je etwas zu sagen. Das musste sie auch nicht, denn die Schuldgefühle in seinem Inneren brüllten so laut, es war ohrenbetäubend.

Ihr Gesicht war zart, ein wenig kindlich, und doch war schon die Frau zu erkennen gewesen, die sie hätte werden sollen. Wenn er nicht gewesen wäre. Der Traum endete immer damit, dass sie lächelte. In Wahrheit aber hatten sie gestritten. Und danach kam das Blut, all das Blut.

Er war schweißgebadet aufgewacht, als wäre er noch in

den Tropen. Regen prasselte aufs Dach, kalter englischer Herbstregen. Der Vollmond stand in einer Wolkenlücke am Himmel und schien durch ein winziges Fenster zu ihm herein, sah zu, wie er versuchte, seiner Dämonen Herr zu werden, und dabei Atemwolken ausstieß, so kalt war es.

Bennet hatte sich tief unter seiner Bettdecke vergraben und war doch nicht mehr eingeschlafen. Um sich von der Erinnerung zu lösen, hatte er sich Dingen zugewandt, die sich im Gegensatz zur Vergangenheit noch ändern ließen.

Nach seiner letzten Fahrt in den Dschungel Sumatras brauchte er dringend einen Erfolg. Zwar waren seine Pflanzenlieferungen größtenteils verdorben, was ihn an den Rand des Ruins getrieben und viele Kunden gekostet hatte, doch das gewonnene Wissen konnte ihm niemand mehr nehmen. Darum musste er das Buch nun fertigbringen, und zwar in einer Form, die der Kritik der fachkundigen Leserschaft standhielt.

Dieses Buch über neu entdeckte Lilienarten sollte seine Eintrittskarte in die illustre Welt der echten Wissenschaft werden. Einer Welt, zu der fast nur Studierte Zutritt hatten. Bennet aber war kein studierter Mann. Alles, was er wusste, hatte er von seinem Vater gelernt oder sich selbst beigebracht. Die mangelnde formale Ausbildung haftete ihm an wie ein Makel. Die Akademiker blickten auf ihn hinab wie auf einen Scharlatan. Nichts als Vagabunden und Abenteurer waren Pflanzenjäger in ihren Augen, und doch brauchten sie Männer wie ihn. Damit sie sich weiterhin hinter ihren polierten Schreibtischen und Vortragspulten verstecken und sich als Entdecker neuer Arten postulieren konnten.

Dabei waren es Bennet Morris und seinesgleichen, die durch Schlamm wateten und sich durch Dschungel kämpften, um die Raritäten zu finden. Aber das endete nun. Er würde nicht länger Handlanger und Bittsteller sein. Von nun an beschrieb Bennet Morris seine Arten selbst. Er wollte ein Stück vom Kuchen!

Die Anstellung als Aushilfslehrer war daher ein Glück gewesen. So besaß er nun zumindest auf Zeit ein Arbeitszimmer und ein Labor.

Der Herbst ließ an diesem Morgen nur Zwielicht durch die großen Fenster herein. Seit einer Woche regnete es ohne Unterlass, als hätte Mutter Natur beschlossen, die Erde reinzuwaschen.

Das Nass peitschte gegen die Fenster, vermischt mit welken Blättern und ausgerissenen Halmen. Der goldene Herbst würde in diesem Jahr ausfallen.

Morris war das gleich. Er hatte keine Zeit für Spaziergänge und Picknick. Seine Forschungsarbeit stand nun an oberster Stelle. Er musste sie in den anderthalb Jahren, die er noch in Waterperry war, zu Ende bringen. Durch die Anstellung, gegen die er sich anfangs so gesträubt hatte, war er in der luxuriösen Lage, bezahlt zu werden und gleichzeitig wissenschaftlich arbeiten zu können. Die Schule finanzierte ihm indirekt seine Publikation, und er war nicht auf die Universität Oxford angewiesen, die nur studierte Botaniker förderte. Er musste bloß fleißig und unermüdlich sein und die gegebene Zeit nutzen.

Und nun war ihm noch ein Coup gelungen. Denn jetzt bezahlte ihm die Schule auch noch eine Assistenz.

Miss Allers hatte ihn mit ihrem Wissensdurst zutiefst überrascht. Besonders da sie aus einfachen Verhältnissen stammte, was ihn an seine eigene eher einfache Herkunft erinnerte. Auch den Morris war nichts geschenkt worden, und er stach zwischen den studierten Pflanzenkundlern genauso hervor wie Miss Allers zwischen ihren wohlhabenden und teils adeligen Mitschülerinnen. Dass er ausgerechnet sie fördern wollte, lag vielleicht an seiner Neigung zum Trotz. Dennoch war auch Kalkül am Werk gewesen. Als man ihr mit dem Rauswurf drohte, hatte er die Gelegenheit beim Schopf ergriffen. Sie würde die lästige Arbeit des Katalogisierens für ihn übernehmen, und er war überzeugt, dass sie weit mehr als die verabredeten zehn Stunden in der Woche arbeiten würde, um ihren Dank zum Ausdruck zu bringen.

Als er das Arbeitszimmer betrat, sah er sie wieder vor sich, wie sie mit einem Ernst, den er einer jungen Frau niemals zugetraut hatte, über das Mikroskop gebeugt dasaß. Anfangs war es nur Neugier gewesen, die ihn dazu getrieben hatte, ihr das bessere Gerät zur Verfügung zu stellen. Er wollte sehen, wie sie sich schlug.

Miss Allers hatte ihn Mal um Mal überrascht.

Und dann war da noch ihr rotes Haar, für das er von der ersten Sekunde an eine Schwäche gehabt hatte. Dann ihr Gesicht … Anfangs hatte er es nur gefällig gefunden, doch dann war ihm nach und nach aufgefallen, wie hübsch sie wirklich war. Bennet freute sich bereits darauf, wieder mit ihr zu arbeiten. Sie brachte Fröhlichkeit in seine sonst recht eintönige Zeit hier.

Der Hausmeister hatte offenbar schon die Post gebracht. Zwei Briefe und ein Paket lagen auf seinem Tisch. Die Briefe waren schnell erledigt. Das schwere Päckchen fühlte sich an wie ein Buch. Er riss das Papier auf. Es war der Band, den er Miss Allers ausgeliehen hatte.

Wie merkwürdig! Der Unterricht begann in vier Tagen, da hätte sie es ihm einfach mitbringen können. Da stimmte etwas nicht. Noch ehe er den Begleitbrief gelesen hatte, bekam er eine finstere Ahnung.

*Verehrter Mr Morris,*
*ich sende Ihnen den Band mit großem Dank zurück. Bedauerlicherweise werde ich nicht an die Schule zurückkehren. Ich habe kaum die Kraft gefunden, dies zu schreiben, so sehr schmerzt es mich.*
*Mein Vater ist der Überzeugung, dass die Lehren in Waterperry nichts für eine junge Frau sind und besonders das Studium von wissenschaftlichen Büchern wie dem Ihren über meinen Verstand gehen.*
*Ich möchte mich auf diesem Wege für das in mich gesetzte Vertrauen bedanken, es bedeutet mir sehr viel. Von Herzen wünsche ich Ihnen alles Gute und viel Erfolg für die Zukunft. Sicherlich dürfen Sie bald wieder auf Entdeckungsreise gehen. Wenn Sie die nächste Schokolade trinken, denken Sie an mich.*
*Ich bedauere es sehr, aber ich muss mich dem Willen meines Vaters beugen.*
*Ihre Matilda Allers*

Bennet sprang auf. »O nein, das müssen Sie nicht!«

Nach einem kurzen Abstecher in die winzige Dachgeschosswohnung, die er ganz in der Nähe der Schule bezogen hatte, stand Bennet nun vor der Tür und wartete auf den Hausmeister, dem er ein zünftiges Trinkgeld versprochen hatte, wenn der ihn mit dem Auto zu den Allers fuhr.

Er wischte sich über seinen Anzug. Weder Haare noch Krümel klebten daran. Er war dunkel, elegant und der einzig wirklich gute, den er besaß. Die Krawatte war von gleicher Farbe, nur das weiße Hemd und die bunte japanische Seidenweste stachen heraus. Dazu trug er wie so oft seinen Panamahut und einen Mantel gegen das nasskalte Wetter. Das Buch, am Morgen noch mit der Post gekommen, steckte sicher verwahrt in seiner alten Ledertasche, von der er sich nicht trennen mochte. Sie hatte all seine Reisen mitgemacht, war voller Erinnerungen. Nur weil sie verkratzt und vom vielen Anfassen speckig geworden war, würde er sie nicht ersetzen.

Der Wagen hielt, und Bennet stieg auf der Beifahrerseite ein. »Guten Tag, Sir, ich hoffe, Sie haben etwas Zeit mitgebracht und nehmen mich nachher wieder mit zurück?«, fragte er den Hausmeister.

Der Mann hatte die sechzig überschritten, sein Gesicht war zerknittert wie eine alte Zeitung, und doch war ihm anzusehen, dass er längst nicht bereit war, seinen Lebensabend ruhig auf einer Bank zu verbringen. Bennet hatte ihn in den Monaten an der Schule stets in Bewegung erlebt. Ständig gab es etwas zu holen, zu reparieren oder zu verbessern. Auch jetzt trommelte er mit den Fingern auf dem Lenkrad herum.

»Scheint ja wichtig zu sein«, murmelte der Alte.

»Ja, das ist es. Eine der jungen Damen soll nicht mehr zur Schule gehen dürfen, dabei ist sie die Klassenbeste.«

»Hm«, machte der Hausmeister und schob sich die Schiebermütze auf dem Kopf zurecht.

Er fuhr zügig, etwas zu zügig für Bennets Geschmack. Der versuchte, sich nicht zu sehr auf die Straße zu konzentrieren, denn das würde nur zu seiner Unruhe beitragen. Besser, er überlegte sich, was er zu Mr Allers sagen sollte, um ihn zu überzeugen, Matilda wieder den Schulbesuch zu ermöglichen. Die junge Frau war in ihrer Nachricht nicht ins Detail gegangen, also konnte er nur mutmaßen, was dahintersteckte. Am Geld konnte es nicht liegen, das Schulgeld war für dieses und das nächste Jahr kein Thema.

War ihr Vater wirklich davon überzeugt, seine Tochter sei vom Unterricht überfordert? Bei einigen Schülerinnen hätte Bennet das sofort unterschrieben, aber doch nicht bei ihr!

Felder huschten vorbei, die Straße glänzte nass, und bald ersetzte Schotter den Asphalt.

Hinter einer langen, brusthohen Steinmauer erstreckten sich erneut Felder, dann die Spaliere einer Baumschule. Schließlich bemerkte er das Schild. *Allers Gardening & Nursery.* »Hier ist es.«

Der Hausmeister hielt in der Einfahrt.

»Geben Sie mir eine halbe Stunde. Es könnte aber auch länger werden.«

»In Ordnung, Sir.«

Bennet stieg aus, rückte seinen Hut gerade und folgte dem Fahrweg. Spaliere aus in Form geschnittenen Eiben säumten ihn auf beiden Seiten, dazwischen Inseln aus Azaleen und Hortensien. Es musste schön aussehen, wenn alles blühte und grünte. Jetzt im Herbst war bis auf das dunkle Laub der Eiben und einige gelbe Astern alles welk und trist. In Momenten wie diesem sehnte er sich besonders nach der überbordenden Lebendigkeit tropischer Gefilde, in denen es keinen Herbst und keinen Winter gab.

Das Wohnhaus der Familie war ein ehemaliger Bauernhof aus grauen, verwitterten Feldsteinen. Aus dem Schornstein stieg dunkler Rauch, der die Luft mit dem Geruch von verbranntem Harz tränkte. Über die Jahrzehnte war hier und da angebaut worden, ein Stall, hölzerne Schuppen. Etwas weiter hinten erhoben sich große Komposthaufen.

Weil der Wind auch den Klang von Stimmen mit sich trug, verzichtete Bennet darauf, sein Glück an der Tür zu versuchen. Stattdessen folgte er einem gepflasterten Weg. Er führte an einem Lagerplatz für Holz und behauenen Stein vorbei. Schubkarren standen unter einem kleinen Unterstand, ebenso wie allerlei Gerät, dessen Verwendung ihm nur bei der Hälfte bekannt war.

Das Gewächshaus der Gärtnerei Allers war ein selbst gezimmertes Ungetüm aus gewöhnlichen Fensterscheiben, teils noch in ihren Holzrahmen. Aber was kümmerte es ihn, solange der Bau seinen Zweck erfüllte.

Auf einem Feld zwischen einer Baumschule und einem Steinwall fand er die Allers schließlich und erschrak derart, dass er zunächst einfach stehen blieb, bis sein Verstand sich einen Reim auf die Szene gemacht hatte.

Ein Mann mit rotem Rauschebart, vermutlich Mr Allers, drückte mit seinem gesamten Gewicht einen Pflug in den Boden. Es war ein Handpflug, der statt von einem Pferd von niemand anderem als Tilda Allers gezogen wurde. Der rote Haarschopf ließ keinen Zweifel daran. Sie hatte sich einen breiten, gepolsterten Riemen über Schulter und Brust gelegt und stapfte energisch voran.

Hinter Vater und Tochter gingen zwei weitere Frauen, sammelten die herausgepflügten Steine ein, die es hier in rauen Mengen gab, und luden sie auf Tragen, die von einem Alten zum Feldrand geschleppt wurden.

Oh, wie sehr hatte er sich in ihr getäuscht! Ihm kamen all die spitzen Bemerkungen in den Sinn, die er ihr gegenüber gemacht hatte. Dass Frauen nicht für die Feldarbeit taugten, weil sie nicht so schwer arbeiten konnten wie Männer. Anfangs hatte sie noch protestiert, dann hatte sie ihn nur noch mit diesem seltsamen Blick angesehen, einer Mischung aus Trotz und Enttäuschung. Von *ihm* war sie enttäuscht gewesen, und jetzt war ihm auch klar, warum. Stur und stoisch wie ein Ochse stapfte sie voran, schien keine Schwäche zu kennen.

»Ich Idiot«, murmelte er und fühlte die Scham heiß in sich aufsteigen, während er den Blick nicht von Tilda lösen konnte.

Nun, da er sie so sah, wurde Bennet auf einmal einiges klar. Sie war eine bewundernswerte Frau. Er hatte geglaubt, dass ihr Werdegang dem seinen auf gewisse Weise ähnelte. Doch weit gefehlt. Sein eigener Vater hatte ihn bis zu ihrem Zerwürfnis stets unterstützt. Nie hatten Zweifel daran bestanden, dass Bennet die Profession seines Vaters fortführen würde. Tilda aber war eine Frau, und deshalb wurde für sie alles noch einmal schwerer. Denn niemand erwartete von einer Tochter, dass sie den Beruf ihres Vaters erlernte. Und wenn sie es doch wollte, wurden ihr Steine in den Weg gelegt, sogar von der eigenen Familie.

Dennoch gab Tilda nicht auf. Wenn sie von Kindesbeinen an derart hart geschuftet hatte, war der Praxisunterricht in Waterperry für sie wie ein Spaziergang im Park. Ihre Energie zusammen mit der raschen Auffassungsgabe und Intelligenz – kein Wunder, dass sie alle anderen Schülerinnen überflügelte. Nie wieder würde er sagen, dass Frauen generell zu schwach für die Feldarbeit waren!

O nein, Tilda Allers war alles andere als schwach. Bennet beobachtete, wie sie mit ihren Eltern lachte. So hatte er sie in der Schule nie gesehen. Manchmal blühte sie in Miss Healeys Gegenwart ein wenig auf, aber meist war sie still und in sich gekehrt, als würde ihr der Umgang mit Menschen schnell zu viel. Nun lachte sie aus vollem Herzen, während sie den schlanken Oberkörper zurückbog und sich das Haar neu zusammenband. Sonnenlicht brach sich auf dem herrlichen Kupferrot. Ob es sich wohl seidig anfühlte? Oder doch eher fest und ein wenig störrisch? Während Bennet noch überlegte, fühlte er sich schon ein wenig ertappt. So sollte er nicht über eine Schülerin denken. Und doch … Bestimmt war es festes, schweres Haar, das passte zu Tilda.

Nun kehrte der Alte mit der Trage um, und nachdem er die Steine ausgekippt hatte, bemerkte er Bennet. Mit einem Pfiff und einem Wink gab er den anderen Bescheid. Bennet winkte und kam sich dabei ungelenk vor. Er blickte kurz auf seine Schuhe, die er extra noch poliert hatte, und machte sich dann auf den Weg. Weicher, aufgeworfener Ackerboden quoll unter seinen Sohlen weg und schmatzte bei jedem Schritt.

Mr Allers kam ihm entgegen, doch Tilda stand einfach nur da und blickte ihn an wie eine Erscheinung. Ihre Mutter und die Alte sammelten weiter Steine ein, als wäre nichts geschehen.

»Guten Tag, Sie wünschen?«, fragte Allers mit angenehm tiefer Stimme. Er war ein stämmiger, etwas untersetzter Mann mit traurigen Augen. Sein Händedruck war fest, aber nicht übertrieben. Er musste nichts beweisen. »Sie hätten doch nicht hinaus aufs Feld kommen müssen! Und das in diesen guten Sachen.«

»Das macht nichts. Bennet Morris, ich unterrichte in Waterperry und möchte Ihrer Tochter ein Buch vorbeibringen, das sie fälschlicherweise zurückgegeben hat.«

Allers sah sich zu Matilda um, die langsam den Kopf schüttelte. Bennets Bemühungen würden keinen Erfolg haben, sollte das wohl heißen. Die Geste war für beide Männer gedacht.

»Meine Tochter hat Ihnen doch eine Nachricht geschrieben. Damit ist alles geklärt, sie wird hier gebraucht. An Ihrer Schule lernt sie nur Unsinn. Das ist verschwendete Zeit.« Allers nahm seine Mütze ab und rieb sich über das dünne Kopfhaar, bis es in alle Richtungen abstand.

»Ihre Matilda ist die beste Schülerin des Jahrgangs, und das wollen Sie einfach so aufgeben? Die Zukunft Ihrer Tochter wegwerfen? Damit sie auf dem Feld schuften kann wie ein Ochse?« Bennet rang die Hände, er hätte sich wirklich besser überlegen sollen, was er sagte. Die gesamte Familie hatte nun ihre Arbeit niedergelegt, um das Gespräch mit anzuhören.

»Sie ist die Schulbeste?«, fragte Mrs Allers und trat zögernd näher. Die Alte, vermutlich die Großmutter, trat indessen zu Tilda und rieb ihr tröstend den Rücken. Bennet hätte gerne gewusst, was sie ihr zuflüsterte.

»Ja, auch Rektorin Havergal hat sie bereits gelobt. Ich vermute, Ihre Tochter ist so bescheiden, dass sie es nicht einmal erwähnt hat. Matilda hilft mir bei der Publikation meines

Buches. Ich habe noch nie mit einer Schülerin zusammengearbeitet. Sie ist etwas ganz Besonderes, über die Maße talentiert. Bitte.«

Bennet blickte den Vater ernst an. Er hatte alles gesagt, nun lagen die Dinge nicht mehr in seiner Hand.

»Haben Sie ihr den Unsinn in den Kopf gesetzt, Forscherin zu werden und zu den Hottentotten in den Dschungel zu reisen, Sir?«

»Nein, sicherlich nicht. Wie kommen Sie denn darauf?« Die Überraschung stand ihm wohl deutlich ins Gesicht geschrieben, was Mr Allers sichtlich erleichterte. »Ich war bereits mit einer Frau auf Forschungsreise. Es hat nicht gut geendet.« Es war eine Erinnerung, die er nur ungern hervorholte, doch für Tilda musste es sein. Er wollte, dass sie nach Waterperry zurückkehrte, nun, da er sie bei der Knochenarbeit in der Baumschule gesehen hatte, umso mehr. Bennet musste sich zusammennehmen, um die Bilder in seinem Kopf nicht zu nah an sich heranzulassen. *All das Blut im Wasser … die Schreie. Er war zu spät, konnte sie nicht retten …*

Er ballte hinter dem Rücken die Hand so fest zur Faust, bis es schmerzte, dann räusperte er sich. »Ich bin entschieden gegen Frauen auf Expeditionen.«

Tilda verstand nicht genau, was Mr Morris sagte, nachdem das Thema auf die Forschungsreisen gefallen war, denn Vater ging mit ihm vom Feld in Richtung Haus.

»Ein schmucker Kerl, dein Herr Doktor«, sagte Grandma Maryann und zwinkerte ihr zu. »Ein feiner Zug von ihm, herzukommen und die Konfrontation mit deinem störrischen Vater zu suchen.«

»Er ist kein Doktor, und er ist auch nicht mein«, erwiderte Tilda angespannt. Was machte Mr Morris hier? War er wirklich den ganzen Weg gefahren, um sie zurückzuholen? Das hätte sie niemals von ihm erwartet. Und doch, da stand er und diskutierte mit dem Vater. Beide Männer gestikulierten. Aus dieser Entfernung sah der Pflanzenjäger groß und schmal aus. Er überragte Tildas Vater um Haupteslänge.

Tilda streifte sich das Geschirr von der Schulter und begann, Steine einzusammeln. Sich anzustrengen half auch nicht gegen die Hoffnung, die sie gerade erst aufgegeben hatte und die nun wieder in ihr keimte wie Weizen an einem warmen Frühlingstag. Man konnte ihm dabei zusehen, und doch brauchte es nur einen kräftigen Frost, und das Grün war dahin. Der Vater würde an Kälte nicht sparen. Ihr Streit lag nur drei Tage zurück.

Ihre Mutter kniete sich neben sie. »Lass nur, Kind.«

»Nein.« Tilda wuchtete mit beiden Händen einen Brocken in den Korb.

»Vielleicht wird doch noch alles gut.«

»Wenn du willst, dass ich zur Schule gehe, warum hast du es Pa nicht gesagt?«

»Es ist seine Entscheidung.« Die Mutter nahm Tildas erdverschmierte Hände und drückte sie. In ihren Augen schimmerte es. »Wir wollen doch nur das Beste für dich.«

»Dann lasst mich lernen!«

In diesem Moment rief der Vater nach ihr. Er kam ihr über das Feld entgegen. Mr Morris wartete am Rand. »Geh zu deinem Lehrer, er hat etwas für dich«, brummte er. Tilda hielt in der Bewegung inne, verstand plötzlich und fiel ihrem Vater um den Hals. Dann fasste sie ihren Rock, hob ihn an und rannte, so schnell sie konnte, durch die Ackerfurchen zu ihrem Retter.

»Ich … Ich muss mir erst die Hände waschen«, keuchte sie außer Atem. Mr Morris folgte ihr mit einem zufriedenen Grinsen zu einem Fass, in dem sie Regenwasser sammelten. Tilda wusch sich die Arme bis zu den Ellenbogen, bis sie von der Kälte rotfleckig waren. »Ich darf wiederkommen? Wieder in die Schule?«

»Ja, Miss Allers. So ist es.« Seine grünen Augen funkelten listig, als wäre er ganz und gar zufrieden mit sich.

»Darf ich Sie umarmen?«

Er wirkte kurz irritiert, dann zuckte er mit den Schultern. »Sie dürfen, wenn mich Ihr Vater dann nicht mit einer Hacke vom Grundstück prügelt.«

»Hier sieht er es nicht«, versicherte Tilda schnell und fühlte, wie ihre Wangen heiß wurden. Sie umarmte Mr Morris, konnte einfach nicht anders.

Zögernd erwiderte er ihre Geste. »Nun, nun, Miss, ich bekomme gleich keine Luft mehr.«

Seine Brust hob sich, als er zu lachen begann. Er roch nach Rasierwasser, Nadelbäumen und Schokolade. Eine ganz und gar seltsame Mischung. Als er sie an den Schultern von sich schob, betrachtete er sie wie eine Katze, die sich nicht entscheiden konnte, ob sie kratzen oder schnurren sollte.

Etwas war gerade geschehen. Etwas, das ihn mindestens so verblüffte wie sie.

»E-entschuldigen Sie«, stotterte Tilda. Was hatte sie da nur wieder angerichtet?

Einige Herzschläge lang standen sie beide nur da und wussten nichts zu sagen, dann räusperte Mr Morris sich und rückte sich den Hut zurecht. »Wie geht es Ihrer Gewinnerrose?«, brach er das Schweigen.

»Gut, sehr gut. Möchten Sie die Pflanzen sehen?«

»Gern, wenn denn Zeit dafür ist.«

»Die nehme ich mir, kommen Sie.«

Tilda war so aufgeregt, dass es ihr vorkam, als würde ihr Innerstes vibrieren. Mr Morris folgte ihr in den Schuppen, wo er ihr Buch auf eine zum Glück saubere Werkbank legte.

»Wir haben einige im Gewächshaus und einige im Freiland«, sagte sie und betrat den krummen und schiefen Bau aus alten Glasfenstern. Die Sonne hatte ihn um einige Grad aufgewärmt.

Mr Morris sah sich aufmerksam um. Auf Tischen standen in kleinen Töpfchen Frühblüher, die sie schon jetzt vereinzelten, um sie im Frühjahr auf dem Markt zu verkaufen. Kräuter gab es auch, damit ließ sich das gesamte Jahr hindurch Geld verdienen.

Neben den eingetopften Rosen blieb sie stehen. Mr Morris hob eine vom Boden hoch und stellte sie auf einem Pflanztisch ab. »Die ist besonders gut gewachsen.« Fachkundig drehte er sie in verschiedene Richtungen. »Kurze Internodien, sie hat den grauen Sommer gut verkraftet. Glückwunsch, solche Pflanzen sind begehrt.«

»Danke«, sagte Tilda mit geröteten Wangen. Warum bedeuteten ihr diese Worte besonders viel aus seinem Mund? Sie widerstand dem Impuls, ihm die Wahrheit zu sagen, dass sie die Rose nur gefunden hatte. Aber warum? Warum sollte sie nicht einfach stolz auf das sein, was sie aus einem einzigen Trieb geschaffen hatte?

»Sie haben einen guten Blick für so etwas, aber ich denke, den muss man bei einem Beruf wie Ihrem auch haben.«

»Nicht mehr und nicht weniger als Sie, Miss Allers. Ich bin sicher, dass vor Ihrem prüfenden Blick schon mindestens genauso viele Pflänzchen bestehen mussten wie vor meinem.«

»Aber im Dschungel …«

»Schmälern Sie Ihr Können nicht, junge Dame. Sie sollten ohnehin mit erhobenem Kopf dahergehen und nicht wie ein Mäuschen herumhuschen. Sehen Sie sich um! Welche Ihrer Mitschülerin könnte mit Ihnen den Platz tauschen und würde die gleiche Leistung bringen? Keine!« Er blickte ihr tief in die Augen. »Sie müssen sich nicht verstecken, weder für Ihr Können noch für … für Ihr Wesen.«

»Ich …«

»Entschuldigen Sie!« Morris trat von einem Fuß auf den anderen, als fühlte er sich plötzlich nicht mehr ganz wohl in seiner Haut. »Ich sollte aufbrechen. Der Hausmeister wartet mit dem Wagen der Schule auf mich. Studieren Sie das Buch fleißig. Wir sehen uns in ein paar Tagen.«

»Mr Morris?«

»Ja?«

»Ich danke Ihnen. Ohne Sie …«

Er hob abwehrend die Hand. »Nicht, das war nichts. Ich lasse doch nicht zu, dass man mir meine geschätzte Assistentin stiehlt.« Er grinste schelmisch. »Von dieser kleinen Episode muss in Waterperry niemand erfahren.«

»Nein, natürlich nicht.«

»Gut, dann bis nächste Woche. Ich finde selbst hinaus.« Er war schneller fort, als Tilda etwas erwidern konnte.

Noch immer etwas durcheinander setzte sie sich neben ihre Rose auf die Werkbank.

Sie konnte ihr Glück kaum fassen. In den vergangenen Tagen hatte sie sich umsonst die Augen ausgeweint, wann immer sie sich unbeobachtet glaubte.

Grandma Maryann hatte sie einmal so gefunden, doch ausnahmsweise hatte selbst ihr Trost nicht geholfen.

Tilda zupfte ein gelbes Herbstblatt von ihrer Rose und strich mit dem Finger über die winzigen Dornen auf der Unterseite. Hätte sie Mr Morris zum Dank eine der Rosen schenken sollen?

Sie musste über sich selbst schmunzeln und wischte sich zugleich eine Träne der Erleichterung von der Wange, die ihr irgendwie entwischt war. Eine Frau, die einem Mann Rosen schenkte?

Andererseits waren sie aber auch keine normalen Leute, sondern pflanzenverrückt. Tatsächlich waren sie einander sogar recht ähnlich, sah man von Mr Morris' großspurigem Auftreten ab, das sie aber mittlerweile glaubte, enträtseln zu können. Es schien ihm als Schutzschild zu dienen. Er stieß Leute von sich, damit sie ihm niemals nahe genug kamen, um ihn zu verletzen, sei es durch Herablassung einem Mann gegenüber, der nie studiert hatte, sich aber trotzdem in der Wissenschaft betätigen wollte, oder aus privaten Gründen. Etwas musste ihm sehr wehgetan haben. Was sein Herz mit diesem dunklen Gespinst umgeben hatte, galt es noch zu ergründen. Aber warum? Was ging sie das eigentlich an?

Weil er klammheimlich zu einem Menschen geworden war, der ihr etwas bedeutete. Sie wollte nicht, dass er diese tiefe Traurigkeit wie einen Mühlstein mit sich herumschleppte. Stattdessen wollte Tilda ihn lachen hören oder zumindest dieses füchsische Grinsen sehen, das sie heute zum allerersten Mal bei ihm bemerkt hatte. Es gefiel ihr ausnehmend gut.

Nun konnte sie es kaum mehr erwarten, nach Waterperry zurückzukommen. Sie freute sich auf den Unterricht bei Mrs Havergal, auf ihre Freundinnen und fast genauso sehr darauf, wieder mit Mr Morris still in seinem Arbeitszimmer zu sitzen und an seinem Buch zu arbeiten. Jede freie Minute würde sie ihm schenken, und doch würde sie das, was er heute für sie getan hatte, niemals gutmachen können.

»Hier finde ich dich«, erklang Vaters Bass, noch während er die Tür aufschob. Mit einem nachdenklichen Gesichtsausdruck trat er an Tildas Seite und legte ihr eine Hand auf die Schulter. »Die Schulbeste also, und du hast es nicht für nötig gehalten, es deinen Eltern zu sagen?«

»Ich wollte nicht prahlen.«

»So? Deine Mutter ist mächtig stolz auf dich.«

»Und du auch?«

»Ja, ich auch.« Er küsste sie auf den Scheitel, wie er es schon getan hatte, als sie noch ganz klein gewesen war.

»Du hast diesem Lehrer doch nicht erzählt, woher die Rosen sind?«

Tilda schüttelte den Kopf und verschwieg, wie nah sie dran gewesen war, ihr Geheimnis zu verraten.

»Niemand darf das je erfahren.« Er drückte sie aufmunternd. »Dafür hat dein Pa gesorgt.«

»Du?« Tilda blieb einen Moment lang der Atem weg. Vor ihrem inneren Auge sah sie wieder die Verwüstung in dem geheimen Garten an der Ruine vor sich. Es war ihr wie ein böses Omen vorgekommen. »*Du* hast die Rosen zerstört?«

»Ja. Ich wollte nicht, dass es je herauskommt. Ich wünsche mir doch nichts mehr, als dass mein Töchterchen erfolgreich ist.«

*Aber doch nicht so!*, wollte sie protestieren und brachte doch kein Wort heraus. Er hatte es für sie getan. War an den Ort ihres Fundes zurückgekehrt und hatte alle Beweise vernichtet. Nun würde niemand mehr eine Rose wie ihre finden. Tilda lehnte sich an ihren Vater und konnte eine Träne nicht unterdrücken. Sie weinte vor Rührung, aber auch um den verlorenen wilden Garten. »Pa, ich weiß nicht, was ich sagen soll.«

»Dann sag am besten nichts, Tilda, und lass uns niemals wieder darüber sprechen.«

## 17

Nur noch ein Tag, dann würde es bis Weihnachten zurück an die Schule gehen. Die Zeit war verflogen wie im Nu, und nur viermal hatte Sibylla Gelegenheit gehabt, sich mit Francis allein zu treffen.

Gestern hatten sie bis in die frühen Morgenstunden getanzt. Sie war schrecklich müde, doch ihm musste es noch schlimmer gehen, denn während Sibylla mit ihren Freunden im Auto heimgefahren war, hatte er den langen Weg zu Fuß zurückgelegt.

Ihre Eltern bestanden auf einem gemeinsamen Frühstück, das sich an Samstagen bis in den späten Vormittag zog. Es war schön und sehr gemütlich. Früher hatte Sibylla dieses samstägliche Zeremoniell oft als anstrengend empfunden, doch ihr Aufenthalt in Waterperry hatte vieles geändert. Sie genoss die wenige Zeit mit den Eltern, und es fiel ihr leichter, sich an den Unterhaltungen zu beteiligen, selbst wenn es wieder einmal um Grünzeug ging.

Heute war das Thema auf ihren Unterricht bei Mr Morris gefallen, was vor allem Vaters Interesse geweckt hatte. Sie musste aufzählen, wohin ihn seine Expeditionen schon geführt hatten, und dachte dabei an ihre Freundin. Tilda war dem Charme des Abenteurers verfallen und merkte es nicht einmal. Während andere Schülerinnen offen für ihn schwärmten, würde sie es sich niemals eingestehen.

Sibylla verstand weder ihre Mitschülerinnen noch Tilda. Dieser Mr Morris war ihr egal, allerdings sorgte sie sich ein wenig um ihre Freundin. Hoffentlich setzte sie nicht zu viel Hoffnung in die Arbeit bei ihm und ließ sich vor allem nicht verführen. Wer wusste schon, was diesem Hallodri im Kopf herumging? Tilda mit einem Lehrer – das wäre ein Skandal!

Sibylla kratzte ihr Schälchen aus, in dem sie Joghurt mit reifen Pflaumen gemischt hatte. Und das war nur der erste Gang. Die Tafel war wie jeden Samstag sehr üppig bestückt.

Es gab frisch gepressten Orangensaft von den Bäumen aus dem Gewächshaus und Wachteleier. Die Tierchen liefen zwischen den Pflanzungen herum und hielten Schädlinge kurz. Die Eier schmeckten fast wie gewöhnliche Hühnereier, waren aber mit ihren Tupfen viel hübscher anzusehen.

Gegen elf versammelte sich die Familie im Gewächshaus. Sibylla machte gute Miene, auch wenn sie der stickigen, feuchtwarmen Atmosphäre noch immer nicht viel abgewinnen konnte. In einem verregneten Herbst wie diesem hatte es aber seine Vorteile. War sie eben noch mit einem dicken, warmen Wolltuch um die Schultern über den gepflasterten Weg geeilt, der Haupthaus mit Gewächshäusern verband, so saß sie nun im dünnen Kleid da.

Die Wärme, die sie hinter den doppelten Türen empfing, war wie eine zähe Wand, die nur ungern Besucher einließ.

Sibylla horchte in sich. Ja, sie mochte den Geruch nicht. Aber war es denn wirklich so schlimm? Nein, wenn sie ehrlich war, nicht. Der Erdgeruch war nicht viel anders als draußen, und modriges Holz war eigentlich auch nicht eklig. Die Abneigung war wohl eher eine Form des Protests gegen ihre Eltern. Es war Sibylla gegen den Strich gegangen, wie selbstverständlich sie von ihr die gleiche Begeisterung erwarteten, die sie selbst verspürten.

Die vergangenen Monate hatten Sibylla die Augen geöffnet. Für ihre Freundin Tilda wäre all das hier der Inbegriff von Glück gewesen. Sie musste sich das, was Sibylla geschenkt bekam, hart erarbeiten. Dasselbe galt für Francis.

Anfangs hatte sie ihn für feige gehalten, weil er mit ihr kein Risiko einging. Aber seine Befürchtungen waren realistisch, das begriff sie nun. Entdeckt zu werden, bedeutete, die Anstellung zu verlieren. Er säße auf der Straße, während sie allenfalls ein paar Wochen Hausarrest und eine Standpauke fürchten müsste.

All das sah sie inzwischen ganz klar vor sich. Deshalb war sie jetzt hier. An dem Ort, den sie als Kind geliebt, später aber nach und nach immer mehr verabscheut hatte, weil so viele Erwartungen daran geknüpft waren und sie vielleicht auch fürchtete, diese nicht erfüllen zu können.

Es war der letzte Samstag, den sie für eine Weile mit ihren Eltern verbringen würde, und es sollte eine schöne Zeit werden.

Sie traf die beiden im hintersten Winkel des Baus an. Dort, wo tropische Stauden bis unter die Glaskuppel wuchsen, Palmen und Farne um das Licht konkurrierten und es immer nach Zitronen und Orangenblüten duftete. Überall an Ästen und moosbewachsenen Gestellen gediehen Orchideen. Es war wie ein Fenster in eine andere Welt.

Ihre Eltern saßen auf einer Bank vor einem kleinen Teich. Vater hatte Mutter einen Arm um die Schultern gelegt. Sie waren nun fünfundzwanzig Jahre verheiratet und liebten sich noch immer.

Sibylla wurde es warm ums Herz. Nur die wenigsten Paare hatten solches Glück. Sie selbst konnte nur hoffen, es eines Tages ebenfalls so glücklich zu treffen wie ihre Eltern.

Der Gedanke an Francis schlich sich in ihr Herz. Um ihren Mann fürs Leben zu finden, musste sie die Liebschaft mit ihm beenden. Ihr zog es die Brust zusammen. Nein, es ging nicht, nicht jetzt schon. Es war zu schön mit ihm!

Nicht nur das Tanzen. Auch die Gespräche, die Spaziergänge! Arm in Arm auf einer verborgenen Lichtung zu liegen und in die Baumkronen hinaufzuschauen. Wie sollte sie das hergeben? Und wofür?

Und warum musste es immer gleich etwas Ernstes sein und jeder von Heirat reden, wenn ein Mann und eine Frau länger miteinander ausgingen? In Sibylla regte sich schon seit einer Weile Widerstand gegen diese Vorstellung, die ihr zunehmend veraltet schien. Sie wollte nicht an morgen denken, nicht an das, was alles nicht sein konnte.

Sondern mit Francis, *ihrem* Francis, das Leben genießen. Sie war jung, sie hatten noch alle Zeit der Welt!

Sibylla ahnte, dass sie sich selbst belog. Mit einem oberflächlichen Flirt oder einer harmlosen Romanze hatten ihre erwachenden Gefühle wenig gemein. Dann hätte sie es nicht so genossen, mit Francis zu reden oder seine Briefe wieder und wieder zu lesen. Sie vermisste ihn aufrichtig, und schon jetzt betrübte sie die Vorstellung, dass sie sich auf Wochen nicht wiedersehen würden. Im Internat blieben ihr nur noch Stift und Papier. Es gefiel ihr, ihm aus Waterperry lange Briefe zu schreiben, die sie wie kleine Essays formulierte. Manchmal fasste sie ihm den gesamten gelernten Stoff zusammen, denn er interessierte sich brennend für alles, was man ihr dort beibrachte. Ihr Tagebuch rührte sie kaum noch an. Alles, was ihr in den Sinn kam, schrieb sie an Francis.

Seine Briefe mochten nicht so ausformuliert sein wie die ihren, aber sie kamen von Herzen. Er war ein ehrlicher Kerl und verbarg nicht, was er dachte. Auch das war ein Zug, der ihr an ihm gefiel.

Sie musste ihn vor ihrer Abreise noch einmal wiedersehen. Zwar hatte sie Francis versprochen, nichts zu riskieren, doch ein wenig würde die Gefahr, entdeckt zu werden, stets zwischen ihnen stehen.

Nun aber galt es zunächst, so viel Zeit wie möglich mit

ihren Eltern zu verbringen, damit sie Sibylla nicht allzu sehr vermissten, wenn sie wieder im Internat war.

Für das letzte kurze Wegstück trat sie schwerer auf, um die Eltern nicht zu überrumpeln. »Hier finde ich euch«, sagte sie schließlich gut gelaunt und verbannte jeden Gedanken an Francis aus ihrem Kopf, was in dieser Umgebung alles andere als leicht war. Vater stand auf und half seiner Frau von dem Bänkchen hoch.

»Sibylla, wie schön.«

Sie lächelte ihre Mutter an. »Ich dachte, am letzten Tag gehe ich euch ein wenig zur Hand, wenn ihr meine Hilfe denn haben möchtet.«

»Das wäre wundervoll, Sibylla.« Ihre Mutter strahlte, als hätte sie ihr ein ganz besonderes Geschenk gemacht, und auch der Vater wirkte angenehm überrascht. Er war wohl überzeugt, dass ihr Besuch in Waterperry Früchte trug, was zum Teil ja auch der Wahrheit entsprach.

»Nichts lieber als das, Sibylla. Ich habe gestern eine ganz besondere Lieferung bekommen. Vielleicht gefallen dir Bromelien besser als Orchideen. Sie kommen direkt aus Übersee.«

Sibylla entdeckte die Kiste jetzt erst. Sie war noch verschlossen. Fasziniert berührte sie das wettergegerbte Holz, auf dem fremdländische Stempel, Kreidezeichen und aufgeklebte Zettel den Reiseweg nachvollziehbar machten.

»Und ihr habt gestern noch nicht hineingeschaut?«

»Nein, der eine Tag spielt nach den Wochen auf See keine Rolle. Gestern musste ich noch in die Fabrik, und wir wollten die Kiste auf jeden Fall gemeinsam öffnen. Und, wie wir hofften, auch mit dir.«

Sibylla sah sich unauffällig um. Sonst war Francis oft dabei, wenn Vater neue Raritäten bekam. Ob er sich mit einem vorgetäuschten Grund entschuldigt hatte, weil er ahnte, dass auch sie anwesend sein würde?

Sibylla lag es auf der Zunge, nach Francis zu fragen. Ihre Eltern glaubten vermutlich immer noch, dass sie ihn nicht ausstehen konnte. Doch besser, sie tat nichts, um die Aufmerksamkeit auf ihn zu lenken. Selbst wenn sie ihre Frage mit einer bissigen Bemerkung garnierte, war es trotzdem eine dumme Idee.

Vater setzte eine Brechstange an und hebelte vorsichtig den festgenagelten Deckel der Kiste hoch, bis sie sich einfach abheben ließ. Im Inneren war eine Packliste, darunter befanden sich Schichten von Sägespänen und Leintuch. Es roch modrig, als hätten einige Pflanzen die Reise nicht überstanden. Dem Holz der Kiste entströmte hingegen ein exotischer Duft. Eukalyptus vielleicht. Francis hätte es sofort gewusst.

Sibylla beobachtete ihre Eltern, die Freude in ihren Gesichtern. Vorsichtig gruben sie gemeinsam nach den Schätzen aus einem fernen Urwald, den sie selbst wohl nie mit eigenen Augen sehen würden. Sägespäne segelten auf den Boden. Dann hob Vater das erste Paket heraus und wickelte es vorsichtig aus. Ein kleiner Zettel beschrieb den Fundort und die vermutete Art.

»Die sieht etwas traurig aus«, sagte Sibylla, um überhaupt etwas zu sagen. Die Pflanze, geformt wie ein Kelch, war an den Rändern braun und gelb vertrocknet. Die Mitte war noch grünlich, die fleischigen Blätter schrumpelig. Mutter besprühte sie sofort mit Regenwasser.

»Die erholt sich wieder, solange noch etwas Grün dran ist.«

»Viel mehr würde mich der Weg der Pflanzen interessieren. Wer sie gepflückt hat, wie sie verpackt wurden und den weiten Weg durch Stürme und unwirtliche Bedingungen bis hierher gekommen sind. Was sie für die Menschen bedeuten, für euch und auch die Sammler. Schade, dass es niemanden gibt, der diese Dinge aufschreibt.« Sibylla überlegte.

»Vielleicht sollte ich für unsere Schulzeitung einen Artikel zu dem Thema verfassen.«

Seit einigen Wochen spielte sie mit dem Gedanken, für das halbjährlich erscheinende Heftchen zu schreiben, hatte aber noch nicht offiziell darum ersucht. Tatsächlich war ihr Interesse für das Schreiben durch ihre Briefe an Francis noch verstärkt worden. Es gefiel ihr, Berichte zu verfassen, die den Leser hoffentlich nicht langweilten. Es war etwas anderes, als nur für sich selbst Tagebuch um Tagebuch zu füllen.

»Wenn du das möchtest, können wir dir sicherlich die richtigen Leute vorstellen.« Ihr Vater hatte nun schon eine ganze Reihe von Päckchen auf den Tisch gelegt und noch immer nicht den Grund der Kiste erreicht.

»Das wäre schön«, sagte Sibylla und gefiel sich immer mehr in der Vorstellung, den Einstand bei der Schulzeitung mit einer kleinen Reportage zu beginnen. Jetzt, da sie es ausgesprochen hatte, wurde ihr klar, dass es tatsächlich vor allem die Menschen waren, die sie interessierten. Sie könnte Francis stundenlang zuhören, wenn er über Gartenbau und die Architektur komplexer Wasserspiele redete. Dabei berührten sie die Themen sonst kaum. Francis' Faszination und seine Träume jedoch waren spannend anzuhören. Genauso erging es ihr, wenn Tilda von der Gärtnerei sprach oder Mr Morris im Unterricht wie nebenbei von seinen Expeditionen berichtete.

Bis zum Kaffeetrinken half sie ihren Eltern dabei, die Bromelien auszupacken, braune Blätter zu entfernen und die Gewächse behutsam in Pflanzkörbe einzusetzen, denn auch Bromelien wurzelten nicht im Boden, sondern wuchsen wie Orchideen auf Bäumen.

Angeblich wurden uralte Baumriesen manches Mal ausschließlich aus dem Grund gefällt, um die Exoten hoch in den Wipfeln zu erbeuten. So schwierig war es, die begehrten Pflanzen zu beschaffen.

Kurz bevor sie fertig waren, fand Sibylla in einer Bromelie noch ein halbes Dutzend winziger, vertrockneter Frösche, was ihren Magen gehörig durcheinanderbrachte. Sie war einfach nicht gemacht für diese Arbeit!

Es war später Abend geworden. Sibylla blickte ins Wohnzimmer zurück, wo der Vater in seinem Lieblingssessel saß, Pfeife rauchte und Geschäftspapiere durchging. Mutter war auf dem Sofa eingeschlafen. Das Strickzeug hatte Sibylla ihr aus der Hand genommen und auf ein Tischchen gelegt.

Vater würde seine Frau wecken, wenn er zu Bett ging, so wie er es jeden Abend tat.

»Gute Nacht«, sagte Sibylla leise und verließ das Zimmer. Sie schloss die Tür hinter sich, damit die Wärme nicht hinausdrang, aber auch, um bei dem, was sie nun tun würde, nicht gesehen zu werden. Im Flur war es bis auf eine einzelne Lampe dunkel.

Aus einem Zimmerchen drang das Schnarchen des Hausmädchens. Man hätte meinen können, dort ruhe ein großer, übergewichtiger Mann und kein zartes Fräulein. Christines nächtliches Sägewerk war im Hause Healey ein Quell für gutmütigen, aber andauernden Spott. Sibylla war in diesem Moment dankbar dafür, denn sie hatte keineswegs vor, in ihr Zimmer zu gehen, und das Schnarchen war laut genug, um ihre Schritte zu übertönen.

Den ganzen Tag über hatte sie an Francis denken müssen und gehofft, im Gewächshaus oder Garten zumindest einen heimlichen Blick auf ihn zu erhaschen. Aber nein, es war wie verhext. Als sie endlich die Tür des alten Häuschens knarren hörte, saß sie ausgerechnet mit den Eltern am Esstisch und hätte sich den Hals verrenken müssen, um aus dem Fenster zu sehen.

Während sie heute mit den Eltern den Tag verbracht und ihren Umgang miteinander beobachtet hatte, war ihr klar geworden, dass sie mit Francis reden musste. Er sollte die Wahrheit hören. Sie hatte sich in ihn verliebt, und sie wollte mehr als eine Romanze, auch wenn sie nicht wusste, wie dieses Mehr aussehen sollte. Denn dass ihre Gefühle allen Konventionen widersprachen, stand nach wie vor außer Frage.

Es blieb nur noch der heutige Abend. Sibylla hatte alles vorbereitet, ihr Koffer war gepackt, die Kleidung, die sie morgen anziehen würde, herausgelegt. Alle verbleibende Zeit wollte sie mit Francis verbringen, und dazu musste sie das Wagnis eingehen, sich zu ihm ins Cottage zu stehlen.

Auf Zehenspitzen schlich sie zur Garderobe und zog einen Mantel über, dann verließ sie das Haus durch die Küche. Eine kleine Tür führte auf der Rückseite des Anwesens zu einem von außen zugänglichen Erdkeller und einem kleinen Kräutergarten. Von dort war der Weg zum Häuschen nicht mehr weit.

Die Luft war kalt. Atemwölkchen stiegen über Sibylla auf. Es roch herbstlich nach nasser Erde und modrigem Laub, das unter ihren Füßen raschelte, ganz gleich, wie vorsichtig sie auch auftrat.

Hoffentlich war Francis noch wach! Sie konnte doch nicht in die Schule zurückkehren, ohne sich zu verabschieden und ihm zu sagen, was sie empfand! Seit sie es sich eingestanden hatte, fühlte sie sich fiebrig, und nichts schien ihr wichtiger, als Francis in die Augen zu blicken und ihm davon zu erzählen.

In seinem Zimmer brannte Licht.

Während Sibylla den Weg zum Nebengebäude überquerte, pochte ihr Herz wie verrückt. Es war so laut, dass sie ihre eigenen Schritte nicht mehr hören konnte. Sie tat genau das, wovor Francis sie immer gewarnt hatte: unter den Augen ihrer Eltern etwas Wagemutiges tun. *Mut führt schneller zu Unglück als Vorsicht,* pflegte er immer zu sagen.

Sibylla erreichte das Häuschen. Sie wusste, dass der Porter, der ebenfalls hier wohnte, seit einigen Tagen nicht da war, um seine kranke Schwester zu pflegen. Oder war es die Mutter? Ach, was interessierte es sie. Wichtig war nur, dass Francis allein war. Niemand würde sie sehen oder belauschen können.

Sie legte die Hand auf die schwere Eichentür und den massigen Klopfer und versuchte sich zu erinnern, ob sie ihn je gehört hatte. Besser, sie ging kein Risiko ein. Es war nicht abgeschlossen. Auf leisen Sohlen schlich sie hinein. Sie war noch nie hier drin gewesen. Francis wohnte in der oberen Etage. Das Mondlicht, das durch die Fenster im Erdgeschoss fiel, reichte gerade aus, um das hölzerne Treppengeländer erahnen zu können. Sibylla tastete sich voran, dann stieg sie die Stufen hinauf.

»Francis? Francis, bist du wach? Ich bin es.«

Die Treppenstufen knarrten unter ihren Füßen, dann war sie oben und klopfte. Ja, dort bewegte sich jemand. Stimmengemurmel … War er nicht allein? Sibylla hielt den Atem an. Was hatte sie nur getan?

## 18

»Um diese Uhrzeit«, brummte Francis ungehalten. Er hatte gerade vor dem kleinen Spiegel über dem Waschbecken das große Gespräch geübt, das er in wenigen Tagen mit Mr Healey über seine weitere Zukunft führen wollte, als es klopfte. Vermutlich war sein Nachbar verfrüht wiedergekommen. Aber warum klopfte er dann bei ihm? War er betrunken? Ja, vermutlich war es so, und nun wollte er sich Zigaretten, Streichhölzer oder Ähnliches borgen. Der würde was zu hören bekommen!

Francis schlurfte zur Tür, öffnete und war sprachlos.

Vor ihm stand Sibylla, in sanftes Mondlicht getaucht, das durch ein Fenster fiel, ihre Haut schimmernd wie Seide. Ihr Blick wirkte erschrocken, als hätte sie jemand anders erwartet.

Einen Moment lang standen sie so da, dann lächelte Sibylla. »Ja, willst du mich denn nicht hereinbitten?«

Francis trat zur Seite und gab die Tür frei.

Sibylla hatte seine Unterkunft noch nie betreten. Nun sah sie sich um, als könnte sie daran ablesen, was für ein Mensch er war. Sie überflog die Bücher in seinem Regal, musterte die ordentlich aufgereihten Arbeitsschuhe und privaten Werkzeuge. An seinem Schreibtisch blieb sie stehen. Dort herrschte immer ein gewisses Durcheinander.

»Keine Pflanzen?« Erstaunt wandte sie sich um. »Ich hatte einen Dschungel erwartet.«

»Hier ist kein Platz dafür. Aber das Fenster ist groß, so kann ich hinaus in den Garten sehen.«

»Ich weiß«, sagte sie leise, als ginge es um ein Geheimnis. Francis wurde es warm, er ahnte, was ihre Worte bedeuteten.

»Du kannst mich beobachten?«

»Ja.« Sie war mit zwei Schritten bei ihm, so nah, dass ihn der süße Duft ihrer Haut umwehte.

»Oh, Sibylla, wie kannst du dich nur hierher wagen?« Er legte seine Hände auf ihre Hüften, die wie dafür gemacht schienen, dass er, nur er sie hielt.

»Den ganzen Tag habe ich dich nicht gesehen. Dabei war ich stundenlang mit den Eltern im Gewächshaus.«

»Genau deshalb war ich nicht dort.«

»Ich musste an dich denken. An *uns*, Francis. Wenn ich ehrlich bin, gehst du mir kaum noch aus dem Kopf.« Wie sie das sagte, wirkte es beinahe wie ein Schuldeingeständnis, als wäre es ihr unangenehm, ihre Gefühle einzugestehen, und das rührte ihn mehr als ihre Worte. Die stolze Sibylla, die anfangs nur mit ihm kokettiert hatte, um ihn zu provozieren, war über ihre eigene List gestolpert.

Er berührte ihre Wange. In seiner Brust flatterten die Gefühle wild durcheinander und raubten ihm den Atem. Er ahnte, was Sibylla ihm sagen wollte, und fürchtete sich ein wenig davor. Er hatte sich immer damit geschützt, sich einzureden, dass er ihr nichts bedeutete. Doch wenn sie jetzt …

»Nicht, Sibylla«, sagte er mit belegter Stimme.

Aber sie hörte nicht auf ihn. In ihren blauen Augen funkelte Entschlossenheit. Sibylla legte die Hände auf seine Arme und fuhr daran hinauf, dann schloss sie die Lücke zwischen ihnen und legte den Kopf in den Nacken, um zu ihm aufzusehen. Kurz wurde ihr Gesicht ernst. »Ich habe dich lieb, Francis Boyle, und ich konnte nicht einfach wegfahren, ohne mich zu verabschieden. Ja, lieb habe ich dich. So, jetzt weißt du es, jetzt ist es heraus, und du kannst mich auslachen für mein törichtes Geständnis.«

»Das würde ich nie, nicht dafür.«

Sacht strich er ihr über die Wange. Noch nie hatte ihm ein Mädchen so viel bedeutet wie Sibylla. Ausgerechnet die, die er nicht haben konnte. Schon seit geraumer Zeit weigerte sich etwas in ihm, ihre Liebelei als harmlosen Flirt abzutun, ganz gleich, wie vehement er sich einredete, dass mehr nicht war zwischen ihnen. Und nun sagte sie ihm, dass sie ihn lieb hatte! Wie konnte sie nur? Ahnte Sibylla denn nicht, was sie damit anrichtete? Seine mühsam aufgerichteten Schutzwälle bröckelten wie morsches Gestein. Sie hatte ihn also lieb. Und er? Er wollte, wenn er ehrlich war, längst nur noch sie.

»Du wirst mir so fehlen, Sibylla. Ich bin froh, dass du hier bist, ich kann dir gar nicht sagen, wie sehr. Aber warst du denn auch wirklich vorsichtig?«

»Wie eine Katze.« Sie lächelte.

»Ich habe Katzen schon törichte Dinge tun sehen. Komm!« Er führte sie zum Bett, denn eine andere Sitzmöglichkeit gab es bis auf den Hocker am Schreibtisch nicht. Francis verbot sich, seiner Fantasie freien Lauf zu lassen. Doch Sibylla auf seinem Bett sitzend … Er hatte sie noch nie nackt gesehen.

Er setzte sich zu ihr, nahm ihre Hände. »Du wirst mir wieder schreiben, ja?«

»Natürlich, so oft ich kann.« Sie verflocht ihre Finger mit seinen, drehte den schlichten Siegelring, den er von seinem Vater geerbt hatte. »Vielleicht sollten wir es ihnen sagen.« Ihre Stimme war leise geworden und hatte doch ihre Wirkung nicht verfehlt. Francis bekam Herzrasen, er schluckte. »Gib mir wenigstens Zeit, mich nach einer neuen Anstellung umzusehen.«

»So dramatisch wird es nicht sein, Francis. Sie werden schimpfen, sehr sogar, aber …« Sie blickte auf und ihm bis tief in die Seele. »Ich habe meine Eltern heute beobachtet. Sie lieben sich nach all den Jahren noch so sehr, gehen immer achtsam und freundlich miteinander um. Wie sollten sie mir und dir dieses Glück verweigern?«

»Weil sie deine Eltern sind. Sie wollen nur das Beste für ihre Tochter, und ich bin wahrlich nicht der Beste, den du finden kannst. Ich bin nicht mehr als ein Habenichts mit hochtrabenden Träumen, Sibylla. Versteh doch!«

»Ich will aber nicht verstehen, was du da sagst!« Tränen glitzerten in ihren Augen und sammelten sich in den dunklen Wimpernbögen. Das hatte er nicht gewollt.

»Weine nicht, bitte.«

Die erste Träne rollte über ihre Wange, und Sibylla sah ihn dabei unverwandt an. Trotzig. Mit einer Anklage im Blick, die zu verletzen wusste. Was von Sibylla als romantischer, heimlicher Abschied geplant worden war, drohte in einen Abgrund abzugleiten, aus dem sie beide verwundet wieder hervorkommen würden. »Es tut mir leid«, beeilte er sich zu sagen. »Ich wollte dir nicht wehtun.«

»Ich will nur eines wissen, Francis Boyle.« Sie suchte seinen Blick. »Sag, hast du mich auch lieb?«

»Sehr.«

»Das reicht mir nicht.«

Er legte die Hände an ihre Wangen, und durch seinen Kopf blitzte die Frage, ob sie einen Heiratsantrag erwartete. Dafür war es zu früh, aber ihr zu sagen, was ihr offenbar so wichtig war … »Ich habe dich sehr lieb, Sibylla Healey«, sagte er leise, dann küsste er sie sanft, und er meinte, sein Herz würde ihm jede Sekunde die Brust sprengen.

Wie sollte das nur enden? Er ahnte, wie tief sie beide fallen würden, wenn die Realität sie erst einmal einholte.

Sie lebten und liebten von geborgter Zeit. Francis küsste sie, und es fühlte sich an wie ein Abschied, der weit tiefer reichte als nur einige Wochen.

In den folgenden Stunden klammerten sie sich aneinander, lagen Arm in Arm auf dem Bett, malten sich ihr nächstes Treffen aus. Ein wenig verstohlen fanden Sibyllas Hände den Weg unter sein Oberhemd. »So weich«, flüsterte sie. Ihre Fingerkuppen malten Zeichen auf seine Haut, die ihn das Atmen vergessen ließen. Ihre Gegenwart machte ihn hilflos. Er war nicht mehr Herr seiner selbst.

Irgendwann weit nach Mitternacht lagen sie nur noch halb bekleidet unter der Bettdecke. Eine einzelne Kerze spendete flackerndes Licht. Sie hatten sich fest aneinandergeschmiegt, und am liebsten hätte Francis Sibylla nie wieder fortgelassen. Aber das war nicht möglich.

»Du solltest jetzt gehen«, sagte er leise, während er mit den Fingern den Konturen ihres Ohrs folgte und durch ihr seidiges Haar strich.

»Sei nicht immer so vernünftig, Francis Boyle.«

»Wenn wir einschlafen, passiert ein Unglück, das weißt du.«

Sie küssten sich, während sie sich anzog und Francis versuchte, sich ihren Anblick im Kerzenschein einzuprägen. Das gelöste Haar, die geröteten Wangen, ihre schlanke Taille und die perfekte Form ihrer Brüste.

Eine kleine Ewigkeit zog sich ihr Abschied dahin, dann schloss sich die Tür endgültig hinter ihr, und im Zimmer schien es sofort um einige Grad kälter zu werden.

# 19

Zur Schule zurückzukehren, hatte sich für Tilda angefühlt, als würde sie nach Hause kommen. Und es gab so viel zu erzählen! Wieder wurden sie von Sibyllas Vater gefahren. Fast eine Stunde lang mussten sie und ihre Freundin sich gedulden, bis sie endlich vertraut miteinander reden konnten. Bis dahin retteten sie sich mit belanglosem Geplauder über die Arbeit in der Gärtnerei und Sibyllas Treffen mit ihrer nun verheirateten Cousine.

Endlich allein auf ihrem Zimmer, verging der Nachmittag damit, einander auf den neusten Stand zu bringen. So erfuhr Tilda zuerst, wie es um die Liebelei mit dem Gärtner stand, die sich in etwas Ernsteres zu entwickeln schien. Dann berichtete sie selbst, dass sie beinahe nicht mehr zurückgekommen und nur durch die Intervention von Mr Morris gerettet worden war.

»Morris? Der griesgrämige Frosch?« Sibylla schnappte nach Luft. »Ich nehme alles Schlechte zurück, was ich je über ihn gesagt habe! Wie konnte er deinen Vater umstimmen?«

»Ich weiß es nicht, das konnte ich leider nicht hören. Aber als er mir am Ende das Buch in die Hand gedrückt hat, habe ich mein Glück nicht fassen können.«

»Und nun stehst du für immer in seiner Schuld. Er hat dich in der Hand, Tilda. Ist dir das klar?«, sagte Sibylla mit plötzlichem Ernst.

»Was meinst du?«

»Kein Mann macht so was ohne Hintergedanken. Hat er etwas versucht?«

»Ob er … *Was?* Nein, natürlich nicht!«, stammelte Tilda und musste an ihr eigenes, törichtes Benehmen denken. Wenn sich jemand falsch betragen hatte, dann sie.

»Da ist doch etwas.« Sibylla musterte sie prüfend.

»Ja, ich … Es ist mir jetzt peinlich. Aber ich war so erleichtert und glücklich.« Tilda wich ihrem Blick aus. Ach, es nützte ja doch nichts, ihre Freundin würde nicht lockerlassen. »Ich habe ihm ein Küsschen gegeben, nur auf die Wange. Und ich habe vorher gefragt!«

Sibylla schien einen Moment lang wie erstarrt, dann drückte sie sich eine Hand auf den Mund und begann prustend zu lachen. »Du hast gefragt?« Sie gackerte. »Du meine Güte, Tilda! Er ist dein Lehrer, ein Griesgram und deinen eigenen Worten nach ein Frosch!«

Bald hielten sie sich beide den Bauch vor Lachen. Tilda umarmte ihre Freundin noch immer glucksend. »Ich habe dich vermisst, du dumme Gans.«

In diesem Moment klopfte es an der Tür.

»Miss Allers?« Eine Männerstimme, etwas gedämpft.

Tildas Wangen röteten sich. War ihr Spott etwa bis auf den Flur hinausgedrungen?

»Ist er das?«, flüsterte Sibylla nun.

»Der Hausmeister oder die Hilfsarbeiter werden es nicht sein, und weitere Männer gibt es hier nicht«, erwiderte sie ebenso leise und rief dann: »Ja, herein.«

Mr Morris öffnete die Tür. Er ließ sich nicht anmerken, was er davon hielt, dass zwei junge Frauen verlegen von einem Bett herunterkletterten und sich die Kleidung glatt strichen.

»Willkommen zurück, Miss Allers! Wenn es Ihre Zeit zulässt, erwarte ich Sie so bald wie möglich in meinem Arbeitszimmer.«

Und schon schlug die Tür wieder zu.

»Er hat nicht einmal versucht, freundlich zu schauen«, urteilte Sibylla.

»Warum soll er sich auch verstellen? Mir sind ehrliche Menschen allemal lieber.«

»Dann geh doch zu deinem Doktor, na los«, erwiderte Sibylla etwas schnippisch.

Tilda nahm es ihr nicht übel. So war ihre Freundin nun einmal: Wenn sie nicht die ganze Aufmerksamkeit bekam, nahm sie es persönlich. Sie war wohl so erzogen worden. Jetzt hätte sie wahrscheinlich am liebsten bis zum Abend bis ins Kleinste von ihren Erlebnissen erzählt. Tilda hatte zwar nichts dagegen, aber sie freute sich einfach zu sehr darauf, Mr Morris wiederzusehen. »Es dauert nicht lange. Außerdem ist er kein Doktor. Aber ein Frosch ist er auch nicht.«

Kurz darauf lief sie durch die vertrauten Gänge im Untergeschoss. Hier war es still. Weiter oben hatten noch von überall her Rufe und Gespräche durch die Flure gehallt, wenn wieder ein Schwung Schülerinnen aus den Ferien zurückkehrte, aufgeregte Begrüßungen, Gelächter und Fußgetrappel, dass man hätte meinen können, eine Herde Ponys galoppierte durch die Flure.

Tilda hielt das Buch fest, das auf gewisse Weise zu einem Symbol ihrer zweiten Chance geworden war.

Sie durchquerte das Unterrichtszimmer mit den Mikroskopen, klopfte an die Tür und trat gleich darauf ein. Es war, als hätte sich nichts verändert. Mr Morris saß an seinem Tisch und hatte eine Schreibmaschine vor sich. Er hackte mit zwei, maximal vier Fingern auf die Tasten ein und wandte sich nun mit einem Lächeln zu ihr um. »Ah, da sind Sie ja. Wir haben viel zu besprechen. Das Buch dorthin, ich hoffe, Sie hatten Gelegenheit zum Studium?«

»Ja, auch wenn ich mir nicht alles merken konnte«, sagte

sie entschuldigend und schob das Buch in das zugewiesene Regal.

»Merken?« Morris stieß ein Schnauben aus, das fast nach einem Lachen klang. »Merken kann ich mir auch nicht alles, dabei habe ich sogar daran mitgearbeitet. Dafür sind Bücher da, Miss. Damit man darin nachschlagen kann.«

»Verstanden.«

»Gut. Setzen Sie sich, und erklären Sie mir Ihren Stundenplan, damit wir die Arbeitszeiten festlegen können. Ich gehe davon aus, dass mehr als die verabredeten zehn Stunden kein Problem sind? Wir stehen unter Zeitdruck.«

Tilda seufzte innerlich. »So viel ich entbehren kann, ohne die Schule zu vernachlässigen. Darf ich fragen, warum es plötzlich so eilt?«

»Sie dürfen. Ich bekomme eine Gelegenheit, meine Ergebnisse vorzustellen. Schon im Dezember ist es so weit! Bei diesem Anlass wird sich dann auch entscheiden, ob ich bald wieder auf Fahrt gehen kann. Also husch, husch …« Er machte eine scheuchende Bewegung in Richtung Schreibtisch.

Tilda lachte. »Ja, Sir!« Sie setzte sich und nahm ihr Notizbuch zur Hand. Konzentriert verglichen sie Schul- und Arbeitszeiten. Kurz darauf hatten sie einen Plan erarbeitet, der weit mehr Stunden umfasste als die verabredete Anzahl.

Mr Morris war aufgestanden, um heiße Schokolade zu holen.

Tilda staunte, wie sehr sie das kleine gemeinsame Ritual vermisst hatte. Sie lehnte sich in ihrem Stuhl zurück und seufzte. Das war es also. Sie würde Forschungsarbeit leisten, und sie würde alles geben, um zu beweisen, dass sie es konnte. Eine Welle von Stolz wusch über sie hinweg. Tilda Allers, eine Wissenschaftlerin!

Als Mr Morris zurückkam, hatte sie ihren kurzen Höhenflug überwunden und war ans Fenster getreten. Draußen peitschte eine Mischung aus Regen und feinen Hagelkörnern über das Land. Die kleinen Körnchen rutschten über die Fensterscheiben abwärts und schmolzen dabei. Sie stellte sich vor, wie ihr Vater nun fluchend in seinem Schuppen umherging und den Schauer abwartete, während sie selbst im Warmen stand. Tilda stemmte sich innerlich gegen ihr wachsendes schlechtes Gewissen. Sie hatte sich diesen Platz an der Schule verdient, und sie war eine erwachsene Frau. Ihre Eltern konnten nicht auf immer eine kostenlose Arbeitskraft in ihr haben. Spätestens wenn sie heiratete und ihrem Ehemann folgte, wie es von ihr erwartet wurde, würden die Eltern ohnehin auf sie verzichten müssen.

»Hier, bitte schön.«

Tilda nahm die dampfende Tasse entgegen. »Danke, Mr Morris … Für alles.«

»Schon gut.« Er musterte sie aus seinen geheimnisvollen grünen Augen und stellte sich neben sie. »Nennen Sie mich doch gern Bennet, wenn wir unter uns sind.«

»Tilda.« Ein seltsames Kribbeln setzte sich hartnäckig in ihrem Bauch fest. Als hätten die wirbelnden Hagelkörner einen Weg in ihr Innerstes gefunden.

Bennet Morris hob die Tasse an die Nase und lächelte. Der Dampf umspielte seine Züge, und er schloss kurz die Augen. Nachdem er einen Schluck getrunken hatte, räusperte er sich: »Also los, an die Arbeit, säumen wir nicht.«

*Eine Woche später*

Sibylla war schrecklich aufgeregt, als sie mit zwei vollgeschriebenen Seiten zu Avice Sanders' Büro ging. Wochenlang hatte sie ihre kleine Reportage über die Geschichte des Orchideenbooms vorbereitet und immer wieder daran gefeilt, bis jedes einzelne Wort perfekt saß. Es sollte eine dreiteilige Serie werden. Über die Pflanzen zu schreiben, gefiel ihr schon jetzt viel besser, als mit ihnen zu arbeiten.

Vor der Tür blieb sie stehen, sah wieder auf ihre ordentliche Handschrift. Eine innere Stimme drängte sie dazu, alles noch ein letztes Mal durchzulesen. Es war wie ein Zwang, dabei konnte sie den Text fast schon auswendig.

Sie fühlte ihr Herz bis in die Schläfe klopfen.

Im Büro wurden Stimmen laut. Mrs Havergal verabschiedete sich, dann ging auch schon die Tür auf. Sibylla schaffte es gerade noch, hastig zur Seite zu treten, als die Rektorin auch schon energischen Schrittes herauseilte. »Miss Healey?«, sagte sie überrascht und hielt ihr dann die Tür auf. »Sie können eintreten.«

Völlig überrumpelt betrat Sibylla das Büro. Avice Sanders war eine zarte Person mit einem großen organisatorischen Talent. Ihre ruhige, freundliche Art gefiel Sibylla, aber die Aufregung konnte ihr das nicht nehmen.

»Miss Healey, Sie wünschen? Möchten Sie sich setzen?«, bot Mrs Sanders an.

»Danke.« Sibylla nahm Platz, dabei raschelten die beschriebenen Seiten. »Es geht um die Schulzeitung. Ich würde mich gern beteiligen, wenn ich darf.«

»Und Sie haben schon etwas mitgebracht?«

»Es soll eine dreiteilige Reportage werden.«

»So …« Avice Sanders las ruhig und konzentriert, ohne auch nur ein einziges Mal innezuhalten. Als sie schließlich aufsah, wirkte sie überrascht. »Sie haben großes Talent, Miss Healey! Wo haben Sie so schreiben gelernt?«

»Ich … ich habe es mir selbst beigebracht.«

»Kein Grund zu erröten.«

Sibylla berührte ihre erhitzte Wange. »Also darf ich …?«

»Sie *müssen* sogar! Seitdem die älteren Schülerinnen den

Abschluss gemacht haben, arbeiten wir nur noch zu dritt an der Zeitung. Und Ihre Reportage, die nehmen wir gleich in die nächste Ausgabe mit auf.«

## 20

*Weihnachtsfeier der Oxford Botanical Society*

Tilda trug ein Kleid von Sibylla. Es war nachtblau, seidenweich und elegant. Wenn sie in den Spiegel blickte, sah sie eine Fremde. Der Stoff schmiegte sich eng an ihren Leib, betonte die etwas zu breiten Schultern und die etwas zu schmalen Hüften und floss an den Knien glockig auseinander. Das rote Haar fiel ihr ungebändigt über den Rücken. Sie hatte versucht, zumindest den Pony mit einem Lockenstab in die gewünschte Form zu zwingen, doch die festen Haare benahmen sich störrisch wie Stroh. Schließlich hatte ihr Hang zum Praktischen gesiegt und sie zu einem Haarreif gegriffen, der aussah wie ein geflochtenes Tuch.

Ein taillierter, halblanger Mantel von Sibylla und sogar Schuhe von der Freundin vervollständigten ihre Kleidung. Sie hatten einen halbhohen Absatz, und es dauerte eine Weile, bis sie sich nicht mehr völlig fremd anfühlten.

Als Tilda schließlich aus ihrem Zimmer über die verwaisten Flure lief, wuchs mit jedem Schritt eine kribbelnde Nervosität.

Es war das letzte Wochenende vor Weihnachten. Viele Schüler waren bereits heimgefahren, so auch Sibylla. Tilda war geblieben, weil sie mit Bennet bis zuletzt an dem Vortrag gefeilt hatte. Sie konnte nicht genau sagen, wann es von seinem Projekt zu ihrem gemeinsamen geworden war. Seit einer Weile schon hatten *ich* und *mein* ausgedient, und es hieß *wir* und *unser*, und das förmliche *Sie* war dem *Du* gewichen, sobald sie miteinander allein waren.

Wenn Bennet einen guten Vortrag lieferte, und daran zweifelte sie nicht, würden ihm fortan viele Türen offen stehen. Das Buch würde auf jeden Fall erscheinen, den Vertrag hatte er bereits unterzeichnet. Doch ob er wieder reisen durfte, stand in den Sternen.

Er war ein unruhiger Geist, das wusste sie mittlerweile. Und auch wenn er sich mühte, merkte sie, wie schwer es ihm fiel, am Schreibtisch zu sitzen und konzentriert zu schreiben. Die Forschung war für ihn nur Mittel zum Zweck, wie auch der Unterricht in Waterperry. Alles musste sich seiner Sehnsucht unterordnen, neue Landschaften zu erkunden und in ferne Länder zu reisen. Tilda fühlte sich ein wenig wie eine Komplizin, die ihm zur Flucht verhalf.

Denn mittlerweile hatte sie beobachten können, dass die Schulleitung trotz aller Vorbehalte gegen seine Person mit seinem Unterricht überaus zufrieden war und ihn gern länger angestellt hätte. Etwas, das er auf jeden Fall vermeiden wollte.

Tilda klopfte und trat gleich darauf ein. Bennet stand an seinem Schreibtisch und sah nicht einmal auf, während er hastig durch einen Papierstapel blätterte. Seine Lippen bewegten sich, während er las und noch ein letztes Mal seinen Vortrag verinnerlichte.

Sie wartete ab und nutzte die Gelegenheit, ihn unbemerkt zu mustern. Das war also der neue Anzug, den er sich für diesen Anlass hatte schneidern lassen. Schwarz und elegant. Sie erahnte, dass er wieder eine seiner Westen aus chinesischer Seide trug, diesmal in Dunkelrot und Silber, dazu eine breite, ebenfalls schwarze Krawatte. Sein Haar glänzte von der Pomade, mit der er es glatt an den Kopf frisiert hatte. Er sah so elegant aus, insbesondere für einen Wissenschaftler. Wer sollte ihm da noch die Unterstützung verweigern?

Bennet nahm seine Papiere und klopfte das Bündel auf dem Tisch gerade, dann schob er alles in eine Ledermappe und sah auf. Sein Blick wanderte von Tildas Schuhen über das Kleid hinauf, bis sie einander in die Augen sahen. Ein Lächeln umspielte seinen Mund.

»Wer hätte das gedacht«, murmelte er. »Jetzt müssen uns nur noch die Götter gnädig sein.«

»Das wird schon gelingen. So elegant, wie du aussiehst«, rutschte es Tilda heraus.

Er setzte seinen Hut auf und tippte sich lächelnd an den Rand. »Danke sehr. Eigentlich sollte aber ich *dir* Komplimente machen und nicht andersherum. Du hast es zweifellos verdient.«

Was bei genauer Betrachtung kein Kompliment war, dachte Tilda, aber sie nahm es ihm nicht übel. Wie es schien, bewegten sie sich beide auf neuem, ungewohntem Terrain.

Sie wartete, bis Bennet sich auch den Mantel angezogen hatte, dann griff sie nach ihrer bereitstehenden Tasche, und sie brachen auf.

»Das Taxi sollte bereits warten.« Nervös fummelte Bennet seine Taschenuhr aus der Weste und ließ sie aufschnappen. »Herrgott, Morris, reiß dich zusammen«, grummelte er, und Tilda entfuhr ein kleines Prusten. Sie fand es ungemein sympathisch, dass er so freimütig seine Schwäche eingestand. Viele Männer hätten wohl eher versucht, durch großspuriges Gehabe davon abzulenken. Aber vielleicht galt das auch nur für die jungen Kerle vom Dorf, Männer wie Baxter und Keith Strands.

Tatsächlich stand das Taxi bereits auf dem Hof. Der Fahrer öffnete erst Tilda und dann Bennet die Tür. Sie machten es sich auf der Rückbank bequem. Die Fahrt würde eine Weile dauern.

»Möchtest du den Vortrag noch einmal durchgehen, Bennet?«

Er schüttelte nur den Kopf. »Wenn es jetzt nicht sitzt, ist es zu spät.« Er begann, an seiner abgewetzten Ledertasche zu nesteln, die er auch zu diesem festlichen Anlass mitgenommen hatte. Schließlich zog er ein samtenes Schächtelchen hervor. Es verschwand fast vollständig unter rotem Schleifenband, das bedauernswert zerdrückt aussah.

Tilda hielt dennoch den Atem an, als er es ihr reichte. »Eine kleine Aufmerksamkeit. Du hast so viel mehr geleistet, als ich je von einer Schülerin erwartet hätte.«

»Für mich? Aber das wäre doch nicht …«

»Nun pack es schon aus, du weißt doch noch gar nicht, ob es dir gefällt«, brummte er nur.

Tilda zupfte das Schleifenband auseinander. Was mochte es sein? Schmuck? Erlesene Pralinen? Sie hob den Deckel an. »Ist das entzückend. Eine Brosche? Die sieht ja aus wie eine winzige Zikade!«

»Ich hoffe, du fürchtest dich nicht vor Insekten«, erwiderte er schmunzelnd. »Es ist nichts Besonderes, Gold und Edelsteine wirst du leider vergebens suchen.«

»Ach, Bennet, als ob mir das wichtig wäre. Sie ist wunderhübsch.« Tilda strich vorsichtig über die zarte himmelblaue Bemalung, die offenbar auf dunkelbraunen Bernstein aufgetragen war, der durch feine Einkerbungen die Gestalt eines Insekts erhalten hatte.

»In Frankreich verschenkt man solche Broschen als Glücksbringer.«

»Danke, Glück kann ich brauchen.« Sie wandte sich ihm zu. Ihr Herz klopfte so wild, als wollte es ihr aus der Brust springen. Was geschah nur mit ihr? Warum war sie so durcheinander? So eine kleine, harmlose Aufmerksamkeit, und doch schien die Geste Tilda den festen Boden unter den Füßen wegzureißen.

Bennet sah sie einfach nur an, als wollte er sich diesen Moment ganz genau einprägen.

In den vergangenen Monaten war sacht und leise etwas zwischen ihnen gewachsen, das sie beide absichtlich zu ignorieren suchten. Mit dem Geschenk hatte Bennet nun eine unsichtbare Grenze überschritten.

Tilda wurde bewusst, dass ihre Gefühle, die sie stets weggeschoben und als unglückliche Schwärmerei abgetan hatte, vielleicht auf fruchtbaren Boden fallen würden, wenn sie es nur zuließ.

»Ich wünsche dir so sehr, dass du einen neuen Auftrag bekommst, Bennet, aber ich fürchte mich auch davor.«

»Warum solltest du dich fürchten? Du bist die Beste deines Jahrgangs, Mrs Havergal würde einen riesigen Fehler begehen, wenn sie dich nicht den Abschluss machen lässt. Ich kann gerne noch einmal mit ihr reden.«

»Das ist es nicht«, erwiderte sie hastig, obwohl das eine berechtigte Sorge war. »Ich kann mir einfach nicht vorstellen, wie es wäre, Waterperry ohne dich zu besuchen.«

Bennet musterte sie lange schweigend, schien nach Worten zu suchen. »Tilda«, sagte er schließlich wehmütig und rückte näher. »Ich möchte aufrichtig zu dir sein, denn nicht weniger hast du verdient. Noch nie ist mir eine Frau wie du begegnet. Wäre ich ein anderer, mein Leben ein anderes, würde ich dich darum bitten, mit mir auszugehen. Aber ich bin ein unsteter Geist, und du bist zu kostbar, um … um …« Verlegen blickte er auf seine Hände. »Ich möchte jedes Unheil von dir fernhalten. Also ist es am besten, wenn alles so bleibt, wie es ist.«

Tilda musterte ihn im Zwielicht der Straßenlaternen, während in ihr ein wildes Durcheinander von Gefühlen brodelte. Bennet hatte endlich ausgesprochen, was sie insgeheim schon seit einer Weile spürte, und es gleich mit den nächsten Worten wieder zunichtegemacht. Er wollte sie und wollte sie nicht – um sie zu schützen.

»Ich bin kein zartes Porzellanpüppchen, das man am besten in eine Vitrine sperrt und nur zum Anschauen hervorholt, Bennet.« Sie strich über die wunderschöne kleine Brosche. »Ich möchte mit dir ausgehen, dich kennenlernen.« Tilda gab sich einen Ruck und legte ihre Hand auf seine.

Bennet zuckte kurz, zog die Hand aber nicht weg. Ein Lächeln schlich sich in seine Mundwinkel, als er ihre Finger hob und sacht einen Kuss darauf drückte.

Seine Lippen auf ihrer Haut … wie ein warmes Funkeln, ein wohliger Schauer, der Tilda durch den ganzen Arm wanderte und sich flatternd irgendwo in ihrem Bauch festsetzte. Tilda wurde ein wenig flau.

Plötzlich wurden sie beide nach vorne geschleudert.

»Idiot«, schimpfte der Fahrer und betätigte die Hupe.

Tilda rutschte die Brosche aus der Hand. »O nein!«

Während der Wagen sich wieder in Bewegung setzte, tastete sie den Boden ab. Bennet versuchte, ihr zu helfen, doch der Zauber des Augenblicks war mit der Brosche davon.

An sich neigte Tilda nicht zu Tränen, doch nun war sie kurz davor zu weinen.

»Hier ist sie«, rief Bennet aus.

»Ein Glück.« Der bemalte Bernstein schmiegte sich warm in ihre Hand. »Ich werde sie anstecken, damit so etwas nicht noch einmal passiert.«

»So ist das mit Zikaden, immer auf dem Sprung.«

Tilda befestigte das Schmuckstück vorsichtig an ihrem Kleid, dazu musste sie den Ausschnitt etwas nach vorn ziehen. Sie spürte Bennets Blick genau, wandte sich aber nicht ab.

Früher hatte er sie nie so angesehen.

»Sitzt sie gerade?«, fragte Tilda und drehte sich ihm zu.

»Ja.« Sein Blick wanderte zwangsläufig zu ihrem Dekolleté, er errötete und klammerte sich an seiner Ledertasche fest wie an einem rettenden Anker.

Das Weihnachtstreffen der Oxford Botanical Society war ein Höhepunkt im Kalender ihrer Eltern. Bislang hatte Sibylla es Jahr für Jahr erfolgreich geschafft, sich davor zu drücken. Die Vorträge langweilten sie, aber schlimmer noch waren die ganzen alten Leute, die mit schimmernden Augen so sehnsüchtig von Grünzeug sprachen wie von vergangenen Liebschaften.

In diesem Jahr war es anders. Sie würde für die Internatszeitung einen Artikel über die Gesellschaft schreiben und die ehrwürdigen Mitglieder mit anderen Augen betrachten. Außerdem war Tilda da. Mit der besten Freundin an ihrer Seite würde sie alles ertragen, sich vielleicht sogar ein wenig amüsieren.

Ihre Eltern schienen noch immer kaum glauben zu können, dass sie sich in diesem Jahr nicht dagegen sträubte mitzukommen.

Es war schön, sich wieder einmal herauszuputzen. Kaum etwas hatte Sibylla während des Schuljahrs so vermisst wie festliche Anlässe.

Als die Eltern endlich so weit waren, wartete sie bereits in der Halle von Healey House auf sie, fest entschlossen, im schlimmsten Fall auch zu langweiliger Walzermusik zu tanzen und sich dafür durch ein bis zwei Vorträge zu quälen und beim Dinner langweiligen Gesprächen zu lauschen.

»Schön, Darling, dann kann es ja losgehen«, sagte ihre Mutter gut gelaunt und hakte sich bei ihr unter wie bei einer Freundin.

»Mr Boyle sollte eigentlich auch so weit sein«, murmelte der Vater und sah auf die große Standuhr.

»Boyle?«, keuchte Sibylla, und ihr wurden die Knie weich. Francis und sie waren sich am Vorabend nur wie zufällig im Garten begegnet, nachdem sie sich wochenlang nicht gesehen hatten. Für eine längere Unterhaltung oder gar einen Kuss war keine Zeit gewesen. Aber er hätte ihr wenigstens sagen können, dass er das Weihnachtstreffen ebenfalls besuchen würde, denn dann wäre sie vielleicht doch nicht mitgefahren. Und nun das. Sie würden stundenlang unter den Augen ihrer Eltern Zeit miteinander verbringen müssen. Was für ein Albtraum! Dabei fiel es ihr so schon schwer genug, die Scharade auch nur einige Minuten durchzuhalten. Sie hatte ihn so sehr vermisst. Seit den Herbstferien hatten sie nur dreimal die Gelegenheit gehabt, sich in Oxford zu treffen, stets in Cafés oder Parks, wo sie sich mit einem hingehauchten Kuss und Händchenhalten begnügen mussten.

Dabei wollte sie in seine Arme sinken, ihn so lange küssen, bis ihr Mund kribbelte, die Hände unter sein Hemd schieben und seine Wärme spüren. Wie sollte sie da die brave Tochter mimen, Konversation betreiben und Francis die kalte Schulter zeigen?

Ihr Vater sah sie irritiert an. »Ja, Mr Boyle wird mitkommen. Ich dachte, du hättest mit unserem Gärtner Frieden geschlossen?«

»Das habe ich ja auch, natürlich. Ich bin nur irritiert«, erwiderte sie hastig.

»Er hat mich gebeten, ihn einem Landschaftsgärtner vorzustellen. Und wie sollte ich einem so guten Mitarbeiter diesen Wunsch verwehren? Die Gelegenheit war günstig, außerdem haben wir noch Platz für einen Gast ...« Plötzlich besorgt brach er ab und trat näher. »Oder ist etwas vorgefallen?«

»Nein, natürlich nicht, alles bestens, Pa.« Sie redete sich noch um Kopf und Kragen, wenn sie so weiterplapperte.

Was hatte Francis sich nur dabei gedacht, sie nicht vorzuwarnen? Wenn er es ihr schon nicht gestern bei ihrer flüchtigen Begegnung gesagt hatte, warum dann keine Nachricht? Ein Zettelchen, irgendetwas, das sie auf dieses mittelschwere Desaster vorbereitete?

Francis erwartete sie im Hof. Auf eine knappe Begrüßung

folgte die gefühlt längste, schweigsamste Autofahrt ihres Lebens.

Ihre Eltern saßen vorne. Sibylla wagte es nicht einmal, Francis anzusehen. Dabei hatte sie ihn in den vergangenen Wochen so schrecklich vermisst! Sie musste einen unbeobachteten Moment finden, um mit ihm zu sprechen. Was bedeuteten Vaters Worte? Sah Francis sich tatsächlich nach einer neuen Stelle um, damit sie sich nicht mehr heimlich treffen mussten? Und Vater half ihm dabei? Das passte doch alles nicht zusammen!

Als sie aufblickte, konnte sie sehen, wie ihre Mutter sie über den Rückspiegel beobachtete. Sibylla versuchte es mit einem harmlosen Lächeln, doch ihr Herz hämmerte, und ihre Hände zitterten. Sie saß in der Falle.

## 21

Das Anwesen war festlich beleuchtet. Hinter hohen Glasfenstern schimmerten Lichter. Fröhliche Kammermusik wehte durch das weit geöffnete Portal, wo zwei livrierte Diener in langen Mänteln die Eintrittskarten kontrollierten. An so einer festlichen Veranstaltung hatte Tilda noch nie teilgenommen. Als sie nun aus dem Taxi stieg, fühlte sie sich wie eine Prinzessin, und dank Sibyllas vieler Leihgaben sah sie auch wie eine aus.

Bennet half ihr aus dem Wagen wie ein echter Gentleman. Sie hielt seine Hand einen Moment zu lange, lächelte entschuldigend und hakte sich dann bei ihm unter.

»Bennet Morris. Ich halte später einen Vortrag. Meine Assistentin Miss Allers«, meldete er sie an, und Tilda meinte, ein wenig größer zu werden. Assistentin des Vortragenden, das war doch etwas!

»Folgen Sie mir bitte, Sir.« Ein junger Mann in Uniform geleitete sie hinein und führte sie zügigen Schrittes weiter. Das Entree war prachtvoll. Unter der Decke funkelten Kristalllüster, groß wie Schubkarren. Tilda verdrehte sich den Hals danach und war nach einem kurzen Stolperer froh, dass wenigstens ihr Begleiter nicht den Kopf verlor. Wissend sah er sie an, als verstünde er genau, wovon sie so bezaubert war.

Natürlich weiß er das, dachte Tilda. Neben Sibylla und ihren Eltern war er schließlich der Einzige hier, der wusste, woher sie kam. Dass ihre Familie nicht gut situiert war, sondern ein bescheidenes Leben führte. Er hatte Tilda in den Riemen des kleinen Pfluges gesehen, mit dem sie die Pflanzung bearbeiteten. Und doch hatte er sie hierher mitgenommen!

Sie wurden in ein kleines, holzgetäfeltes Zimmerchen gebracht. Es gab einen Schreibtisch und Ablagefächer, verschiedene Sessel sowie eine kleine Garderobe. Auf einem Tablett standen Karaffen mit Erfrischungsgetränken bereit. Der junge Mann nahm ihnen Hut und Mäntel ab, dann zog er sich zurück.

»Warten wir hier?«, erkundigte Tilda sich neugierig.

»Nein, natürlich nicht, das wären noch zwei Stunden. Mischen wir uns unter die Leute, plaudern ein wenig.«

»Plaudern?«

»Nun schau nicht so, das wird schon.« Bennet schob seine Unterlagen in eines der Fächer und hielt ihr dann die Tür auf. Tilda trat hindurch, wartete, bis er sie geschlossen hatte, und kämpfte gegen ihre wachsende Nervosität an. Sie war nicht gut in belanglosen Unterhaltungen, empfand sie als überflüssig und bekam generell Fremden gegenüber kaum ein Wort heraus, auch wenn es sich durch die vielen neuen Begegnungen in Waterperry etwas gebessert hatte.

Sicherlich würde jeder merken, dass sie aus einfachen Verhältnissen kam. Am besten wäre es daher wohl, wenn sie einfach den Mund hielt und lächelte. Ja, wenn sie lächelte und sich an Bennet hielt, würde schon nichts schiefgehen.

Sie flanierten durch das weite Entree und nahmen sich prickelnden, süßsäuerlichen Weißwein. Bennet grüßte mal hier, mal da, und Tilda betrachtete die Gemälde an den Wänden. Ernst blickten ältere Herren, Paare und Familien aus den goldenen Rahmen. Über einem Treppenaufgang stand ein ganzes, ausgestopftes Zebra auf einem Podest und zog eine Schnute.

»Dort ist Mr Skope! Er ist Pflanzensammler aus London

und hat schon mal eine große Menge von mir gekauft, komm!« Bennet wartete nicht auf ihre Antwort, sondern zog sie weiter. Tilda hielt sich an ihrem Glas fest und ließ sich mitziehen. Jetzt nur keine Peinlichkeiten verursachen!

Sibylla hatte sich schnell von Eltern und Francis getrennt, angeblich, um sich auf die Suche nach ihrer Freundin zu machen. Es war eine gute Ausrede, um der verzwickten Situation zu entfliehen, doch nicht die ganze Wahrheit. Francis hatte recht. Sie war eine schlechte Schauspielerin, also war es am besten, wenn sie es erst gar nicht versuchte. Es wäre am einfachsten, wenn sie sich so selten in der Nähe der drei aufhielt wie möglich. Tilda musste sie retten und ihr Gesellschaft leisten. Doch nun, da sie ihre Freundin entdeckt hatte, zögerte Sibylla, sie aus dem Gespräch zu reißen.

Stattdessen beobachtete sie ihre Freundin und nippte dabei an einem Champagner, der wohlig in ihrer Kehle kribbelte.

Elegant sah Tilda aus in dem geliehenen dunkelblauen Kleid und mit ihrer roten Löwenmähne, die bis zur Taille fiel. Die meisten Frauen trugen ihr Haar der Mode nach kürzer oder zumindest aufgesteckt und zu Wellen frisiert. Nicht so Tilda, und es stand ihr ausgezeichnet. Bemerkte sie überhaupt, wie ihr die Männer nachsahen?

Sie stand dicht an Mr Morris' Seite. So dicht, dass jeder sehen konnte, dass sie zueinandergehörten. Sie passten gut zusammen. Sibylla fragte sich nur, ob die beiden es auch wussten.

Ihr Gesprächspartner, ein Mann, rund wie ein Fass, dessen Halbglatze im Licht der Kronleuchter wie poliert glänzte, machte anscheinend einen Witz. Tilda lachte auf ihre hinreißende Weise, die immer ein wenig schüchtern wirkte, und sah dabei zu ihrem groß gewachsenen Begleiter auf. Ja, die beiden hatten endlich erkannt, was Sibylla schon lange geahnt hatte. Hoffentlich beging Tilda keinen Fehler. Mr Morris war schließlich ihr Lehrer und die Verbindung zwischen ihnen damit sicher einen kleinen Skandal wert. Das würde die Internatsleitung nicht gerne sehen. Mrs Havergal und Mrs Sanders hatten keinen Zweifel daran gelassen, dass sie um den Anstand und die Tugend ihrer Schutzbefohlenen besorgt waren. Jeden Abend wurden die Türen von Waterperry abgeschlossen. Verehrer, von denen es so einige gab, wurden von den männlichen Angestellten wie streunende Hunde vom Grundstück verscheucht. Von diesen wiederum durften außerdem zwei nicht einmal das Haupthaus betreten, weil ihre Ausdrucksweise und ihr grobes Verhalten zu wünschen übrig ließen.

Tildas romantische Avancen waren also nicht ungefährlich. Andererseits, wenn Mr Morris nur noch für das kommende Schuljahr bliebe …

Sibylla gefiel der Pflanzenjäger nicht. Er wirkte auf sie steif und kompliziert, und seine Augen hatten etwas Bohrendes. Ohne seinen Panamahut, den er sonst wie eine Trophäe trug, wirkte er heute ein wenig nackt.

Sibylla stellte ihr leeres Glas ab und nahm sich sogleich ein neues, obwohl sie den Alkohol bereits spürte. Er machte ihren Gang leichter, beschwingter.

»Guten Abend, die Herren, liebe Freundin«, sagte sie gut gelaunt und brachte das Gespräch mit ihrem Auftauchen zum Verstummen. Mr Morris blickte sie irritiert an, doch als Tilda sich zu ihm beugte, schwand die Strenge aus seinem Gesicht. »Entschuldigst du mich kurz?«, flüsterte Tilda.

»Aber behalte die Uhr im Auge, wir treffen uns in einer halben Stunde.«

»Ich werde da sein. Mr Skope, es war mir eine Freude.«

Sobald sie außer Hörweite waren, umarmte Sibylla ihre Freundin. »Per Du also? Und so vertraut?«

Sie genoss es zuzusehen, wie Tilda die Röte in die Wangen schoss. »Wir verbringen so viel Zeit miteinander …«

»Keine Ausflüchte, so hast du ihn letzte Woche noch nicht angesehen mit deinen großen, braunen Kulleraugen.«

Tilda zog die Nase kraus und flüsterte: »Am liebsten würde ich dir einen Knuff geben, du gehässiges Weib. Aber wir sind hier ja unter feinen Leuten.«

»Ganz genau.« Nun entdeckte Sibylla die Brosche. »Von ihm?«

»Ja, ein kleiner Talisman.«

Sibylla musterte das Stück. »Ein Käfer?«

»Eine Zikade, wunderhübsch, nicht wahr?«

»Das ist ein Schädling, so weit habe ich im Unterricht aufgepasst. Ein ungewöhnliches Geschenk.«

»Er ist ja auch ein ungewöhnlicher Mann. Mir gefällt es.«

Sibylla seufzte. »Und das ist das einzig Wichtige. Liebe Freundin, du musst mich heute Abend retten.«

»Ich dich?«

Sibylla nahm sie zur Seite und nippte am mittlerweile dritten Glas Champagner. In knappen Worten berichtete sie von Francis' Anwesenheit. »Ich halte mich den ganzen Abend an dich, werde dein Schatten, dann wird nichts passieren. Ich kann nicht ununterbrochen vortäuschen, dass nichts zwischen uns ist. Entweder sehe ich ihn zu viel an oder zu wenig. Papa hat schon gefragt, ob etwas *vorgefallen* sei.« Sie verdrehte die Augen.

»Wie kommt er denn darauf?«

»Weil ich so erschrocken bin, als er sagte, dass Francis mitkommt. Ich ruiniere noch alles! Am liebsten würde ich mich in Luft auflösen. Dabei hatte ich mich so gefreut, endlich einmal wieder tanzen zu können. Sogar zu todlangweiliger Musik.«

Tilda legte ihr einen Arm um die Schultern. »Ach, Sibylla, du kannst dich gerne an mich halten. Aber dann wirst du mit zu Bennets Vortrag kommen müssen.«

»Ach ja, der Vortrag.« Sibylla zog einen Schmollmund. »Ich glaube, das ertrage ich nicht. Wann geht es los?«

»In wenigen Minuten. Ich treffe dich nachher.« Tilda küsste sie auf die Wange und ließ sie stehen.

Ungläubig sah Sibylla ihr nach, wie sie mit ungewohnt kleinen Schritten zu Mr Morris eilte, der bereits auf sie wartete.

»Das kann doch nicht wahr sein! Und so etwas nennt sich Freundin«, schimpfte Sibylla leise vor sich hin und leerte das Glas mit einem Zug. Zugleich wusste sie, dass sie Tilda unrecht tat. Trotzdem konnte sie nicht anders, als ein wenig beleidigt zu sein.

In diesem Moment kamen ihre Eltern in den Saal und winkten ihr zu. Natürlich stand Francis wie ein Schatten neben Vater. Warum verschwindet er nicht endlich? Lernt Leute kennen oder was auch immer ihn hergetrieben hat?, dachte sie bissig, dabei hatte er ihr eigentlich gar nichts getan.

Sibylla verzog den Mund zu einer freundlichen Grimasse und lief los. Es fühlte sich an, als zöge sie in den Kampf. Es wird schon gut gehen, versuchte sie sich selbst Mut zu machen.

»Hast du deine Freundin gefunden?«, fragte ihre Mutter.

»Ja, aber sie muss jetzt bei einem Vortrag helfen.«

»Ihr seht euch sicher später noch. Gehen wir etwas essen?«, schlug der Vater vor.

Sibylla schloss sich an. Es wurde so von ihr erwartet, und was sollte sie auch sonst tun? Ihre Eltern liefen voraus, und ihr blieb nichts anderes übrig, als neben Francis zu gehen. Die Blicke, die sie ihm zuschoss, hätten töten können.

Doch er hob nur fragend eine Braue und schien sich keiner Schuld bewusst.

Beinahe dreißig Zuhörer, vornehmlich ältere Männer, saßen an mehreren großen Tischen und lauschten Bennets Vortrag. Tilda hatte einen Stuhl am Rand gewählt, damit sie schnell aufspringen konnte, sobald er das Signal gab.

Am Eingang hatte sie bereits eine schlichte Broschüre verteilt, die den Inhalt des Vortrags zusammenfasste, vor allem aber eine Liste all jener Arten enthielt, die Bennet bei einer erneuten Reise beschaffen könnte. Nichts weiter als ein Köder für Sponsoren.

Nun war es an der Zeit für ihren nächsten Einsatz. Tilda erhob sich, ging in den Hinterraum und nahm eine zarte Lilie, deren Blüten aussahen wie weiße Schmetterlinge, von kunstvoller Hand aus exotischen Federn geschaffen. Wochenlang hatte sie gemeinsam mit Bennet gefiebert, dass sich auch diese Schönheit aus ihrem Knollenschlaf erheben würde.

Als sie die Lilie nun in ihrem schlichten grauen Topf aus dem Hinterzimmer brachte, waren aus dem Publikum erstaunte Rufe zu hören.

Tilda schritt durch die Reihen. Alle Blicke galten dem zarten Gewächs in ihren Händen. Nur Bennets nicht. Bennet hatte für nichts Augen als für sie, und er musterte sie so eindringlich, dass es sich beinahe so anfühlte, als würde er sie berühren.

Tilda blieb hier und da stehen, damit die Zuschauer die Pflanze genau betrachten konnten. Brillen wurden gezückt, einmal sogar eine Lupe, und in aller Augen schimmerte eine kindliche Freude, wie sie viele Menschen durch den Ernst des Alltags verlernten. Diese Leute hier hatten etwas gefunden, das sie glücklich machte, und zwar auf eine zutiefst befriedigende Art.

»Wie viel?«, rief jemand in Bennets Vortrag hinein, während er noch davon berichtete, wie er die Pflanze in einem schier undurchdringlichen Sumpfland gefunden und fast alle Knollen auf der Rückfahrt durch einen Salzwasserschaden verloren hatte. Alle bis auf diese eine. Es handelte sich um die einzige ausgewachsene Pflanze.

»Später, Sir«, sagte Bennet und führte seinen Vortrag zu Ende, während Tilda noch immer mit der weißen Lilie umherging. Applaus brandete auf.

Schließlich löste sich die Versammlung auf. Die Zuhörer standen um die vier raren Pflanzen herum, die präsentiert worden waren, tauschten sich aus, diskutierten.

Tilda wusste nicht, was sie tun sollte. Unsicher stand sie neben dem Pult, dann gab Bennet ihr einen Wink, sich zu ihnen zu gesellen.

»Dies ist meine Assistentin Miss Allers. Ohne sie wäre es kaum möglich gewesen, mein Buch in dieser kurzen Zeit fertigzustellen. Ich verdanke ihr viel«, stellte er sie vor.

Einen Augenblick lang machte sein Lob sie sprachlos.

Die drei Herren musterten sie interessiert. »Und, Miss, werden Sie Mr Morris auf seiner nächsten Fahrt begleiten?«, fragte ein älterer Herr mit einem üppigen grauen Rauschebart.

»Das würde ich sehr gern«, erwiderte sie, ohne lange nachzudenken.

»Auf gar keinen Fall!«, fiel Bennet ihr ins Wort.

Die drei Männer lachten. Einer stieß den anderen an. »Na, da sind Eheprobleme vorprogrammiert.«

Tilda öffnete den Mund für eine Erwiderung. Sie wollte gegen Bennets Absage protestieren, dabei war ihr bis zu diesem Moment gar nicht klar gewesen, dass sie mitreisen wollte, und auch jetzt war sie nicht sicher. Dass die Männer davon ausgingen, dass sie ein Paar waren, machte es nicht besser.

Denn was waren sie eigentlich? Und was konnte noch aus ihnen werden?

»Der Dschungel ist kein Ort für eine Frau«, sagte Bennet überraschend heftig und erstickte die Witzeleien der Männer damit im Keim.

Der Rauschebart legte ihm mitfühlend eine Hand auf die Schulter. »Entschuldigen Sie, Mr Morris. Ich hatte glatt vergessen ...«

»Schon gut, reden wir nicht darüber. Ich denke, wir sollten stattdessen anstoßen. Nicht wahr, Tilda?« Er legte ihr einen Arm um die Mitte, doch sie schüttelte ihn unauffällig ab. Die Feierstimmung war ihr abhandengekommen, und das war allein Bennets Schuld. Wie konnte er sie im einen Satz loben und im nächsten derart in ihre Schranken weisen?

In seiner Vergangenheit musste etwas vorgefallen sein, das ihn stur wie einen Esel machte. Etwas, das ihn verletzt hatte. Und sie war fest entschlossen, der Sache auf den Grund zu gehen. Das hatte sie sich schon einmal vorgenommen, es aber nicht mehr weiterverfolgt, nachdem sie stets von der undurchdringlichen Mauer des Schweigens abgeprallt war, die Bennet um sich herum hochzog, sobald sie Nachfragen stellte.

Aber diesmal war sie nicht auf Bennets Offenheit angewiesen. Sie hatte aufmerksam zugehört und ihre Schlüsse gezogen. Der Graubart kannte Bennets Geheimnis, dessen war sie sicher. Die Frage war nun, wie sie ihn dazu bekommen sollte, es mit ihr zu teilen.

Die Gelegenheit kam schneller, als sie gedacht hatte. Bennet wurde vom anderen Ende des Saals gerufen, die zwei jüngeren Männer verabschiedeten sich, und Tilda blieb mit dem Bärtigen allein zurück.

»Wir haben uns noch gar nicht richtig vorgestellt, Tilda Allers.« Sie streckte ihm die Hand hin, und er schlug ein, offenbar erfreut, noch ein wenig plaudern zu können.

»Robert Little, sehr erfreut, Miss Allers.«

»Sie kennen Bennet Morris also schon länger?«

»Das kann man wohl so sagen. Sein Vater, Gott sei seiner Seele gnädig, war ein Freund von mir. Sie mögen es sich kaum vorstellen können, doch auch ich war einmal jung und ein Abenteurer. Bennets Vater und ich, wir haben gemeinsam viel von der Welt gesehen. Und das sollten Sie auch tun.« Er zwinkerte. »Ich sehe Ihnen die Neugierde doch aus den Augen sprühen. Und Mut haben Sie auch. Wer es mit einem Morris aufnimmt und auch noch Dank dafür erhält, der *muss* Mut im Überfluss haben.«

»Wie Sie.« Tilda schmunzelte.

»Wie ich, ja.«

»Trotzdem bezweifle ich, dass Bennet mich je mitnehmen würde.«

»Ach, der braucht nur einen ordentlichen Schubs. Nicht jede Frau ist dazu verdammt, das Schicksal seiner Schwester zu teilen. Es war eine Verkettung unglücklicher Zufälle. Mehr nicht. Niemand hatte Schuld an dem Geschehenen, allen voran nicht er.«

Tilda wartete, doch Mr Little sprach nicht weiter. Als ihr Schweigen verräterisch lang wurde, bemerkte er: »Er hat es Ihnen also nicht gesagt. Das ist doch wieder einmal typisch für die Morris-Männer. Alles, was zu sehr an die Seele geht, wird verschwiegen und so lange ignoriert, bis es ihnen irgendwann die Beine bricht. Sie scheinen mir ein nettes junges Mädchen zu sein, Miss Allers, und ich möchte nicht, dass der Junge Dummheiten macht und es sich am Ende noch mit Ihnen verscherzt. Kommen Sie.«

Mr Little nahm Tilda am Arm und zog sie näher zur Wand, wo einige Vitrinen mit Exponaten der Flora und Fauna Indiens standen. Hier war es ruhiger. Offenbar war das, was ihr der Bärtige erzählen wollte, nicht für aller Ohren bestimmt.

Das Schicksal schien es gut mit ihr zu meinen. Hatte sie

Bennets Geheimnis noch vor wenigen Stunden für nahezu unergründlich gehalten, so schien es ihr nun auf dem Silbertablett serviert zu werden.

»Bennet hatte eine jüngere Schwester, Beatrice. Sie waren unzertrennlich und haben ihren Vater überall hinbegleitet, nachdem sich die Mutter mit einem anderen Mann abgesetzt hatte. Und so reisten sie mit ihm auch nach Palau, wo es passiert ist. Bennet sollte auf Beatrice achtgeben, während der Vater zu einer Tagesexpedition auszog. Normalerweise machte es Bennet nichts aus, ein Auge auf seine Schwester zu haben, aber an jenem Tag wollte er viel lieber mit den Eingeborenenjungen fischen. Seine Schwester begleitete sie zu einer Bucht, saß etwas abseits und hatte wohl mehrfach gesagt, dass sie schwimmen wolle. Es war nicht mehr nachzuvollziehen, ob sie sich bereits im Wasser befand oder noch am Ufer saß. Jedenfalls hat ein Salzwasserkrokodil sie erwischt, ein Riesenvieh, lang wie drei Männer. Sie haben es später erlegt und aufgeschnitten. Bennet hat sie schreien gehört, doch er kam zu spät. Er hätte sowieso nichts tun können, aber das braucht man ihm nicht zu sagen, es macht ihn nur wütend. Der Vater hat ihm niemals verziehen, dass er seine Schwester nicht gerettet hat, auch wenn er es nicht aussprach. Und Bennet selbst macht sich bis heute schwere Vorwürfe.«

Tilda lief es eisig den Rücken hinunter. »Furchtbar. Wie alt war er da?«

»Fünfzehn, denke ich, vielleicht auch erst vierzehn.«

»Aber ein Junge kann doch nichts gegen ein riesiges Krokodil tun!« Ein Krokodil war wie die Spanische Grippe. Ein Unglück, etwas, das einfach geschah!

»Sagen Sie mir das nicht. Jetzt verstehen Sie, warum er sich so stur stellt. Aber, Miss Allers, Sie machen das schon. Und jetzt entschuldigen Sie mich, Mrs Little wartet sicher schon. Sie ist eifersüchtig wie eine Furie.«

»Vielen Dank, Sir!« Tilda sah ihm nach und war in Gedanken bereits ganz weit weg. Schlagartig verstand sie Bennet, verstand so vieles. Warum er Frauen in der Forschung guthieß, nicht aber auf Forschungsreisen. Warum er so abweisend reagierte, sobald die Sprache auf seine Familie kam. Er hatte sich in einen Panzer zurückgezogen, der ihn schützte, aber zugleich alles fernhielt, was ihm gegen die Selbstvorwürfe, die sichtlich an ihm nagten, hätte helfen können.

Einen Moment lang fühlte sie sich hilflos, dann reckte ihre Sturheit das stolze Haupt. Niemand sollte so leben, sich selbst die Schuld an etwas geben, das so willkürlich war wie das Wetter, und sich damit das eigene Glück zerstören. Allen voran nicht Bennet, der so freundlich zu ihr gewesen war und sie stets unterstützt hatte. Sie wollte ihn aus seiner selbst gewählten Isolation befreien. Aber nicht nur seinetwegen. Sie wollte mit ihm ausgehen, ihn kennenlernen, ihn irgendwann vielleicht sogar küssen, wie Sibylla ihren Francis küsste.

Als sich Bennet genau in diesem Augenblick zu ihr umdrehte, schoss ihr das Blut in die Wangen. Er kam auf sie zu. Guter Beobachter, der er war, wusste er sofort, dass etwas nicht stimmte.

»Hat sich Mr Little vergessen, oder hat er dir all die Komplimente gemacht, die ich dir noch schuldig bin?«, fragte er und grinste gut gelaunt. All die Anspannung der letzten Tage und Wochen war fort. Er wirkte wie ein vollkommen anderer Mensch.

So sollte er immer sein, dachte Tilda. Sie nahm all ihren Mut zusammen, hakte sich bei Bennet unter und blickte zu ihm auf. »Lass uns etwas zu trinken suchen, und dann stoßen wir auf diesen gelungenen Abend an.«

## 22

Sibylla war betrunken, ganz fürchterlich betrunken.
Das Essen hatte sie glimpflich überstanden, sich mit Mutter unterhalten, während Vater gut gelaunt mit Francis plauderte und ihn wiederholt zu Drinks einlud.

Sibylla wusste, dass Francis sonst fast nur Bier trank, aber offenbar wollte er seinen Vorgesetzten nicht enttäuschen. Mit glasigem Blick kippte er den nächsten Brandy herunter, während Vater nur nippte, weil er sie später alle noch im Wagen heimkutschieren musste.

Sibylla hielt sich an einem Rotwein fest und merkte kaum, dass sie Francis anstarrte, vor allem seine Lippen, die sie so gern geküsst hätte. Dieser kleine Schwung in den Mundwinkeln, wo er sein Lächeln versteckte …

»Sibylla? Sibylla, hörst du deiner Mutter überhaupt zu?«

Sie wandte sich um, und es fühlte sich an, als würde ihr Kopf die Bewegung nur verzögert mitmachen. »Was denn?«

»Hast du nicht immer gesagt, dass du gern tanzt? Geh doch tanzen. Ich weiß, dass du dich langweilst, das sehe ich dir an der Nasenspitze an. Also los, amüsiere dich ein wenig, und vielleicht lernst du dabei ja sogar einen charmanten jungen Mann kennen.«

»Ja, Mom.« Sibylla sah Francis in die Augen, obwohl sie es eigentlich nicht wollte. Aber heute ging ohnehin alles schief, was nur schiefgehen konnte. Sie riss sich los und stand auf.

Kurz musste sie sich am Stuhl festhalten, bis sie sicher war, sich wieder ganz unter Kontrolle zu haben.

»Ich bin dann also auf der Tanzfläche zu finden«, verkündete sie und lief los, immer dem Klang langweiliger Walzermusik hinterher.

Francis sah ihr nach. Sibyllas Rücken wirkte angespannt. Entweder weil sie fürchtete, sie könnte schwanken, oder weil sie wütend war. Es tat ihm leid, ihr so viel Ungemach zu bereiten. Doch nun ließ sich an der Situation nichts mehr ändern.

Vor wenigen Tagen erst hatte er endlich den Mut gefunden, mit seinem Vorgesetzten zu sprechen. Er hatte die Unterredung viel zu lange vor sich hergeschoben, nachdem Sibylla ihm ihre Gefühle gestanden hatte. Hatte abwarten wollen, wie sich die Dinge entwickelten. Und nun war es ausgerechnet die Liebe zu Sibylla gewesen, die den Ausschlag gab, sich doch an Mr Healey zu wenden. Es wurde ernster zwischen ihnen, und das bedeutete, dass sie ihre Verbindung irgendwann publik machen mussten.

Francis war das Risiko bewusst. Er schätzte, dass die Healeys ihn mit fünfzigprozentiger Wahrscheinlichkeit zum Teufel jagen würden, wenn sie von der Liaison erfuhren. Dann verlor er nicht nur die Anstellung, sondern auch das Dach überm Kopf. Ihm blieb also keine andere Wahl: Zuvor musste er sich eine neue Anstellung suchen.

Es war ihm dennoch schwergefallen, Mr Healey danach zu fragen. Schließlich bat er ihn nach fünf Jahren der gemeinsamen Arbeit darum, ihm zu helfen, woanders sein Glück zu finden. Das mochte kein Arbeitgeber gern.

»Ich habe es schon geahnt«, hatte der mit einem Seufzen gesagt, als Francis ihn endlich angesprochen hatte. »Die Bücher, die Sie von mir geliehen haben, zeigten deutlich, welchen Weg Sie einzuschlagen gedenken. Und wer könnte es einem jungen, fähigen Mann verdenken, wenn er Ehrgeiz entwickelt? Gartenarchitektur also …«

»Ja, Sir, das hat mich schon immer interessiert. Aber ohne Ihre Unterstützung sehe ich keine Möglichkeit, wie ich mein Ziel erreichen könnte. Wie Sie wissen, stamme ich aus einfachen Verhältnissen.«

Mr Healey hatte Francis lange prüfend angesehen, als rekapitulierte er die vergangenen Jahre, wäge alles gegeneinander ab, was gut und schlecht gelaufen war. »Sie erwarten von mir Förderung, obwohl das bedeutet, einen guten Mitarbeiter zu verlieren?«

Francis nickte, schwieg. Die Zeit schien sich zu dehnen, und das Schweigen wuchs wie eine Mauer zwischen ihnen. Schließlich war Mr Healey um den Tisch herumgetreten und hatte ihm die Hand auf die Schulter gelegt. »So soll es sein. Sie haben mich nie enttäuscht, Boyle, also will ich auch Sie nicht enttäuschen. Sie kommen übermorgen mit zur Weihnachtsfeier der Botanical Society und lernen ein paar Leute kennen.«

Francis war fest davon ausgegangen, dass Sibylla das Fest meiden würde wie der Teufel das Weihwasser. Sie war noch nie dort gewesen, in den vergangenen fünf Jahren nicht ein einziges Mal. Deshalb hatte er ihr auch verschwiegen, dass er ihre Eltern begleiten wollte. Wenn alles nach ihm gegangen wäre, dann hätte er erst dann mit ihr gesprochen, wenn er eine neue Anstellung und Bleibe in Aussicht hatte.

Aber nein, natürlich hatte alles anders kommen müssen. Er ahnte, warum Sibylla so übellaunig war. Weil er sie nicht vorgewarnt hatte und sie sich hier kaum aus dem Weg gehen konnten. Doch so schlecht machte sie sich gar nicht. Wenn der Rest des Abends weiter so verlief, würde niemand auch nur einen Gedanken daran verschwenden, dass zwischen ihnen etwas sein könnte.

Vor Francis lag das wichtigste Gespräch des Abends.

Und da ging er nun, zwischen all den vornehmen Leuten hindurch, stets am Rockzipfel seines Vorgesetzten, zu Ephraim Temple, einem der berühmtesten Gartenarchitekten des Empire.

Francis hatte einen trockenen Mund und feuchte Hände, die er sich hastig an der Hose abwischte, bis er sich nicht mehr für einen Handschlag würde schämen müssen.

Temple war ein kleiner Mann mit kräftiger Statur. Sein etwas zu schrilles Lachen übertönte mühelos die Gespräche der Nebenstehenden. Francis hielt sich zurück, während Mr Healey den Mann begrüßte. Sie waren offenbar miteinander vertraut. Schließlich machte Mr Healey eine einladende Geste. »Ephraim, ich möchte dir jemanden vorstellen. Francis Boyle, der beste Head Gardener, den ich je hatte.«

Hände wurden geschüttelt, auch die Umstehenden vorgestellt, deren Namen er sofort vergaß. Healey legte ihm kameradschaftlich einen Arm um die Schultern. »Bedauerlicherweise hat der junge Mann höhere Ziele. Er möchte in deine Fußstapfen treten, wenn sie ihm nicht zu groß sind. Würdest du ihn für eine Probezeit unter deine Fittiche nehmen?«

»Es wäre mir eine große Ehre, Sir«, warf Francis ein.

»Sie würden während der Probezeit nichts verdienen, Mr Boyle, Kost und Logis werden gestellt«, sagte Temple.

»In Ordnung, Sir«, erwiderte Francis. Natürlich hatte er nichts anderes erwartet, enttäuschend war es dennoch ein wenig.

»Für den Jungen lege ich meine Hand ins Feuer«, vermeldete Mr Healey feierlich. Sie gaben einander die Hände, plauderten noch ein wenig und verabschiedeten sich dann.

In einer Woche schon würde Francis für die Dauer eines Monats auf Probe bei Mr Temple arbeiten. Er konnte es kaum erwarten. Dennoch würde ihm der Abschied von Healey House, selbst wenn es erst einmal nur für einen Monat war, nicht leichtfallen.

»Jetzt brauche ich einen Drink, junger Mann«, verkündete Mr Healey, »schließlich habe ich mich gerade selbst beraubt.«

»Es tut mir leid, Sir. Ich arbeite sehr gerne für Sie.«

»Schon gut, schon gut.«

Sie tranken ein Glas Wein, dann entschuldigte sich Mr Healey und ging zu einigen Freunden. Francis blieb noch einen Moment lang stehen. Er fühlte sich ein wenig verloren, wie er sich so an seinem Glas mit dem letzten Schluck darin festhielt.

Um ihn herum war jeder in Gespräche vertieft und schien sich zu amüsieren, außerdem liefen derzeit mindestens noch zwei Vorträge, deren Anfänge er verpasst hatte. Die Healeys machten nicht den Eindruck, die Veranstaltung bald verlassen zu wollen.

Noch konnte er sich nicht so recht freuen. Es war zu schnell gegangen. Nun hatte er eine Anstellung auf Probe ergattert und konnte die gute Neuigkeit mit niemandem teilen. Andererseits, was wären schon einige flüchtig gewechselte Worte mit der Tochter seines Vorgesetzten? Es wäre merkwürdiger gewesen, wenn sie sich nicht unterhielten.

Und so beschloss Francis, sich auf die Suche nach Sibylla zu machen. Sie sollte von der glücklichen Wendung erfahren, wenngleich es für sie beide eine harte Zeit werden würde. Francis hatte sich ausgemalt, dass sie einige Jahre lang beide einstecken mussten und sich wenig sehen würden. Wenn ihre Liebe stark genug war, würde sie diese Durststrecke überdauern, wenn nicht, dann wussten sie wenigstens beide, woran sie waren. Sibylla würde die Schule abschließen und er dann vielleicht tatsächlich Gartenarchitekt sein. Mit einem solchen Beruf würde er zwar noch immer nicht derselben Gesellschaftsschicht angehören wie die Fabrikantenfamilie Healey, aber er würde gut verdienen und Sibylla ein angenehmes Leben bieten können.

Es musste gelingen!

Francis fand Sibylla schließlich in einem Nebenraum, wo eine kleine Kapelle viel Walzer und gelegentlich etwas Swing spielte. Die Rhythmen hatte er zuvor schon bruchstückhaft wahrgenommen. Und so ungern er auch langweiligen Walzer tanzte, spürte er sofort auch die Anziehungskraft der Musik.

Und da war sie. Sibylla. Sie ließ sich von einem älteren Herrn über das Parkett schieben. Formvollendet, sehr anständig, aber auch ein wenig leblos. Sie lächelte, doch Francis kannte sie mittlerweile gut genug, um ihr anzusehen, dass sie sich langweilte. Es war typisch Sibylla, dass sie sich lieber beim Tanzen langweilte als in einem Gespräch.

Eine Drehung und noch eine, dann war sie auf seiner Höhe. Der Walzer war zu Ende. Sie wechselte einige freundliche Worte mit ihrem ergrauten Galan, dann wandte sie sich ab und bemerkte Francis.

Sofort glomm das Licht in ihren Augen auf, das nur für ihn leuchtete. Ein kostbarer Schatz. »Hier bist du«, sagte sie, stellte sich auf die Zehenspitzen, wobei sie sich an seinem Arm abstützte, und sah sich in dem kleinen Saal um.

»Deine Eltern sind nicht hier.«

»Gut so, dann lass uns tanzen! Ich sterbe, wenn wir nicht tanzen!« Sie ließ ihn nicht einmal zu Wort kommen. Schon hatte sie ihn an der Hand gefasst und zog ihn zwischen die anderen Paare, weit weg vom Rand, sodass sie im Getümmel verschwinden konnten. Francis legte seine Hand auf ihre Hüfte und fühlte sich wie elektrisiert. Wie stets berauschte ihn ihre Nähe. Er war verletzlicher und gleichzeitig mutiger, wenn sie bei ihm war, sich an ihn schmiegte und dem Puls der Musik überließ. Wieder war es nur ein Walzer, aber immerhin.

Mr Healey würde nichts dagegen haben, wenn er mit seiner Tochter Walzer tanzte, so wie es an diesem Abend sicher schon ein Dutzend andere Herren getan hatten. Aber keinen von ihnen hatte Sibylla so angesehen wie Francis. Nicht mit dieser Leidenschaft im Blick, die besagte, dass er so viel mehr wollte, als harmlose Runden auf dem Parkett zu drehen.

Francis' Führungshand spielte kaum merklich auf ihrem Rücken. Er wollte sie an sich ziehen, so viel von ihrem wundervollen Leib an seinem spüren wie möglich, tat es aber nicht. Sie lächelte wissend. Auf ihre geröteten Wangen wollte er Küsse drücken, den Pfirsichflaum in ihrem Nacken an den Lippen spüren wie ein warmes Flüstern.

Vorbei war der Walzer. Minuten waren zu Sekunden geschrumpft. Sibylla streifte mit dem Zeigefinger seinen Arm hinauf, schlüpfte zwischen den Manschetten hindurch und raubte ihm mit ihrer Berührung jeden klaren Gedanken.

»O ja, endlich!«, seufzte sie.

Francis' Kehle wurde trocken. Wie konnte sie nur ...? Dann wurde ihm klar, dass sie die Musik meinte. Swing!

Während sich sein Verstand noch mühte, auf nüchterne Pfade zurückzukehren, was ihm so gut gelang wie einem Stotterer, der einen Zungenbrecher aufsagen sollte, reagierte sein Körper auf die vertrauten Klänge von Benny Goodman. Perfekt aufeinander abgestimmt bewegten sie sich über die Tanzfläche, die plötzlich viel leerer geworden war.

Das Treffen der Botanischen Gesellschaft war kein Ort für flotte Tanzmusik. Fünf Paare waren übrig geblieben, alle jünger, und allen stand die Erleichterung ins Gesicht geschrieben. Die anderen Gäste flohen nicht aus dem Saal. Ganz im Gegenteil, sie blieben, um den jüngeren zuzusehen. Manches Paar erinnerte sich wohl an die eigene Jugend zurück.

Francis hatte erwartet, dass bald wieder Walzer gespielt werden würde, doch die Musiker waren wie aufgestachelt.

Sibylla überließ sich ganz und gar seiner Führung, sie schloss die Augen, ließ sich von der Musik tragen. Ihr wunderschönes Gesicht nahm einen seligen Ausdruck an. Sie war glücklich, und er war es auch.

Die Musik verklang, und sie fiel ihm in die Arme, legte einen Moment lang den Kopf an seine Schulter. Sofort verkrampfte sich alles in Francis. Der Alkohol machte Sibylla wagemutig. Mit den nächsten Klängen schob er sie von sich, ihre Beine wirbelten über das Parkett, als der Rhythmus an Fahrt aufnahm. Eine Drehung, noch eine, und dann sah er Mr und Mrs Healey. Der Schreck fuhr ihm in die Knochen. Er war einen Moment lang wie erstarrt.

Sibylla prallte gegen ihn, weil er seinen Einsatz verpasste. »Francis!«, fauchte sie erbost und riss ihn damit in die Gegenwart zurück.

Hastig nahm er den Tanz wieder auf. »Deine Eltern sehen zu«, raunte er.

»Na und? Wir tanzen nur«, gab sie zurück und ließ ihren Rock fliegen. Doch Francis war alle Leichtigkeit abhandengekommen. Bohrend wie Dolche spürte er Mr Healeys Blicke in seinem Rücken. Was hatte er gesehen? Sibyllas Wange an seiner Schulter? Ihre Hände, wenn sie sich in den kurzen Pausen zwischen den Stücken miteinander verflochten?

Was nur, was?

*Zwei Wochen später*

Tilda kehrte aus den Weihnachtsferien zurück. Schon am Samstag, einen Tag vor ihrer Freundin, hatte sie sich vom Vater an die Schule bringen lassen. Waterperry verströmte an diesem kalten Januartag winterliche Feierlichkeit. Noch schmückten Tannenzweige und Trockenblumen das Haupthaus, und es duftete nach Kiefernnadeln und Zimt.

Sie hatte ihren kleinen Koffer auf das Zimmer gebracht und sich nicht einmal die Zeit genommen, den Mantel abzulegen, ehe sie ins Untergeschoss eilte.

Sie hatte Bennet sehr vermisst. Sich vorzustellen, dass er das Weihnachtsfest ganz allein verbracht hatte, fühlte sich furchtbar an. Es rief ihm sicherlich besonders deutlich in Erinnerung, wen er alles verloren hatte. Das war bei den Allers nicht anders, aber immerhin waren sie noch zu viert. Bennet hingegen hatte niemanden mehr. Wohl auch deshalb war sie nun hier, am Samstagmorgen, mit einem frisch gebackenen Pudding unter dem Arm, der noch nach Rum und kandierten Früchten duftete.

Ob Bennet überhaupt da war?

Tilda betrat das Unterrichtszimmer und lauschte. Sie hörte nichts. Aber was sollte sie auch hören, wenn Bennet tief in die Arbeit versunken war? Nach seinem Vortrag bei der Botanical Society hatten sie sich nicht mehr gesehen.

Vorsichtig berührte Tilda die kleine Brosche an ihrer Bluse. Sie musste doch etwas bedeuten! Zwar war sie in Liebesdingen nicht so versiert wie ihre Freundin Sibylla, aber sie hatte genau gefühlt, dass Bennets kleines Geschenk mehr war als eine reine Anerkennung ihrer Arbeit.

Sie klopfte kurz und trat ein, ohne auf Antwort zu warten. Bennet erhob sich von seinem Schreibtisch. »Tilda!« Seine Augen strahlten.

Sie stellte den Pudding ab, trat auf ihn zu und blieb ratlos vor ihm stehen, dabei sehnte sie sich so sehr danach, ihn zu umarmen.

»Was machst du denn schon hier?«, fragte er weich.

»Ich habe dir Pudding gebracht.«

»So?«

Sie nickte, während sie sich unbeholfen ansahen. Er wollte sie doch auch umarmen, das sah sie doch! Wenn jetzt nichts passierte, dann würden sich die Dinge zwischen ihnen niemals weiterentwickeln. Doch den ersten Schritt zu tun, gehörte sich nicht für eine junge Frau.

»Und wenn schon«, murmelte Tilda, gab sich einen Ruck und schloss ihre Arme um seine Mitte. Bennet stand einen Herzschlag lang einfach da und regte sich nicht. Lang genug, um Zweifel zu säen, ob sie das Richtige tat.

Dann atmete er tief ein und zog sie an sich.

»Es war sehr einsam ohne dich«, murmelte er und schmiegte seine Wange an ihren Kopf.

»Ich habe dich furchtbar vermisst.« Tildas Herz jagte so heftig, dass sie kaum noch Luft bekam. So hatte sie sich noch nie gefühlt, so geborgen und glücklich, aufgeregt und zugleich auch schwach und verletzlich. Doch nichts davon machte ihr etwas aus, solange sie sich dabei nur an Bennet festhalten konnte.

»Deine wunderschönen Haare«, murmelte er und ließ die gespreizten Finger durch ihre dicken Flechten gleiten. »Das wollte ich schon immer tun, von Anfang an.«

»Bennet!«, sagte sie überrascht. Er fasste sie an den Schultern, schob sie ein Stückchen von sich und blickte ihr bis in die Seele. »Es ist eine große Dummheit«, sagte er. »Aber das hat einen Morris noch nie aufgehalten!«

Dann beugte er sich vor. Tilda schloss die Augen und fühlte sein schmales Bärtchen über ihre Lippen kitzeln. Im nächsten Augenblick küsste er sie, und die Welt schien für einen Moment stillzustehen, nur um sich gleich darauf umso schneller weiterzudrehen. Schwindel. Wildes Kribbeln in ihrem Bauch. Sie küssten sich, sahen sich in die Augen und küssten sich wieder, bis Tilda sich ganz leicht fühlte, wie eine Feder, schwankend und trudelnd im Wind.

»So, dann hätte sich das also geklärt«, sagte Bennet und grinste spitzbübisch. »Du weißt, wir sollten das nicht tun.«

»Sicher weiß ich das. Aber ich will nicht vernünftig sein, Bennet.«

»Ich auch nicht.« Er drückte ihre Hand. »Komm her, ich muss dir etwas zeigen, es sind Briefe gekommen.«

Tilda fühlte sich, als werde sie aus einem Traum gerissen. Bennet nahm mehrere Kuverts von seinem Schreibtisch, schlitzte sie mit dem Messer auf und reichte Tilda zwei davon, die anderen beiden nahm er sich selbst vor.

Es fiel ihr schwer, sich zu konzentrieren. Noch immer meinte sie, seinen Mund auf ihrem zu spüren, als hätte er dort eine Art Echo hinterlassen.

Sie tauschten die Schriftstücke, deren Inhalt sich ähnelte. Sie kamen von Sammlern, die bereit waren, Geld für eine Reise vorzuschießen. Tilda gab Bennet die Schriftstücke zurück. In seinem Blick mischte sich Freude mit Wehmut. »Ich komme ja wieder.«

»Noch bist du nicht fort«, sagte Tilda und hielt sich an diesen Worten fest. Es würde noch über ein Jahr dauern, bis er aufbrach, das hatte er immer gesagt.

»Schau nicht so, sonst kann ich mich gar nicht freuen. Diesen Erfolg verdanke ich auch dir, Tilda Allers. Wir sollten ihn feiern.«

»Mit Pudding?«, fragte sie unschlüssig und versuchte es mit einem Lächeln, das nur halb gelang.

»Den heben wir uns auf. Wir gehen aus.« Er nahm sie in die Arme und sah auf sie hinab. »Oder hat dich schon der Mut verlassen?«

Sie schüttelte den Kopf. »So schnell wirst du mich nicht los.«

Er küsste sie auf die Nasenspitze. »Das will ich doch hoffen. Treffen wir uns in einer halben Stunde bei den Eichen vor der Altstadt?«

»Und wenn uns jemand sieht?«

»Dann lade ich meine Assistentin zum Essen ein. Schließlich haben wir etwas zu feiern.«

Tilda verließ das Zimmer mit gemischten Gefühlen. Sie

hatte erreicht, was sie so sehr ersehnt hatte. Noch immer war dieses wilde Flattern in ihr.

Doch warum fühlte es sich zugleich an, als hätte sie Gift genommen?

# 23

*Mai 1937 – fünf Monate später*

Die Erdbeeren waren der ganze Stolz des Internats. Sogar bis in den Buckingham Palace hatten es die prämierten Früchte der Sorte *Royal Sovereign* schon geschafft.

»Stell dir vor, die königliche Familie isst zum Frühstück unsere Erdbeeren mit Schlagsahne«, schwärmte Millie, während sie mit spitzen Fingern gelb gewordenes Laub von einem Pflänzchen zupfte. »Noch nicht«, erwiderte Sibylla säuerlich und stupste die ersten unreifen Früchte an, die noch ganz hart und grün waren.

Die Schülerinnen waren in Vierergruppen eingeteilt worden. Jede Gruppe kümmerte sich in Eigenverantwortung um einen Teil des Erdbeerfeldes unter freiem Himmel. Die Anpflanzungen in den Gewächshäusern waren Sache der höheren Jahrgänge. Die meisten empfanden diese Arbeit als große Ehre und besondere Aufgabe. Die noch junge Schule hatte zwar schon einige gute Nutzpflanzen hervorgebracht, doch wirklich bekannt waren nur die Erdbeeren von Waterperry, die regelmäßig Preise gewannen. Restaurants kauften die Früchte ebenso wie der Koch der Windsors.

Sie hatten sich die Aufgaben eingeteilt. Während Sibylla und Millie abgestorbene Blätter entfernten und nach Schädlingen suchten, jäteten Tilda und Georgina Unkraut und bedeckten den Boden um die Pflanzen sorgfältig mit goldgelbem Stroh. Es würde die reifenden Früchte vor Fäulnis bewahren und zumindest ein wenig vor Fraß schützen.

Mit einem Ausruf des Ekels zupfte Millie eine fette Nacktschnecke aus dem Boden und warf sie in ein Körbchen. Die Biester würden sie später an die internatseigenen Enten verfüttern. In Waterperry wurde nichts vergeudet, selbst keine ekeligen Nacktschnecken.

»Wir müssen es schaffen«, seufzte Millie wie aus dem Nichts. »Ihr gebt auch euer Bestes, ja? Ich will unbedingt einmal zum Palast.«

Seitdem die Lehrerinnen verkündet hatten, dass die beste Schülerinnengruppe mitfahren durfte, um die ersten Freilanderdbeeren des Frühlings auszuliefern, war unter den Mädchen ein energischer Wettstreit ausgebrochen. Auch an diesem Tag blieben sie am Nachmittag noch lange auf dem Feld, um die Pflanzen bestmöglich zu versorgen.

»Ich denke, wir haben gute Chancen, wenn das Wetter mitspielt und nichts Unvorhergesehenes passiert«, sagte Tilda und schob eine Handvoll Stroh unter eine besonders dichte Traube von Früchten. Es waren viele, zu viele. Mit spitzen Fingern riss sie die kleinsten und unschön geformten ab.

»Was machst du denn da?«, keuchte Sibylla entsetzt.

»Es sind zu viele. Wenn man ausdünnt, geht die Kraft in weniger Früchte, und sie werden größer und süßer. Das hatten wir doch auch im Unterricht, hast du nicht aufgepasst?«

Sibylla war in den letzten Wochen unkonzentriert, wenigstens aber weinte sie nicht mehr so oft.

Tilda blickte sie aufmunternd an.

Es entspann sich eine rege Unterhaltung über die richtige Behandlung der Pflanzen und was ihre Gruppe hoffentlich besser machte als die anderen.

Von den insgesamt fünf Arbeitsgruppen war außer ihnen gerade nur noch eine weitere auf dem Feld. »Denen traue ich zu, dass sie gewinnen«, seufzte Georgina und richtete kurz den schmerzenden Rücken auf. Sie alle arbeiteten gebückt oder auf Knien. Tilda nahm ihren breiten Strohhut ab und schob ihn am Band in den Nacken. Die Sonne stand bereits tief, der Wind hatte aufgefrischt und kühlte angenehm. »Ich hoffe, sie versuchen nichts.«

»Wie meinst du das?«, fragte Millie, die sich mit ihrem naiven Wesen sicher nicht vorstellen konnte, dass andere sich unfair verhielten.

Georgina verdrehte die Augen. »Du Dummerchen, sie könnten nachts durch unsere Parzelle trampeln oder ihre Schnecken bei uns aussetzen.«

»Das würden die nicht …«

Sibylla tätschelte ihr die Hand. »O doch, sie würden.«

Sie hatten gearbeitet, bis das Licht zu schlecht wurde. Nun saßen Tilda und Sibylla mit frisch gewaschenen Haaren in ihrem Zimmerchen. Tilda hatte kurz in einem Buch geblättert, dann aber einsehen müssen, dass sie viel zu müde war. Sibylla war mit einer Feile an ihren Fingernägeln zugange. »Die bekomme ich nie wieder sauber«, grummelte sie vor sich hin.

»Willst du denn bald ausgehen?«

»Nein, natürlich nicht! Mit wem denn?« Sie ließ die Feile auf den Tisch fallen. Sofort schimmerte es in ihren Augen.

»Komm her, Sibylla, so habe ich das nicht gemeint. Es tut mir leid.« Tilda klopfte auf den Platz neben sich.

Sibylla ließ nicht lange auf sich warten. Sie nahm sich ein Kissen und die Bettdecke von ihrem eigenen Bett und ließ sich neben ihre Freundin plumpsen. Tilda zog ihre Nachttischschublade auf und nahm zwei Karamellbonbons heraus. »Hier, nimm, das hilft.«

»Danke«, schniefte Sibylla, steckte sich das Bonbon in den Mund und kuschelte sich in ihre Decke ein. Tilda nahm ihr eigenes Kopfkissen als Rückenlehne und rutschte näher an ihre Freundin. »Hast du noch einmal etwas von ihm gehört?«

Sibylla schüttelte den Kopf. »Er ist verschwunden, als hätte es ihn nie gegeben. Mein armer Francis. Ich hätte nie gedacht, dass meine Eltern so sein würden! Nie! Francis hat es immer geahnt, und ich habe es nicht wahrhaben wollen.«

Sie beugte sich vor und bedeckte das Gesicht mit den Händen. Tilda strich ihr in kreisenden Bewegungen über den Rücken.

Der schicksalhafte Tag lag nun schon vier Monate zurück. Sibylla war übers Wochenende nach Hause gefahren, weil Francis von seiner einmonatigen Probearbeit zurückkehren sollte. Er hatte ihr von seiner neuen Stelle aus geschrieben und darum gebeten, sie zu treffen. Es sollte für eine Weile ihr letztes Wiedersehen sein, weil er fortan für den Gartenarchitekten Ephraim Temple arbeiten würde.

Sibylla hatte sich in der Nacht zu ihm geschlichen. Sie hatten einander in den Armen gelegen, geredet und ihre gemeinsame Zukunft geplant. Irgendwann nach Mitternacht mussten sie darüber eingeschlafen sein.

Am frühen Morgen waren sie davon geweckt worden, dass jemand dröhnend gegen die Tür hämmerte. Dann ging alles so schnell, dass Francis und Sibylla noch im Bett lagen, als die Healeys sich mit einem Schlüssel Einlass verschafften und ins Zimmer stürmten.

»Das werde ich ihnen nie vergessen, und ich hasse sie dafür, weißt du das?« Sibylla richtete sich mit geröteten Augen auf.

»Wenigstens hast du dafür gesorgt, dass er seine neue Stelle behalten kann. Du hast seinen Traum gerettet.«

»Aber zu was für einem Preis! Ich werde ihn nie wiedersehen, obwohl ich genau weiß, wo er ist.«

»Willst du dich denn wirklich daran halten?« Tilda konnte nicht glauben, wie wenig Sibylla sich über die Möglichkeit äußerte, Francis gegen den Willen ihrer Eltern wiederzusehen.

»Ich will nicht, aber ich *muss.* Und wenn ich es irgendwann nicht mehr aushalte, dann musst du meine Stütze sein, liebe Freundin. Es geht um Francis' größten Traum. Wenn wir schon einander nicht haben können, dann soll ihm zumindest das gelingen. Denn mein Vater wird Ernst machen, wenn er uns noch einmal miteinander erwischt. Er hat so viel Einfluss, dass Francis niemals Gärten entwerfen wird und auch keine Anstellung mehr als Gärtner findet. Er würde ihn ruinieren.«

Tilda zog es die Brust zusammen, als sie der Freundin das Versprechen gab. »Du bist so viel vernünftiger als ich.«

»Wer hätte das bei unserer ersten Begegnung gedacht.« Sibylla rang sich ein trauriges Lächeln ab. »Wenigstens eine von uns beiden muss glücklich sein. Hast du jetzt endlich mit ihm geredet?«

Der Themenwechsel kam so plötzlich, dass es Tilda eiskalt erwischte. »Noch nicht.«

»Immer noch nicht? Aber Tilda! Er wird Zeit brauchen, für dich mitzuplanen.«

»Er wird mich niemals auf die Reise mitnehmen! Bennet ist kein Mann, der seine Meinung ändert wie ein Fähnchen im Wind.«

»Überzeuge ihn!«

»Und wenn ich ihn überzeugt habe, stehe ich vor demselben Problem wie du. Meine Eltern werden mich nicht einfach mit einem Lehrer, mit dem ich zudem ein Verhältnis habe, auf Weltreise schicken.« Tilda ließ entmutigt die Schultern sinken. »Du siehst, es hat alles keinen Sinn.«

»Er muss dich heiraten, Problem gelöst«, Sibylla klatschte in die Hände, und Tilda wurde vor Schreck ganz flau.

Bennet kauerte an seinem Schreibtisch und blätterte durch die Druckfahnen. Sechs Stunden schon saß er an dieser Arbeit und hatte sich kaum einen Moment lang wegbewegt. Er fühlte sich wie versteinert. Als bände ihn ein Zauber wie mit unsichtbaren Ketten an den verdammten Text. Zwei kleine Fehler hatte er im letzten Durchgang gefunden, da war es zwölf Uhr Mitternacht gewesen. Nun las er es ein erneutes Mal und hatte einen weiteren Fehler gefunden. Er rieb sich die brennenden Augen und drehte den Stift zwischen den Fingern.

Es musste alles perfekt sein.

An diesem Werk hing sein Ruf. Keine verlorene Ladung und keine missglückte Expedition würde daran etwas ändern können. Mit dem Buch würde er den Schritt vom Pflanzenjäger zum Wissenschaftler machen.

Als er bei den Quellenangaben angelangt war, konnte er die Augen kaum noch offen halten. Die Uhr zeigte drei, und die Vorstellung, noch bis zu seiner kleinen Wohnung laufen zu müssen, war unerträglich.

Er schob die losen Blätter der Fahnen zu einem geordneten Häufchen zusammen und legte sich dann mit einer alten Wolldecke auf den Boden zwischen leere Tontöpfe und ein Buchregal. Den Töpfen entstieg ein warmer, mineralischer Geruch. Bennet zog sich die Decke bis über den Kopf, denn es war kalt. In seinem Traum befand er sich bereits wieder auf dem Schiff in die Tropen. Etwas fehlte schmerzlich, doch im Traum konnte er nicht sagen, was es war. Nur dass er sich unvollständig fühlte, wie ein Baum, dem die Wurzeln fehlten. Dann kippte der Traum der ewig gleichen Spirale zu. Er erkannte Palau schon am Geruch, hörte die Brandung und erahnte bereits die Bucht, in der er und die Jungen angeln würden. Schlafend bäumte er sich noch einmal gegen das auf, was nun folgen würde.

Das Blut, die Schreie, die Schuld.

Papier raschelte. Hatte er ein Fenster aufgelassen? Das fehlte noch. Wie Blei lag die Müdigkeit auf seinen Gliedern, doch die Vorstellung, eine Bö könnte die Druckfahnen vom Schreibtisch fegen, ließ ihm keine Ruhe.

Es war kalt und klamm gewesen, auf dem Boden zu schlafen. Besonders nach dem Schweißausbruch, den sein Albtraum meist mit sich brachte. Bennet zerrte sich die Decke vom Gesicht und wurde von Helligkeit überrascht.

Mit einem Stöhnen spähte er zum Fenster. Es war geschlossen. Aber er war, wie ihm nun klar wurde, nicht allein.

Tilda saß am Schreibtisch und las das Manuskript. Sie hatte noch nicht bemerkt, dass er wach geworden war, so sehr konzentrierte sie sich auf den Text. Der Buntstift in ihrer Hand ließ nichts Gutes erahnen.

Die Morgensonne wurde auf ihrem Haar reflektiert und ließ es wie fein gesponnene Kupferfäden schimmern. Er mochte ihre gebräunte Haut, die winzigen Sommersprossen auf der Nase, von denen sich auch einige wenige auf die Augenlider verirrt hatten. Bennet kannte jede einzelne. Konzentriert hatte sie die Unterlippe ein wenig eingesogen.

Sie trug eine einfache grüne Hose, eine weiße Bluse und darüber eine dunkelblaue Strickjacke gegen die Kühle des Kellergeschosses, in dem sein Arbeitszimmer lag. Die Brosche, die er ihr im Winter geschenkt hatte, hing inzwischen an einer schmalen Silberkette um ihren Hals. Sie trug sie jeden Tag, und das sagte ihm mehr, als jedes Wort es vermocht hätte. Die Gefühle zwischen ihnen waren langsam gewachsen, seitdem sie in stillem Einvernehmen beschlossen hatten, sie zuzulassen.

Er würde Tilda entsetzlich vermissen, das war ihm jetzt schon klar. Seine Reise würde Monate dauern, vielleicht sogar ein Jahr. Und ihm war bewusst, dass er nicht davon ausgehen durfte, dass Tilda auf ihn wartete. Sie war eine junge Frau mit eigenen Wünschen und Zielen, und die Zuneigung, die sie ihm zeigte, war eine Kostbarkeit, die er für immer in seinem Herzen aufbewahren würde. Er genoss jeden Moment mit ihr. Aber er wusste auch, dass ein Abenteurer wie er sich nicht mehr erhoffen konnte.

Selbst hier zu liegen, die Knochen schmerzend von der Nacht auf dem kalten gefliesten Boden, war eine Erinnerung an Tilda, die er für immer mit sich herumtragen würde. Ihr heimlich zuzusehen, wie sie konzentriert die Fahnen las. Der langsame Schlag ihrer Wimpern, auf denen sich die Frühlingssonne brach … Ob sie die Widmung schon bemerkt hatte?

Vor dem Fenster schwirrte eine lärmende Spatzenschar vorbei und riss Tilda aus der Konzentration. Sie sah erst den kleinen Störenfrieden nach, dann drehte sie sich zu Bennet um, lächelte. »Du bist wach?«

»Ja.«

»Wie lange schon?«

»Ein Weilchen«, gestand er. »Ich habe dir zugesehen.«

Er setzte sich auf, zog die Beine an und rieb sich über die Knöchel. Als Junge hatte es ihm nie etwas ausgemacht, auf dem festgestampften Lehmboden irgendwelcher Eingeborenenhütten zu übernachten.

»Du hast geschlafen wie ein Stein. Ein schnarchender Stein.« Sie stand auf und kam zu ihm, strich ihm durch das unordentliche Haar und drückte ihm einen Kuss auf die Stirn. »Danke!«

»Du hast die Widmung also gefunden?«

»Ja, und du hast mich zur Mitautorin gemacht. So viel habe ich doch gar nicht beigetragen.«

»O doch, das hast du, darüber wird nicht diskutiert.« Bennet stand auf und streckte sich. »Ich muss mich waschen. Möchtest du einen Tee?«

»Darum kümmere ich mich.«

Er machte eine Katzenwäsche. Das eisige Nass aus dem

Hahn weckte die Lebensgeister. Er bewahrte stets eine kleine Tasche mit frischer Kleidung im Internat auf, weil er sich in den vergangenen Wochen angewöhnt hatte, immer länger zu arbeiten, manchmal die ganze Nacht hindurch, bis es am Morgen Zeit für den Unterricht wurde.

Er blickte in den Spiegel und kämmte sich das nasse Haar, bis es glatt am Kopf anlag. Gegen die stoppeligen Wangen war er im Augenblick machtlos. Er rieb darüber und wünschte sich, er hätte auch an Rasierzeug gedacht.

Als er ins Arbeitszimmer zurückkehrte, standen auf einem kleinen Tischchen ein Teeservice und Scones mit Butter und roter Marmelade bereit.

Tilda schlang die Arme um seinen Hals. »Du siehst aus wie ein Räuberhauptmann, aber immerhin einer von der gewaschenen Sorte.«

Er küsste sie vorsichtig auf den Mund. »Entschuldige, ich kratze.«

»Macht nichts«, erwiderte sie und küsste ihn leidenschaftlich und lang, bis ihm ganz warm wurde und er gern noch viel mehr getan hätte, als Tilda nur fest an sich zu drücken und ihren kleinen, festen Busen an seiner Brust zu ahnen.

»Iss etwas«, sagte sie schnell. Tilda errötete noch immer, wenn sie sich nahekamen, und sie war schüchtern. Mehr als Umarmungen und Küsse hatte es zwischen ihnen bislang noch nicht gegeben.

Er folgte ihrer Aufforderung mit einem Seufzen und begann, einen der Scones mit Butter zu bestreichen, während sie ihm Tee eingoss. »Wir müssen reden, Bennet«, begann sie.

Seine Stimmung sank, als wäre die Temperatur im Raum schlagartig um einige Grad gefallen. Es war nur eine Nuance in ihrem Tonfall, doch sofort wurde ihm klar, dass es ernst war.

»Sind wir aufgeflogen? Ich dachte, zumindest innerhalb

des Kollegiums sei unsere Liaison ein offenes, geduldetes Geheimnis.«

Tilda sah ihn überrascht an. »Nein. Hast du etwa mit jemandem darüber gesprochen?«

Er schüttelte den Kopf und biss in das noch lauwarme Gebäck.

»Von meiner Seite weiß es nur Sibylla, und die kann schweigen«, sagte sie im Brustton der Überzeugung. »Aber darum geht es nicht.«

»Sondern?«

»Deine Reise. Nun, da das Buch fertig ist, wirst du beginnen, Vorbereitungen zu treffen.«

Er nickte und nippte am Tee. Machte sie sich Sorgen um ihre Zukunft an der Schule? Sie hatten dieses Thema beide gemieden, ebenso wie seine Abreise. Als läge ab einem gewissen Punkt nur noch Nebel vor ihnen. Sie würden sich auf lange Zeit trennen müssen, vielleicht für immer.

Tilda blickte ihn prüfend an. »Ich habe darüber nachgedacht, Bennet, und ich bin zu einer Entscheidung gelangt. Ich möchte dich begleiten. Ich möchte die Welt sehen, die Natur so erleben, wie sie ursprünglich war, bevor der Mensch sie geformt hat. Ich habe schon als Kind davon geträumt, aber nie erwartet, dass ich je die Chance bekommen würde. Wenn du mich …«

»Nein«, fuhr er sie an, noch ehe sie ganz zu Ende gesprochen hatte. Ein wilder Zorn brandete in ihm auf. Wie konnte sie nur? Sie durfte sich nicht in Gefahr bringen. »Niemals!«

Eine Zornesfalte wuchs zwischen Tildas Brauen. Er beobachtete, wie sich ihre Hände verkrampften. Sollte sie nur! Sollte sie nur wütend mit ihm sein. Seine Entscheidung war unumstößlich.

»Ich bin eine erwachsene Frau, Bennet, kein unbedarftes Mädchen wie deine Schwester.«

Ihre Worte trafen ihn wie Dolche. Er rang nach Luft, nach Worten. »Woher …?«, stotterte er.

»Ja, ich weiß es, weiß es schon lange. Warum du so janusköpfig bist. Warum du Frauen in der Forschung gutheißt, aber wehe, sie wollen hinaus ins Feld. Wir sind nicht aus Porzellan und ich am allerwenigsten, Bennet Morris! Das Krokodil hätte genauso gut dich beim Fischen erwischen können oder einen deiner Freunde. Es war ein Unglück, und ich sehe nicht ein, dafür büßen zu müssen, dass du grundlos Schuldgefühle, schwer wie Felsen, mit dir herumträgst. Ich will nicht ohne dich sein, und ich will nicht zurückgelassen werden. Eine ganze Welt wartet auf uns!«

Bennet sah wieder den verwaisten Platz vor sich, wo eben noch seine Schwester Beatrice gesessen hatte. Das Blut im Wasser. Den sich entfernenden Schemen in der kristallklaren Brandung. Der Schrei, der wie ein Gespenst zwischen den Bäumen hing und von dem er nach all der Zeit nicht mehr sagen konnte, ob es ihrer war oder doch sein eigener. Dann die lange, verzweifelte Jagd nach dem Krokodil, als könnte seine Schwester noch irgendwie gerettet werden. Schließlich das erschossene Biest. Der aufgeschnittene Leib und die stinkenden Überreste von dem, was einmal Beatrice gewesen war. Aufgereiht an einem weiten Strand, grau verfärbt. Wie die Schmetterlinge gekommen waren, Hunderte von ihnen, und sich auf abgetrennten Armen und Beinen niedergelassen hatten.

Bennet kniff die Augen zusammen, doch die Bilder verließen ihn nicht. »Ich hätte dort sein müssen«, keuchte er, während heiße Tränen seine Wangen hinabrannen. Er schämte sich, dass sie ihn so sah.

Tilda war aufgestanden und zog seinen Kopf an sich. Sie strich ihm über das Haar wie einem Kind.

»Nein, nicht du, Bennet. Dich trifft keine Schuld. Du warst nur ein Junge. Dein Vater ist es, der hätte dort sein müssen.«

»Aber ich … ich sollte auf sie achtgeben.« Seine Stimme brach.

»Es war ein Krokodil, Bennet. Wie soll ein Junge gegen eine meterlange Echse bestehen?«

Tilda zerriss es beinahe, Bennet, der immer so nüchtern und kontrolliert war, derart leiden zu sehen. Er klammerte sich an sie, und sie stand einfach nur da, strich ihm über den Kopf und tröstete ihn, während sich all die angestaute Trauer ihren Weg bahnte. Ihr war klar, dass gerade etwas Wichtiges geschah, eine Art Heilung. Womöglich hatte Bennet den Verlust seiner Schwester so tief in sich vergraben, dass er nie richtig getrauert hatte.

Selbst wenn er sie nicht mit auf die Reise nehmen würde, so war sie nun zumindest für ihn da gewesen.

Dabei kannte sie diese Art von Schmerz so gut. Schuldgefühle waren ihr nicht fremd, denn sie selbst fühlte sich schuldig, solange sie denken konnte. Schuldig, überlebt zu haben, während all ihre Geschwister von der Spanischen Grippe dahingerafft worden waren. Ihr eigenes Krokodil war eine Seuche, und wenn sie es nüchtern und klar betrachtete, so war sie genauso wenig schuld an der Tragödie, die ihre Familie zerrissen hatte, wie Bennet am Leid der seinen.

Warum kehrte das Gefühl dennoch immer wieder? Der Gedanke, nicht genug zu sein und eigentlich nicht verdient zu haben, was ihre Geschwister niemals erleben würden?

Bennets dunkles Haar war ungewöhnlich weich, wie Kinderhaar. Ganz anders als ihre eigene drahtige, eigenwillige Mähne.

Ihre Finger kämmten durch seine Strähnen, während seiner Kehle leise, kummervolle Laute entwichen. Es zog ihr in der Brust. Tilda fühlte mit ihm, so viel mehr, als er ahnte.

»Ich will nicht mehr ohne dich sein, Bennet Morris«, sagte sie weich.

Als er sie schließlich auf seinen Schoß zog, ging es ihm schon wieder besser. Er strich ihr über die Wange und blickte sie lange an, dann nahm er ihre Hände in seine.

»Es ist dir also ernst damit.«

»Ja, du musst mich mitnehmen, ich möchte mit dir zusammen die Welt sehen. Mit dir arbeiten, Entdeckungen machen.«

»Das andere, meine ich«, sagte er, und sein Blick wurde plötzlich so tief und dunkel wie die Nacht.

Tildas Herz begann zu rasen. Sie nickte schnell, weil ihr der Hals so eng wurde, dass kein Wort, nicht einmal das kleinste, mehr herauswollte.

Bennet zog sie zu sich, versiegelte ihren Mund mit seinen Lippen und küsste sie, wie er sie noch nie geküsst hatte. Als schenkte er ihr ein Stückchen seiner Seele.

Sie brauchten keine Worte, um einander dieses Versprechen zu geben.

»Wann soll ich mit deinen Eltern reden?«, fragte er schließlich ein wenig außer Atem. Tilda berührte seinen Mund, der noch feucht war von ihrem Kuss. Plötzlich hatte sie ein wenig Angst. Sie musste an Sibylla denken und wie schrecklich es ihr ergangen war. »Noch nicht«, erwiderte sie schnell. »Es soll noch eine Weile unser Geheimnis sein. Bis zur Expedition ist es fast noch ein Jahr.«

»Verstehe.« Bennets Gesichtsausdruck wurde schlagartig nüchtern. Er schob Tilda von seinem Schoß.

»Nein, du verstehst nicht. Ich … ich habe einfach nur Angst, dass …«

»Schon in Ordnung. Reden wir nicht mehr darüber. Hast du noch Fehler im Manuskript gefunden?«

»Einen und zwei etwas unglückliche Formulierungen. Aber, Bennet …«

»Nein«, unterbrach er sie barsch. »Zeig mir einfach die Fehler.«

Tilda schluckte schwer und trat an den Schreibtisch, während sich alles in ihr verkrampfte. Er hatte ihr eine Art Antrag gemacht, und sie hatte ihn erst angenommen, nur um gleich darauf alles wieder zunichtezumachen. Sie wollte etwas sagen, die richtigen Worte finden, um den Zauber wiederherzustellen, der nun zerbrochen war.

Doch wie so oft blieb sie am Ende stumm, und das machte es nur noch schlimmer.

# 24

Sibylla saß im Internatsgarten auf einer Bank, Papier und einen Füllfederhalter in der Hand.

Die Abenddämmerung war glühend rot und wunderschön heraufgezogen. Nun war es dunkel, der Himmel stand in tiefem Blau, und die ersten Sterne zeigten sich. Vom Boden stieg der Geruch von feuchtem Gras und warmer Erde auf. Vögel sangen in einem wilden Durcheinander, als versuchten sie, sich gegenseitig zu übertreffen.

Sibylla konnte längst nicht mehr sehen, was sie geschrieben hatte, aber das war unwichtig. Sie würde den Brief nicht abschicken.

Francis und sie hatten keine gemeinsame Zukunft, und sie wollte ihm nicht alles ruinieren, indem sie seine Ausbildung in Gefahr brachte.

Das bereits Geschehene war schon schlimm genug. Kein Zweifel, sie selbst war schuld daran, ihn verloren zu haben. Sie war die Unvorsichtige von ihnen beiden gewesen, nicht er. Hätte sie auf Francis gehört, wären sie noch immer ein Paar.

Sibylla knüllte den Brief zusammen, ballte mit aller Kraft die Faust darum.

Es war Tildas Idee gewesen, Francis zu schreiben. Ihre Freundin hatte gedrängt, sie immer wieder motiviert. Sibylla kam es so vor, als hätte Tilda ein schlechtes Gewissen, weil sie selbst so glücklich mit ihrem Lehrer war und ihre Freundin nicht.

Aber Sibylla zu drängen, Francis zu schreiben, machte nichts besser. Sie zog die Nase hoch, schloss die Augen und legte den Kopf in den Nacken. Die Tränen versiegten, bevor sie herauskamen.

»Nun hör schon auf, du dummes Ding!«, murmelte Sibylla. Sie wollte nach vorn blicken statt zurück. Nach all den Monaten war es inzwischen etwas besser geworden, tat nicht mehr ganz so weh.

Das Vernünftigste war, nun mit erhobenem Kopf den neuen Weg tapfer weiterzugehen. Dennoch würde sie wohl bis ans Ende ihres Lebens nicht vergessen, wie ihr Vater plötzlich in Francis' Zimmerchen gestanden und sie angestarrt hatte.

Sie hatten im Bett gelegen, beide nur noch dürftig bekleidet. Sie waren den letzten Schritt noch nicht miteinander gegangen, hätten es in dieser Nacht aber vermutlich zum ersten Mal getan. Doch dazu war es nicht mehr gekommen.

Über dem Rest lag ein Schleier, weil sie so sehr geweint hatte, dass sie kaum noch etwas sah, als Vater sie an den Schultern gepackt und sie erst von Francis weg- und dann aus dem Häuschen und quer durch den Garten zum Anwesen schleifte. Ihn kümmerte nicht, dass sie nur Unterwäsche trug. Vielleicht merkte er es in seinem Zorn nicht einmal.

Er hatte Francis des Verrats bezichtigt und ihm befohlen zu packen. *Ich werde dafür sorgen, dass Sie nie wieder eine Anstellung finden,* hatte er gedroht.

Am nächsten Morgen hatte Sibylla den Vater davon überzeugt, Francis' Zukunft nicht zu ruinieren, und dafür das Versprechen gegeben, ihren Liebsten nie wiederzusehen. Falls Vater sein Wort nicht hielt, schwor sie, mit Francis durchzubrennen oder ganz allein davonzulaufen.

Ihr Abschied war kurz ausgefallen. Unter den Augen ihrer

Eltern hatten sie sich die Hände gereicht. Francis war wie versteinert gewesen, sie selbst so schwach, dass ein Windstoß ausgereicht hätte, sie umzuwerfen.

Dann war er mit seinem Koffer in der Hand und einem Seesack über der Schulter davongegangen. Einfach davongegangen, ohne sich noch einmal umzublicken.

Seitdem waren fast fünf Monate verstrichen.

Francis hatte ihr nicht geschrieben.

Sibylla sah auf das zerknüllte Papier in ihrer Hand, dann stieß sie ihren Schuhabsatz in den weichen Boden und zog eine Furche. Dorthinein legte sie den Brief und schob mit den Fingern Erde und Moos darüber.

Danach fühlte sie sich besser.

Als sie aufstand, um zum hell erleuchteten Internatsgebäude zurückzukehren, wurde sie plötzlich einer Bewegung gewahr. War das der Fuchs, der oft um diese Uhrzeit in den Gärten herumschlich? Reineke war der unfreiwillige Verbündete der Schülerinnen, denn er hielt die Kaninchen von den Gärten fern.

Doch nein, er war es nicht. Der Schemen war zu groß. Ein Reh vielleicht? Sibylla war die Sache nicht ganz geheuer. Warum war sie nur so lange hier sitzen geblieben? Was, wenn sich Gesindel herumtrieb? Ein Mann mit unlauteren Absichten?

Der Weg zurück zum Gebäude kam ihr plötzlich unendlich weit vor. Auf leisen Sohlen schlich sie näher. Das ging so lange gut, wie sie eine Hecke neben sich hatte. Dann blieb sie wie angewurzelt stehen. Denn dort schlich nicht nur ein Schemen herum, sondern zwei!

Sibylla lauschte und meinte, zwei Frauen flüstern zu hören. Schülerinnen! Kein Grund also, dass ihr angst und bange wurde.

Aber etwas in ihr hielt sie davon ab, sich zu erkennen zu geben. Sie spähte an der Hecke vorbei.

Die beiden bogen ab zu den Erdbeerfeldern. Morgen sollte die Bewertung sein. Eine finstere Ahnung stieg in Sibylla auf. Da wollten sich tatsächlich welche ihrer Konkurrenz entledigen, wie Tilda es prophezeit hatte!

Sie folgte den beiden. War Sibylla vor einem Augenblick noch kalt gewesen, schien nun ein Feuer in ihr zu lodern.

Schon hing der Duft reifer Erdbeeren in der Luft. Zertretener reifer Erdbeeren!

Die Mädchen liefen quer über das Feld und trampelten durch die Pflanzung. »He, was macht ihr da?«, rief Sibylla und nahm ihren ganzen Mut zusammen. Nun begann sie zu rennen. Die beiden Saboteurinnen wurden aufgeschreckt und nahmen die Beine in die Hand. Sie flohen vom Internat weg in die Dunkelheit der Baumschulen hinein.

Sibylla wäre ihnen am liebsten gefolgt, um sie zu stellen, doch dafür hätte auch sie rücksichtslos über die Pflanzen trampeln müssen. Also blieb sie stehen und versuchte zu erkennen, mit wem sie es eigentlich zu tun hatte. Eines der Mädchen besaß blondes Haar, das unter dem Kopftuch hervorblitzte. Die andere war schon viel zu weit weg, um Genaueres zu erkennen.

Zögernd machte Sibylla sich auf den Rückweg.

Was, wenn jemand sah, wie sie zurückkam, und der Verdacht am nächsten Tag deshalb auf sie fiel! Das käme einem Verweis von der Schule gleich. Früher hätte sie das womöglich sogar begrüßt, doch jetzt würde es bedeuten, Tag für Tag mit ihren Eltern verbringen zu müssen, deren Nähe sie nicht mehr ertrug.

Sie drückte die schwere Eichentür des Haupthauses auf und ging sofort zum Büro der Rektorin. Natürlich war Mrs Havergal um diese Zeit nicht mehr da. Sibylla schrieb eine kurze Notiz über ihre Beobachtungen, unterzeichnete mit ihrem Namen und schob das Papier unter der Tür durch.

Mehr konnte sie nicht tun.

Direkt nach dem Frühstück ging es hinaus aufs Feld. Jede Gruppe bekam drei Körbchen, in denen die schönsten Früchte gesammelt werden sollten. Mit Herzrasen schritten Tilda, Millie, Georgina und Sibylla durch die beiden Pflanzreihen, die ihnen gehörten. Hier und da blieben sie stehen, um eine einzelne, besonders prächtige Erdbeere abzupflücken und in einen der Körbe zu legen. Noch sah alles normal aus. Sie hatten ihr erstes Körbchen soeben gefüllt, als Tilda die ersten vollgefressenen Nacktschnecken fand. Sie fluchte leise. Auf den nächsten Metern waren alle Früchte angenagt und von Schleim überzogen. Anhand tiefer Fußspuren zeichnete sich die nächste Katastrophe ab. Zertretene Pflanzen. Es roch alkoholisch nach vergorenen Früchten. In der Nachbarreihe begann eine Schülerin zu weinen.

»Ich hasse sie so«, fauchte Georgina.

»Hast du einen Verdacht?«, fragte Tilda.

»Julia und Stephanie. Zu Julia passt auch das blonde Haar, von dem Sibylla berichtet hat.«

»Nicht zu beweisen«, murmelte Millie. »Wir werden verlieren, so ist das.«

»Nein, werden wir nicht«, sagte Tilda plötzlich entschlossen. »Macht weiter, ich bin gleich zurück.«

»Tilda!« Sibylla konnte nicht glauben, dass ihre Freundin ausgerechnet jetzt einfach davonlief. Schon war sie vom Feld herunter und in der Baumschule verschwunden. Sie rannte, als sei der Teufel hinter ihr her, was in den weiten Knickerbockern wirklich lustig ausgesehen hätte, wäre ihre Lage nicht so ernst gewesen.

Keine von ihnen wollte der unfairen Konkurrenz einfach so den Sieg überlassen. Also schritten sie tapfer weiter ihre beiden Pflanzreihen ab und pflückten jede schöne Erdbeere, auch die etwas krumm geratenen, solange sie nur heil und dunkelrot waren und ihren köstlichen Duft verströmten.

Jede von ihnen trug eine Schale. Millie hielt ihre bereits gefüllte mit beiden Händen fest wie einen Schatz.

Sie hatten gerade das Ende des kleinen Feldes erreicht, als Tilda zurückgerannt kam. In der einen Hand hatte sie einen breiten Flechtkorb, in der anderen eine kleine Schaufel. Auf ihrer Stirn prangte ein breiter Streifen Erde wie eine barbarische Kriegsbemalung.

»Hier!«, keuchte sie und hielt ihnen ihren Korb hin. Auf einem Bett aus weichem Gras lagen wunderschöne Erdbeeren, mit denen sie rasch ihre Sammlung vervollständigten. Daneben hatte sie mehrere ausgegrabene Stauden mitgebracht, eine schöner als die andere.

»Ich ersetze, was sie kaputt gemacht haben, macht euch nicht auch noch schmutzig, na los, los!«

»Aber wo hast du die Pflanzen her?«, fragte Millie ungläubig.

»Das ist eine Reserve. Ich habe sie angelegt, nachdem du den ersten Verdacht geäußert hast. Es ist nicht verboten. Und nun husch, ab mit euch!«

»Du hast uns alle gerettet, Tilda.« Sibylla konnte es kaum glauben.

Während sie mit den anderen beiden zu den wartenden Lehrern zurückkehrte, hackte und grub ihre Freundin so schnell, wie Sibylla noch nie jemanden hatte arbeiten sehen. Sie ersetzte die zertrampelten Pflanzen, harkte Fußabdrücke fort und war gleich darauf vom Feld herunter.

»Macht langsam«, flüsterte Sibylla ihren Mitschülerinnen zu. Sie hatten noch zehn Minuten bis zur Präsentation, und Tilda sollte die Zeit bekommen, sich ihnen wieder anzuschließen. Hoffentlich war sie rechtzeitig zurück!

# 25

»Und wie sie geglotzt haben!« Georgina grinste von einem Ohr bis zum anderen. Tilda und die übrigen Mädchen brachen in gackerndes Gelächter aus.

Es war früher Morgen, doch jede von ihnen trug bereits ihre beste Kleidung. Tilda war aufgeregt und kribbelig bis in die Zehenspitzen. Ihr Magen war ein kleiner, fester Klumpen. Wohl keine von ihnen hatte gut gefrühstückt, auch wenn die Internatsküche wie immer alles für sie bereitgestellt hatte.

Tilda konnte kaum stillstehen. Nun ging es endlich los, eine Woche nachdem sie sich mit ihren Erdbeeren gegen die Konkurrenz durchgesetzt hatten.

Es war so nervenaufreibend gewesen, dass Tilda sogar zweimal davon geträumt hatte. Im Schlaf hatte sie es nicht rechtzeitig geschafft, war von oben bis unten mit Schlamm beschmiert gewesen, oder die Pflanzen, die sie schon vor Wochen zur Seite geschafft hatte, waren entweder nicht da oder ebenfalls zerstört.

In Wirklichkeit war alles gelungen. Wenn auch im letzten Moment. Als sie mit ihren drei Körben vor die Lehrerinnen traten, waren Tildas Hände noch nass von dem Regenwasser aus der Tonne, mit dem sie sich Hände, Arme und Gesicht gewaschen hatte.

Die Früchte waren begutachtet worden, dann ging es gemeinsam hinaus aufs Feld, wo alles ausgebessert war, was die Saboteurinnen zertreten hatten. Mrs Havergal hatte nichts auszusetzen. Die anderen Schülerinnen protestierten, doch Tildas Einsatz wurde nachträglich erlaubt. Die anderen sollten sich daran ein Beispiel nehmen und sich stets auf alle Eventualitäten vorbereiten. Das hatte für Unmut gesorgt und die ein oder andere Gehässigkeit, aber sie hatten zusammengehalten und ihren Sieg mit erhobenen Köpfen verteidigt.

Nun war es endlich so weit. Sie würden nach London zum Buckingham Palace fahren und ihre Erdbeeren ausliefern.

Tilda nahm Sibyllas Hand, während sie die Treppe hinunterliefen. Sie konnte es kaum glauben.

»Ob wir König George sehen werden?«, fragte Sibylla.

Tilda kicherte. »Weil er sich gerade zufällig persönlich ein zweites Frühstück in der Küche abholt? Das glaubst du doch selbst nicht.«

»Nein, glaube ich auch nicht, aber man darf doch wohl träumen.«

»Ts«, schnalzte Tilda und sprang die letzten beiden Stufen hinunter.

»Meine Damen!«, erklang die scharfe Stimme von Mrs Sanders. »Ich bitte um tadelloses Benehmen.«

Die ausgelassene Stimmung verflog für einen Moment, dann kicherten sie leise oder bissen die Zähne zusammen.

Im Hof wartete bereits ein kleiner Bus, der die Schülerinnen und ihre kostbare Fracht nach London bringen würde.

Tilda setzte sich ans Fenster. Bald schon zogen vertraute Straßen vorbei. Sie fuhren durch Wheatley, und sie sah ihre Eltern aus der Ferne, wie sie gemeinsam mit dem Hilfsarbeiter in der Baumschule zugange waren. Tilda winkte, doch natürlich sahen sie ihre Tochter nicht. »Wenn die wüssten«, sagte Tilda leise.

»Dann wären sie sehr, sehr stolz auf dich«, meinte Sibylla überzeugt und schnippte spielerisch gegen die blaue Zikade, die Tilda wie immer an einem Kettchen um den Hals trug. »Wissen sie denn davon schon?«

»Nein, natürlich nicht«, erwiderte sie unwirsch. Auf diesen Themenwechsel hätte sie gut und gerne verzichten können. »So lieb ich meine Eltern auch habe … ich habe das Gefühl, dass sie mich gar nicht richtig wahrnehmen. Für Mom bin ich noch immer das kleine Mädchen und für Pa alles gleichzeitig: wichtige Helferin, Sohnersatz und Tochter, die es unbedingt vor der Welt zu beschützen gilt. Keiner von ihnen sieht mich, wie ich wirklich bin. Nur Grandma Maryann vielleicht. Sie redet kaum, aber sie hat ein besonderes Gespür für Menschen. Mit ihren leisen Worten und kleinen Gesten bringt sie einen stets auf den richtigen Pfad.«

Sibylla setzte sich auf ihrem Platz gerader hin. »Du meinst also, sie müssten erst einmal die wahre Tilda kennenlernen, bevor du mit euren Plänen herausrückst.«

Tilda seufzte und nickte. »Aber ich weiß nicht, wie ich das machen soll. Ganz gleich, was ich sage und wie geschickt ich es anstelle, am Ende läuft es darauf hinaus, dass ich ihnen auch noch das letzte Kind wegnehme, das ihnen geblieben ist.«

»Aber du kannst doch nichts dafür, dass die anderen gestorben sind, Tilda. Du musst doch auch dein Leben leben dürfen und nicht das der anderen. Und außerdem …« Sie nahm Tildas Hände in ihre eigenen und blickte ihr fest in die Augen. »… bist du doch nicht so lange weg. Wenn du wieder da bist, kümmerst du dich um deine Eltern und schenkst ihnen drei bis zehn Enkelkinder.«

Tilda, die sich eben noch gefühlt hatte, als wäre der Felsbrocken auf ihren Schultern kurz davor, sie in den Boden zu drücken, musste prustend loslachen. »Na, damit warte ich lieber noch ein bisschen.«

»Siehst du, Tilda-Schatz, so gefällst du mir gleich viel besser.«

»Du meinst also, wir sollen nicht mehr warten? Er ist in letzter Zeit so seltsam zu mir. Geradezu abweisend!« Sie wagte es nicht, Bennets Namen zu nennen, während sie mit der Rektorin und zwei Lehrerinnen in einem Bus saßen. Trotz der freien Sitzreihen zwischen ihnen und der lauten Fahrgeräusche war die Gefahr zu groß, dass man sie hören könnte.

»Und woran könnte das liegen?«, fragte Sibylla nachdenklich. »Ist er vielleicht doch nicht der Richtige für dich? Ach, Unsinn, das kann ich eigentlich nicht glauben.«

»Es liegt an mir«, gestand Tilda und fühlte, wie ihr das Herz schwer wurde. »Weil ich noch damit warten will, unsere Gefühle füreinander offiziell zu machen. Ich kann nur ahnen, wie das auf ihn wirken muss.«

»Wenn du dir sicher bist, dass du ihn heiraten willst, dann warte nicht. Was sollten deine Eltern schon dagegen haben? Es ist ja nicht wie bei mir und Francis. Du würdest dich verbessern, zumindest aber nicht verschlechtern. Sag ihnen nichts von der Reise.«

»Also nur die halbe Wahrheit?«

In diesem Moment huschte draußen ein Schild vorbei. *London.* Sie waren fast da!

Nachdem Tilda ihrer Freundin das Versprechen gegeben hatte, Bennet mit ihrem Vater sprechen zu lassen, klebten sie beide für die nächsten Minuten mit den Nasen am Fenster. Es gab so viel zu sehen. Sie spähten durch die großen Schaufenster der Läden, bewunderten Damen und Herren, die der neuesten Mode nach gekleidet waren. Tilda ließ sich von Sibyllas Begeisterung für Kleider und Stoffe anstecken.

So hoch waren die Gebäude hier, dass man vom Bus aus die Dächer nicht sehen konnte. Taubenschwärme jagten pfeilschnell durch das Häusermeer.

Jetzt war es nicht mehr weit. Sibylla strich hektisch ihren Rock glatt, zupfte einen Fussel von ihrer Jacke, während der

Bus um den Piccadilly Circus kurvte, vorbei an Geschäften, vorbei am oberirdischen Eingang des Criterion Theatre und dem London Pavilion.

Schließlich erreichten sie den Buckingham Palace.

Die Morgensonne brach sich auf der goldenen Siegesgöttin des Victoria Memorial und brachte den weißen Marmor zum Strahlen. Tilda war schon einige Male hier gewesen, doch noch nie war ihr der Sitz der königlichen Familie derart beeindruckend und prachtvoll vorgekommen. Der Palast wirkte durch seine geraden, nüchternen Formen wie ein Ausdruck von Beständigkeit und Macht. Tilda stellte sich vor, wie hinter einem der vielen hohen Fenster König George an seinem Schreibtisch saß und wichtige Papiere unterschrieb. Früher waren von hier aus Gesetze entschieden worden, deren Geltung bis ans andere Ende des Globus reichte.

Der Fahrer schien genau zu wissen, wohin er musste. Sie fuhren an einem Zaun entlang zu einem Seiteneingang. Bei einem Pförtner hielten sie kurz an, dann öffnete sich eine Schranke, und sie fuhren hindurch. Zwei kleine Lastwagen parkten in der Nähe. Arbeiter luden vernagelte Überseekisten aus. Der Lieferanteneingang. Das war ein wenig ernüchternd. Sibylla sah einen Moment lang todunglücklich aus, dann fasste sie sich wieder. Was hatte ihre Freundin denn erwartet? Dass sie der König persönlich am großen Portal empfing? Für ein paar Erdbeeren?

War es nicht schon herrlich genug, sich vorzustellen, dass ihre Erdbeeren, die sie gehegt und gepflegt hatten, überhaupt den Weg hierher fanden? Vielleicht schon heute Nachmittag in einem Silberschälchen mit etwas Schlagrahm auf der königlichen Tafel stehen würden?

Tilda konnte es kaum erwarten, Grandma Maryann davon zu erzählen.

»Los, Mädchen, jetzt gilt es. Tilda, Millie, jede eine Kiste, die anderen schön mit mir. Und kein Wort, es sei denn, ihr werdet angesprochen«, sagte Mrs Havergal. »Mr Welch erwartet uns.«

Tilda ließ die anderen aussteigen, erst dann nahm sie mit wachsender Aufregung die Holzstiege an sich. Sibylla stand parat, als sie mit ihrer unhandlichen Fracht die engen Busstufen hinabstieg. Ihr wurde heiß. Ein Stolperer, und alles wäre dahin.

Vor ihrem inneren Auge wiederholten sich all die Momente, in denen sie sich ungeschickt angestellt oder durch Unkonzentriertheit Fehler begangen hatte. So betrachtet schien ihr Leben eine einzige Aneinanderreihung von Tollpatschigkeiten zu sein.

»Du musst auf mich aufpassen, Sibylla«, murmelte sie und erntete ein zuversichtliches Lächeln von ihrer Freundin.

Ihre kleine Prozession näherte sich einer zweiflügeligen Tür, die nur in einem riesigen Palast wie diesem die Bezeichnung Dienstboteneingang verdiente.

Wieder Stufen.

Tilda erinnerte sich, wie sie auf der Blenheim Flower Show mehrere Leute mit ihrer Rose angerempelt hatte. Hier stand ihnen niemand im Weg, dafür sorgten Mrs Havergal und Mrs Sanders. Weiter ging es, durch Flure, endlos lang und hoch, polierter Marmor unter den Füßen.

Sie hielten an. Die Rektorin sah zum wiederholten Male auf ihre Armbanduhr. Nun trat sie zu Tilda und Millie und hob die weißen Tücher an, mit denen die Erdbeeren zugedeckt waren. Sofort wallte ihr Duft noch stärker auf. Wahrhaft königlich, diese Züchtung. Die meisten anderen Sorten rochen entweder gut oder schmeckten. Diese taten beides. Hier und da wurde eine Frucht gedreht oder an eine andere Stelle gelegt. Tilda wurden so langsam die Arme schwer, doch sie sagte nichts.

Millie stieß ein aufgeregtes Quietschen aus.

Dann setzte sich ihre kleine Prozession wieder in Bewegung. In der Luft hing nun der Geruch von Kaffee und Vanille, Zimt und Rosen.

Sie betraten einen Raum, in dem eine ganze Armee an jungen Männern in den Uniformen von Küchengehilfen umhereilte. Ein älterer Herr mit dünnem Haupthaar und einem üppigen, perfekt getrimmten Bart schien der Dirigent des Durcheinanders zu sein. Das musste Mr Welch sein. Mit einer Kladde in der Hand und zackigen Gesten schickte er seine Helfer mal hierhin und mal dorthin. Erst verstand Tilda nicht, wo sie sich befand. Dann wurde ihr klar, dass es Kühl- und Lagerräume waren. Neben Früchten und Gewürzen hatten hier auch Schnittblumen ihren Platz. Sie hatte noch nie so viele Rosen, Lilien und Tulpen an einem Ort gesehen.

Der Gewürzduft entwich einem Nachbarraum, der hohe Regale erahnen ließ.

Als Mr Welch schließlich auf sie aufmerksam wurde, hatte Tilda sich noch immer nicht sattgesehen. Vermutlich hatte er sie absichtlich warten lassen. Ein paar aufgeregte Schülerinnen waren eine Unterbrechung seiner Routine nicht wert.

»Ah, Mrs Havergal«, sagte der Butler schließlich und breitete kurz einladend die Arme aus. »Die berühmten Erdbeeren von Waterperry. Sind sie dieses Jahr von ähnlicher Qualität wie im letzten?«

»Selbstverständlich, Sir. Aber überzeugen Sie sich selbst, bitte. Dies sind die ersten aus dem Freiland, noch etwas aromatischer als die aus den Gewächshäusern. Die haben meine Schülerinnen eigenständig angebaut und gepflegt.«

Tilda meinte, vor Stolz ein kleines Stückchen zu wachsen. Sibylla errötete, und auch an den anderen Mädchen ging das Lob nicht spurlos vorüber.

Sie hielt ganz still, als Mr Welch sich über die Früchte beugte, um an ihnen zu riechen. Dann griff er sich eine heraus, drückte sie zwischen den Fingern, als wollte er sie zermatschen, hielt sie an seine Nase und biss schlussendlich hinein. Die angebissene Frucht hielt er einem vorbeieilenden jungen Mann hin, der sie sofort nahm und entsorgte.

Weitere Erdbeeren wurden gedreht und geprüft. Schließlich nickte Welch. »In Ordnung, die Qualität ist ausreichend, exzellent.«

Er schnippte, und im nächsten Moment wurden Tilda und Millie die Stiegen abgenommen. Es fühlte sich an, als wollten ihre Arme emporschweben, so leicht waren sie ohne das drückende Gewicht.

Tilda faltete ihre Hände und wagte es endlich, wieder durchzuatmen. Sie hatte es geschafft und dabei keinen Fehler gemacht. Und die Erdbeeren hatten ihre Prüfung auch bestanden.

»Können Sie regelmäßig liefern?«

»Solange das Wetter mitspielt bis zum Ende der Saison, wöchentlich diese Menge. Wir haben weitere Früchte im Gewächshaus, aber diese hier vom Feld sind eine Nuance süßer.«

Der Mann stellte der Rektorin ein Papier aus. »Die Schule behält den Status als Hoflieferant, das freut mich. Vielleicht können Sie weitere Obst- und Gemüsesorten dieser Qualität ziehen?«

»Wir bemühen uns«, sagte die Rektorin sichtlich zufrieden.

»Das sind Ihre besten Schülerinnen? Gratuliere den Damen.« Er gab jeder von ihnen die Hand, dann waren sie mit einem Wink entlassen.

Der Tag in London verging wie im Flug. Sie besuchten das Royal Hospital Chelsea, in dem die Pensionäre der königlichen Armee untergebracht waren und auf dessen weitläufigen Rasenflächen in nur zehn Tagen die berühmte Chelsea Flower Show stattfinden würde. Derzeit flanierten dort die Residenten in ihren roten Uniformen einher und genossen das schöne Frühlingswetter. Mit ihren ungewöhnlichen Dreispitzen auf den Köpfen sahen die alten Soldaten besonders festlich aus.

Nach einem Imbiss in einem Café führte der Ausflug sie in die Kew Gardens, wo sie eine Führung zu den botanischen Besonderheiten und durch die Sammlung erhielten. Am liebsten wäre Tilda tagelang geblieben, um sich alles in Ruhe anzusehen. Bennet kam vermutlich öfter hierher, denn die Kew Gardens dienten auch als Forschungslaboratorium der Universitäten.

Vielleicht könnten sie demnächst zusammen hierherkommen und sich mehr Zeit nehmen. Studenten und auch einige Studentinnen pflegten die Rabatten und waren in den Gewächshäusern damit beschäftigt, die empfindlichen tropischen Pflanzen zu umsorgen.

Es dämmerte bereits, als sie schließlich den Bus bestiegen, der sie zurück zum Internat brachte.

Was für ein rundum gelungener Tag, dachte Tilda, als sie in Waterperry schließlich wieder aus dem Bus stiegen.

Die daheimgebliebenen Schülerinnen erwarteten sie mit aufgeregtem Geschnatter, sie wollten alles ganz genau wissen.

Nur Julia und Stephanie standen etwas abseits und taten so, als würde das Geschehen sie nicht im Geringsten interessieren. Doch als Tildas Blick sich kurz mit Stephanies kreuzte, verzog die den Mund erst zu einem kalten Lächeln und formte dann mit den Lippen lautlos die Worte *Bennet Morris*.

Dann wanderte ihr Blick zu Mrs Havergal.

# 26

Überaus gelungen, Miss Healey!« Mrs Sanders reichte Sibylla ihre Reportage zurück. Sie hatte über einen leidenschaftlichen Pflanzensammler geschrieben, mit dem der Vater sie vor ihrem Zwist in Verbindung gebracht hatte. Zweimal hatte sie mit dem alten Mann gesprochen und ihn als sehr interessanten Charakter kennengelernt. Teil der Reportage war ein, wie sie fand, berührendes Interview, in dem er sich darum sorgte, was mit seiner Sammlung geschehen würde, wenn er eines Tages starb.

Zu Sibyllas Überraschung hatte er sich nicht nur viel Zeit für sie genommen, sondern zog jetzt auch in Erwägung, die Pflanzen der Schule zu überlassen.

»Würden Sie für die nächste Ausgabe wieder eine ähnliche Reportage schreiben? Diesmal vielleicht über eine Frau?«

»Sehr gerne«, erwiderte Sibylla, während sich der Stolz in ihr ausbreitete.

Sie wusste auch schon, wen sie fragen wollte. Eine Biologin, die sie bei ihrem Ausflug nach London durch die Kew Gardens geführt hatte. Eine bemerkenswerte Frau, die sich jeden Tag in der Männerwelt der Universität behaupten musste. Sibylla würde ihr schreiben und so bald wie möglich um einen Termin bitten. Dann hätte sie ein neues Projekt, dem sie sich nach dem Unterricht widmen konnte. Sibylla setzte alles daran, ihre Tage bis in den letzten Winkel vollzustopfen. Denn solange sie abgelenkt war, dachte sie nicht an Francis.

*Francis.* Nun war es doch wieder passiert. Sie seufzte, verabschiedete sich von Mrs Sanders und überlegte, wen sie für diesen Nachmittag überreden könnte, mit ihr Tennis zu spielen.

Seit sie die Erdbeeren in den Palast geliefert hatten, war die Zeit wie im Flug vergangen.

Nun schien sich alles in der Schule nur noch um die Chelsea Flower Show zu drehen. Tilda hatte es Sibylla und den anderen Mädchen gern überlassen, die Banner zu malen und sich Dekorationen für den Stand auszudenken. Ihre Sache war das nicht. Stattdessen kümmerte sie sich mit Mrs Havergal und zwei Schülerinnen des zweiten Jahrgangs um die Pflege und Vorbereitung der Pflanzen, die sie ausstellen würden. Es waren nicht nur die Erdbeeren darunter, sondern auch eine schöne Auswahl an Begonien und Kräutern.

Hier im Freien fühlte Tilda sich am wohlsten. Wo es nach Pflanzen und Erde roch, wo sie den Wind und die wärmende Frühlingssonne spüren konnte. Da machte es gar nichts, wenn ein steter Westwind auch hin und wieder Regenwolken herantrieb. Dann stellte sie sich eben unter und wartete ab, bis der Schauer vorüber war. Danach roch es nur noch besser, und die Vögel jubilierten, als ob es der erste Regen des Jahres wäre.

Sie hatten Glück an diesem Morgen, denn das Wetter versprach Beständigkeit.

Die Pflanzen des Internats waren bereits am Vorabend verladen worden. Dass Tilda nun trotzdem eine alte Kittelschürze über ihrer Schuluniform trug, war Bennets Schuld oder vielmehr die seiner Lilien. Er hatte sie zuerst nicht ausstellen wollen, doch nun, da er endlich überzeugt war, nahm der Strom an Pflanzen gar kein Ende.

Tilda trug ein besonders schönes Prachtexemplar mit beiden Händen vor dem Bauch und lief wie auf Eiern. Denn die filigranen Blüten wippten bei jedem Schritt hin und her und drohten anzustoßen. Jeder Knick verfärbte sich nach kurzer Zeit braun und würde die Blüten ruinieren.

Bennet folgte ihr auf dem Fuße, links und rechts einen Topf unter dem Arm, eingewickelt in Zellophanpapier. Auch die neuen Tongefäße waren Tildas Werk. Die alten, abgeplatzten und mit Moos besetzten Pötte waren vielleicht ausreichend, wenn man einen wissenschaftlichen Vortrag hielt und die Pflanzen Fachleuten zeigte, nicht aber für eine Gartenausstellung.

Murrend hatte Bennet eingewilligt und war erst gestern mit den neuen Gefäßen aufgetaucht. Nun konnte sich seine Sammlung sehen lassen.

»Noch mehr?«, fragte Tilda, nachdem sie ihre Fracht abgestellt hatte.

»Nein, das waren die letzten beiden.«

Tilda zog ihre Schürze aus, rollte sie zusammen und strich sich dann etwas Staub von ihrer Kleidung. Die Rektorin Mrs Havergal erwartete tadelloses Aussehen von ihren Schülerinnen. Auch wenn die Schuluniform aus grünen Hosen, einem formlosen Kittel und vorn geknöpftem, weißem Hemd bestand, was von vielen Schülerinnen als unansehnlich empfunden wurde.

»Musst du nicht zu den anderen Mädchen?«

»Doch, der Bus fährt gleich ab.« Tilda sah sich hektisch um, dann nahm sie seine Hände, was ihren Liebsten erstarren ließ. Einen Moment lang sah er aus, als liefe es ihm eisig den Rücken hinunter. »Was machst du denn?«

»Mein Vater wird dort sein.«

»Oh«, erwiderte Bennet, und sein Adamsapfel hüpfte auf

und ab, als er schluckte und seine Hände aus ihren zog. Sämtliche Farbe wich aus seinem Gesicht.

»Ich würde mich freuen, wenn wir heute auf der Gartenausstellung als Paar auftreten würden und du mit ihm redest.«

Tilda hauchte einen Kuss auf Bennets Wange, dann warf sie ihre Schürze neben die Lilien im Wagen und lief davon, um sich den anderen Schülerinnen anzuschließen.

Bennet sah ihr nach. Sie lief leichtfüßig, und der lange rote Zopf schwang hin und her. Er hoffte, sie würde ihr Haar niemals abschneiden. Viele Frauen trugen es nun der Mode nach kürzer, oft kinnlang und mit Lockenwicklern in Form gezwängt.

Tildas Haar dagegen war so wild und natürlich wie alles an ihr, und er liebte sie dafür.

Dennoch bereitete ihm ihr plötzlicher Sinneswandel Bauchschmerzen. Wochenlang war nicht mehr die Rede davon gewesen, ihre Beziehung öffentlich zu machen, geschweige denn, ein erneutes Treffen mit ihren Eltern zu arrangieren. Nun sollte es kurzfristig auf der Gartenschau geschehen, und ihm wurde schlecht, wenn er nur daran dachte. Auf eine solche Begegnung hätte er sich gerne gründlich vorbereitet. Die Gespräche in Gedanken durchgespielt, so präzise und gründlich, wie er seine wissenschaftlichen Berichte schrieb. Nichts davon war jetzt noch möglich, ihm blieb nicht einmal mehr die Zeit, sich umzuziehen.

Bennet sah an sich hinab. Was hätte er auch ändern sollen? Er trug bereits das Beste, was er besaß, und an einem sonnigen Tag wie diesem ging er nie ohne seinen Panamahut aus dem Haus.

Sorgfältig verstaute er seine Lilien und fasste dabei einen

Entschluss. Er würde ihrem Wunsch entsprechen. Alles andere wäre feige gewesen. Zwar neigte Tilda nicht dazu, aber wer konnte schon wissen, ob sich ihre Meinung sonst nicht änderte und er sich wieder eine Ewigkeit lang würde gedulden müssen. Nein, es war besser, wenn er es hinter sich brachte. Dann hätte vermutlich auch das Versteckspiel im Internat ein Ende. Er befürchtete noch immer, dass sie entdeckt werden könnten. Es gab bereits Tratsch unter den Schülerinnen, und es war nur eine Frage der Zeit, bis es nach oben durchsickerte.

Tilda hatte ihn umgehend über die implizite Drohung ihrer Mitschülerin Stephanie unterrichtet, doch sie hatten gemeinsam beschlossen, zunächst nichts zu unternehmen. Das Mädchen hatte keinerlei Beweise in der Hand. Und tatsächlich hatte sie bislang keine Nägel mit Köpfen gemacht.

Dennoch erschien es Bennet ratsam, möglichen Gerüchten zuvorzukommen. Wenn er Mrs Havergal gleich vor vollendete Tatsachen stellte und seine Verlobung mit Tilda bekannt machte, dann kämen sie vermutlich beide mit einem Tadel davon. Unter anderen Umständen hätte es ihn vielleicht seine Anstellung gekostet, aber die Kündigung hatte er bereits vor Wochen selbst eingereicht.

Gemeinsam mit dem Hausmeister fuhr er hinter dem Schulbus und einem kleinen Pritschenwagen her nach London. Er schloss die Augen und versuchte, sich, so gut er konnte, an die erste Begegnung mit Tildas Vater zu erinnern.

Theodor Allers schien ein harter, aber fairer Mann zu sein. Er würde nie vergessen, wie er und Tilda mit dem kleinen Pflug über den Acker gezogen waren. Von Bennet würde er Fleiß erwarten und Aufrichtigkeit. Beides konnte er bieten. Bei ihrer ersten Begegnung waren sie sich nicht unsympathisch gewesen.

Bennet konnte nur hoffen, dass es auch so blieb.

Sibylla stand auf einer wackeligen Leiter und hängte die Banner auf, die sie selbst beschriftet hatte. An den Enden fanden Blumenkränze ihren Platz, die von Millie gewunden worden waren. Bunte Bänder schmückten die einzelnen Bereiche ihrer Stände, die je von einer Gruppe Schülerinnen betreut wurden.

Da Tilda, Sibylla, Millie und Georgina mit ihren Erdbeeren gewonnen hatten, war ihnen die ehrenvolle Aufgabe zugeteilt worden, den Stand mit den verschiedenen Erdbeersorten zu betreuen, darunter auch jene, die in den Palast geliefert wurde. Das Schild, das darauf hinwies, stammte ebenfalls von Sibylla.

Auch die Internatszeitung lag nun in gedruckter Form vor und konnte gekauft werden.

Sibylla trat zurück und betrachtete ihre Arbeit. Ja, ihr Werk war gut gelungen. Sie wünschte nur, Francis hätte es sehen können. Ohne ihn, seine Motivation und seine geschickte Art, ihr Interesse zu wecken, wäre sie nie auf die Waterperry School gegangen, sondern hätte eine Möglichkeit gefunden, sich davor zu drücken.

Doch ach je, wie hatte sich ihre Situation geändert! Nun war Francis fort, und sie selbst brachten keine zehn Pferde mehr nach Hause, so tief saß der Zwist mit ihren Eltern.

Das Internat war ihr zum sicheren Hafen geworden, selbst an den Wochenenden blieb sie jetzt dort.

Es war neun Uhr. Nun begann Sibyllas Schicht am Erdbeerstand. Sie hatte die erste übernommen, damit Tilda zuerst Mr Morris helfen konnte und dann ihren Eltern, die ebenfalls hier sein würden. Ihr Vater stellte wie jedes Jahr seine Obstbäumchen aus, die mehrere Fruchtsorten trugen, und Tilda präsentierte ihre Rosen.

Mrs Havergal hatte ihr zähneknirschend erlaubt, sich regelmäßig und für längere Zeit vom Schulstand zu entfernen, um ihrer Familie zu helfen. Von Tildas Rosen war eine hier am Stand aufgebaut und warb für die Fähigkeiten der Schülerinnen von Waterperry.

Das fand Sibylla ein wenig unverschämt, schließlich hatte Tilda die Rose lange vor dem Besuch des Internats gezüchtet. Aber wenn ihre Freundin nichts dagegen hatte, dann wollte Sibylla nicht diejenige sein, die Zwietracht säte.

Tilda war davongeeilt, sobald der Stand in Grundzügen aufgebaut gewesen war. War sie bei ihren Eltern oder bei ihrem Liebsten? Sie hatte es Sibylla nicht gesagt, sondern war nur winkend davongerannt.

»Schau, da ist sie«, hörte Sibylla eine vertraute Stimme sagen. Ihr Herz tat einen schmerzhaften Satz, und beinahe sofort wurde ihre Kehle staubtrocken.

Die glockenhelle Stimme ihrer Mutter erkannte sie schon von Weitem. Sibylla sah sich hektisch um, suchte etwas, womit sie sich ablenken könnte, oder – noch besser – eine Mitschülerin, die sie vertreten könnte, während sie selbst die Flucht antrat. Doch sie war allein. Viele Schülerinnen nutzten die frühe Zeit, um sich auf der Gartenausstellung ein wenig umzusehen, und so war bis auf Mrs Sanders und ein Mädchen für jeden Bereich niemand da, der Sibyllas Platz hätte einnehmen können.

Ich darf weder laut werden noch weinen, mahnte Sibylla sich selbst. Sie richtete sich kerzengerade auf. In ihrem Leib zog es, als trüge sie ein viel zu enges Korsett.

Ihre Eltern schritten gut gelaunt auf sie zu, als wäre nie etwas geschehen.

»Guten Morgen«, sagte Sibylla und blickte dabei auf ihre Hände.

Sie war noch weit davon entfernt, den beiden ins Gesicht sehen und dabei ruhig bleiben zu können.

»Wie schön, dich gleich beim ersten Versuch hier anzutreffen. Deine Mutter vermisst dich sehr«, sagte Vater gut gelaunt.

»Ich habe die erste Schicht am Stand. Ich kann bis zum Mittag nicht weg.«

»Lass dich umarmen, Darling.«

Sibylla konnte es ihrer Mutter kaum ausschlagen, ohne alle Blicke auf sich zu ziehen. Also ließ sie die Umarmung steif über sich ergehen. »Du hast dich an den Wochenenden gar nicht mehr blicken lassen. Früher warst du doch auch jedes zweite Wochenende daheim. Ist es so anstrengend im Internat?«

»Nein«, erwiderte sie einsilbig und schob die vor ihr liegenden Schulzeitungen auf dem Stapel zurecht, bis die Kanten gerade waren.

»Sie schmollt, weil sie nicht verstehen kann, dass wir nur das Beste für sie wollen«, brummte der Vater und ließ einen Seufzer folgen. »Später wirst du uns danken, Sibylla. So eine Liebelei mit einem Untergebenen bringt nur Unglück. Stell dir vor, er hätte dir ein Kind gemacht«, fügte er ganz leise hinzu.

Nun hielt Sibylla es doch nicht mehr aus. All ihre guten Vorsätze waren dahin. »Dafür hätten wir das Bett teilen müssen, Vater.«

»Schscht, Schluss damit. Alle beide!« Die Mutter sah sich hektisch um, doch es war niemand nahe genug, um sie zu belauschen.

»Francis und ich, wir haben uns geliebt. Und ihr habt alles kaputt gemacht. Das werde ich euch niemals verzeihen. Niemals!« Tränen bahnten sich ihren Weg. Sibylla drückte ihren Ärmel auf die Augenwinkel und trat von dem Informationstisch zurück. Zwischen ausgestellten Pflanzen auf und ab gehend, versuchte sie ihre Fassung zurückzugewinnen.

Ihre Eltern unterhielten sich flüsternd. Der Vater hielt ihre Mutter am Arm fest, als sie zu Sibylla gehen wollte, um sie zu trösten.

Und das war auch besser so, denn auf aufmunternde Vorträge von ihrer Mutter konnte sie im Augenblick wirklich gut verzichten.

Nun tauchten die ersten Besucher auf, die am Stand der Schule nicht nur vorbeigingen, sondern interessiert stehen blieben. Erleichtert ging Sibylla auf das ältere Paar zu. Ihr Lächeln geriet etwas verkrampft, aber die beiden schienen es nicht zu merken. »Junge Frau, können Sie uns sagen, wo wir die berühmten Erdbeeren finden?«

»Selbstverständlich! Kommen Sie, hier entlang. Wenn Sie möchten, dürfen Sie sogar probieren.«

Sibylla warf ihren Eltern einen letzten vernichtenden Blick zu, dann widmete sie sich den Besuchern.

# 27

Tilda brummte vor Aufregung der Kopf. In ihrem Bauch schien ein ganzer Bienenschwarm freigelassen worden zu sein, der nun auf der Suche nach einem Ausgang war.

Bennets Stand war bereits aufgebaut, und er hatte seinen Nachbarn gebeten, eine Weile ein Auge darauf zu haben. Jetzt war es so weit. Sie würden nach Tildas Eltern suchen, und zwar gemeinsam.

»Wollen wir?«, fragte sie herausfordernd und überspielte damit ihre eigene Unsicherheit. Als Bennet mit zusammengepressten Lippen nickte, hakte sie sich bei ihm unter.

Zügig ging es an der wachsenden Zahl der Schaulustigen vorbei, die über die Wege der altehrwürdigen Anlage flanierten. Tilda vermutete, dass ihr Vater denselben Platz gewählt hatte wie in den Jahren zuvor, vorausgesetzt, er hatte ihn bekommen. Er lag etwas abseits, dort, wohin sich nur ernsthaft interessierte Enthusiasten begaben. Viele Leute kamen nur für einen Ausflug, um ihre neuste Mode auszuführen oder nach dem ein oder anderen Adeligen Ausschau zu halten. Dann gab es die breite Masse jener, deren Faszination für Pflanzen nicht über Rosen, Tulpen und ein paar Kräuter hinausging.

Vaters Käufer aber mussten tief in die Tasche greifen, für Bäume und Sträucher, deren Qualität sich nur dem aufmerksamen Betrachter erschloss.

Tilda drückte Bennets Arm. »Ich bin so aufgeregt.«

»Das musst du gerade sagen. Womöglich macht dein Vater mich einen Kopf kürzer.«

»Du bist ein großer Mann, das verträgst du schon«, neckte Tilda ihn, auch wenn sie seine Nervosität durchaus teilte. »Ich hab dich dann trotzdem noch lieb.«

Wie erwartet war die gesamte Familie Allers am Stand versammelt. Grandma Maryann ging zwischen den Stauden umher und zupfte hier etwas ab, richtete dort einen von der Fahrt gebogenen Zweig. Vater war noch mit den Bäumchen beschäftigt. Energisch drehte er die Töpfe, wenn die beste Seite nicht nach vorne zeigte.

Mutter hatte sie bereits entdeckt und blickte ihnen neugierig und mit einem wissenden Lächeln entgegen. Tilda drückte Bennets Arm. Der große Augenblick war gekommen.

»Guten Morgen, Mom! Ich habe euch so vermisst« Sie umarmte ihre Mutter und gab ihr einen Kuss auf die Wange. »Du bist meinem Lehrer Bennet Morris ja bereits einmal begegnet. Ich muss ihn dir also eigentlich gar nicht vorstellen.«

»Sehr angenehm, Mrs Allers.« Er lupfte den Hut.

»Ganz meinerseits, Mr Morris.« Mutters Blick war prüfend, sie schien alles genau wahrzunehmen. Wie nah sie beieinanderstanden, die kleinen, vertrauten Gesten, mit denen sie sich verständigten.

Bennet reichte Tilda ein Buch aus seiner Tasche. Es waren die ersten Probedrucke seines Werkes über Lilien.

»Bring meinem Vater doch auch eines, sei so lieb«, sagte Tilda und blickte Bennet nach, während er zum Vater herüberging, der noch so vertieft in seine Arbeit war, dass er ihre Ankunft nicht bemerkt hatte.

Sie schlug das Buch auf. »Schau, Mom, da steht mein Name, in einem richtigen gedruckten Buch!«

»Das glaube ich jetzt nicht. *Wissenschaftliche Mitarbeit*«, las die Mutter und strich mit den Fingerspitzen über den Namen ihrer Tochter.

»Deshalb bin ich so wenig zu Hause gewesen. Wir hatten so viel Arbeit.«

»*Wir*«, wiederholte sie weich und strich Tilda eine Strähne aus der Stirn. »Und er ist dir ein neues Zuhause geworden?«

Tilda wurde die Kehle eng, und ihr Herz fühlte sich an, als wäre es plötzlich viel größer. Sie nickte erst, dann brachte sie mühsam ein leises Ja heraus.

»Ist er gut zu dir?«

»Wie kannst du das nur fragen?« Sie strich über das aufgeschlagene Buch. »Er fördert mich, er ist stets für mich da, und er blickt nie auf mich herab.« Nicht mehr jedenfalls, ergänzte sie in Gedanken. Anfangs hatte er noch über die Schülerinnen als Gruppe gespottet, doch mittlerweile war ihm klar geworden, dass die jungen Frauen genauso gut arbeiteten wie Männer, wenn sie nur mit Leidenschaft bei der Sache waren. Einen guten Anteil an seinem Sinneswandel hatte im vergangenen Jahr wohl sie selbst gehabt.

»Ach, Tilda, ich sehe dir an, wie glücklich du bist. Wer hätte das gedacht! Wir haben ein Mädchen in die Schule geschickt, und eine Frau ist zu uns zurückgekommen.«

Tilda wurde ganz warm. Vor Aufregung und weil ihr wieder bewusst wurde, wie sehr Bennet sie für sich gewonnen hatte. Seit Monaten sahen sie sich täglich, und sie konnte sich nicht vorstellen, dass es je wieder anders sein sollte. »Glaubst du, Pa mag ihn?«, fragte Tilda leise. Fast gleichzeitig drehten sie sich zu den Männern um, die ins Gespräch vertieft waren. Vater schien Bennet auf Herz und Nieren zu prüfen, doch was die Männer genau miteinander sprachen, konnte Tilda nicht verstehen, dazu waren sie zu leise. Nun legte Vater Bennet eine Hand auf den Rücken und führte ihn zwischen den Bäumchen hindurch noch ein Stück weiter weg.

»Noch hat er ihn nicht zum Teufel gejagt. Keine Sorge, Tilda, wir würden deinem Glück nie im Wege stehen.«

Sie hörte Mutters Worte, doch so ganz drangen sie nicht zu ihr durch, denn sie hatte stets Sibyllas Schicksal vor Augen, deren Eltern sich nicht hatten erweichen lassen.

Als nun Bennet an Vaters Seite zu ihnen kam, wirkte er ein wenig blass um die Nase. Er lächelte schmal, als hätte er bis gerade eben am Rand einer Klippe gestanden und wäre überraschend vor einem Sturz in die Tiefe bewahrt worden.

»Ich sollte wohl gratulieren«, brummelte der Vater auf seine liebenswerte, mürrische Art und zog Tilda in seine Arme.

»Danke, Pa«, stieß Tilda erstickt hervor und seufzte tief. Erst jetzt wurde ihr klar, wie angespannt sie gewesen war. Sie hatte sich so verkrampft, dass sie nur noch ganz flach atmen konnte.

»Mr Morris, herzlichen Glückwunsch!« Die Mutter umarmte ihn förmlich.

»Sagen Sie bitte Bennet, Mrs Allers.«

Nun kam auch Grandma Maryann heran und stimmte in das fröhliche Hallo und die Glückwünsche mit ein. »Hab ich's doch im Gefühl gehabt, dass du auf diese Schule gehen musst«, sagte sie mit strahlenden Augen. »So ein patenter, fescher junger Mann.«

Sie lachten ob ihres Überschwangs. Tilda schmiegte sich wieder an Bennet, der nun ganz offiziell *ihr* Bennet war, und es fühlte sich herrlich an. Das Glück in ihr war wie ein pulsierendes Leuchten, das alles überstrahlte, heller und schöner machte.

»Wir müssen uns besser kennenlernen!«, sagte die Mutter nun. »Tilda, du und dein Bennet, ihr kommt am nächsten Sonntag zum Essen. Ich will keine Ausreden hören.« Sie stemmte die Hände in die Hüften und sah ihre Tochter herausfordernd an.

»Versprochen, Ma.«

»Sehr gerne, Mrs Allers. Ich freue mich.«

Sie verabschiedeten sich kurz darauf und liefen Arm in Arm fort aus dem Trubel. Nun strömten die Besucher in Scharen auf das Gelände. Für Tilda hätte der Tag hier enden dürfen. Sie war so glücklich, dass sie die halbe Welt hätte umarmen können.

Bennet an ihrer Seite wirkte andächtig. Sie gingen zwischen großen Zelten hindurch, die einzelnen Pflanzenarten wie Orchideen, Dahlien und Rosen gewidmet waren, andere zeigten die neusten Gartengeräte oder Fotografien besonders gelungener Pflanzungen.

Sie erreichten, noch immer schweigend, kleine Schau- und Themengärten, die innerhalb der vergangenen Wochen auf einer Fläche von zehn mal zweiundzwanzig Metern angelegt worden waren. Steingärten gab es, kleine Biotope, Meere blühender Blumen oder akkurat geschnittene Sträucher, deren einziger Zweck darin bestand, Skulpturen zu flankieren. Die Gärten waren unterschiedlich wie Gemälde und ein jeder auf seine Weise perfekt.

Bennet nahm ihre Hand und zog sie vom Hauptweg fort hinter einen Ausstellungsgarten, der aus einem Meer von Rittersporn bestand.

»Wohin führst du mich?«

»Am liebsten würde ich dich *ent*führen.« Er lächelte charmant.

»Das klingt verlockend, aber heute bin ich so rundherum glücklich, dass es gar keine Rolle spielt, wo wir sind oder was noch passiert.«

»Aber etwas fehlt, oder nicht?« In diesem Moment ging er

vor ihr auf die Knie, ließ seinen Hut achtlos auf den Boden fallen und ergriff ihre Hand.

»Tilda Allers, es gibt keine Frau, mit der ich hier oder an irgendeinem verlassenen Ort auf dieser Welt lieber zusammen wäre als mit dir …«

Ihre Knie wurden weich. In ihren Ohren rauschte es, als ob ein gewaltiger Strom über sie hinwegspülte. Sie sah nur noch Bennets geheimnisvolle Augen, in denen sie sich so gern verlor, seinen Mund, der sie mit seinen Erzählungen in fremde Länder entführte und den sie nicht oft genug küssen konnte.

Sie ließ sich selbst auf die Knie nieder. Bennet war ins Stammeln geraten, doch sie brauchte keine Worte, um zu wissen, was er sagen wollte.

»Ja. Ja! Natürlich ja, Bennet Morris, bis ans Ende unserer Tage und ans Ende der Welt.«

Mit zitternden Händen schob er ihr einen schlichten goldenen Ring auf den Finger. Ohne einen Stein, dafür mit einer eingravierten zarten Ranke. »Den trage ich schon seit einer Weile mit mir herum«, murmelte er.

Tilda legte ihre Hände an seine Wangen, die schon wieder ein wenig stoppelig waren, und zog ihn an sich. Küsste ihn, und es war wie ein Rausch, aus dem sie erst wieder erwachte, als vom Weg her Jubelrufe, Pfiffe und Glückwünsche herüberdrangen.

Bennet half ihr hoch. Sie hatten beide nasse Knie, und Tilda musste sich eine einzelne Glückssträhne von der Wange wischen.

»Wir müssen zurück, fürchte ich.« Bennets Stimme klang tiefer als sonst und ein wenig rau.

»Das fürchte ich auch.« Sie liefen zurück zum Hauptweg und hielten einander dabei fest an den Händen. Zwischen den anderen Leuten fiel es Tilda wieder etwas leichter zu denken, auch wenn noch immer dieses wilde Lied in ihrer

Brust schmetterte, das sie wohl noch den ganzen Tag lang begleiten würde.

»Ich sollte besser zu meinem Stand zurückkehren«, sagte Bennet mit einem Seufzen. »Beginnt deine Schicht nicht ebenfalls bald?«

Tilda sah auf ihre schmale Armbanduhr. »Nein, noch nicht, aber ich muss mich um meine Rosen kümmern. Das hatte ich ganz vergessen, als wir bei meinen Eltern waren.«

»Hattest du etwa anderes im Sinn als die Jagd nach der nächsten Auszeichnung?« Bennets Lächeln wurde schelmisch, als dächte er nun nicht mehr an ihre Verlobung, sondern an das, was Frischvermählte im Bett anstellten. Tildas Wangen wurden heiß, dann wurde ihr klar, dass sie nun verlobt war und sich nicht zu schämen brauchte.

Sie blieben stehen, umarmten sich lange. »Ich mag dich nicht gehen lassen«, murmelte sie, den Kopf an seine Brust gelegt. Sein Herz schlug schnell, wundersam im Takt mit ihrem.

Als sie dann doch getrennter Wege gingen, fühlte sie sich, als würde sie zu einer Seite gezogen. Als fehlte dort, wo Bennet noch bis vor Kurzem ihre Hand gehalten hatte, nun ein Teil von ihr.

Sie sah sich nach ihm um, doch mit seinen langen Storchenbeinen war er schneller als sie und längst zwischen den Pavillons verschwunden. Dann erreichte sie den Stand ihrer Eltern.

Die Mutter umarmte sie gleich noch einmal. »Herrje, Kind, wie konntest du uns so überrumpeln?«

»Es musste sein, und es tut mir leid.«

Schon hatte ihre Mutter den Ring an ihrem Finger bemerkt, nahm ihre Hand und betrachtete den schmalen goldenen Reif mit der Gravur. »Kein Stein?«

»Das ist nicht nötig, und Bennet weiß das. Hauptsache,

wir werden glücklich und ein gutes gemeinsames Leben haben, oder nicht?«

»Ist das etwa unsere Tochter? Ich dachte, die sehen wir so bald nicht wieder.« Vater näherte sich lachend von hinten.

»Hat er schon Reißaus genommen?«

»Pa!« Tilda knuffte ihren Vater in die Seite, dann fiel sie ihm um den Hals. »Danke, dass du lieb zu ihm warst.«

»Lieb?« Er lachte trocken auf. »Ich habe ihm mit allem Unheil dieser Welt gedroht, sollte er dich unglücklich machen.«

»Oh!«

»Gut so«, mischte sich ihre Mutter nun ein. »Soll er ruhig ein wenig Angst haben.«

»Aber, Mom!« Tilda stemmte in gespielter Streitlust die Hände in die Hüften. Dann erinnerte sie sich wieder, warum sie eigentlich hier war. »Meine Rosen, ihr habt sie doch mitgebracht?«

»Natürlich, Dear. Fünf stehen hier, die beste habe ich wie versprochen heute Morgen in den Wettbewerbspavillon gebracht.«

Tilda atmete erleichtert auf. Auf ihren Vater war Verlass. »Danke! Es gibt für mich also nichts mehr zu tun?«

»Eigentlich nicht, nein.«

»Dann sollte ich wohl besser zum Stand des Internats zurück.«

»Und zu deinem Liebsten«, ergänzte Maryann augenzwinkernd.

»Na, wenn das so einfach wäre.« Tilda zog eine Schnute. Den restlichen Tag über würden sie sich nur mit etwas Glück hin und wieder sehen.

# 28

Noch vier Tage würde die Flower Show dauern. Wie sollte sie das nur aushalten?

Sibylla trat unruhig von einem Bein auf das andere. Vier Tage, in denen ihre Eltern immer wieder hier auftauchen würden. Am liebsten hätte sie sich in Luft aufgelöst. Es war ein Fehler gewesen, sich für die frühen Schichten einzutragen. Zwar waren dann noch nicht so viele Leute da, aber wenn sie vernünftig nachgedacht hätte, wäre ihr klar geworden, dass ihr Heil im Trubel lag. War der Pavillon voller Menschen, hatte sie eine Erklärung dafür, warum sie nicht mit ihren Eltern reden konnte. War er noch leer, saß sie fest.

Während sie noch mit ihrem Schicksal haderte, änderte sich etwas an der Atmosphäre. Es war wie ein Knistern in der Luft, ein Rauschen, nicht zu hören, aber zu fühlen.

Sie sah einzelne Gäste und Flaneure schneller gehen, andere änderten abrupt die Richtung. An Ständen und in Pavillons, die näher am Hauptweg gelegen waren, brach Hektik aus.

Was mochte da wohl los sein? Gab es eine Art Inspekteure, die nun die Stände überprüften?

»Mrs Havergal?«, rief Sibylla die Schulgründerin und Rektorin herbei. Sie trug eine Hose und eine dunkelblaue Bluse. Wie aus Gewohnheit wischte sie ihre für eine Frau ungewöhnlich großen und etwas groben Hände an den Beinen ab.

»Was ist denn?«

Sibylla nickte mit dem Kinn in die Richtung, aus der sich die Unruhe näherte. »Dort. Alle benehmen sich, als wäre ein Fuchs im Hühnerstall.«

»Kein Fuchs.« Mrs Havergal lächelte und wirkte damit sofort um Jahre jünger. »Dort kommt der König.«

»D-der König?!«, stotterte Sibylla und hätte im ersten Moment am liebsten die Beine in die Hand genommen. »Kommt er hierher? An unseren Stand?«

»Wenn wir Glück haben.«

»O mein Gott!« Nun verstand Sibylla die Hektik der anderen. Sie fasste sich und kontrollierte, ob in ihrem Bereich Ordnung herrschte, die Pflanzen gut dastanden, die Früchte zum Verkosten appetitlich aussahen.

Mrs Havergal hatte kurz in die Hände geklatscht, und nun summte es auch im Pavillon der Schule wie im Bienenstock. Sibylla sah an sich hinab. Warum musste sie nur diese elende Schuluniform tragen, in der man stets aussah wie in einen Sack gestopft? Wenigstens ihre kräftigen Stiefel glänzten poliert, und ihre kittelartige Jacke war sauber und faltenfrei. Sie hatte sich am Morgen so sorgfältig geschminkt, als würde sie ausgehen. Das erleichterte sie nun. Dennoch nahm sie unauffällig einen kleinen Taschenspiegel heraus und sah sicherheitshalber noch einmal nach.

»Miss Healey«, mahnte die Rektorin gutmütig.

»Ja, ja, ich bitte um Entschuldigung.« Der Spiegel schnappte geräuschvoll zu. Sibylla strich sich hektisch einige Haare aus der Stirn und schob sich eine Strähne hinters Ohr.

Wo war nur Tilda? Sie würde noch alles verpassen!

Auf dem Hauptweg wurde nun eine Menschentraube sichtbar. Passanten machten Platz, um König George mit seinem Gefolge und den Soldaten der Ehrengarde vorbeizulassen. Schon von Weitem war zu sehen, dass er an den Pavillons stehen blieb und mit den Ausstellern einige Worte wechselte, bevor er weiterzog.

König George sah genauso elegant aus wie auf den Fotos. Groß und schlank ging er gemessenen Schrittes weiter und schien sich gut zu amüsieren. Er war erst seit einem Jahr König, nachdem sein älterer Bruder Eduard abgedankt hatte, um die mehrfach geschiedene Amerikanerin Wallis Simpson heiraten zu können.

Nun entdeckte Sibylla auch seine Frau Königin Elizabeth, die ein wenig hinter ihm gegangen war und nun an seine Seite zurückkehrte.

Ohne darüber nachzudenken, wich Sibylla zurück. Bei den Erdbeeren war sie vermutlich besser aufgehoben als neben der Rektorin, die sich kaum etwas anmerken ließ und nur kurz ihre Kleidung glatt gestrichen hatte.

»Miss Healey, wo wollen Sie denn hin?« Mit einer straffen Geste kommandierte Mrs Havergal ihre Schülerin zurück nach vorn, und dann waren sie plötzlich da.

Sibylla rauschte das Blut in den Ohren. Sie lächelte, es fühlte sich an wie eine Grimasse, zugleich kam sie sich tollpatschig und ungeschickt vor, ohne sich auch nur zu bewegen.

Das Königspaar blieb am Stand stehen. Um sie herum wurde es still.

Mrs Havergal knickste, und Sibylla machte die Bewegung mit, schlug die Augen nieder. »Welche Ehre«, sagte sie leise und biss sich dann auf die Zunge. Eigentlich wusste sie, seit sie denken konnte, dass sie niemals zuerst das Wort an König oder Königin richten durfte!

Ein Mann, der wohl die Aufgabe hatte, die Majestäten über die Ausstellung zu führen, räusperte sich. »Sire, Ma'am, die Waterperry School of Horticulture, Hoflieferant für Erdbeeren. Mrs Havergal, die Rektorin und Gründerin.«

»Sehr erfreut, die Damen«, sagte der König und sah ihnen beiden nacheinander in die Augen. Sibylla hatte das Gefühl, er mustere sie mit echtem Interesse, und das, obwohl er heute sicher Hunderten von Menschen vorgestellt wurde. Schon als kleines Mädchen hatte sie davon geträumt, irgendwann einmal dem Königspaar zu begegnen. Sich hübsch angezogen und vor dem Spiegel wieder und wieder den Knicks geübt. Ihre Erzieherin hatte die kleine Sibylla oft mit der verheißungsvollen Aussicht, irgendwann dem König gegenüberzustehen, zum Fleiß ermuntert. Und was für eine fleißige Schülerin sie daraufhin gewesen war! Die Flausen, sich einen blaublütigen Ehemann angeln zu wollen, stammten ebenfalls von der gestrengen Mrs Pemberton. Und nun wurde zumindest ein Teil ihres Traum Wirklichkeit! Wenn auch nicht in einem Ballsaal oder bei einem festlichen Akt und ohne die schönen Kleider. Sei´s drum. Selbst in Kitteln war dies ein Erlebnis, von dem sie noch ihren Enkeln erzählen würde. Sie konnte ihr Glück kaum fassen.

»Die wundervollen Erdbeeren«, sagte nun die Königin.

»Darf ich Euch welche anbieten, Your Majesty?«, fragte Sibylla und fühlte sich, als würden im nächsten Moment ihre Knie versagen. Die Königin lächelte nur, als wüsste sie genau, was ihre Präsenz für ihre Untertanen bedeutete.

Sibylla nahm unter dem Tisch eine Schale mit ausgesucht schönen und bereits vom Grün befreiten Erdbeeren hervor und hielt sie hin. Ihre Hände zitterten nur ein wenig, und es übertrug sich wirklich kaum auf die Schale. Beide griffen zu und aßen eine der duftenden Früchte. »Herrlich, so schmeckt der Frühsommer«, komplimentierte George VI. mit einem jovialen Lächeln.

»Danke, Your Majesty, das ehrt uns und die Schule.« Mrs Havergal verneigte sich wieder. »Die Sorte wurde gemeinsam mit den Schülerinnen entwickelt und gepflegt.«

»Exzellent, ich bin sicher, von Waterperry wird man auch

in Zukunft noch hören.« Und mit diesen Worten verabschiedete sich die Königin. Der Fotograf, der mehrfach den Auslöser gedrückt hatte, schob sein Stativ zusammen und trat zur Seite, damit das königliche Paar wieder vorausgehen konnte. Mit ihnen setzte sich die Entourage aus Personal und anderen Adeligen in Bewegung.

Eine Ehrengarde junger, allesamt großer und gut aussehender Soldaten folgte. Einer von ihnen, blond, mit einem Schnurrbart und großen grauen Augen, kam aus dem Tritt, als er Sibylla ansah. Es war, als würde einen Moment lang die Zeit stillstehen. Er lächelte, dann bekam er einen unauffälligen Stoß von einem Kameraden und stolperte weiter. Hatte sie ihn denn so durcheinandergebracht? Er war doch mit dem Königspaar unterwegs und sie nur ein einfaches Mädchen an einem Stand.

Aber … schmuck war er schon gewesen und bestimmt auch blaublütig, sonst wäre er ja wohl kaum Teil der Garde geworden, oder?

»Gut gemacht«, raunte ihr die Rektorin in diesem Moment zu. »So lange hat noch kein Königspaar bei uns verweilt.«

»Aber ich habe doch gar nichts gemacht!«, sagte Sibylla und sah dem attraktiven Soldaten nach, der sich noch einmal nach ihr umdrehte.

»O doch, das haben Sie, Miss Healey, denn ich hätte es als zu aufdringlich erachtet, Ihnen Erdbeeren anzubieten. Von einer jungen Schülerin aber ist diese Geste akzeptabel, und nun hat die halbe Welt gesehen, dass George und Elizabeth sich mit uns unterhalten haben und ihnen die berühmten Waterperry-Erdbeeren schmecken!«

Sie legte Sibylla eine Hand auf die Schulter, der nur langsam klar wurde, dass sie gerade etwas erlebt hatte, was sie wohl ihr Leben lang nicht vergessen würde.

Stolz durchflutete sie. Sie hatte die Früchte angebaut, sie hatte sie gepflanzt, monatelang Unkraut gezupft, Stroh untergelegt, sie vor Schädlingen und missgünstigen Mitschülerinnen bewahrt. Sie selbst hatte die Erdbeeren geputzt und verlesen, die die Königin wundervoll fand. Solange die Erinnerungen noch frisch waren, musste sie jedes kleine Detail in ihrem Tagebuch festhalten. Doch Moment … Weshalb eigentlich nur in ihrem Tagebuch?

»Darf ich darüber schreiben, Mrs Havergal?«

»Sie dürfen nicht nur, Sie müssen! Dies war ein denkwürdiger Tag für die Schule, an dessen Gelingen Sie einen großen Anteil hatten. Ich werde Ihnen die Fotografie besorgen, denn Mr Tillem, der Hoffotograf, ist ein Bekannter aus früheren Zeiten. Und dann schreiben Sie, schreiben Sie!«

*Zwei Tage später*

Sibylla flanierte gemeinsam mit Tilda durch den Pavillon einer Londoner Gärtnerei, die verschiedene südamerikanische Zimmerpflanzen ausstellte. Hier fühlte Sibylla sich relativ sicher, auch wenn an vielen Stellen Orchideen in allerlei Farben und Formen zu sehen waren. Ihre Eltern waren sicherlich bereits am ersten Tag hier gewesen, und da es keine Raritäten gab, würden sie kein zweites Mal herkommen.

Tilda beugte sich über eine Orchidee und zog die Nase kraus. »Die riecht nach nichts! Gar nichts!«

»Das hätte ich dir schon vorher sagen können.«

»So hübsch, und dann nicht einmal gut duften.«

»Ich habe das mit den Orchideen auch nie wirklich verstanden, trotz meiner Eltern.«

»Es gibt also keine duftenden Orchideen?«, fragte Tilda mit echter Neugier. Sie mochte zwar frisch verlobt sein, doch das hinderte sie nicht daran, sich für die Flower Show zu begeistern wie ein Kind auf dem Jahrmarkt.

»Natürlich gibt es so einige mit feinen Parfümdüften, die sehen aber oft nicht so spektakulär aus. Und dann sind da natürlich noch die Orchideen, aus denen Vanille gewonnen wird.«

»Und deine Eltern sammeln …?« Tilda hob fragend eine Braue. Sie wusste sicher genau, dass sie sich in unbeliebtes Terrain wagte, doch offenbar war ihre Neugier stärker. Dabei spielte sie wie schon seit dem Vortag unbewusst mit ihrem Verlobungsring herum, dem einzigen Ring, den Sibylla je an ihr gesehen hatte.

»… alles. Meine Eltern sammeln jede Art von Orchideen, die sie in ihre gierigen Finger bekommen und die nur irgendwie selten ist. Wie die ganzen anderen Verrückten aus ihren Clubs und Vereinen. Da geht es um Summen, das kannst du dir nicht vorstellen! Neulich hat mein Vater drei Orchideen verkauft, von denen du dir ein kleines Häuschen leisten könntest. Aber der ganz große Boom ist vorbei, seitdem immer mehr Pflanzenjäger unterwegs sind. Was meine Eltern trotzdem nicht davon abhält, mit diesem Wahnsinn fortzufahren. Es ist Familientradition.«

Sibylla legte ihrer Freundin einen Arm um die Schultern. »Und nun lass uns nicht mehr von ihnen reden. Komm, wir holen uns irgendwo ein Eis und denken für einen einzigen Moment an anderes als Blümchen und Gestrüpp.«

Tilda kicherte. »Nicht so laut!«, flüsterte sie mit vorgehaltener Hand und einer Grimasse des Entsetzens. »Du bist hier unter Enthusiasten. Die werden dich noch teeren und federn, so wie du redest.«

»Ja, ja«, erwiderte Sibylla mit einem Grinsen und schob ihre Freundin weiter, vorbei an Hortensien und Azaleen und wie sie alle hießen. Die Luft im Pavillon war stickig von Pflanzengerüchen und dem Atem viel zu vieler Menschen auf engem Raum. Draußen angekommen, atmeten sie tief durch.

»Also ein Eis?«, wiederholte sie ihre Frage.

»Ja, und ich weiß auch schon, wo.«

Tilda nahm sie an der Hand und zog sie über den vollgestopften Hauptweg. Aus der Ferne sah sie kurz eine Mitschülerin aus dem Internat, denn sie alle trugen ihre Schuluniform. Die schlichte Kleidung war praktisch, und Sibylla hatte sie im vergangenen Jahr in bestimmten Situationen schätzen gelernt. Aber hübsch fand sie sich darin nicht. Dabei hätte sie es so genossen, sich endlich wieder einmal schick zu machen. Und zwar für einen Ausflug auf die Flower Show. Als Gast! Und nicht, um Stunde für Stunde am Stand auszuharren.

Die Krawatte saß etwas eng. Sie zerrte den Knoten auseinander, während sie sich von Tilda weiterziehen ließ, die offenbar ganz genau wusste, wohin sie wollte.

Sie erreichten eine Freifläche, wo mehrere Stände aufgebaut waren. Es sah fast aus wie auf einem Jahrmarkt, und die Atmosphäre war auch ähnlich. Nur der Lärm der Fahrgeschäfte fehlte. Es gab gebrannte Mandeln, und Kinder trugen mit andächtigem Blick große Bälle von Zuckerwatte vor sich her oder spielten zwischen den Buden Fangen.

»Dort soll es das beste Eis geben«, verkündete Tilda und schob ihren Sommerhut zurück.

»Ich gebe eine Runde aus.«

»Nein, das musst du nicht.«

»Ich muss nicht, aber ich will!« Sie reihten sich in die Schlange ein. Vor ihnen standen zwei junge Soldaten. Einer zeigte dem anderen gerade eine Fotografie, die er in seiner Börse aufbewahrte.

»Herzlichen Glückwunsch, mein Freund«, sagte der andere. Er kam Sibylla auf merkwürdige Weise bekannt vor, obwohl sie ihn bislang nur schräg von hinten gesehen hatte. Blond war er, mit einem gebräunten Hals und breiten Schultern. Passte das zu jemandem, den sie aus dem Club kannte?

Die Soldaten bestellten, dann drehte er sich um, und ihre Blicke begegneten sich.

»Das Erdbeerfräulein!«, sagte er überrascht.

»Ja, ich …«, stotterte Sibylla wie gebannt von seinen grauen Augen.

»Sibylla, wir sind dran.« Tilda bestellte grinsend eine Kugel Karamelleis und eine Schokolade.

»Für mich auch.« Sie wandte sich hastig dem Verkäufer zu und zahlte. Wie peinlich sie sich gerade benommen hatte! Sibylla wäre am liebsten im Boden versunken. Zum Glück hatte sie nun wenigstens ein Eis, hinter dem sie sich verstecken konnte.

Die jungen Männer waren nicht weit gegangen, aßen ihr Eis und unterhielten sich leise. Beide sahen so regelmäßig zu ihnen herüber, dass es nicht zu übersehen war.

»Was war das denn?«, fragte Tilda mit einem gespielt harmlosen Lächeln.

»Nichts, lass uns von hier verschwinden.«

»Aber willst du denn nicht mit ihm reden? Dich bekannt machen?«

»Auf keinen Fall, ich bin schon unglücklich genug. Das ertrage ich so bald nicht noch einmal.«

»Du sollst ja nicht mit ihm ausgehen, sondern nur … Ach, was weiß ich, ich kenne mich damit nicht aus.«

»Du bist immerhin verlobt!«

»Ja, aber mit Bennet, das ist etwas anderes. Ich bin vor ihm mit keinem Mann ausgegangen.«

»Selber schuld.« Sibylla trat unruhig von einem Bein auf das andere. »Zu spät«, murmelte sie und wischte sich hastig über den Mund, um etwaige Eisspuren zu beseitigen. Der junge Mann kam auf sie zu. In seiner Ausgehuniform sah er wirklich gut aus. Schon der Gedanke fühlte sich wie Betrug an, dabei hatte sie Francis seit Monaten nicht mehr gesehen, geschweige denn von ihm gehört. Außerdem hatten sie sich eindeutig darauf verständigt, dass es aus war zwischen ihnen. Aus sein *musste*. Und zwar für immer.

»Die Damen«, grüßte der unbekannte Soldat, sah Tilda dabei aber kaum an. »Wir sind uns vor zwei Tagen begegnet, doch vermutlich hatten Sie verständlicherweise nur Augen für die Hoheiten«, fuhr er an Sibylla gewandt fort. Er lächelte, und in seinen Wangen entstanden zwei entzückende Grübchen. Er hatte ein kantiges, wohlgeformtes Gesicht, wie es Künstler in Stein meißelten. Die großen grauen Augen wirkten dagegen geradezu jungenhaft und ließen Sibylla an einen Lausbuben denken.

»Sie waren Teil der Ehrengarde, nicht wahr?«, fragte sie und war sich doch nahezu sicher, ihn dort gesehen zu haben.

Als er begriff, dass sie ihn bemerkt hatte, schien er gleich ein wenig zu wachsen. »Ich habe beim Stand der Schule nach Ihnen gefragt, doch Sie waren nicht da. Ich hatte schon die Hoffnung aufgegeben, Sie noch zu finden. Oliver Sable.« Er deutete knapp eine Verbeugung an.

»Sibylla Healey. Und das hier ist meine Freundin Tilda Al…« Sie stockte. Ihre Begleiterin war bereits einige Schritte weitergegangen, drehte sich nun um und hob winkend die Hand. »Ich gehe zu Bennet und warte da auf dich.«

»Tilda!« Das konnte sie doch nicht machen! Sibylla spürte die Unsicherheit wie einen heißen Rausch durch ihre Adern pulsieren. Oder war das gar keine Unsicherheit, sondern etwas anderes?

»Ich habe nicht vor, Ihnen zu nahe zu treten, Miss«, sagte Sable nun. Die Enttäuschung war ihm anzusehen. »Wenn Ihnen das Gespräch unangenehm ist, ziehe ich mich selbstverständlich zurück.«

»Nein, nein, das ist es nicht.« Sibylla atmete tief durch und gab sich einen Ruck. »Es liegt nicht an Ihnen, es liegt an mir. Ich war mit den Gedanken woanders, und Sie haben mich überrascht, das ist alles.«

»Würden Sie also ein wenig mit mir spazieren gehen? Ich würde gerne mehr über Sie erfahren.«

»Sagen Sie Sibylla, bitte.«

»Oliver«, erwiderte er und lächelte so erfreut, dass sein ganzes Gesicht zu strahlen schien.

# 29

*September 1937, Waterperry School of Horticulture*

Die Weintraubenernte war eine anstrengende, aber zugleich sehr erfüllende Arbeit, fand Tilda. Verglichen mit der Schufterei auf dem Gemüseacker sogar angenehm, denn sie konnten die Trauben aufrecht schneiden, und der Rücken litt kaum. Allerdings taten abends die Hände vom ständigen Druck der Zangen weh. Sibylla hatte sogar Blasen bekommen, dabei war ihre Freundin seit dem Beginn der Schule eigentlich viel robuster geworden.

Sie hatten einen Korb zwischen sich stehen, in den sie die goldgrünen Trauben legten. Nun war er beinahe voll.

»Ich trage ihn«, brach Tilda das Schweigen, das sich zwischen ihnen ausgebreitet hatte, aber keineswegs unangenehm war.

Energisch packte sie die Holzgriffe und wuchtete sich die Last vor den Bauch, dann lief sie bergab. Der kleine Weinberg lag an einem flachen Hang. Eigentlich gab es in England zu wenig Sonne, und die Böden waren etwas zu feucht, doch die Schulgründerin war nie darum verlegen, neue Wege zu gehen. Sie versuchte anfangs, wenn auch keine Trauben für die Kelterung, so doch immerhin für den Verzehr anzubauen. Es reichte, um den Ertrag auf kleinen Märkten zu verkaufen und mit den Rebsorten zu experimentieren. Der Erfolg hatte sie mutiger gemacht, und so gab es nun neben den Tafeltrauben verschiedene Kulturen mit Weißweinreben.

In den vergangenen Wochen hatten sie im Schulunterricht viel über Weinbau, Vermehrung und vor allem die typischen Schädlinge des Weins wie Reblaus und verschiedene Pilze gelernt. Wie bei jeder Nutzpflanze galt auch beim Wein Mrs Havergals Bestreben vor allem der Verbesserung der Pflanzen, um sie dem Wetter der Region anzupassen und sie widerstandsfähiger zu machen.

Wie Tilda erwartet hatte, stand Mrs Havergal auch jetzt bei der Sammelstelle. Sie hielt eine Lupe in der Hand und betrachtete die Oberflächen der Trauben sowie die wenigen Blätter, die noch an den Stielen hingen.

»Fast kein Rost«, sagte sie ohne Umschweife.

Tilda stellte ihren Korb ab. »Dann werden wir mit dieser Sorte weitermachen?«

»Ja, genau.«

Sie griff sich einen neuen, leeren Flechtkorb und wollte schon zu Sibylla zurückkehren, als ihr die Rektorin mit einem Wink zu verstehen gab, sie solle bleiben. »Einen Moment noch, Miss Allers. Ich weiß ja, dass Sie in einer Gärtnerei aufgewachsen sind und zudem ein besonderes Auge haben. Hier.« Mrs Havergal zog ein Bündel blauer Stoffstreifen aus ihrer Tasche und reichte sie an Tilda weiter.

»Markieren Sie doch bitte Weinstöcke, die Ihnen besonders gesund und vital erscheinen.«

»Ich versuche es.«

»Keine Sorge, Sie stehen nicht auf dem Prüfstand, Miss Allers, ich schätze nur Ihr Gespür. Man soll einen jeden nach seinen Fähigkeiten arbeiten lassen. Natürlich werde ich Ihre Wahl dennoch nachprüfen.«

»Vielen Dank, Mrs Havergal! Werden wir die Ausgewählten für die Vermehrung nutzen?«

»Sie haben es erfasst.«

Tilda stopfte sich die Bänder in die Rocktasche. Es fühlte sich an, als hätte sie soeben eine Auszeichnung erhalten. Das

Vertrauen Mrs Havergals bedeutete ihr viel, umso mehr, da sie die Schule nicht würde abschließen können.

Flüsternd berichtete sie Sibylla, was gerade passiert war, die daraufhin breit grinste und spottete: »Schön, dann musst du also nur das Gestrüpp anschauen, während ich die ganze Arbeit mache.«

Natürlich würde Tilda genauso viele Trauben schneiden wie Sibylla, das wussten sie beide.

»Wie war es eigentlich gestern?«, fragte Sibylla nun. Es war Montag, und am Wochenende zuvor war Tilda gemeinsam mit ihrem Verlobten zu ihren Eltern gefahren.

»Schön war es, wenn auch anstrengend. Vater hat einen Narren an Bennet gefressen. Das erleichtert mich sehr, allerdings bedeutet es für Bennet auch Arbeit, verdammt viel Arbeit sogar. Und er lässt es sich nicht nehmen, meinem Pa zu helfen, wo er kann.«

»Also kein richtiges Wochenende?«

»Nein, wo denkst du hin?« Tilda lachte und knotete ihr erstes blaues Bändchen fest. »Wir haben geackert wie die Wahnsinnigen. Zum Glück gab es zwischendurch den legendären Apple Pie meiner Großmutter. Danach hätte ich sofort einschlafen können, aber meine Mutter und Grandma Maryann haben darauf bestanden, dass wir meine Aussteuer zusammenstellen. Als hätten sie das nicht schon lange ohne mich erledigt. Und es ist eine Menge!« Sie verdrehte die Augen.

»Wo willst du denn hin damit?«

»Genau! Das habe ich auch gesagt, aber sie hören ja nicht zu. Wenigstens können die Sachen noch eine Weile dortbleiben, denn in Bennets winziger Wohnung ist kein Platz dafür.«

»Und eine größere wollt ihr euch nicht suchen?«

»Später. Aber für das halbe Jahr bis zur Expedition lohnt es nicht.«

Sibylla stopfte sich einige Trauben in den Mund. »Und ihr habt es ihnen noch immer nicht gesagt?«, nuschelte sie.

Tilda schüttelte den Kopf. »Nein. Bennet hätte sich am Sonntag beinahe verplappert. Er war den ganzen Tag mit Vater im Gewächshaus zugange und hat ihm geholfen, neue Scheiben einzusetzen und alles winterfest zu machen. Vater hat ihn wohl gedrängt, dass wir nach der Hochzeit zu meinen Eltern ziehen und er in die Gärtnerei einsteigt. Mein Bennet ist ein ehrlicher Kerl und mein Vater ein Sturkopf.«

»Er wollte nicht lügen.«

Tilda seufzte. »Ja, und es wurde, wie du dir denken kannst, sehr unangenehm.«

»Und ihnen einfach sagen, was ihr vorhabt?«

Schon beim Gedanken daran zog sich alles in Tilda zusammen. »Das würde dann vermutlich nicht besser enden als mit dir und Francis. Womöglich schlimmer, denn ich bin das einzige Kind.«

Sibylla wich ihrem Blick aus und war plötzlich sehr mit den Trauben vor sich beschäftigt. »Mein Bruder ist in Amerika, das macht unsere Lage ungefähr gleich. Denn mittlerweile muss wohl auch meine Mutter einsehen, dass Benedict nicht so bald zurückkommt, vermutlich nie. Da hat er sich klug aus der Affäre gezogen.«

»Ach, Sibylla.« Gemeinsam trugen sie ihren Korb ein Stückchen weiter, und Tilda markierte einen weiteren Weinstock, weil er nicht ein einziges krankes Blatt aufwies. »Warst du vergangenes Wochenende nicht auch daheim? Wie war es?«

Sibylla zuckte mit den Schultern. »Besser. Wir streiten nicht mehr, dafür schweigen wir uns an. Meine Eltern haben wohl nicht erwartet, dass ihre flatterhafte Tochter es ihnen so lange nachträgt.«

»Aber jetzt gibt es Oliver.«

Sibylla zuckte mit den Schultern. »Er ist wirklich lieb, aber er ist nicht wie Francis. Andererseits finde ich ohnehin nie wieder einen wie ihn, damit werde ich wohl leben müssen. Wer weiß, vielleicht werde ich ihn tatsächlich bald meinen Eltern vorstellen.«

»Darf ich dich daran erinnern, dass du nie einen einfachen Gärtner wolltest, sondern einen Mann aus höheren Kreisen? Und ist dieser Oliver nicht genau das?«

»Doch, ja. Wenn er seinen Militärdienst beendet hat, steigt er in die renommierte Anwaltskanzlei seiner Familie ein. Sie sind zwar nicht adelig, aber so gut wie. Seine Mutter ist irgendeine Cousine zweiten Grades von irgendwem. Doch den Titel hat Oliver nicht geerbt.«

»Und er ist lieb, und du magst ihn.«

»Schon. Eigentlich ist er all das, was ich mir immer von einem Mann erträumt habe. Er ist so aufmerksam, macht mir oft kleine Geschenke, seine Manieren sind besser als meine, und er trägt mich auf Händen …«

»Ich spüre ein Aber. Was hat er falsch gemacht?«

»Nichts! Gar nichts! Aber mit mir ist etwas nicht in Ordnung. Ich kann ihn nicht so gernhaben, wie er es verdient. Francis steckt wie ein kleiner Teufel in meinem Herzen und hält es besetzt. Er verschwindet einfach nicht, ganz egal, wie oft ich vor mir selbst wiederhole, dass ich ihn nie wiedersehen werde.«

»Lass dir Zeit. Wenn Oliver der Richtige ist, muss er es verstehen und warten. Du bist noch jung, Sibylla.«

»Wie du auch«, erwiderte sie etwas giftig.

»Es tut mir leid.« Tilda wusste nicht, was sie sonst sagen sollte. Alles schien irgendwie falsch. Sibylla konnte sicherlich auf ihr Mitleid verzichten. Über ihr eigenes Glück zu sprechen, war auch nicht besser, und es in ihrem Herzen zu verschließen, das war ihr schlichtweg unmöglich.

Seit sie sich mit Bennet verlobt hatte, schien alles ein wenig leichter, ihre Schritte, die Arbeit, jeder einzelne Atemzug. Es war, als läge Musik in der Luft, die nur sie und Bennet hören konnten, und sie wollte dazu tanzen. Tanzen von morgens bis abends.

Francis stand an einem großen Schreibtisch und betrachtete seinen Entwurf. Es war eine großzügige Gartenanlage, wie sie sich nur wirklich wohlhabende Leute leisten konnten, mit aufgeworfenen Hügeln, Teichen und einem japanischen Pavillon.

Bislang bestand die Zeichnung nur aus Bleistiftstrichen. In den nächsten zwei Tagen würde er sie mühsam mit Tusche nachziehen müssen, eine langwierige und nervenaufreibende Arbeit, denn es brauchte nur eine Unachtsamkeit, und alles war dahin. Ein großer Tuscheklecks konnte die gesamte Zeichnung verderben. Zugleich konnte er es kaum erwarten, das Endergebnis in den Händen zu halten. Es war sein erster großer Entwurf. Jeden Tag hatte er daran gearbeitet, nachdem er all seine anderen Aufgaben erledigt hatte – mal die Überwachung einer Baustelle, dann Gespräche mit Zulieferern und Bildhauern oder Gärtnereien. Sein neuer Brotherr traute ihm viel zu, und bislang hatte Francis dieses Vertrauen nicht enttäuscht. Er war so beschäftigt, dass ihn die Traurigkeit nicht so oft einholte. Die viele Arbeit war wie ein Schutzpanzer, der zwischen ihm und seinen Gefühlen lag. Nur manchmal, wenn er unachtsam war, brach dieser Panzer auf, und die Erinnerungen raubten ihm schier den Atem. Dann umwehte ihn der Duft von Sibyllas Haut wie ein Gespenst, und er fühlte wieder ihren Körper in seinen Armen, wenn sie tanzten oder sich küssten. Nie wieder würde er eine Frau wie sie finden, das war das Traurigste daran. Jede andere, die er kennenlernte, würde sich unweigerlich an Sibylla messen müssen und den Wettstreit verlieren. Und dennoch bereute er nicht, sie geliebt zu haben und es immer noch zu tun. Die wenigen Monate mit ihr waren ein Schatz, den er tief im Herzen trug.

Oft fragte er sich, wie es ihr jetzt erging. Er hatte ihr Briefe geschrieben und sie dann einen nach dem anderen verbrannt.

Sie hatten sich ein Versprechen gegeben, und er war entschlossen, es zu wahren. Sie würden getrennte Wege gehen, jeder sein eigenes Leben leben. Zurückdenken, aber niemals zurückkehren. Auch deshalb war er in diesem Jahr zu keiner der Gartenausstellungen gegangen, die eigentlich so wichtig waren für seine Zunft. Sein Vorgesetzter hatte das für diesen Sommer akzeptiert, im nächsten aber würde er nicht noch einmal damit durchkommen, ominöse private Gründe vorzuschieben. Er ließ die unausgesprochene Vermutung, er wolle seinem ehemaligen Brotherrn aus dem Weg gehen, unkorrigiert im Raum stehen. Hoffentlich war er bis zum nächsten Jahr stark genug, um für eine Begegnung mit Sibylla gewappnet zu sein.

Ob sie schon einen anderen gefunden hatte, mit dem sie sich nun tröstete? Nein, sicher nicht. So zu denken war nicht anständig.

Francis machte einige Proben mit dem Füller, dann begann er, auf seinem großen Plan die ersten Bleistiftlinien nachzuziehen. Es waren Zeichen, die ein wenig aussahen wie winzige Wölkchen. Symbole für Büsche. Winzige Ziffern daneben führten zu einer Legende, auf der die lateinischen und die englischen Namen aufgeführt waren. Davor scheute er sich am meisten, denn seine Handschrift war nicht die beste.

Wäre der Plan doch nur schon fertig gewesen!

Zusammen mit einer detaillierten Beschreibung des Vorhabens von fast zwanzig Seiten inklusive einer Preiskalkulation würde der Entwurf seinem Arbeitgeber als Grundlage für die Entscheidung dienen, ob er in Francis' Ausbildung investieren wollte. Wenn alles gut ging, würde er ihm einige Semester an der Universität finanzieren. Im Gegenzug musste Francis sich verpflichten, die darauffolgenden acht Jahre lang für das Unternehmen zu arbeiten. Ein kleiner Preis. Eigentlich überhaupt keiner, bedeutete es doch für viele Jahre ein gesichertes Einkommen in einem Beruf, den er liebte.

Seine Familie würde stolz auf ihn sein. Der anfängliche Spott von Freunden und Verwandten war ohnehin längst verstummt, seitdem ihnen klar geworden war, dass es ihm ernst war und er mit seinen »Blümchen« tatsächlich seinen Lebensunterhalt bestreiten konnte.

Vorsichtig tupfte er die erste fertige Ecke des großen Plans mit Löschpapier ab.

Er legte den Füller zur Seite, bewegte die verkrampften Finger. Das hier war etwas ganz anderes als die Arbeit bei den Healeys.

Francis fluchte leise. Wieder hatten seine Gedanken diesen Weg genommen. Das musste aufhören, sonst würde er noch daran zugrunde gehen.

# 30

Die Miss verlässt Ihre Wohnung, bevor es dunkel wird, Mr Morris, sonst lasse ich sie gar nicht erst hinein.« Energisch stemmte die matronenhafte Witwe Mrs Grayson ihre Hände in die Hüften, die nur durch die viel zu eng geschnürte Kittelschürze als solche erkennbar waren. Sie füllte mühelos den schmalen Treppenaufgang aus, der zu seinem kleinen Domizil unter dem Dach führte. Wenn sie den Platz nicht freigab, war kein Vorbeikommen.

Tilda war ihm mit einer Tasche in der Hand ins Haus gefolgt, während er eine weitere trug.

Bennet kannte seine Vermieterin mittlerweile gut genug, um sie und ihre überkorrekte Art nicht ausstehen zu können.

»Mrs Grayson, ich werde diese junge Miss morgen heiraten«, erwiderte er entschieden.

»Dann können Sie morgen machen, was Sie wollen, aber nicht heute. Dies hier ist ein anständiges Haus für anständige Leute.«

»Natürlich, Madam«, mischte sich Tilda nun ein und lächelte auf ihre entwaffnende Art. »Ich möchte nur alles vorbereiten, damit wir unser gemeinsames neues Leben nicht mit Aufräumen und Auspacken beginnen müssen. Das verstehen Sie doch?«

Grayson murrte etwas Unverständliches, das in Bennets Ohren wie eine Beleidigung oder ein Fluch klang oder beides zusammen. »Ich werde Sie notfalls daran erinnern, was sich gehört. Die Wände sind dünn, Mr Morris.«

Mit einem Schlag wurde ihm heiß. Auch das noch! Er hatte schon lange keine Nacht mehr mit einer Frau verbracht, und seine Hochzeitsnacht … Die hatte er sich wirklich anders vorgestellt als mit seiner lauschenden Vermieterin hinter einer dünnen Holzwand.

Die Witwe Grayson trat endlich zur Seite, und sie stapften die schmalen abgetretenen Holzstufen hinauf. Jede zweite knarrte, und sobald man den winzigen Absatz vor der Tür erreicht hatte, knackte es laut in der Wand. Bennet fummelte seinen Schlüssel aus der Hosentasche, während er das Gepäck auf dem Knie balancierte. Es war ihm noch immer etwas unangenehm, dass er Tilda nichts Besseres bieten konnte, doch es schien ihr wirklich nichts auszumachen.

Die Tür schwang auf, und er hörte bereits nicht mehr, was Mrs Grayson von ihrer Position im Untergeschoss aus noch zu monieren hatte. Mit einem Seufzer schloss er die Tür hinter Tilda. »Endlich.«

»Ich dachte schon, diese Schreckschraube lässt uns warten, bis mir die Hände abfallen!« Tilda musste lachen und presste sich die Hand auf den Mund.

Bennet trat zu ihr, nahm ihre Rechte und streichelte über die Innenfläche, wo die Haut von dem schweren Gepäck gerötet und gequetscht war, dann drückte er einen Kuss darauf. »Besser?«

»Mit dir ist alles besser.« Sie sah mit funkelnden Augen zu ihm auf, und da war es wieder. Das Gefühl, als verschöbe sich die Achse seiner kleinen Welt, bis sie sich nur noch um seine Liebste drehte. Ein wilder Strudel, der ein flaues, aber angenehmes Gefühl in ihm weckte.

Ab morgen würde er sie seine Frau nennen dürfen, und er musste sich eingestehen, dass ihn der Gedanke ein wenig ängstigte.

»Was ist?«, fragte sie, die Hand an seiner Wange.

»Nichts.« Er wich ihrem Blick aus. »Vor einem Jahr war ich noch davon überzeugt, dass ich mit meinem Lebenswandel niemals eine Frau finden würde.«

»Und dann kam ich und habe dich Eremiten aus deiner Höhle gezerrt. Aber glaube nicht, dass ich mich dafür entschuldige.«

»Niemals. Ich habe nur Angst, dass du es irgendwann bereust.«

»Weil du mich mit exotischen Schönheiten betrügst?« Ihre Augen glitzerten spöttisch und ein wenig gefährlich. »Das würdest du bereuen, Bennet Morris.«

Er fühlte sich ertappt. Bei der letzten Frau, der er nähergekommen war, hatte es sich in der Tat um eine hübsche Eingeborene gehandelt. Doch bis zu diesem Moment hatte er nicht mehr an sie gedacht. Seitdem Tilda in sein Leben getreten war, dachte er ohnehin an keine andere mehr.

»Ich verspreche, dir immer treu zu sein, Tilda.« Er beugte sich ganz dicht an ihre Wange und flüsterte: »... und ich kann es kaum noch erwarten.«

»Was erwarten?« Sie blinzelte mit Unschuldsmiene, doch ihre feuerroten Wangen verrieten, dass sie ganz genau wusste, wovon er sprach.

Bennet fasste sie um die Mitte, hob sie hoch und wirbelte sie ungelenk im Kreis herum. Tilda stieß einen Protestschrei aus und schlang ihre Arme um seinen Hals. Als sie sich dann lachend und ein wenig außer Atem küssten, dröhnten Schläge durch den hölzernen Fußboden.

Mrs Grayson war offensichtlich nicht erfreut und hämmerte mit einem Besenstiel gegen die Decke.

»Ich hoffe, ihr fällt die Farbe von der Wand«, flüsterte Tilda, dann lachten sie beide prustend, bis ihnen die Bäuche wehtaten.

Tilda ahnte, dass es in Bennet ganz ähnlich aussah wie in ihr. Sie hatten sich gemeinsam in dieses Abenteuer gestürzt, aus dem es nun kein Entrinnen mehr gab.

Ohne die bevorstehende Expedition hätten sie sich wohl beide mehr Zeit gelassen. Wären ausgegangen, hätten Ausflüge gemacht und einander langsam kennengelernt. Bennet kam ihr an vielen Tagen noch immer vor wie ein Buch, von dem sie nur einige wenige Seiten gelesen hatte. Es gab noch so viel herauszufinden, so viel zu entdecken. Andererseits konnte sie das auch noch, wenn sie verheiratet und gemeinsam auf Reisen waren.

Dass er der Richtige war, stand völlig außer Zweifel, sie fühlte es, hatte es auf gewisse Weise schon von Anfang an geahnt. Damals hatte sie seine störrische Einstellung zu Frauen wohl vor allem deshalb so brüskiert, weil sie sich zu ihm hingezogen fühlte. Denn es gab viele Männer mit dieser Denkart. Doch bei anderen war es ihr stets nur ein Schulterzucken wert gewesen, mit Ausnahme ihres Vaters.

Wie erleichtert war sie da gewesen, als sie den Kern seiner Einstellung in seinen eigenen Schuldgefühlen entdeckte. Mittlerweile hatten sie mehrfach und lange über den frühen Tod seiner Schwester gesprochen. Es war, als sei eine lange unbemerkt schwärende Wunde endlich verheilt. Eine Narbe würde dennoch für immer bleiben, das wusste Tilda nur zu genau, denn mit dieser Art Verletzung kannte sie sich aus.

Die Gespräche mit Bennet hatten auch dafür gesorgt, dass sie ihre eigene Rolle in der Familie mit anderen Augen sah.

Es war nicht ihre Aufgabe, den Eltern die anderen Geschwister zu ersetzen. Das war gar nicht möglich, und sie erwarteten es auch nicht.

Natürlich würden sie entsetzt und auch wütend auf Tilda sein, wenn sie von der Expedition erfuhren. Aber war das wirklich so anders, als wenn sie einen Mann aus einer entfernten Stadt heiraten würde? Wenn sie zum Beispiel in

Glasgow leben würde, könnte sie die Eltern auch nicht jedes Wochenende besuchen.

Tilda schüttelte die Gedanken ab. Es war der Morgen ihrer Hochzeit und sicher nicht der richtige Tag, um zu grübeln.

Draußen war es noch dunkel gewesen, als sie in ihrem kleinen Zimmer begonnen hatte, die letzten Sachen für diesen großen Tag zusammenzupacken.

Sibylla war am Vorabend zu ihren Eltern gefahren, während Tilda ihn bei Bennet verbracht hatte und erst spät ins Internat zurückgekehrt war. Sie brauchte nicht viel mehr als eine kleine Tasche. Im Internat herrschte Stille, denn die Herbstferien hatten begonnen.

Tilda schloss die Tür hinter sich und atmete kurz tief durch. Nun wurde sie doch immer aufgeregter. Sie eilte durch die leeren Flure nach draußen. In zehn Minuten wollte der Vater sie abholen. Wie versprochen würde sie Bennet erst vor dem Altar der kleinen St. Mary's Church in Wheatley wiedersehen.

Draußen war es frisch und ein wenig nebelig. Der Herbst nahte mit großen Schritten, doch es war zu erahnen, dass der Tag schön und sonnig werden würde.

»Mrs Allers, schön, dass ich Sie noch antreffe«, erklang die vertraute Stimme der Rektorin hinter ihr. Mrs Havergals abgetragene Stiefel machten auf dem Kies kaum ein Geräusch. Wie stets schien sie gut gelaunt und voller Tatendrang. Sie hatte sich ein Tuch gegen das klammfeuchte Wetter um den Kopf gebunden, trug eine robuste dunkelgrüne Jacke und hielt einen Eimer in der Hand, den sie nun neben Tildas Tasche abstellte. »Ich wünsche Ihnen und Mr Morris alles Gute.«

Tildas Hals fühlte sich ganz trocken an. »Vielen Dank, Mrs Havergal! Das können wir sicherlich brauchen.«

»Ich möchte Sie wissen lassen, dass Sie beinahe von der Schule verwiesen worden wären. Und das gilt auch für Ihren Zukünftigen.«

Tildas Herz sackte tiefer. »Und nun doch nicht?«

»Nein. Ihre schnelle Verlobung und Heirat haben Sie davor bewahrt, dass ein Skandal daraus wird, der dem Ruf von Waterperry geschadet hätte. Außerdem bleiben Sie ja bedauerlicherweise nicht mehr lange. Aus diesem Grund möchte ich Ihnen anbieten, Ihre Ausbildung später fortzusetzen und dann Ihre Prüfung in der Royal Horticultural Society abzulegen. Es wäre eine Schande, wenn Sie ohne Abschluss bleiben würden.«

Einen Moment lang war Tilda sprachlos, dann jubelte sie: »Vielen Dank, Mrs Havergal! Darf ich Sie umarmen?« Sie wartete die Antwort gar nicht erst ab und schlang ihre Arme um Mrs Havergal. Die strich ihr über den Rücken wie einem Kind, dem sie die Angst nehmen wollte. »Na, na!«

»Entschuldigen Sie.« Hastig wischte sich Tilda eine Freudenträne von der Wange.

»Ich erwarte, dass all meine Schülerinnen während der Woche im Internat wohnen, verheiratet oder nicht. Ich hoffe, wir haben uns verstanden?«

»Natürlich. Die Wochenenden …«

Mrs Havergal legte ihr eine Hand auf die Schulter und lächelte. »Nachdem samstags der Marktverkauf und die nötigen Arbeiten erledigt sind, gehören der Abend und der Sonntag ganz und gar Ihnen.«

In diesem Moment drang Tilda das charakteristische Knattern von Vaters rotem Pritschenwagen an die Ohren. Tilda winkte aufgeregt.

Der Vater wendete auf dem großen Vorplatz, sie hob ihre Tasche hoch und riss die Tür auf. »Hallo, Pa!«

Er neigte sich über den Schaltknüppel, um sie zu umarmen. Rau kratzte sein roter Bart über ihre Wange, erst dann schien er die Rektorin wahrzunehmen. »Guten Morgen, Mrs Havergal!«

»Guten Tag, Mr Allers«, erwiderte sie, dann fuhr sie an

Tilda gerichtet fort: »Noch einmal alles Gute. Genießen Sie die ersten Tage Ihrer Ehe. Wenn ich Ihren Zukünftigen richtig einschätze, würde er am liebsten auch diese Zeit mit Plänen für Ihre große Reise zubringen. Halten Sie ihn davon ab. Die erste Woche ist kostbar, sie kommt nie wieder.«

Tilda meinte, ihr Herz setze einen Moment aus. Wie konnte Mrs Havergal so etwas sagen? Von ihr hätte sie am wenigsten erwartet, dass sie ihr Geheimnis verraten würde. Allerdings wusste die Rektorin ja auch nicht, dass es eines war. Bennet hatte sie natürlich über seine Reise informieren müssen, als er seinen Vertrag kündigte.

Mit flauem Gefühl rang Tilda sich zu einem Lächeln durch. »Natürlich, Mrs Havergal. Auf bald!« Um nicht zu riskieren, dass die Rektorin noch mehr dazu sagte, schlug Tilda hastig und etwas zu heftig die Tür zu. »Los, fahren wir, Pa.«

»Dein Wunsch ist mir Befehl.« Er schmunzelte und trat so sehr aufs Gas, dass der Motor aufheulte und eine dunkle Rauchwolke ausgestoßen wurde. Mrs Havergal wedelte mit der Hand vor dem Gesicht und trat eilends den Rückzug an.

Tilda lachte. War noch einmal alles gut gegangen? Es schien, als hätte ihr Vater die verräterischen Worte gar nicht gehört oder sie nicht in den richtigen Zusammenhang gebracht. Die Expedition musste unbedingt ein Geheimnis bleiben, bis die Hochzeit unter Dach und Fach war. Sie fühlte sich, als hinge ihr Leben davon ab. Nur deshalb heirateten sie doch überhaupt jetzt schon! Sonst hätten sie sich nicht nur mit dem Kennenlernen, sondern auch mit der Verlobung und Hochzeit viel mehr Zeit gelassen.

Seitdem klar war, dass sie gemeinsam nach Borneo wollten, war alles zu einem Wettlauf geworden. Bennet schloss neben der Schule Verträge mit Sammlern und Händlern, abends wälzten sie Karten und Pläne, organisierten und buchten Überfahrten und Warentransporte, kauften Ausrüstung. Am Tag versuchte Tilda, ihren Platz als Jahrgangsbeste zu verteidigen und so viel Wissen aufzusaugen, dass es nicht nur ihren Mitschülerinnen, sondern auch dem Lehrpersonal langsam unheimlich wurde. Beständig wurde sie von einer kribbelnden Unruhe getrieben, die sie einzig dann verließ, wenn sie nachts in einen tiefen, traumlosen Erschöpfungsschlaf fiel.

»Wie geht es dir, Tilda?«, riss ihr Vater sie aus den Gedanken.

»Ach, Pa, ich bin furchtbar aufgeregt. Und ich freue mich. Mehr als je zuvor in meinem Leben.« Sie rutschte auf dem Autositz hin und her.

»Wer hätte gedacht, dass unser Vögelchen so schnell flügge wird?« Er seufzte und strich mit der Hand übers Lenkrad.

»Ich bestimmt nicht! Das musst du mir glauben, Pa. Du weißt, dass ich mir nie etwas aus Männern gemacht habe.«

Er brummte zustimmend. »Deine Mutter hatte schon angefangen, sich Sorgen zu machen.«

»Aber dann kam Bennet, und wir wussten beide nicht, wie uns geschieht.«

»Er hat mir fast das Gleiche erzählt.« Der Vater lachte dröhnend und doch ein wenig unsicher. Wie er sich wohl dabei fühlte, seine einzige Tochter aus seinen Armen in die eines anderen zu geleiten?

Nachdenklich blickte er auf die Straße. Ihr Gespräch war wie von allein zu einem Ende gekommen, und nun wussten sie beide nichts mehr zu sagen.

Ein Angestellter hatte Sibylla vor der Gärtnerei Allers abgesetzt. Die Bäume beiderseits der Auffahrt waren mit bunten Bändern geschmückt. Weiß und blau flatterten sie im Wind und ließen keinen Zweifel daran, dass die Familie etwas zu feiern hatte.

Tilda wusste nicht, dass Sibylla einen großen Anteil an der festlichen Dekoration hier und auch in dem kleinen Gasthof in Wheatley hatte, wo nach der Trauung gegessen und getrunken werden sollte. Selbst das Zimmer der Brautleute, in dem sie ihre erste Nacht verbringen würden, war ihrem Sinn für Schönes nicht entgangen. Dafür hatte sie gründlich den Garten der Eltern geplündert und Besorgungen über Besorgungen gemacht. Tilda war ihre beste Freundin, und sie wollte, dass es an dem hoffentlich schönsten Tag in ihrem Leben an nichts fehlte. Wenigstens eine von ihnen sollte ihren Traum leben.

Die Tür war nur angelehnt. Als Sibylla eintrat, schlug ihr herrlicher, süßer Kuchenduft entgegen.

Tildas Vater saß gemeinsam mit mehreren Männern an einem Tischchen, rauchte und schien sich gut zu unterhalten. Vermutlich waren es Onkel und Cousins von Tilda, bei zweien meinte Sibylla sogar, Ähnlichkeiten zu erkennen.

»Verstärkung für den Hühnerstall«, begrüßte sie gut gelaunt ein hagerer alter Mann, dessen gesamtes Gesicht aus Lachfalten zu bestehen schien.

»Willkommen, Miss Healey«, wahrte Mr Allers wie immer die Form. »Die Frauen sind in der guten Stube. Leider darf ich Sie nicht hinbegleiten, ist uns strengstens untersagt.« Er grinste und sah seiner Tochter trotz des üppigen roten Bartes dabei für einen Augenblick sehr ähnlich.

»Dort entlang?« Sibylla wies auf den Flur.

»Ja, genau, immer dem Lärm nach.«

Genau in diesem Moment erklang das ausgelassene Lachen mehrerer Frauen.

»Miss Healey, einen Augenblick!«, hielt Mr Allers sie auf.

»Ja bitte?«

»Wissen Sie etwas von einer Reise?«

Sibylla versuchte, sich nicht anmerken zu lassen, wie sehr sie erschrak. Sie wandte sich ab, um Mr Allers nicht ansehen zu müssen. »Einer Reise? Was soll das denn mit der Hochzeit zu tun haben?«

»Das frage ich mich auch«, hörte sie ihn noch erwidern, dann betrat sie die gute Stube, wo sich drei Frauen um Tilda drängten, die wackelig auf einem kleinen Podest stand. In einer auf den ersten Blick etwas hilflos wirkenden Geste streckte sie die Arme zur Seite, während ihre Verwandten das Hochzeitskleid zurechtzupften.

»Wunderschön«, entfuhr es Sibylla. »Du siehst aus wie eine Märchenfee.« Das Kleid bestand aus vielen Lagen feinsten Stoffes, die ohne einen Reifrock auskamen. In Wellen fielen sie gerade herab, geschmückt mit zarten Stickereien und Glasperlen. Die Ärmel waren aus halblanger Spitze. Tilda zupfte unsicher daran, als wäre sie noch nicht recht überzeugt. »Es gefällt dir?«

Tildas Mutter und Großmutter hatten sich aufgerichtet und warteten auf ihre Antwort. Sibylla wusste sofort, dass Kritik nicht erwünscht war, aber sie hatte ohnehin nichts auszusetzen. Das Kleid entsprach zwar keinesfalls der neusten Mode, sondern war bestimmt zwanzig Jahre alt, aber es war ein Traum und passte einfach zu Tilda, ganz gleich, was die für eine Schnute zog. »Es sitzt, als wäre es für dich gemacht, liebe Freundin. Dein Verlobter wird keinen klaren Gedanken mehr fassen können, wenn er seine schöne Braut sieht. Aber noch fehlt etwas.«

Sibylla setzte ihre Tasche ab und öffnete sie vorsichtig. Den ganzen Weg lang hatte sie achtgegeben, sie keinesfalls zu drücken. Nun hob sie vorsichtig einen Teller heraus, um den mehrere Lagen angefeuchteter Taschentücher gewickelt waren.

Tilda raffte ihren Rock und stieg von dem kleinen Podest. Neugierig beugte sie sich vor, als Sibylla mit spitzen Fingern die Taschentücher zur Seite zupfte. Zum Vorschein kam ein schmaler, gewundener Kranz aus Schleierkraut und winzigen weißen Rosenblüten.

Tilda schlug die Hand vor den Mund.

»Gefällt er dir? Es sind Bänder daran befestigt, mit denen sich die Weite verändern lässt, aber eigentlich sollte er passen.«

»Hast du den etwa selbst gemacht?«

»Ja«, sagte Sibylla mit unverhohlenem Stolz in der Stimme. »Es hat mich vier Versuche gekostet. Ich hoffe, er passt und hält die nächsten Stunden durch.«

»Das wird er bestimmt.« Tilda gab ihr eine Umarmung und einen Kuss auf die Wange.

»Wunderschön, Miss Healey«, lobte nun auch die Brautmutter. »Probieren wir aus, wie wir den Schleier daran befestigen können.«

Die Zeit verrann wie im Flug. Wie ein Bienenschwarm fielen sie nun zu viert über die zukünftige Braut her. Richteten das Kleid, frisierten und schminkten. Tilda war schweigsam, doch sie strahlte, als brennte in ihr ein magisches Licht.

Dann war es schließlich so weit. Mit einem lauten Klopfen an der Tür kündigte sich der Aufbruch an.

»O Gott, ich glaube, mir wird schlecht«, stöhnte Tilda mit fiebrig glänzenden Augen und einem verstohlenen Lächeln, das sie diesen Tag lang wohl nicht mehr verlassen würde.

# 31

Heiraten, das ist schon so eine Sache, die man ersehnen und zugleich fürchten kann, dachte Tilda. Ein Moment im Leben, in dem man die Minuten bis zum Traualtar zählte und im nächsten Augenblick schon jede einzelne verstrichene verdammte.

Sie wusste selbst nicht, warum sie fühlte, wie sie es tat. Es gab keinen besseren Mann, mit dem sie ihr Leben teilen könnte, als Bennet, und doch …

Ihre Mutter hatte beteuert, dass es jeder Braut und jedem Bräutigam so ging und es auch gut so sei, denn es zeigte, dass sie die Ehe ernst nahmen. Schließlich ging es um eine Entscheidung, die den Rest ihres noch jungen Lebens bestimmen würde.

Die Mutter drückte ihre Hand. In ihr Gesicht stand Stolz geschrieben. Sie saßen zu dritt vorn im roten Pritschenwagen, auf dessen Ladefläche Vater Bänke und Kissen verteilt und irgendwie befestigt hatte.

Onkel und Tanten fuhren dort mit, ihr Cousin mit seiner Frau und dem kleinen Sohn, Grandma Maryann und Sibylla. Weitere Verwandte und Freunde warteten bestimmt schon an der Kirche.

Es war eine muntere Gesellschaft, die da auf dem Wagen saß, Tilda hörte sie bis in die Kabine lachen.

Hier drinnen dagegen war es still. Jeder schien in Gedanken versunken. Sogar das Radio hatte Vater ausgedreht.

»Ihr werdet ein schönes Paar abgeben«, beendete Mutter die Stille. »Groß ist er, dein Bennet. Da macht es nichts, dass du kein kleines, zartes Fräulein bist.«

Vater schmunzelte. »Das hat deine Mutter immer gefürchtet. Dass unser Töchterchen sich in ein kurz geratenes Pummelchen verliebt. So einen wie mich.«

Wenn er eines nicht war, dann klein, und der leichte Bauch, der war auch erst in den letzten Jahren hinzugekommen.

»Tja, wo die Liebe hinfällt!« Mit glockenhellem Lachen warf die Mutter ihm eine Kusshand zu. Sie hatten so viel miteinander durchgemacht, die Achtung und Liebe füreinander dabei aber nie verloren.

»Wenn Bennet und ich uns in zwanzig Jahren nur halb so gern haben wie ihr einander, dann machen wir alles richtig.«

»Beginnend mit einer Reise?«, erkundigte Vater sich wie beiläufig, während draußen der Ortseingang von Wheatley vorbeizog. Sie waren nur noch wenige Minuten von St. Mary's entfernt.

Also hatte er doch gehört, was Mrs Havergal gesagt hatte. Das Damoklesschwert, das seit Monaten über Tilda schwebte, war auf sie niedergegangen. Der wahre Grund, warum sich ihre Freude stets so zerbrechlich angefühlt hatte wie trügerisch dünnes Eis über einem See, auf dem man eben noch getanzt hatte und im nächsten Augenblick einbrach.

»Was hat deine Rektorin damit gemeint, Tilda?«

»Eine Hochzeitsreise?«, schloss Mutter gut gelaunt. »Wie schön, wir hatten nie Geld für so etwas.«

Dolche in ihrem Herzen, genauso fühlte es sich an. Tilda zuckten verschiedene Lügen durch den Kopf, dann gab sie sich geschlagen. Sie konnte nicht ausgerechnet an diesem Tag ihre Eltern hintergehen, denen sie so viel verdankte.

»So etwas in der Art, wir planen noch.«

»Spann uns nicht auf die Folter, Darling, wir möchten uns doch mit euch freuen!« Die Mutter war nicht von ihrer wachsenden Begeisterung abzubringen.

»Aber ob ihr euch freut, steht in den Sternen«, murmelte Tilda kaum hörbar und fügte dann lauter hinzu: »Bennet plant eine Expedition nach Indonesien. Ich möchte ihn ein Stück des Weges begleiten.«

»Indonesien?« Vater sah aus, als würde er jeden Moment die Kontrolle über den Wagen verlieren. »Zu den Hottentotten?«

»Die sind in Afrika«, erwiderte sie nüchtern.

»Das ist mir völlig gleich! Ihr wagt es, so etwas vor uns zu verheimlichen? Du fährst auf gar keinen Fall mit, oder ich blase die Hochzeit ab.«

»Nein, Pa, das darfst du nicht!« Tilda kamen die Tränen, so enttäuscht und wütend war sie, dass sie mit ihrer Befürchtung recht gehabt hatte. »Genau deshalb habe ich geschwiegen. Weil ich wusste, dass du es mir nicht zutraust! Du traust mir gar nichts zu. Weder die Schule noch dass ich irgendwann in deine Fußstapfen treten könnte und die Gärtnerei leite. Nichts. Mal um Mal muss ich beweisen, was in mir steckt. Ich habe ein Stipendium, ich bin die Beste des Jahrgangs, und ich werde dir auch dieses Mal zeigen, dass ich es kann. Ich werde Bennet heiraten, und ich werde die Welt in all ihrer Schönheit erkunden. Wenn du die Hochzeit verhinderst, dann laufe ich noch heute weg und komme nie wieder zurück, das schwöre ich bei Gott!« Tilda hatte die Hände zu Fäusten geballt und zitterte am ganzen Körper.

Sie hatte gar nicht gemerkt, wie sie auf dem Parkplatz der kleinen Kirche gehalten hatten und die lärmende Festgesellschaft ausstieg. Dort draußen warteten Freunde von Bennet, Mädchen vom Internat, die sie ins Herz geschlossen hatte, Verwandte.

Die Mutter zog mit schimmernden Augen ein Taschentuch aus ihrem Ärmel und begann, Tildas Wangen trocken zu tupfen. »Alles verschmiert«, murmelte sie. »Alles verschmiert. Warum habe ich nur zwei solche Sturköpfe in der Familie?«

Vaters Brustkorb hob und senkte sich wie ein Blasebalg. Er saß einfach da und krampfte die Hände ums Lenkrad.

»Los, Kind, suchen wir uns ein Badezimmer mit einem großen Spiegel und bringen das flugs wieder in Ordnung.« Ihre Mutter öffnete die Tür und zog Tilda an der Hand.

»Ich habe meine Entscheidung noch nicht getroffen«, grollte ihr Vater.

»Das brauchst du auch nicht, denn es ist die Entscheidung unserer Tochter«, erwiderte seine Frau entschlossen. So kannte Tilda ihre Mutter gar nicht, aber sie war ihr dankbar, und endlich stieg sie aus dem Wagen und folgte ihr.

»Bräute. Immer dasselbe, brechen wegen jeder Kleinigkeit in Tränen aus«, erklärte ihre Mutter laut, um die Umstehenden zu beruhigen, dann hasteten sie los, um zu retten, was zu retten war.

Wie in Trance folgte Tilda ihrer Mutter und Sibylla, die bereits auf sie gewartet und die Situation sofort erfasst hatte, ins Bad der Gaststätte, in der sie später feiern wollten. Die beiden Frauen, die auf sie einredeten, ihr die Wangen tupften und die Schminke ausbesserten, schienen weit, weit weg zu sein. In diesem Moment fühlte sie nichts, war wie taub. Als hätte ihr Herz beschlossen, lieber gar nichts zu empfinden, weil es befürchtete, sonst für immer gebrochen zu werden.

Als sie zurückkamen, waren die Gäste bereits in der Kirche. Die Glocken läuteten beinahe zaghaft, feierliche Orgelmusik mischte sich mit Vogelgesang. Die Kirche erhob sich hinter einer alten Feldsteinmauer, die den Kirchhof und einen kleinen Friedhof von der Straße trennte.

Tilda ließ den Blick schweifen und schluckte, um den nächsten Tränenschwall nicht zuzulassen. Ihr Vater hätte am

Eingang stehen sollen, dort unter dem Steinbogen. Aber er war nicht da.

»Wenn der dumme Sturkopf den schönsten Tag im Leben seiner Tochter verpassen will, dann sei es so«, sagte Grandma Maryann, die plötzlich von der Seite auf sie zugetreten kam, die Wangen von hektischen Flecken gerötet. »Ich führe dich bis zum Altar.« Sie nahm Tildas Hand und legte sie auf ihren Unterarm.

»Und wenn Pa es untersagt?«

»Mein Schwiegersohn wird euch nicht in die Quere kommen, dafür habe ich gesorgt. Und nun husch, hinein mit euch. Tilda und ich kommen nach.« Sie machte eine scheuchende Bewegung.

Sibylla und Tildas Mutter gaben sich einen Ruck und betraten die Kirche als Letzte.

Tildas Knie waren so weich, dass es sich anfühlte, als ob sie bei jedem Schritt nachgeben könnten. Wie sollte sie den langen Weg bis zum Altar bewältigen? Dabei wartete dort doch ihr Liebster, und sie wollte nichts sehnlicher, als ihm in die Augen zu schauen. Ihm zu schwören, fortan an seiner Seite zu gehen und mit ganzem Herzen ihm zu gehören.

Der letzte Glockenschlag verhallte.

»Nun komm, Sweetheart«, sagte Grandma, wieder einmal die stärkste Seele in der Familie Allers. Sie zupfte Tildas Schleier gerade und machte einen energischen ersten Schritt. Die folgenden wurden mit jedem zurückgelegten Stückchen des Weges leichter.

Die Welt war weichgezeichnet, wie von der Morgendämmerung geküsst. Der Schleier bewegte sich mit jedem Luftzug und kitzelte über ihr Gesicht.

Fast hatten sie die Kirchentür erreicht. Gleich würde sie ihren Bennet sehen!

»Nein!« Die Stimme ließ ihr Herz gefrieren. »Nein, Maryann. Sie ist mein einziges Kind. Wenn sie es wirklich so will, dann führe *ich* sie zum Altar.«

»Pa«, flüsterte Tilda, und ihr Herz tat einen Satz.

Und dann war es so weit. Die Kirchentür schwang auf, und Tilda schritt am Arm ihres Vaters an den gefüllten Bänken vorbei, an kleinen Blumengirlanden und duftenden Sträußchen entlang. Zu ihm.

Bennet stand da wie erstarrt, stolz und groß und schmal. Seine Hände in ihren, ihre in seinen. Sie schworen, einander zu lieben und gemeinsam bis ans andere Ende der Welt und darüber hinaus zu reisen.

Die Worte des Geistlichen hatte Tilda sofort wieder vergessen, nicht aber Bennets Augen. Als er den Schleier hob, um sie zu küssen, funkelten sie wie Smaragde.

Bald liefen sie gemeinsam durch ein Spalier von Freunden und Verwandten. Es regnete duftende Blüten auf sie herab. Sibylla, Millie und ihre anderen Freundinnen von der Schule mussten die Gärten und Wiesen geplündert haben.

Ein Fotograf machte Bilder im Kirchhof, dann trieb sie ein typischer englischer Schauer unter Gelächter und Gejohle verfrüht in den Gasthof. Es war ein bescheidenes, aber köstliches Festmahl. Die Kuchen stammten allesamt von Mutter und Grandma.

Kein Wort wurde mehr über die Forschungsreise verloren, und darüber war Tilda sehr dankbar. Papa sah Bennet hin und wieder etwas grimmig an, doch wenn er bemerkte, dass Tilda ihn beobachtete, machte er umgehend wieder gute Miene.

Bennet wusste mittlerweile, dass ihre Hochzeit beinahe geplatzt wäre, und wirkte noch immer etwas angespannt. Aber was sollte jetzt noch passieren? Sie waren Mann und Frau, Vater konnte ihr nichts mehr verbieten!

Plötzlich hallte Tanzmusik aus dem angrenzenden Festraum, und jemand schaltete den modernen Schallplattenspieler aus, der bislang für angenehme Unterhaltung gesorgt hatte.

Tilda und Bennet fuhren fast gleichzeitig überrascht herum.

An der Tür in den angrenzenden Raum stand Sibylla auf einem Hocker. »Meine Damen und Herren, es darf getanzt werden!«, rief sie laut. »Das ist mein Geschenk an das Brautpaar Morris!«

An den Tischen mit den jüngeren Gästen brach Jubel aus. Einige Mitschülerinnen hielt es nicht mehr auf den Plätzen.

Bennet half Tilda von ihrem Stuhl auf. Sie hatte das Gefühl, sich schrecklich ungeschickt anzustellen. All der feine Stoff um ihre Beine war so ungewohnt, der Rock so lang und zart, dass er prädestiniert schien, sich ständig zu verheddern.

Als sie es endlich zu Sibylla geschafft hatten, wurde nebenan schon das nächste Lied angestimmt. Eine Trommel wummerte los. Tilda fiel ihrer Freundin um den Hals und gab ihr einen dicken Kuss auf die Wange. »Du bist verrückt, Sibylla, du kannst doch nicht einfach eine Band bestellen! Danke, danke, danke!«

»Eigentlich ist das eher ein Geschenk für mich«, sagte Sibylla zwinkernd. »Ich werde doch nicht auf eine Hochzeit gehen, auf der man nicht tanzen kann! Das ist ein Ende, an dem man nicht und niemals sparen darf. Schreiben Sie sich das hinter die Ohren, Mr und Mrs Morris.«

»Entschuldige, Sibylla!« Bennet grinste ertappt. »Tilda und ich machen uns beide nicht viel aus Tanzen.«

»Weil ihr es nie versucht habt. Und nun will ich euch dort drüben auf der Tanzfläche sehen. Ohne Hochzeitstanz kommt ihr mir nicht davon!«

# 32

*London, ein halbes Jahr später*

Die Gangway war schmal und wackelte ein wenig, als Tilda den ersten Fuß daraufsetzte. Pfeilschnell sausten die Möwen durch die Luft, die nach Salz, Kalfater und ein wenig nach gammeligem Fisch roch. Matrosen riefen einander Kommandos zu, während sie die letzte Ladung an Bord holten. Mit Seilwinden hievten sie Kisten und Paletten voller Säcke empor, die mit einem kleinen, schwenkbaren Ausleger von der Mole auf das Schiff gebracht wurden.

Ihre Stimmen erschienen Tilda so rau und wild wie die der Möwen, obwohl sie die ordentlichen Uniformen der Reederei trugen und wie ein perfekt abgestimmtes Uhrwerk agierten. Nie stieß die Fracht an oder geriet übermäßig ins Schwanken. Dennoch ging die Arbeit nicht ohne Rufe, ein flottes, zotiges Lied und den ein oder anderen Fluch vonstatten.

So viele Menschen, so viel Lärm. Tilda fühlte sich völlig überwältigt und war erleichtert, dass sie ihrem Mann einfach folgen konnte. Er hatte das alles schon mehrfach hinter sich gebracht und schien die Ruhe selbst.

Bennet lief vor ihr, in jeder Hand eine praktische lederne Reisetasche. Koffer waren für ihre Reise in den Dschungel denkbar ungeeignet.

Tilda hielt sich mit einer Hand an der Reling fest, in der anderen trug sie ebenfalls eine vollgepackte Tasche. Das Seil unter ihren Fingern fühlte sich wettergegerbt und rau an. Von Wind und Wetter angegriffen, salzverkrustet.

*Es hat schon viel mehr von der Welt gesehen als ich. Ein Seil! Stelle man sich das mal vor.*

Zahllose Hände anderer Menschen hatten sich daran festgehalten, während sie den Hochseedampfer bestiegen. Die Gangway war zu Ende. Sie lag nur am Schiffskörper auf und rieb gegen das Metall, den sachten Schwankungen des Hafenwassers folgend.

Unter Tildas Füßen vibrierte der Boden aus vernieteten, grau gestrichenen Metallplatten wie der Puls eines riesigen Wesens. Die Motoren liefen langsam, aus den Schloten stieg nur dünner Rauch.

Auf einmal fühlte sich Tilda etwas schwindelig, so überwältigt war sie von all den Eindrücken. »Warte, Bennet, bitte.«

Er trat zur Seite, um andere Passagiere vorbeizulassen, blieb stehen und sah sie mitfühlend an. »Was denn?«

»Wir tun das wirklich, ja? Wir fahren um den halben Globus. Für ein paar Blumen.«

Er begann zu grinsen wie ein kleiner Junge, der etwas ausgefressen hatte und insgeheim stolz auf seinen Streich war. »Genau das.« Er schob seinen Hut zurück und drückte ihr einen Kuss auf die Wange. »Komm, stellen wir unser Gepäck in der Kabine ab, und dann schauen wir zu, wie die schnöde alte Welt kleiner und kleiner wird.«

»Ja, und winken den anderen.«

Tilda war erleichtert, dem Schieben und Drängen an Deck kurz entfliehen zu können. Es waren so viele Menschen, die anscheinend alle gleichzeitig angekommen und nun alle fürchterlich ungeduldig waren. Da gab es Damen in Pelzen mit einer kleinen Entourage, die sich wichtigmachten und entsetzlich nach Parfüm rochen. Familien mit krakeelenden Kleinkindern, dann die ewig präsenten älteren Herrschaften, denen es nie schnell genug gehen konnte. Dabei wollte Tilda doch nichts lieber, als ihre Ankunft auf dem Schiff zu zelebrieren und alle neuen Eindrücke gierig in sich aufzusaugen. Was sie auf der Gangway nur am Rande bewundert hatte, war die gute Sicht, die sie von Bord aus auf den Hafen und die anderen Schiffe hatte. Nun wurde der Ausblick von anderen Menschen verdeckt, die sich dicht gedrängt voranschoben. Ein Gefühl von Bedrängnis flammte in Tilda auf. Sie hatte Menschenmengen noch nie gut ertragen.

Ein Mann trat ihr auf den Fuß und hielt es nicht einmal für nötig, sich zu entschuldigen. Tilda biss tapfer die Zähne zusammen und klammerte sich mit einer Hand an ihre Tasche, die andere hielt einen Zipfel von Bennets Mantelärmel. Wie ein Pflug bewegte er sich unbeirrt durch die Menge, und sie folgte in seinem Schatten, bis sie endlich durch ein Schott stolperten und der hohe blaue Himmel über ihr den Platz mit einer niedrigen grauen Stahldecke tauschte.

Die Kabine war mithilfe eines Maats, der auch Tildas Gepäck nahm, schnell gefunden.

Ihr Zuhause für die nächsten Wochen, für das sie ein kleines Vermögen ausgegeben hatten, entpuppte sich als winzig. Nicht viel größer als ein Hühnerhaus mit einem kleinen Bullauge als Fenster. Es gab ein sehr schmal geratenes Ehebett, ein Tischchen, zwei Stühle und ein paar Wandschränke. Hier würden sie prüfen können, ob sie wirklich so gut miteinander zurechtkamen, wie sie glaubten.

»Das war ja kaum zu ertragen«, stöhnte sie, sobald sie allein waren. Bennet stellte sich vor sie und rieb ihr tröstend über die Arme, dann bildeten sich plötzlich winzige Lachfältchen in seinen Augenwinkeln. »Das war erst ein Vorgeschmack darauf, wie es dreimal täglich im Speisesaal zugehen wird.«

»Sag doch so etwas nicht!«

Er grinste breit. Tilda gab ihm einen empörten Knuff, dann schlang sie ihre Arme um seine Mitte. Bennet legte seine

Wange an ihre, und einen Moment lang standen sie einfach nur da, während es auf den Gängen polterte und rumpelte und draußen ein Schiffshorn dröhnte.

»Komm, verstauen wir unser Gepäck und dann los«, sagte Bennet. Sie hörte an seiner Stimme, dass er durchaus darauf hätte verzichten können, London noch einmal zu sehen. Nicht aber Tilda, für sie war alles hier neu und abenteuerlich.

Kaum hatte sie ihre Tasche unter das Bett gestopft, waren sie auch schon wieder auf dem Weg ins Freie. Sie versuchte, sich den Weg zu merken, doch der Schiffsbauch schien ein wahres Labyrinth langer Gänge. Hier und da gab es schwere Schotten, die, auch wenn sie hübsch weiß gestrichen waren, nicht verhehlen konnten, welchem Zweck sie dienten, sollte es einmal hart auf hart kommen.

Aber daran wollte Tilda jetzt keinen Gedanken verschwenden. Sie drängelten sich an anderen Passagieren vorbei, die noch ihre Unterkunft suchten, manövrierten um Koffer und Taschen herum und verschlossen die Ohren vor all dem Stimmengewirr, das Tilda die Enge in den schmalen Fluren noch bewusster machte.

Bald schon strömte ihnen frische Seeluft entgegen, die den Lärm des geschäftigen Hafens mit sich trug.

Tilda hielt Bennets Hand fest. Ihr Abenteuer hatte begonnen. Sie fühlte sich ganz berauscht von all den neuen Eindrücken, selbst den unangenehmen. Obwohl ihr Liebster diese Fahrt bereits mehrfach unternommen hatte, schien er mittlerweile ebenso aufgeregt wie sie, nur dass er sich besser zurechtfand.

Sie erreichten das Deck und suchten sich einen Platz an der Reling, von dem aus sie den Pier und die Hafengebäude, die sich dahinter erstreckten, gut sehen konnten. Von hier oben waren große Lager zu sehen, Kutschen und Lastwagen, Handkarren und Fässerstapel. Ein Heer von Schauerleuten bewegte sich wie Ameisen umher. Jeder schien genau zu wissen, wo er hinmusste. Wurde hier noch der Hochseedampfer beladen, wurde zwei Piers weiter die Ladung eines Frachters gelöscht. Hin und wieder drehte für Augenblicke der Wind, dann roch es überwältigend nach Kaffee und Kopra. Im Moment herrschte allerdings fauliger Flussgestank vor, vermischt mit dem süßlichen Parfüm der Dame neben ihnen.

Unten am Pier wartete eine Menschenmenge. Teilweise handelte es sich um Passagiere, doch die überwiegende Zahl war gekommen, um Verwandten und Freunden Lebewohl zu sagen. Einige hielten Taschentücher in den Händen.

Bennet stand hinter Tilda und schloss sie in die Arme. Er war so groß, dass er mühelos an ihr vorbeischauen konnte.

»Siehst du sie?«, fragte Tilda.

»Noch nicht … Doch, da!« Er wies mit ausgestreckter Hand auf eine von hier oben winzig aussehende Menschengruppe. Alle waren sie gekommen. Ihre Eltern, Grandma Maryann, Sibylla und ihr gut aussehender Begleiter, der längst mehr war als ein Trost für den Verlust von Francis. Ob ihre Freundin bei ihrer Heimkehr eine verheiratete Frau sein würde? Auf jeden Fall würde sie ihren Weg gehen. Schon jetzt zeichnete sich ab, wohin der führte. Sie würde über Gärten schreiben, das war ihre Bestimmung, davon war Tilda überzeugt.

Und ihre Eltern? Tildas Mutter winkte mit einem blütenweißen Taschentuch. Neben ihr stand der Vater mit stoischer Miene und unbeweglich wie ein Fels. Er war ihnen noch immer ein wenig böse.

Tilda schmiegte sich mit dem Rücken fester an Bennet und dachte an den Tag ihrer Hochzeit zurück, der beinahe vom glücklichsten ihres Lebens zum unglücklichsten geworden wäre. »Bis ans Ende der Welt«, flüsterte sie ihr Ehegelübde nach, während eine Möwe ganz dicht an ihrem Gesicht vorbeizischte.

Bennet beugte sich vor, als wüsste er ganz genau, woran

sie dachte, und flüsterte gegen ihre Schläfe: »Versprochen ist versprochen.«

Sibylla blickte wehmütig dem Hochseekreuzer nach, der seinen Rauch in den blauen Frühsommerhimmel blies und dort eine hässliche graugelbe Spur hinterließ, die sich nur schwer auflöste.

Nun war sie fort. Ihre beste Freundin. Es würde eine Ewigkeit dauern, bis sie einander wiedersahen. »Ich werde sie schrecklich vermissen«, seufzte sie und sah zu Oliver Sable hinauf, an dessen Arm sie sich womöglich mit etwas zu viel Nachdruck klammerte.

»Würdest du das auch wollen?«, fragte er mit nachdenklichem Blick, die Brauen fragend hochgezogen.

»In einen Dschungel voller Spinnen und wilder Tiere reisen, nur für ein paar Pflanzen? Nein, auf gar keinen Fall. Das ist nichts für mich.«

»Da bin ich froh. Wollen wir uns verabschieden und dann etwas essen gehen?«, schlug er vor.

Sibylla winkte den Allers, die ins Gespräch vertieft waren und grüßend die Hand hoben, dann wandte sie sich wieder ihrem charmanten Begleiter zu. Oliver hatte sich mit seiner stets fröhlichen, gut gelaunten Art nach und nach in ihr Herz geschlichen. Er hatte Francis nicht ersetzt, das konnte niemand. Aber er hatte auch mehr getan, als sie nur zu trösten. Die beiden Männer waren so unterschiedlich, dass sie sich nicht vergleichen ließen, und womöglich war genau das Olivers Glück gewesen. Sibyllas Liebe zu Francis würde immer die erste und tiefste bleiben, aber sie ahnte, dass Oliver es ernst mit ihr meinte. Sehr ernst. Inzwischen war sie sicher, dass er sich Hoffnungen machte.

Kein Zweifel, ihre Eltern würden ihn mit offenen Armen empfangen. Seine Familie entstammte einem langen Stammbaum von Juristen und erstklassigen Militärs. Oliver würde beide Wege beschreiten. Sein Studium war abgeschlossen, nun würde er sich ein paar Orden verdienen, bevor er in die Oxforder Kanzlei seines Vaters einstieg. Ein Schwiegersohn wie aus dem Bilderbuch, und genau deshalb sperrte sich etwas tief in Sibylla dagegen, ihn den Eltern vorzustellen. Sie wollte ihre triumphierenden Gesichter nicht sehen, sich nicht anhören müssen, dass sie es von Anfang an besser gewusst hatten. Dabei hätte es Oliver Sable nie gegeben, wenn …

Sibylla drückte seinen Arm und kam sich vor wie ein ganz und gar schlechter Mensch. Sie war ihm gegenüber so ungerecht. Das hatte er nicht verdient.

»Also, wohin wollen wir gehen?«, fragte sie.

»Kennst du das Rules?«

Sie schüttelte den Kopf und versuchte, ihre finsteren Gedanken auszublenden. »Wenn es dir dort gefällt, möchte ich es gern kennenlernen.«

»Herrliche Pasteten, frisches Wild, Austern, und alles glänzt golden und rot. Wie gemacht für meine Prinzessin. Es ist das älteste Restaurant Londons. Es kann doch nicht sein, dass du noch nie dort warst!«

»Nein, wirklich nicht!« Sie kicherte, weil er sie derart fassungslos ansah. »Aber das ändern wir ja jetzt.«

Sie verließen das Hafengedränge, wo Schauerleute die Ladung der Schiffe löschten, Fischer ihren Fang direkt von Bord verkauften und überall halb zerzauste Jungen herumliefen, denen Sibylla nicht so recht über den Weg traute. Waren es kleine Diebe oder doch nur arme Kinder, die versuchten, sich mit Hilfsdiensten einen Penny zu verdienen? Vermutlich beides, dachte sie.

Der Mann, der vor ihnen lief, verscheuchte die Kinder energisch mit seinem Gehstock, was Sibylla dazu brachte, ihre Handtasche so zurechtzurücken, dass sie zwischen Oliver und ihr hing.

»Bist du schon aufgeregt wegen morgen?«, fragte er, während sie auf ein Taxi warteten.

»O Gott, ja, und wie! Ich habe das Gefühl, dass der morgige Tag über meine gesamte Zukunft entscheiden wird.«

»So wie das Essen bei Rules mit mir?«, spottete er gut gelaunt und versetzte ihr damit einen gehörigen Schrecken.

Er würde doch nicht um ihre Hand anhalten? Dazu war es noch viel zu früh!

# 33

*Sissinghurst Castle, am nächsten Tag*

Im Taxi sitzend näherte sich Sibylla der bislang wichtigsten Etappe in ihrer bescheidenen und eigentlich kaum erwähnenswerten Karriere in der schreibenden Zunft. Mittlerweile war ihre Reihe über berühmte Gärtnerinnen und gärtnernde Berühmtheiten in der Internatszeitung zu einer gewissen Beliebtheit gelangt. Einige Artikel waren in gekürzter Fassung sogar in den Wochenendausgaben kleinerer Tageszeitungen erschienen, und sie hatte das Angebot erhalten, eine eigene Kolumne über das Gärtnern zu schreiben, die sie mit etwas Klatsch auffrischen sollte.

Sibylla strich über das Briefpapier, auf dem sie sich das Gedicht *the land* notiert hatte, das vor etwas mehr als zehn Jahren den Ruhm der Schriftstellerin Vita Sackville-West begründet hatte.

Sie versuchte, sich die berühmte Dame vorzustellen, über die allerlei Klatsch und Tratsch kursierte: Tochter eines Barons, deren Abstammungslinie sich bis auf Wilhelm den Eroberer zurückführen ließ; eine *Femme fatale*, die schnelle Autos und Schmuck liebte; überheblich wie alle Aristokratinnen, zudem eine Lesbierin, die zahllose Geliebte beiderlei Geschlechts habe. Wo, mochte man sich fragen, blieb da der Anknüpfungspunkt zu Waterperry, wo zum Gärtnern? Es war die Liebe zur Natur, die aus Vita Sackville-Wests Schriften drang. Nachdem sie diese gelesen hatte, fragte sich

Sibylla nun eher, wie der Tratsch zu einer Frau passte, die solche Zeilen schrieb.

Wenn ihre Eltern nur geahnt hätten, dass ihre behütete Tochter ausgerechnet auf das Schloss der berüchtigten Vita Sackville-West reiste! Nicht auszudenken!

Mrs Havergal hatte da weniger bis keinerlei Sorge gehabt. Denn sie und die berühmte Schriftstellerin waren alte Bekannte. Außerdem schickte sie hin und wieder Schülerinnen nach ihrem Abschluss für einige Wochen oder Monate auf das Schloss südlich von London, damit die jungen Absolventinnen dort erste Berufserfahrungen sammeln konnten. Angeblich waren die Ländereien schier endlos, und es wurden noch immer weitere Gärten geschaffen.

Der Legende nach hatte Vita Sackville-West das Anwesen 1930 zum ersten Mal gesehen und sich sofort verliebt. Kurz darauf erwarb sie es gemeinsam mit ihrem Mann, dem Diplomaten Harold Nicolson. Angeblich bestanden die Gebäude damals nur aus Ruinen, doch das hatte sie nicht davon abgehalten, hier ihren Traum zu verwirklichen.

Schon jetzt verspürte Sibylla großen Respekt vor dieser Visionärin und konnte es kaum erwarten, endlich anzukommen und alles mit eigenen Augen zu sehen.

»Ist es noch weit?«, erkundigte sie sich beim Fahrer und beugte sich ein wenig vor, um von ihrem Platz auf dem Rücksitz aus durch die Frontscheibe spähen zu können.

»Nein, nur noch fünf Minuten. Sie haben es wohl eilig, Miss?«

Sibylla blickte auf ihre Armbanduhr. »Eigentlich nicht«, gestand sie. Es war noch fast eine halbe Stunde bis zu ihrem Termin.

Nach und nach schälte sich ein elisabethanischer Turm aus dem Grün. Backsteinrot war er, mit zwei Spitzen. Darüber flatterte munter die Flagge von Kent im Wind. Nun waren auch die Nebengebäude auszumachen. Zwei Cottages und ein Stallgebäude, die von den neuen Eigentümern renoviert worden waren. Dahinter ein Himmel, der sich das Wort *dramatisch* verdient hatte. Gewaltige, an den Rändern zerfetzte Wolken, die rasch über das Blau zogen und große, schattige Flecken auf das Land malten.

Sibylla bezahlte den Fahrer mit dem Geld, das ihr Mrs Havergal gegeben hatte. Schließlich war sie für das Internat unterwegs. In drei Stunden würde er sie wieder abholen. Und was, wenn Lady Sackville-West sie gar nicht so lange beherbergen wollte? Darüber konnte sie sich später Gedanken machen, wenn es so weit war.

Ihre kleine Tasche mit dem Schreibzeug fest umklammernd, lief sie auf den Turm zu, den ihre Gastgeberin zu ihrem persönlichen Domizil erkoren hatte. Der Weg wurde von akkurat geschnittenen, säulenförmigen Büschen flankiert. Schon konnte Sibylla die Fahne an ihrem Mast auf der Spitze im Wind flattern hören. Die Turmuhr zeigte ihr an, dass sie immer noch eine Viertelstunde zu früh war.

Reiterhose, energischer Gang, ein breiter dunkelblauer Hut auf dem Kopf. Die Frau erschien so plötzlich im Torbogen, dass es Sibylla die Sprache verschlug. Sie wusste gleich, wen sie vor sich hatte.

Es gab ein Gemälde von dieser Frau. Sie hatte Nachdrucke und Fotografien gesehen. Etwas älter war sie zwar als auf dem Bild, doch die großen Augen, der sinnliche, rosige Mund und das dunkle Haar ließen keinen Zweifel daran, dass Sibylla der Hausherrin persönlich gegenüberstand.

Sie knickste unbeholfen. »Guten Tag, Lady Nicolson!«

»Keine Umstände, junge Dame. Sie kommen von Waterperry?«

»Ja, ich bin Sibylla Healey.« So langsam gewann sie ihre Fassung wieder.

»Etwas früh dran, will ich meinen. Also müssen Sie mit

mir in diesem Aufzug vorliebnehmen. Sie haben doch keinen Fotografen bei sich?«

Sibylla schüttelte den Kopf. Lady Nicolson, wie Vita Sackville-West seit ihrer Hochzeit offiziell hieß, wirkte bis auf ihren Aufzug in Reiterhosen, derben, schlammverklebten Schuhen und breitem Hut, der in seinem letzten Leben auch bei einem Pferderennen eine gute Figur gemacht hätte, ganz und gar nicht skandalös.

»Tee oder Limonade?«, erkundigte sich die Hausherrin, während sie das Tor durchschritten und eine Dienerin aus einem Cottage heraustrat.

»Limonade, bitte.«

Lady Nicolson schnippte. »Ich führe Sie erst einmal etwas herum. All unsere Besucher möchten zuerst herumgeführt werden«, sagte sie mit einem Lächeln, doch Sibylla sah ihr an, dass sie auf diesen Teil des Prozederes gern verzichtet hätte. Trotzdem war sie sehr dankbar, die Geschichte von Sissighurst Castle von der Besitzerin persönlich zu hören. Der Bericht fiel detailliert aus. Beginnend damit, wie sie das Schlösschen entdeckt hatte, das wie eine schlafende Schönheit in einem verwilderten Landstück verborgen gewesen war. »Den Turm wollte ich von Anfang an. Und zwar ganz für mich allein! Mein Mann hat sein Arbeitszimmer dort drüben im South Cottage. Die Bibliothek füllt den ganzen Pferdestall, und unsere Söhne bewohnen das verbliebene Cottage, wo wir auch essen und gekocht wird.«

Was für ein ungewöhnlicher Entwurf für eine vierköpfige Familie, dachte Sibylla. Aber Lady Nicolson war schließlich auch eine ungewöhnliche Frau.

Sie erreichten die ersten Gärten, und Sibylla blieb kurz stehen, um den Anblick in sich aufzunehmen. »Das haben Sie alles neu angelegt?«

»Ja, die Geometrie ist meinem Mann zu verdanken, da haben wir keinen Landschaftsgärtner gebraucht. Er besitzt einfach ein besonderes Gespür dafür. Allerdings hat es mich sehr geschmerzt, wenn er schnurgerade durch alte Bäume und Hecken geholzt hat. Ich hatte Angst um die Seele des Gartens, wenn Sie verstehen.«

»Ja, das verstehe ich nur zu gut.« Sibylla betrachtete die streng klassizistischen, nach der Nord-Süd- und der West-Ost-Achse ausgerichteten Wege und versuchte, sich genau ins Gedächtnis zu rufen, was sie im Internat über die verschiedenen Stile gelernt hatte.

»Nun haben wir hier diese herrlichen Parzellen, wir nennen sie Gartenzimmer. Jedes hat seinen eigenen Charakter.«

Die Zeit verging wie im Fluge. Die Gärten mit ihren einzelnen Themen waren wie Poesie. Wie perfekt strukturierte und bis auf das letzte Wort geplante Gedichte, die gerade durch diese durchdachte Inszenierung ganz mühelos und natürlich wirkten. Die Lady schreckte nicht davor zurück, große Flächen mit derselben Blühpflanze zu schmücken, was nicht monoton aussah, sondern wie zufällig entstandene Lichtungen in einem Märchenwald, umkränzt von Hecken, aufgelockert von Gräsern. Ohnehin gab es hier viel schmückendes Grün, herrliche Blattfarben und Formen, die ganz ohne Blüten ihre Wirkung entfalteten. Die vielen verschiedenen Düfte waren unvorstellbar. Am Morgen noch hatte es geregnet, und nun kam immer wieder die Sonne hervor. Wo sie länger schien, begann die Natur zu duften. Da waren Lavendel und der süße Vanillehauch einer wilden Rose. Rosmarin und Koniferen, beide als Einfassung eines Pflanzenzimmers gesetzt, steuerten würzige Noten bei. Auffrischender Wind rauschte in den Baumkronen vereinzelter Solitäre, und Sibylla meinte, ganz deutlich die Kiefernzapfen aufplatzen zu hören, wo die Sonne ihre Kraft entfaltete.

Überall piepste und summte es. Kleine Singvögel bewohnten Blumenwiesen und alte Rhododendren. Am Turm lärmte eine große Schar Spatzen.

Soeben führte Lady Nicolson Sibylla an einer Reihe von kleinen Mauern und Ruinen entlang, die einer Sammlung von Klematis Stütze boten. Beinahe wie verwildert überwucherten sie morschen Backstein und langsam verrottende Flechtzäune. Auch hier war nichts zufällig, sondern dem Sinn einer Künstlerin entsprungen. Storchenschnäbel, Fingerhut und Lupinen lockerten die Sammlung auf und lockten Bienen und Hummeln mit ihrem Nektar.

Sissinghurst besaß den schönsten privaten Garten, den Sibylla je gesehen hatte, und das lag nicht zuletzt an Lady Nicolsons Freigeist, der sich nicht um Konventionen scherte. Sie liebte Dahlien, die in jedem Bauerngarten wuchsen und deshalb als gewöhnlich galten, streute billige Samenmischungen zwischen teure Exoten. Sie zog je nach Gartenbereich die wilden, ungefüllten Rosen mit langen Dornen ihren gefüllten und üppigen Schwestern vor, damit sie über alte Stümpfe rankten oder geradlinige Strukturen aufbrachen. »Wissen Sie, warum ich das tue? Den zahmen Rosen fehlt es an Romantik. Zahme Rosen sind wie zahme Frauen, hübsch anzusehen, aber langweilig. Sind Sie langweilig, Miss Healey?«

»Ich hoffe nicht. Dornen habe ich sicherlich, und davon nicht zu knapp.« Sie lachte, und Lady Nicolson fiel mit ein. Sibyllas anfängliche Scheu war verflogen. Ihre neue Bekanntschaft war eine angenehme und keineswegs überhebliche Person.

»Verstehen Sie sich zuvorderst als Gärtnerin oder als Schriftstellerin, wenn ich fragen darf?«, erkundigte sie sich.

»Sie dürfen. Ich bin gärtnernde Schriftstellerin. Aber ohne das Land, die gebändigte und ungebändigte Natur, was wäre ich da? Eine Frau ohne Inspiration, ohne Ruhepunkt. Denn Schöpferkraft erfordert beides, und auf seltsame Weise fördern sie einander.«

Sie betraten einen Pavillon. Schattig mit Wein umrankt,

duftenden Glyzinien und wieder wilde Rosen, die von Bienen und Schmetterlingen umschwirrt wurden. Sie setzten sich, obwohl es draußen zu nieseln begann. Hier hatte eine Angestellte Gebäck, Früchte und kleine Kuchen bereitgestellt. Es gab Limonade, von der Sibylla bereits auf dem Spaziergang etwas getrunken hatte, und dazu Tee mit duftender Bergamotte.

»Ich habe Ihre Artikel gelesen«, sagte die Lady im Plauderton, was dazu führte, dass Sibylla sich beinahe an ihrem Törtchen verschluckte. »Sie haben meine …«, stotterte sie.

»Selbstverständlich. Und nun werden Sie nicht so blass ums Näschen, Sie haben keinen Grund, sich zu genieren oder zu verstecken. Hätte mir nicht gefallen, was ich las, wären Sie gar nicht erst hier.«

»Danke!« Sibylla spürte, wie ihr das Blut in den Kopf stieg. Bestimmt hatten ihre Wangen die leuchtenden Farben von Pfingstrosen. Ihre Gedanken wirbelten durcheinander. Das nebensächliche Lob der berühmten Schriftstellerin brachte ein wildes Karussell in Gang. Schrieb sie wirklich so gut, dass sie dem Urteil einer Vita Sackville-West standhielt? Sie wagte nicht zu fragen, ob ihre Schreibe gut war oder nur gerade so akzeptabel für eine Internatsschülerin. Könnte sie sich womöglich Hoffnung auf eine Zukunft als Autorin machen?

Der Regen hatte aufgehört, und die Sonne war wieder hervorgekommen. Sie brannte die Nässe aus Bäumen und Wiesen, aus denen ein geheimnisvoller Dampf emporstieg. Auf den Blüten und Blättern blieben glitzernde Perlen zurück.

»Reden wir doch ein wenig über Sie.« Lady Nicolson prostete ihr mit dem Limonadenglas zu. »Was interessiert Sie mehr, das Gärtnern oder das Schreiben?«

Da musste sie nicht lange überlegen. »Die Menschen hinter den Gärten. Die Schöpfer dieser kleinen Welten, ihre besondere Sichtweise. Ich versuche, den Menschen zu entdecken, wie er sich in seinem Garten zeigt. Sein Spiegelbild sozusagen.«

»Hübsch formuliert. Ich mache Ihnen ein Angebot, meine Liebe. Sie schicken mir Ihren Artikel, bevor er erscheint. Bestehen Sie diese kleine Prüfung, stelle ich Sie weiteren interessanten Gärtnerinnen vor. Mit meinen Briefen werden sich Türen öffnen, die anderen verschlossen blieben. Sie können eine Serie von Artikeln beginnen, die Ihre Leser fesseln wird.«

Sibylla verschlug es die Sprache, doch als Lady Nicolson ihr die Hand hinhielt wie bei einem Pferdehandel, griff sie zu.

»Verdammt, Tilda! Du hast ja keine Vorstellung, was uns erwartet«, grollte Bennet und ballte die Faust auf dem Tischchen.

»Wie auch, du bist ja nicht bereit, mir mehr als das Nötigste zu erzählen! Stattdessen bekomme ich nur zu hören, wie gefährlich es überall ist und was ich alles nicht darf! Das hatten wir doch schon«, fauchte sie zurück, sprang vom Bett auf und stieß sich prompt den Kopf an einem Eisenträger, der quer durch ihre Kabine verlief. Ihre Beine gaben nach, noch ehe der Schmerz sie ganz erreichte. Ungelenk plumpste sie zurück aufs Bett.

Bennet sah nicht einmal auf, während sie sich den Kopf hielt, sondern blätterte weiter durch sein verflixtes Buch.

Vermutlich hatte er nicht einmal bemerkt, dass sie sich verletzt hatte.

Das schmerzhafte Hämmern nahm zu. Tilda blinzelte die Tränen weg, dann griff sie nach ihrem Schultertuch. »Ich gehe an die frische Luft. Hier unten ertrage ich es nicht länger.«

Bennet machte eine Handbewegung wie ein König, der lästige Untertanen entließ.

In diesem Moment hasste Tilda ihren Ehemann ein wenig. Doch ihr Unmut würde vergehen, so wie immer.

Während sie den langen Flur hinunterlief, zog sie sich das breite, feste Tuch mit beiden Händen enger um die Schultern, bis es sich beinahe anfühlte wie eine Umarmung. Der dunkelblaue Tweedstoff war wunderbar, hielt den Wind ab und gab zusammengefaltet ein passables Kissen ab. Sie hatte wohl mehr Zeit mit dem Tuch an Deck verbracht als mit Bennet. Ob er es mir wohl deshalb geschenkt hat?, überlegte sie schlecht gelaunt, während sie die engen Stufen hinaufstieg. Bei jedem Schritt pochte die Stelle an ihrem Hinterkopf, an der sie der Stahlträger geküsst hatte. Die Haut spannte unangenehm. Es würde eine ordentliche Beule geben.

Sie stemmte sich mit der Schulter gegen die Stahltür und betätigte dabei einen Hebel. Sofort drang frische, salzige Seeluft ein und trieb den Mief heraus. Die Luft unter Deck war abgestanden, doch man gewöhnte sich daran. So wie man sich auf See an vieles gewöhnte.

Tilda drückte die Tür in ihren schweren Angeln wieder zu, dann wappnete sie sich dafür, den Windschatten zu verlassen. Zwei Schritte zur Reling, und die Meeresluft traf sie wie ein Faustschlag. Über ihr rissen Böen den Rauch der Motoren in kleine Fetzen.

Nach vorne gebeugt lief Tilda in Fahrtrichtung und setzte sich schließlich auf eine Kiste, in der Rettungswesten untergebracht waren. Über ihr schaukelte ein Rettungsboot in seiner Verankerung hin und her. Seile schlugen gegen Metall, und der Wind sang um Ecken und Kanten, pfiff und heulte.

Laut rauschten die Wogen um den Bug. Tilda blickte auf die schaumbekrönten Wellen, die so anders aussahen als am Strand, wenn sie sich brachen. Hier rollten sie auf und ab, als wären die grünen Hügel Irlands in Bewegung geraten. Sturmvögel trieben wie kleine schwarze Korken auf der Oberfläche und ruhten sich aus. Das Meer war ihr Zuhause,

Angst kannten die kleinen, so zerbrechlich wirkenden Tiere offenbar nicht.

Tilda bewunderte die Sturmvögel und beneidete sie zugleich. Sie hatten den endlosen Himmel und die endlose See zu ihrem Vergnügen, während sie selbst in eine winzige Kabine gepfercht war.

Sie hatte sich geirrt. Ein halbes Jahr lang mit Bennet in dessen kleiner Wohnung zu leben, war keine ausreichende Vorbereitung für diese Reise gewesen.

Hier gab es keinen Internatsunterricht, keine Ausflüge und keine arbeitsreichen Wochenenden bei den Eltern. Hier reiste Bennet nicht für einige Tage in eine andere Stadt, konnte Tilda sich nicht mit ihrer besten Freundin treffen, die sie schrecklich vermisste.

Hier gab es nur sie und ihn auf sieben Quadratmetern und das wenige, was sie von daheim mitgenommen hatten. Anfangs hatten sie die Zeit genossen, sich mitten am Tag und oft mehrfach geliebt. Bis zwei Dinge eintrafen. Zum einen hörte Tilda ihre Kabinennachbarn über das jung vermählte Paar spaßen, das niemanden, der über funktionierende Ohren verfügte, an ihrer Leidenschaft im Zweifel ließ. Die Wände waren dünn, aber bis zu diesem Moment war ihr nicht klar gewesen, wie dünn. Zwei Tage lang war sie genant dem Speisesaal ferngeblieben. Seitdem liebten sie sich nur noch verhalten und seltener. Und nachdem ihre Periode verspätet eingetroffen war, stand außerdem die Furcht vor einer Schwangerschaft im Raum, auch wenn sie recht unbegründet war. Einzig in ihrer Hochzeitsnacht hatten sie nicht verhütet, und die lag nun schon weit über ein halbes Jahr zurück. Seitdem benutzten sie Präservative. Bennet war von Anfang an offen mit dem Thema umgegangen, doch als sie dann den Vorrat sah, den er einpackte, hatte sie sich Witzeleien nicht verkneifen können. Nun kam ihr schon der Gedanke daran, sie zu rationieren. Am anderen Ende der Welt gab es bestimmt keine, und schwanger werden wollte sie auf Borneo auf keinen Fall. Dort gab es vermutlich nicht einmal einen richtigen Arzt.

Tilda beschirmte die Augen und stand auf. War das dort eine helle Linie zwischen Horizont und Meer? Konnte es sein, dass sich da die Strände und Wüsten Ägyptens erstreckten?

Sie beugte sich weit über die Reling, um besser zu sehen, und wusste zugleich, dass sich dadurch nichts an der Aussicht verändern würde. Ja, dort war etwas. Seit der Meerenge von Gibraltar waren sie Land nicht mehr so nahe gekommen. Aufregung strich den Ärger über den sinnlosen Streit mit Bennet davon, als hätte es ihn nie gegeben.

Da spürte sie seine Nähe, als hätte die Luft plötzlich ihren Geschmack verändert. »Bennet«, sagte sie leise.

»Ist Port Said schon zu sehen?«, fragte er.

»Nein, aber ich glaube, ich sehe Wüstensand.«

Er stützte neben ihr die Arme auf, und sie musterte sein Profil mit der geraden, etwas zu großen Nase. Die feinen Linien in seinen Augenwinkeln, die von der gebräunten Haut hervorgehoben wurden, und dann die Augen selbst ... Zu Hause in England von einem leuchtenden Wiesengrün, hatten sie nun die Farbe von unruhiger See angenommen und wirkten tiefer und geheimnisvoller. Er trug noch immer das dünne Bärtchen, das so lustig kitzelte, wenn sie sich küssten. Vor zwei Tagen hätte Bennet es beinahe abrasiert, nachdem er bei rauem Seegang eine Lücke hineingeschnitten hatte. Nun sah man sie kaum noch.

Tilda lehnte sich mit der Schulter an seine, und so blieben sie stehen und blickten sehnsüchtig dem Versprechen von Land entgegen, das sich tatsächlich immer klarer abzeichnete.

»Unter Deck wurde es unruhig, da dachte ich mir, dass es wohl so weit ist«, beantwortete er ihre Frage. »Außerdem wurde es Zeit, mich bei meiner wunderbaren Frau zu entschuldigen.«

»Das brauchst du nicht, ich war unausstehlich«, gestand Tilda ein und seufzte. »Ich verstehe ja, dass du mich beschützen willst, aber du solltest dich einmal selbst hören. Du redest immer nur von Gefahren statt von den schönen Dingen, die uns erwarten.«

»Ertappt. Ich sorge mich nun einmal um dein Wohl. Womöglich etwas mehr, als gut für dich ist. Oder für mich. Aber ich gelobe Besserung.«

»Gut.« Sie schmiegte sich fester an ihn. »Und ich werde versuchen, weniger kratzbürstig zu sein.«

»Manchmal machen wir uns unnötig gegenseitig das Leben schwer. Ich hätte nicht gedacht, dass es so anstrengend sein würde, zwei Leben in diese Schuhschachtel zu quetschen, die den Namen Kabine nicht verdient hat.«

»Ist es früher denn anders gewesen?«

»Die anderen Fahrten unternahm ich allein, da habe ich mir nichts sehnlicher gewünscht als Gesellschaft. Und das eine Mal, das ich mit meinem Vater fuhr …« Sein Blick umwölkte sich. »Sagen wir, mein Vater war ein strenger Mann und ich nicht viel mehr als ein Junge. Ich wagte nicht aufzumucken. Außerdem gab es viel zu entdecken. Der Maschinenraum war derart tabu, dass ich mich gleich dreimal dorthin geschlichen habe. Die Frachtdecks waren voller Tiere und Geheimnisse, und dann gab es noch die große Küche. Wenn ich dort mithalf, bekam ich Schokolade und Pudding zur Belohnung.«

»Ich könnte mich auch in den Maschinenraum schleichen«, erwiderte Tilda, reckte das Kinn vor und malte sich aus, wie sie mit rußverschmiertem Gesicht zwischen stampfenden Motoren aufgegriffen würde. Dann bemerkte sie in der Ferne etwas, das ihr seltsam erschien. »Was ist das für ein Nebel über dem Land?«

»Aufgewirbelter Wüstensand, würde ich meinen. Dort drüben gibt es keine großen Ansiedlungen, die so viele Kochfeuer haben könnten. Hoffentlich legt sich der Sand, bis wir anlegen. Ich freue mich schon so darauf, endlich etwas anderes zu sehen und mir die Beine zu vertreten.«

»Und du glaubst wirklich, wir dürfen an Land gehen?«

Bennet nickte. »Die Aufenthalte dauern meist ein bis zwei Tage. Das Schiff nimmt Wasser und Vorräte auf. Es muss Papierkram erledigt werden, und für die Durchquerung des Suezkanals gibt es außerdem Warteschlangen.«

Schon jetzt aus der Ferne bestand kein Zweifel daran, dass der 1869 eröffnete Kanal Schiffe von nah und fern anzog. Gleich vier ähnlich große Frachter und Reiseschiffe waren auszumachen. Der Kanal verband das Mittelmeer mit dem Roten Meer und machte so die Umfahrung Afrikas und die gefährliche Umrundung des Kaps der Guten Hoffnung unnötig.

»Ich kann es kaum erwarten, von Bord zu gehen!«, seufzte Tilda. »Heute Nacht werde ich kein Auge zubekommen.«

# 34

Tilda hatte alles erwartet, nur keinen französischen Baustil am Tor zu Ägypten und Asien.

Bennet wusste das Rätsel schnell aufzulösen, denn Port Said war zur Zeit des Kanalbaus eigens als Wohn- und Versorgungsort für die Arbeiter aus dem Boden gestampft worden. Die Suezkanal-Gesellschaft, genauer *Compagnie universelle du canal maritime de Suez,* war eine französische Unternehmung, die von der Vermessung über den Bau fast alles organisiert hatte. Anfangs war alles von Gerätschaften über Wasser, Kohle und Eisen mit langen Kamelkarawanen herantransportiert worden. Dann war für die Versorgung der Stadt vom Nil her ein Süßwasserkanal angelegt worden, und Eisenbahnlinien entlang der Kanalstrecke versorgten die Arbeiter.

»Woher weißt du das alles?«, fragte Tilda, während sie an Bennets Arm langsam vom Hafen wegschlenderte.

»Ich bin neugierig, und sicher hat es auch ein wenig geholfen, auf der letzten Reise regelmäßig mit einem Ingenieur zu dinieren.« Er grinste. »Gehen wir zum Markt, der Trubel wird dir sicherlich gefallen. Aber bleib vorsichtig, hier treiben sich überall diebisches Gesindel und der ein oder andere Halsabschneider herum.«

Geflissentlich ignorierte Tilda seine Warnung und Schwarzmalerei, um nicht wieder einen Streit um das ewig selbe Thema vom Zaun zu brechen. »Es ist wunderbar hier.« Sie legte den Kopf in den Nacken und genoss es einige Schritte lang, einfach festen Boden unter den Füßen zu spüren. Dieser kurze Stopp war herrlich. Auch wenn Port Said keine alte, gewachsene Geschichte besaß, war es eine völlig fremde Welt. Es war warm, die Luft trocken, staubig und voller Gerüche. Noch befanden sie sich in Hafennähe. Große Mengen Reis wurden hier verklappt, dazu getrocknete Kräuter und Kaffee. Eselskarren und Autos verstopften die Straßen. Überall waren Händler mit Bauchläden und kleinen Ständen unterwegs und priesen lautstark ihre Waren an. Fettige gegrillte Häppchen und Spieße gab es an jeder Ecke. Bunte, zu Kegeln getürmte Gewürze wurden angeboten, getrockneter Fisch hing zu Bündeln geschnürt von Gestänge herab, Obst, Gemüse, Blumen, Topfwaren und Kessel, für alles gab es einen Stand, und immer spielte irgendwo Musik.

Der Gesang klang stets wehmütig und tanzte ohne für sie erkennbare Regeln auf und ab. Bald erreichten sie eine Art überdachten Basar. Das Gedränge war dicht, und überall gab es etwas zu sehen. Zum Glück wurde Bennet nicht ungeduldig, auch er sog die fremde, wundervolle Atmosphäre auf wie guten Wein.

»Schau nur, die Intarsien!«, rief Tilda und zog ihn zu einem Stand, an dem allerlei Holzgefäße und Kästchen angeboten wurden, die mit Perlmutteinlagen und Elfenbein geschmückt waren. Es gab Blumenmuster, arabische Schriftzeichen und Tierreliefs. »Schau mal das hier!« Bennet hielt ihr ein kleines Kästchen aus Ebenholz hin, in das bläuliche Steine eingelassen waren. Das umlaufende Muster bestand aus Pflanzenranken und kleinen Vögelchen.

»Oh, das ist wunderschön!«

Bennet gab dem alten Mann, der den Stand betreute, ein Zeichen. Der verbeugte sich und strich dabei über seinen langen schneeweißen Bart. Was dann folgte, verblüffte Tilda über die Maßen. Es kam ihr vor wie ein wilder Schlagabtausch aus Worten, fuchtelnden Handzeichen und Grimassen. Am Ende hielt Bennet das Kästchen in der Hand, und der Alte zählte unter großem Lamentieren das dafür erhaltene Geld, das seiner Meinung nach offenbar viel zu wenig war.

»Für dich.« Bennet reichte Tilda das kleine Schmuckstück.

»Danke schön. Aber hast du nicht gesagt, dass wir keine Dinge kaufen und anhäufen sollten, die später auf der Reise hinderlich sein könnten und Platz wegnehmen?«

»Genau das waren meine Worte.« Er grinste schelmisch. »Aber ich finde ein kleines Andenken an deine erste Suezpassage muss sein. Außerdem kannst du darin dein Schreibzeug aufbewahren.«

»Schau nur!« Tilda stellte sich auf die Zehenspitzen und reckte den Arm. Am Ende des Marktes bahnte sich eine kleine Lastenkarawane ihren Weg, und dieses Mal waren es keine Esel.

»Bitte, können wir uns das aus der Nähe ansehen?«

»Kamele haben immer schlechte Laune, und sie beißen.«

»Das ist mir egal, ich will sie ja nicht streicheln. Schau nur, wie hübsch sie geschmückt sind. Mit Glocken und Bändern, und bemalt sind sie auch.«

Tilda hielt es kaum noch aus. Nach den öden Wochen auf See war Port Said wie ein Feuerwerk aus neuen Eindrücken für alle Sinne.

Kamele hatte sie bislang nur im Londoner Zoo gesehen, diese hier waren ganz anders. Edler und langbeiniger wirkten sie. Was für ein Unterschied zu den zottigen, plumpen Tieren daheim! Wäre der Markt doch nur nicht so voller Menschen und Karren gewesen. Sie musste die Tiere ansehen! Energisch drängelte Tilda sich durch eine laut palavernde Gruppe von Frauen in bunten, wehenden Gewändern, huschte zwischen zwei Ständen hindurch und gelangte so in den nächsten Gang, wo vornehmlich kleine Teppiche und Matten feilgeboten wurden. Goldglänzende Messing-Samoware boten den einzigen Kontrast.

»Komm, Bennet, wo bleibst du denn?«, rief Tilda ausgelassen und drehte sich um. Bennet war nicht da. Um sie herum waren nur Fremde. Ein dichtes Gedränge fremder Gesichter, fremder Sprache, fremder Gerüche.

Panik flammte auf. Sie wusste nicht einmal mehr, in welcher Richtung der Hafen lag, geschweige denn ihr Schiff.

»Bennet?«, rief sie, und ihre Stimme klang brüchig wie Glas. »Bennet!«

Es war stockfinster in der kleinen Kabine. Das Schiff lag so nah neben einem anderen, dass kein Mondlicht durch das kleine Bullauge hereinfiel. Bennet hielt Tilda im Arm, die unruhig träumte. Sie sprach im Schlaf, doch nur selten so, dass er es verstehen konnte.

Es war ein wundervoller Tag gewesen. Er hatte sich lange vorgenommen, ihr den Besuch in Port Said zu einem unvergesslichen Erlebnis zu machen. Denn er stand am Beginn ihrer ersten Reise als Paar, ein gemeinsam erreichter Meilenstein. Der erste von vielen, wie Bennet hoffte.

Für einen Augenblick hatte der Tag zu kippen gedroht. Tilda war einfach losgerannt, und er hatte Mühe gehabt, ihr zu folgen, sie sogar kurz aus den Augen verloren. Als er sie nach einigen Minuten wiederfand, war ihr Gesicht gerötet, und ihre Brust hob und senkte sich rasend schnell, doch sie sagte nichts. Ihr Sturkopf verbot es ihr einzugestehen, eine Dummheit begangen zu haben.

Aber die Sache war schnell vergessen. Danach hatte Bennet versucht, ihr jeden Wunsch zu erfüllen, selbst jene, an die sie noch gar nicht gedacht hatte.

Nur deshalb waren sie wohl schlussendlich auf zwei Lastenkamelen durch die belebte Hafenstadt geritten, bis zum

Strand hinunter, wo sich auf dem gelblichen Sand weiße Herzmuschelschalen türmten.

Tilda war ganz vernarrt in ihr Kamel mit den großen, ausdrucksvollen Augen, und sie hatte sich auf dessen Rücken erstaunlich gut gehalten. Da die Tiere nur mit ungepolsterten Tragegestellen ausgerüstet gewesen waren, bestanden Tildas Oberschenkel nun aus einer Ansammlung blauer Flecken, doch sie hatte es mit keinem Wort erwähnt.

Erst spät am Abend waren sie zurückgekehrt, schwer beladen mit ihren Einkäufen. Frischem Obst, süßen einheimischen Leckereien, gesalzenen Mandeln und mehreren Seidentüchern, die Tilda auf den Expeditionen als Schutz vor Sonne und Stechinsekten nutzen wollte.

Noch in der Nacht würden sie ihre Fahrt fortsetzen und am Mittag die Bitterseen erreichen, die gleich verlorenen Spiegeln inmitten der flachen Wüstenlandschaft lagen. Noch einige Tage würden sie auf ihrer Reise etwas zu sehen haben, danach warteten wieder das endlose Meer und seine Einöde auf sie. Bennet zählte bereits die Tage bis zum Ziel, doch auch eine unterschwellige Angst war sein steter Begleiter. Vielleicht war er deshalb hin und wieder so übellaunig.

In letzter Zeit träumte er wieder häufiger von seiner Schwester Beatrice und so detailliert und realistisch wie seit Langem nicht. Wie sie in einem Moment noch am Ufer gesessen hatte, während er mit den Jungen fischte und dabei die Zeit vergaß. Bis ihr gellender Schrei ihn und die anderen aus der Flachwasserzone zurückrief, in die sie hineingewatet waren.

Er wusste noch genau, wie er sich damals gefühlt hatte. Schon seit dem Morgen gereizt, weil sein Vater ihm aufgebürdet hatte, sich um Beatrice zu kümmern, obwohl sie nur ein Jahr jünger war als er. Seine Schwester hatte nichts falsch gemacht, doch ihre bloße Anwesenheit verdarb ihm den Tag, so empfand er es zumindest. Er wollte zusammen mit den anderen Jungen an der Küste und im Wald herumstromern, Abenteuer erleben. Damals fühlte er sich ohnehin schon, als sei er in allem nicht gut genug. Was im Nachhinein betrachtet kein Wunder war. Schließlich lebten die anderen Kinder von klein auf in der Natur. Natürlich fingen seine eingeborenen Kameraden geschickter Fische mit dem Speer, konnten besser Spuren lesen und sich in der Wildnis zurechtfinden. Meist ließen sie ihn nicht merken, dass er sie ein wenig bremste. Doch an jenem Tag spotteten sie darüber, dass er auf seine Schwester achtgeben musste. Behaupteten, er nutze die Aufgabe nur als Ausrede, um sich nicht in das gefährlichere tiefere Wasser vorzuwagen. Bennet hatte sich beweisen wollen, war trotzig bis in die Brandungszone vorgedrungen, um dort seinen Speer und die Angel zu erproben, war weiter hinausgegangen als alle anderen.

Als der erste Schrei erklang, hörte er es nicht. Das war ein Detail, das er Tilda verschwiegen hatte. Erst als seine Freunde seinen Namen riefen und zu winken begannen, wurde ihm klar, dass etwas nicht stimmte.

Mehr als etwas Blut, die Trittsiegel und Schleifspuren des Krokodils war nicht geblieben. Seine Schwester war fort, tot. Und das Letzte, was er ihr gegenüber empfunden hatte, war Zorn, seine letzten Worte waren Gemeinheiten gewesen, wie Brüder sie tagtäglich zu ihren Schwestern sagten und Schwestern zu ihren Brüdern. Belanglos und verletzend. Beatrice hatte geweint.

Vaters Prügel waren Bennet willkommen gewesen. Er hatte sich so elend gefühlt, dass er sich wünschte, das Krokodil würde zurückkehren und auch ihn verschlingen. Doch es kam nicht, und Vaters halbherzige Schläge waren keine ausreichende Strafe.

Die Jagd erlebte er wie im Fieber. Als sie das riesige Salzwasserkrokodil endlich erlegt hatten, schlich er sich nachts zu dem Kadaver. Schlug und trat die gewaltige Echse und hakte mit seinem kleinen Messer auf sie ein, bis er keine Kraft mehr hatte, die Arme zu heben. Seit jenem Tag trug er einen der Krokodilzähne bei sich als Mahnung.

Sein Vater und er hatten sich über die Jahre immer mehr entzweit. Er hatte ihm geschrieben, ihn zur Hochzeit eingeladen, aber er war nicht gekommen. Von seiner Mutter hatte er es ohnehin nicht erwartet. Nicht ohne Grund hatte sie ein neues Leben auf einem neuen Kontinent begonnen. Bis auf ein bis zwei Briefe im Jahr sah sie nicht zurück.

Tilda regte sich im Schlaf, schlang ihren Arm um seine Mitte und drückte sich mit einem Seufzer fester an ihn.

Womit hatte er eine Frau wie sie nur verdient?

Eine, die ihn erst zumindest ein wenig von seiner Schuld befreite und dann auch noch bereit war, auf alle Annehmlichkeiten zu verzichten und sein unstetes Leben mit ihm zu teilen?

Er konnte nur hoffen und sich nach Kräften darum bemühen, dass er ihr niemals einen Grund geben würde, ihre Entscheidung zu bereuen.

Die Angst, Tilda zu verlieren, sie in Gefahr zu bringen und sterben zu sehen, war ein steter Begleiter und genauso wenig abzuschütteln wie der eigene Schatten. Meist nur ein harmloser Geselle, der ihm unbemerkt folgte, doch dann und wann, wie aus dem Nichts, streckte er sich schwarz und überlebensgroß.

Diese Reise war eine Prüfung. Vielleicht war sie auch seine Chance, seinem Dämon zu begegnen und ihn zu besiegen … oder an dem Versuch zugrunde zu gehen.

# 35

*Verehrte Miss Healey,*
*mit Vergnügen habe ich die kleine Reportage über Ihren Besuch hier auf Sissinghurst Castle gelesen. Für eine junge, noch recht unerfahrene Frau haben Sie eine gute Auffassungsgabe und elegante Schreibe. Sie haben die Bedeutung meiner Gärten, ihre Architektur und Gestaltung gut beschrieben. Besonders gefallen hat mir, wie Sie es verstehen, die Person mit dem Stil in Verbindung zu bringen und herauszuarbeiten, was die Natur und das Gärtnern für eine Schriftstellerin wie mich bedeuten.*
*Gerne trete ich daher als Förderin für Sie ein. Anbei finden Sie kurze Begleitschreiben für einige meiner Freunde, allesamt interessante Charaktere mit wundervollen Gärten. Zudem ein weiterer Brief, falls Sie Ihre Serie einer Zeitschrift oder einem Verlag anbieten möchten.*
*Herzlich, ganz die Ihre*
*Vita Nicolson, geb. Sackville-West*

Noch immer fassungslos strich Sibylla über das dicke Bündel aus Briefen und Empfehlungen, das sie von Sissinghurst Castle erreicht hatte. Was konnte sie sich mehr wünschen als eine Förderin wie diese! Welch Anerkennung!

Wie gern hätte sie ihre Freude mit Tilda geteilt, doch das Zimmerchen im Internat gehörte nun ihr allein. Tildas Bett war verwaist, und auch Sibylla selbst würde nicht mehr lange hierbleiben.

Sibylla packte die Briefe und alles, was sie in den nächsten beiden Tagen brauchen würde, in eine Tasche. Dazu gehörte auch ein Buch über verschiedene Gartenstile. Sie würde am Dienstag vor ihren Mitschülerinnen einen Vortrag über Linienführung im klassizistischen Garten, verglichen mit dem romantischen Garten, halten müssen. Aber nun kam erst einmal das Wochenende. Den ungeliebten Dienst auf dem Markt hatte sie mit Millie getauscht, dafür würde sie nun drei Samstage hintereinander ausliefern und sich zusätzlich an den Nachmittagen um die Belüftung der Gewächshäuser kümmern müssen. Aber das war es wert, heute einen freien Tag zu haben. Das hoffte sie zumindest. Oliver würde sie mit seinem neuen Wagen abholen. Er redete viel von diesem Automobil, das sie bislang noch nicht mit eigenen Augen gesehen hatte.

Sibylla hoffte auf einige Zeit allein mit ihm. Ein Picknick vielleicht, Spaziergänge, Kino, Tanzen … auch wenn er nur ein mäßig passabler Tänzer war. Doch zuvor stand etwas anderes an. Es war Zeit, ihn den Eltern vorzustellen, die bereits mehrfach gefragt hatten, ob sie sich wieder mit einem Mann träfe. Sie hatte schwören müssen, dass es nicht Francis war, und es dauerte, bis sie überzeugt waren. Dennoch blieb der Hauch des Misstrauens, den sie heute endgültig aus der Welt schaffen würde.

Mit ihrem Köfferchen in der Hand schlenderte Sibylla kurz darauf die Zufahrt herunter und malte sich aus, wie sie in einigen Tagen aufbrechen würde, um Stoff für ihre nächste Reportage zu sammeln. Lady Nicolson hatte ihr die Schriftstellerkollegin Beatrix Potter als Folgeporträt vorgeschlagen. Eine Frau, die voll und ganz im Landleben aufging. *Sie ist das genaue Gegenteil von mir,* hatte Vita Nicolson geschrieben. *Sie ist in erster Linie Gärtnerin und sogar Bäuerin und nur in zweiter Linie Schriftstellerin. Eine erfrischend geerdete Frauenperson. Sie wird Ihnen gefallen.*

»Und sie wird auch Mrs Havergal gefallen«, murmelte Sibylla, bereits die nächste Ausgabe der Internatszeitung planend. Mittlerweile hatte sie einen guten Teil der Redaktion übernommen, sehr zur Freude der Rektorin, der die Selbstständigkeit ihrer Schülerinnen am Herzen lag. Während sie sich mögliche Fragen überlegte, merkte sie gar nicht, wie ihr ein Wagen entgegenkam. Die plötzlich schrillende Hupe erschreckte sie derart, dass ihr der Koffer in den Staub fiel.

Das Automobil war dunkelgrün, schnittig und glänzte nur so vor Chrom. Ganz vorn funkelte silbrig eine sprungbereite Raubkatze.

»Guten Tag, schöne Frau!«, rief Oliver durch das heruntergelassene Fenster und winkte. Der Wagen tuckerte lautstark, während er ausstieg und sie in die Arme schloss. Sibylla küsste ihn auf die glatt rasierte Wange und meinte, sein Rasierwasser auf den Lippen zu schmecken.

Oliver hob sie an der Taille hoch, als wäre sie leicht wie eine Feder. »Ich habe dich so vermisst! Wie kann eine Woche nur so lang sein?«

»Das weiß ich auch nicht, aber jetzt ist erst einmal Wochenende.« Sie nahm seine Hände, er trug dünne braune Lederhandschuhe, wie viele Männer sie beim Autofahren benutzten. »Wollen wir aufbrechen?«

Er öffnete ihr die Beifahrertür, und sie stieg ein. Auch drinnen war der Wagen auf Hochglanz gebracht. Den Sables traute Sibylla zu, dass sie einen Angestellten hatten, der sich nur um die Fahrzeuge kümmerte, denn auch Olivers Vater und Bruder teilten diese Leidenschaft.

Oliver verstaute ihren kleinen Koffer und stieg dann ebenfalls ein. »Wann müssen wir bei deinen Eltern sein?«

»Zur Teezeit.«

Er blickte auf seine Armbanduhr. »Dann haben wir noch drei Stunden.« Seine Augen blitzten auf, dann trat er aufs Gas, und der tuckernde Vierzylinder erwachte brüllend zum Leben. Es folgte eine wundervolle Fahrt durch romantische Hügel und Felder. Steinmauern und knorrige Hecken säumten die Straße. Die Wiesen waren getupft mit Schafen. Gelber Ginster und violette Disteln blühten dort, wo der Boden karg und trockener war.

Oliver hielt schließlich bei einer kleinen Eisdiele, als wollte er Sibylla daran erinnern, wie sie sich kennengelernt hatten. Nur dass dieses Mal weder Tilda noch sein Kamerad anwesend waren.

Mit dem Eis in den Händen schlenderten sie am Rand eines Dorfweihers entlang. Sibylla blickte immer wieder zu Oliver auf, der ungewöhnlich schweigsam war.

»Woran denkst du?«, fragte sie und knabberte ein Stückchen von ihrer Waffel ab. »Sorgst du dich wegen meiner Eltern?« Sie hatte ihm nie von Francis erzählt, denn es gab Dinge, die besser verschwiegen wurden. Die erste große Liebe hinterließ ein Mal auf der Seele, das sich nie wieder ausradieren ließ, und Sibylla spürte, dass Oliver es nicht ertragen würde, um ihr Herz konkurrieren zu müssen. Auch wenn diese Konkurrenz längst der Vergangenheit angehörte.

»Nein, deine Eltern sorgen mich nicht. Ich weiß mich zu benehmen, und der Name meiner Familie ist sauber. Sie werden mich mögen, wenn sie merken …« Er strich ihr über die Wange und sah sie lange an. Oliver liebte sie, dafür brauchte es keine Worte.

»Was ist es dann?«

»Das Deutsche Reich«, erwiderte er knapp. »Du weißt, mein Onkel arbeitet im Nachrichtendienst. Er spricht selten darüber, das meiste ist geheim. Aber seiner Meinung nach führt kein Weg mehr an einer militärischen Auseinandersetzung vorbei. Es ist ein offenes Geheimnis. Man braucht sich nur ein wenig mit der Politik der vergangenen Jahre zu beschäftigen. Hitler macht seine Wirtschaft kriegsbereit, das Militär ist es längst. Ihre Gier nimmt kein Ende. Österreich haben sie sich schon unter den Nagel gerissen, jetzt wendet sich sein Blick nach Osten. Frankreich und England werden nicht für immer tatenlos zusehen können. Die Beschwichtigungspolitik ist ausgereizt.«

Mit seinen nüchternen Worten schien sich ein kriechender Schatten über den Weiher auszubreiten. Das Gelächter der anderen Spaziergänger trat in den Hintergrund, und der Gesang der Sommervögel wurde misstönend und schrill. »Oliver ...« Mehr brachte Sibylla nicht heraus. Nie zuvor hatte sie sich ernsthaft Gedanken darüber gemacht, was es eigentlich bedeutete, sich in einen jungen Offizier zu verlieben.

»Reden wir nicht weiter darüber. Nicht heute.«

»Ich ... Wie sollen wir jetzt denn so tun, als gäbe es das alles nicht, Oliver?« Sie warf das spitze Ende ihres Hörnchens einer Ente zu und drückte sich an ihren Begleiter.

»Ach, Sibylla, hätte ich nur meinen Mund gehalten.« Er lächelte, und dann schien es, als setzte er eine Maske auf. »Ich weiß, womit ich dich ablenken kann. Möchtest du mit dem Auto fahren?«

»Natürlich, wie sollten wir denn sonst von hier wegkommen?«, erwiderte sie verständnislos.

Ihr Kopf war noch immer angefüllt mit der Angst, Oliver zu verlieren. Wieder einen Mann zu verlieren und diesmal an den Tod.

Sonnenlicht brach sich auf dem Schlüssel, den Oliver ihr vor die Nase hielt. »Ich meinte, ob du selbst fahren willst.«

Das brach den Bann. »Wer, ich? Aber ich habe doch noch nie in meinem Leben hinter einem Lenkrad gesessen!«

»Dann lernst du es jetzt!«

»Aber …«

»Kein Aber, komm!« Er nahm sie bei der Hand, und sie rannten lachend und keuchend den ganzen Weg zurück.

Mit etwas zu viel Gas rauschte der Jaguar zwei Stunden später die Auffahrt von Healey House hinauf. Sibylla trat mit einem Kichern auf die Bremse und würgte den Wagen ab, der mit einem protestierenden Keuchen ausrollte.

Für einen Augenblick waren sie in eine Staubwolke gehüllt.

Sibyllas Herz jagte wie verrückt. Sie war noch nie in ihrem Leben so lange so aufgeregt gewesen wie während der vergangenen Fahrt. Ihre Hände schwitzten, und sie fühlte sich ein wenig schwindelig.

»Gut fürs erste Mal, aber noch ausbaufähig.« Oliver drückte ihr einen Kuss auf die Wange.

»Du meine Güte, du meine Güte«, wiederholte Sibylla immer wieder atemlos.

Als sich der Staub schließlich legte, standen ihre Eltern bereits im Hof. Die Mutter wedelte mit der Hand vor dem Gesicht herum.

»Warte …« Oliver stieg aus, öffnete Sibylla die Fahrertür und reichte ihr die Hand.

»Aber, Sibylla!«, hörte sie ihre Mutter protestieren, dann tuschelte sie mit ihrem Ehemann.

Sibylla begleitete Oliver zu ihren Eltern. »Mutter, Vater, ich möchte euch Oliver Sable vorstellen«, sagte sie förmlich.

Es folgte ein kurzer, höflicher Wortwechsel. Sibylla kam es

vor, als musterte die Mutter ihren Begleiter wie ein Ding, das sie zu kaufen überlegte. Ihr Vater hatte sich bereits von dem Jaguar einnehmen lassen und blieb mit Oliver zurück, um sich den schnittigen Wagen anzusehen.

»Wir gehen schon einmal ins Haus«, rief die Mutter den Männern über die Schulter zu. »Lassen wir die Herren unter sich, Sibylla. Was hast du dir nur dabei gedacht, dich selbst ans Steuer zu setzen, Darling? Das ist doch nichts für eine Frau!«

»Wie du siehst, ist das sehr wohl etwas für eine Frau, und wenn ich häufiger übe, fahre ich auch bald nicht mehr so holprig, meint Oliver.«

»Oliver … Das scheint ja ein patenter junger Mann zu sein. Als du angekündigt hast, dass du uns heute besuchen möchtest, weil du uns etwas Wichtiges mitzuteilen hast, war dein Vater sofort der festen Überzeugung, dass du diesen Boyle mitbringen wirst und schwanger bist.«

»Mom!«, fauchte Sibylla. Das konnte doch nicht wahr sein, dass sie Francis ausgerechnet jetzt zur Sprache brachte!

»Ich hoffe, er hat die Briefe nicht schon abgeschickt.«

»Was für Briefe?« Sibyllas Stimme sank zu einem Flüstern.

»An Boyles Arbeitgeber natürlich. Dein Vater macht keine leeren Drohungen. Aber vermutlich erinnerst du dich gar nicht mehr, nun, da du und Mr Sable …«

Sie betraten den Salon, wo die Kaffeetafel wunderschön gedeckt war. Doch Sibylla hatte gerade keine Augen für Tand. Ihr Herz war wie versteinert und tat weh. Würde ihr Vater tatsächlich Francis' Karriere zerstören, obwohl sie sich an ihren Teil der Abmachung gehalten hatten?

*Liebe Freundin,*
*ich weiß nicht, wann Dich dieser Brief erreichen wird. Unsere Schiffsreise dauert noch an. Viele Tage lang passiert kaum etwas, an anderen wieder sehr viel. Bennet hat mir vorgeschlagen, eine Art Reisetagebuch zu führen, was ich auch versucht habe. Allerdings fällt es mir schwer, ohne einen Adressaten zu schreiben, und so dachte ich, dass ich meine Erlebnisse und Gedanken als Briefe an Dich verfasse.*
*Du hattest mich ja ohnehin darum gebeten, Dir zu schreiben, und ich vermisse unsere Vertrautheit und die langen Gespräche wirklich sehr. Wie selbstverständlich unsere Freundschaft geworden war und welchen Platz Du, meine Liebe, in meinem Herzen eingenommen hast, merke ich erst jetzt, da wir uns nicht mehr jeden Tag sehen.*
*Es vergeht kein Tag, an dem ich nicht an Dich denke. Wie entwickelt sich Deine Schriftstellerei? Ich glaube fest daran, dass im Schreiben Deine Bestimmung liegt. Du hast ein besonderes Talent dafür.*
*Und wie geht es voran mit Deinem Oliver? Hast Du Dich überwunden und ihn Deinen Eltern vorgestellt? Er ist ein Schatz, Du solltest ihn behalten.*
*Aber nun zu meiner Reise. Sie ist zumeist eintönig, doch zum Glück bin ich von Seekrankheit verschont geblieben. Die Enge der Unterbringung setzt Bennet und mir ein wenig zu, doch wir haben uns nach anfänglichen Schwierigkeiten zusammengerauft, denke ich.*
*Vor Kurzem waren wir in Port Said, und ich habe mein erstes richtiges Abenteuer erlebt. Stell Dir vor, Deine Freundin ist auf einem Kamel geritten! Wie das schaukelt, und hoch ist es! Ich konnte den Einheimischen in die Fenster schauen. Kamele haben wunderschöne Augen, scheinen aber stets schlecht gelaunt und haben Mundgeruch.*

*Derzeit sind wir im Suezkanal. Auf beiden Seiten von uns erstreckt sich die Wüste bis zum Horizont. Wir selbst bewegen uns auf einer stark befahrenen Wasserstraße. Vor und hinter uns sind große Frachter. Eine Perlenschnur rauchender, stampfender Kolosse. Auf den Bitterseen, davon gibt es einen großen und einen kleinen, mussten wir warten und die entgegenkommenden Schiffe vorbeilassen, nun sind wir auf dem letzten Stück unterwegs. In wenigen Stunden erreichen wir das Rote Meer. Ich werde den Duft des Landes vermissen. Du kannst Dir nicht vorstellen, wie intensiv alle Gerüche, Geräusche und Farben sind, wenn man Wochen auf See zugebracht hat. Es ist überwältigend.*

*Bennet ist ständig um mein Wohl besorgt. Ich weiß ja, dass er den Verlust seiner Schwester nie verwunden hat, aber manchmal fällt es mir schwer, nicht gereizt zu reagieren. Er wittert überall Gefahren, selbst auf dem Schiff. Ich weiß, dass er die Seemänner alle für halbe Verbrecher hält, die mich entführen könnten, wenn ich mich zu oft allein an Deck aufhalte.*

*Vor zwei Tagen hat er die Sache auf die Spitze getrieben. Da musste das Schiff im Kanal ankern, ganz dicht an einem Frachter. Die Rümpfe sind nur ganz sacht aneinandergestoßen, doch plötzlich packt Bennet mich und zerrt mich von der Reling weg wie ein kleines Kind. Ich habe ihn angeschrien, und danach haben wir uns bis zum Abend ausgeschwiegen. Aber genug davon.*

*Morgen schreibe ich Dir von unseren Plänen für die Reise, denn es gibt einige Neuerungen …*

Tilda legte ihren Füllfederhalter zurück in das Ebenholzkästchen aus Port Said und blickte zufrieden auf den ersten, dicht beschriebenen Briefbogen. Ja, das fühlte sich richtiger an als ein Tagebuch, auch wenn es wohl nichts anderes war als das. Vermutlich würde sie Dutzende Briefe geschrieben haben, bevor sie diese in einem Versorgungshafen aufgeben könnte. Dann würde es weitere Wochen, wenn nicht Monate dauern, bis sie Sibylla erreichten. Ihre Freundin würde sich sicherlich freuen. Sie las gerne, ein Bündel Briefe war da nichts.

Bis Tilda Antwort von ihr erhielt, würden wiederum viele Monate vergehen, denn dafür brauchte es eine Adresse, und die hatten sie an ihrem Zielort noch nicht. Überhaupt fühlte es sich merkwürdig an, nicht zu wissen, wohin sie reiste, kein Bild von ihrem Ziel im Kopf zu haben. Bennet hatte ihr so viel beschrieben, doch es reichte nicht. Es blieb ein blinder Fleck, und sie hungerte danach, diese Leere mit Erlebnissen, Düften, Klängen und Bildern zu füllen.

# 36

*Ein halbes Jahr später, Dezember 1938*

Sibylla stand in ihrem Wohnzimmer und betrachtete zufrieden ihr Werk. Oliver hatte ihr bei der Einrichtung freie Hand gelassen, und sie wusste genau, was sie wollte. Ein Teil davon bestand aus Erinnerungsstücken an eine unbeschwerte Kindheit. Ihre Eltern besaßen einige alte Schränke, die aussahen, als könnten sie auch in einem Schloss stehen. Als Kind hatte sie hier oft ihrer Fantasie freien Lauf gelassen und gemeinsam mit ihrem Bruder Prinzessin und Ritter gespielt.

Die Schnitzereien zeigten Fabelwesen, gehörnte Männer und Greifen und waren Quell vieler fantastischer Abenteuer. Da die Eltern es ihr angeboten hatten, bildeten die antiken Möbel nun die Grundlage, auf der sie ihr eigenes Heim aufbaute. Im klaren Gegensatz dazu stand alles, was sie neu erworben hatte. Geradlinig waren die neu gekauften Tische und Stühle, die Küche groß, geräumig und praktisch. Auf den Fensterbänken standen Orchideen, eingerahmt von hellen, luftigen Vorhängen, die viel Licht hereinließen.

Sibylla verteilte drei winterliche Gestecke auf eine Anrichte und zwei Tische, dann kehrte sie in ihr Arbeitszimmer zurück. Auf dem großen Schreibtisch stand eine Schreibmaschine, daneben ruhten Büchlein voller Notizen und ein hübsches Foto von ihrer Hochzeit, das sie nach jeder dritten getippten Zeile ansehen musste.

Es verging kaum ein Tag, an dem sie Oliver nicht schrecklich vermisste. Ihr Leben war ein wenig einsam, denn abends kam er immer recht spät aus der Kaserne nach Hause. Immerhin kam er überhaupt nach Hause. Das war nur möglich, weil sie ein Häuschen in der Nähe gekauft hatten und Oliver ein flottes Auto besaß.

Wieder nahm sie die Fotografie in die Hand, die in einem schlichten goldenen Rahmen steckte. Ein Blümchen aus ihrem Brautstrauß war mit hineingeklemmt. Was für ein herrlicher Tag ihre Hochzeit gewesen war. Nur ein Wermutstropfen verlieh ihm einen winzigen Hauch von Bitterkeit. Ihre beste Freundin Tilda hatte gefehlt. Aber die Hochzeit verschieben, weil sie nicht dabei sein konnte, war auch keine Lösung gewesen. Tilda wusste ja nicht einmal selbst, wann sie wiederkommen würde.

Wie fesch ihr Oliver in seinem maßgeschneiderten Anzug ausgesehen hatte! Und wie glücklich er wirkte! Es strahlte sogar durch das Foto. Von Sibylla hatte es sicherlich bessere gegeben. Auf diesem sah sie gut aus, aber das Gefühl fehlte. Der Fotograf hatte einfach viel zu lange gebraucht, und ihre Schuhe hatten scheußlich wehgetan.

Aber sie hatte dieses Bild ja nicht ausgewählt, um bei der Arbeit sich selbst zu bewundern, sondern um Oliver zu sehen. Oliver mit dieser Mischung aus Lächeln und Stolz im Blick.

Angeblich habe er schon bei seiner ersten Begegnung gewusst, dass er sie heiraten wollte und es auch tun würde. Recht hatte er behalten und sich ihr Herz beharrlich erschlossen.

Nach ihrer Verlobung war alles sehr schnell gegangen. Oliver wollte keinen Moment ohne sie sein. Manchmal kam er ihr vor wie ein Getriebener, dabei hatten sie doch noch ein ganzes gemeinsames Leben vor sich!

Er überhäufte sie mit Aufmerksamkeit, machte ihr ständig kleine Geschenke, und es verging kaum ein Abend, an dem sie sich nicht liebten. Am Morgen war er manches Mal vor ihr wach und betrachtete sie im Schlaf, als wollte er sich jeden Moment mit ihr einprägen. Es war ihr fast ein wenig unheimlich. Zu viel von allem, wie ein zu süßer Kuchen, nach dem man erst sehr viel bitteren Tee trinken musste, um das nächste Stück zu vertragen. Daher war es vielleicht doch gut, dass sie zumindest die Tage ganz für sich hatte. So war sie am Abend wieder bereit für Oliver und die Liebe, mit der er sie überhäufte, als gäbe es kein Morgen.

Und wenn er recht hatte und sie wirklich bald auseinandergerissen wurden, weil es zum Krieg kam?

Sibylla kannte die Erzählungen ihrer Eltern und Großeltern in- und auswendig. Kein Mensch bei klarem Verstand konnte erneut einen großen Krieg mit Millionen von Toten wollen. Wozu das alles? Und trotzdem tönte der Kontinent vor lautem Säbelrasseln. Die Zeitungen waren mittlerweile voll davon, dabei hätte Sibylla am liebsten die Augen davor verschlossen.

Hitler. Soldatenaufmärsche. Aufrüstung, wohin man sah.

England musste vorbereitet sein, das war ihr bewusst. Aber warum musste ausgerechnet ihr Oliver so nah an der Gefahr sein? Sein Dienst würde nur noch ein Jahr andauern, dann sollte er als Junior in die Anwaltskanzlei seines Vaters einsteigen.

Es kam ihr wie ein Wettrennen vor. Ihr Mann musste aus dem Militär ausscheiden, bevor es schlimmer wurde. Er musste einfach!

Ihr Herz fühlte sich ganz starr und hart an, wenn sie auf die Fotografie und Olivers glückliches Gesicht blickte. Als legte es sich einen schützenden Panzer an, um sich gegen Leid und Trauer zu wappnen.

Sie stellte den Rahmen an seinen Platz zurück. Sie sollte arbeiten, ihr Abgabetermin würde sich nicht verschieben, nur weil sie ein mulmiges Gefühl im Bauch hatte.

Sibylla versuchte, sich mit Schreiben abzulenken. Mochte das Angstgefühl nicht länger erdulden, nicht an den Schatten erinnert werden, der über ihrer jungen Ehe hing.

Energisch zog sie ein vollgeschriebenes Notizbuch heran und klappte es auf. Im Sommer und Herbst war sie mit Oliver viel gereist. Es war keine richtige Hochzeitsreise, aber es hatte sich trotzdem wie eine angefühlt. Bis hinauf nach Schottland waren sie gefahren, um zu wandern, am weißen Strand von Durness zu liegen und in kleinen, romantischen Gasthöfen zu übernachten. Drei ganze Wochen lang hatten sie jede freie Minute miteinander verbracht. Wie durch ein Wunder hatte es keine Reibereien gegeben. Oliver und sie, das passte wie Schloss und Schlüssel.

Auf ihrer Reiseroute lagen allerlei bekannte Gärten und Anwesen. Dort führte Sibylla ihre Interviews, während ihr Ehemann die Zeit nutzte, um an Weihern und in Flüssen zu fischen. Von einem Mann aus einer derart wohlhabenden Familie hätte sie nicht erwartet, dass er sich abends an die rustikalen Bauernherde in den Cottages stellte und für sie beide seinen Fang in gusseisernen Pfannen briet.

Sie vervollständigte dann ihre Notizen, bevor sie sich gemeinsam mit einem Glas Wein hinaus in den lauen Spätsommer setzten.

Nun war es Winter geworden, mit all seinen Unannehmlichkeiten. Es regnete tagelang, war grau und ungemütlich. Die Gärten sahen in ihrem braunen Winterkleid alle ähnlich öde aus, und Sibylla reiste nicht mehr herum, um Menschen und ihre kleinen, selbst geschaffenen grünen Welten zu ergründen. Nun musste sie auf ihren Schatz aus dem Sommer zurückgreifen.

In dieser Woche würden es zwei Porträts sein. Eines für die Wochenendausgabe einer Londoner Zeitung, das andere für ein monatlich erscheinendes Magazin für ambitionierte Gärtner.

Sie spannte ein Blatt in die Schreibmaschine ein und begann, aus ihren Notizen einen ansprechenden Text zu erstellen. Vor ihrem inneren Auge entfaltete sich dabei eine Gartenlandschaft, die sie gut in Erinnerung hatte. Herrliche Gemüsebeete, geschmückt mit Dahlien und Rittersporn, lauschige Plätzchen unter blühender Klematis und eine fröhliche Schar schneeweißer Seidenhühner, die glucksend und pickend über den Rasen zogen. Ja, genau das wollten die Menschen lesen, während draußen Winterstürme ihr Unwesen trieben.

Sibylla wusste genau, wie wichtig diese ersten Reportagen für ihre Zukunft waren. Sie musste überzeugen, um sich eine Stammleserschaft zu erarbeiten und damit feste Verträge bei Zeitungen und Verlagen. Auch wenn es bei einem Ehemann vom Kaliber eines Oliver Sable für viele unbegreiflich schien, so gefiel Sibylla die Vorstellung, ihr eigenes Geld zu verdienen und nicht auf ihn angewiesen zu sein.

Das war auch der Schulgründerin Beatrix Havergal zu verdanken. Eine Frau sollte selbstständig sein, sich zur Not ernähren können. Nur so würde sie wahrlich aufrecht durchs Leben gehen und den Männern in die Augen blicken können, das hatte sie ihnen wieder und wieder gesagt.

Sibylla hatte die Schule verlassen, ohne die Examensprüfung bei der Royal Horticultural Society abzulegen. Der Abschluss war schlicht nicht nötig gewesen, denn sie würde niemals eine Anstellung als Gärtnerin anstreben.

Und doch, dachte sie mit einem Lächeln, hat Waterperry mein ganzes Leben geformt.

# Borneo

Es war Liebe auf den ersten Blick. Vor wenigen Minuten hatte der tropische Schauer genauso plötzlich geendet, wie er begonnen hatte. Nun war es, als würde unter einem dramatischen letzten Donnerklang ein Vorhang zur Seite gerissen. Von den Bäumen tropfte es noch, während bereits wieder Nebel aus dem dichten Unterbewuchs stieg und sich zu fädigen Wolken formte.

Tilda hatte nur noch Augen für das kleine Haus auf seinen Stelzenbeinen. Das mit Palmzweigen gedeckte Dach war gebogen, die Giebel ausgezogen wie der Bug eines Schiffes. Die Sonne brachte bemalte Schnitzereien zur Geltung, die sich geheimnisvoll um die Hauptpfeiler rankten. Eine breite Terrasse ragte über einen kleinen Gemüsegarten und ermöglichte sicherlich einen herrlichen Blick auf den Fluss, der sich träge durch den Urwald wand.

»Das ist es, dieses hier und kein anderes!«, sagte sie entschlossen.

»Tilda, du hast es doch noch gar nicht von innen gesehen. Es ist … rustikal, bestenfalls gibt es ein Plumpsklo.«

»Warum sind wir überhaupt hier, wenn es dir zu unbequem ist?«, erwiderte sie schnippisch, aber mit einem Lächeln.

Ihren klitschnassen Tropenhut zurechtrückend, gab sie dem einheimischen Führer ein Zeichen. Er nickte, und weiter ging es über einen Trampelpfad aus weichem, federndem Boden, zwischen Gräsern und Schlingpflanzen hindurch.

Winzige Orchideen reckten ihre grünlichen Blüten ins Licht und fanden weder bei Tilda noch Bennet Beachtung. Beide waren wie übersättigt von all dem Neuen und Wunderbaren, das sie seit ihrer Ankunft in Borneo zu sehen bekamen, ohne den echten Dschungel bislang auch nur betreten zu haben.

Die vergangenen Wochen und Monate waren mit einer freiwilligen Irrfahrt verstrichen, auf der sie in verschiedenen Ländern Markt um Markt abklapperten, aufkauften, was einheimische Sammler dort anboten, die Pflanzen verpackten und in Kisten nach England schickten. So viel und so schnell wie möglich, lautete die Devise. Das war die erste Aufgabe gewesen, die Bennets Sponsoren ihnen gestellt hatten. Diese Leute wollten exotische Pflanzen, keine ausgesuchten Raritäten, sondern vorerst Masse, die sich mit Gewinn weiterverkaufen ließ und Geld in die Kassen spülte. Von ihrem Erfolg in dieser Sache hing die Dauer ihrer Reise ab.

Und Tilda wollte reisen. O ja, und wie sie es wollte! Es kam ihr vor, als hätte sie wie ein Jagdhund Blut geleckt und könnte nun nicht mehr aufhören, immer schneller und immer tiefer in die Wildnis vorzudringen.

In den vergangenen Monaten kauften, sortierten und verpackten sie Kiste um Kiste voller Pflanzen. Vor zehn Tagen hatten sie die letzte aufgegeben, und damit endete endlich ihr Leben in den dreckigen, überfüllten Hafenstädten. Keine Übernachtung mehr in schmierigen Gasthöfen, in denen Rum und Opium traurigen Seelen ein Lächeln ins Gesicht zauberten. Ab jetzt würden sie sich ganz der Forschung und Entdeckung neuer und seltener Arten widmen.

Kaum hatte die letzte Kiste ihren Weg nach England angetreten, waren Tilda und Bennet mit einem kleinen Schiff nach Borneo übergesetzt.

Und hier waren sie nun, endlich frei!

Aus der Nähe sah das hübsche Häuschen viel größer aus, als Tilda erwartet hatte. Der Guide lief auf einen angelehnten Baumstamm zu, in den Stufen eingeschnitten waren.

Tildas Herz tat zwei entsetzte Schläge, dann fasste sie sich. Sie würde sich doch nicht davon aufhalten lassen, dass ihr neues Zuhause nur über eine behelfsmäßige Treppe zu erreichen war!

»Sei vorsichtig, Tilda«, rief Bennet seine übliche Mahnung, die sie inzwischen gar nicht mehr richtig hörte.

Die Treppe war wackelig, aber bei Weitem nicht so instabil, wie sie befürchtet hatte. Der Boden der Veranda gab ein wenig unter ihren Füßen nach. Sie wandte sich um und beobachtete Bennet dabei, wie er die Stufen erklomm. Tilda kannte ihn mittlerweile gut genug, um ihm an der steilen Falte zwischen seinen Brauen anzusehen, dass auch er sich konzentrieren musste.

»Schau nur«, sagte sie andächtig und blickte hinab. Der Ausblick war atemberaubend. Es war, als schaute sie aus dem Herz des Urwalds hinaus in die Welt. Unter ihnen lag goldbraun der Fluss, auf dem kleine Boote schaukelten. Dahinter begann die grüne Linie des Waldes, und weiter im Landesinneren erhoben sich dunkelblaue Berge, die ihre Köpfe bis in die Wolken streckten. »Hier will ich abends sitzen und meinen Tee trinken, Bennet.«

Er lächelte nachdenklich, dann nahm er ihre Hand, und sie betraten das Haus. Im Inneren war es recht dunkel, doch ihr Führer zeigte ihnen, wie sich Teile der Seitenwände, die nur aus geflochtenen Fasern bestanden, zur Seite schaffen ließen. Dann war es, als wären innen und außen nicht mehr voneinander getrennt.

»Diesen Raum könnten wir als Schlafzimmer nutzen. Der vordere dient zum Wohnen und Arbeiten, und gekocht wird draußen über offenem Feuer«, sagte Bennet und betrat einen kleinen, abgetrennten Bereich, in dem es zwei Schränkchen gab und Matten auf dem Boden lagen.

Tilda trat neben ihn. »Wir nehmen es«, flüsterte sie.

»Tilda …«

»Wir nehmen es und machen es uns wunderschön, du wirst sehen!«

*Liebste Freundin,
seit zwei Wochen bewohnen Bennet und ich nun unser Häuschen auf Stelzen. Ich wünschte, Du könntest es sehen. Es sieht aus, als wäre es einem Märchen entsprungen und von Elfen oder guten Geistern aus dem Wald geflochten worden. Kein einziges Teil ist aus Metall oder künstlich hergestellt. Die Menschen hier kennen keine Fabriken, keine Eisenhütten und dampfenden Züge. Der einzige Rauch entsteigt der eigenen Feuerstelle. Nur weit unten an der Küste steht eine Zuckerfabrik.
Als wir eingezogen sind, gab es hier nichts außer Wänden und Boden, Schnitzereien und einem kleinen Hausaltar für die verstorbenen Vorfahren der Menschen, die hier früher gelebt haben. Bislang haben wir es noch nicht über uns gebracht, ihn von hier zu verbannen. Es käme mir falsch vor, das Andenken an diese Leute zu vernichten. Und so hängt unser Herr Jesu neben den kleinen Figürchen und sieht mit gnädigem Blick auf sie herunter. Mittlerweile haben wir ein richtiges Bett in unserem Ehezimmer, dazu die allgegenwärtigen Fliegennetze, denn ohne sie hält man es hier nicht aus. Bennet hat sich einen Tisch zimmern lassen, wo nun Mikroskop und Schreibmaschine ihren Platz haben.
Ich selbst verbringe viel Zeit in den kleinen Gärtchen und Pflanzungen der Eingeborenen. Wahre Kunstwerke sind das, die das Nützliche mit dem Schönen verbinden. Ich wünschte, unsere Mrs Havergal könnte das sehen, sie wäre begeistert! Hier ist es immer warm, und ständig regnet es, wie im Treibhaus. Die Natur wuchert, Nutzpflanzen ebenso wie das Unkraut. Jeden Tag ziehen daher alle, die nicht fischen oder auf der Jagd sind, mit Hacken und Macheten los, um Lianen, Sämlinge und Leguane von den Pflanzungen zurückzudrängen. Ich begleite sie stets, stelle mich aber anscheinend etwas ungeschickt an, denn*

*ich höre, wie sie hinter meinem Rücken spotten. Natürlich verstehe ich kein Wort, aber der Ton macht die Musik. Böse bin ich ihnen nicht. Diese Menschen kennen keine Missgunst, Geiz oder Hass, sie sind reiner als wir.*
*Mein Bennet ist oft tagelang fort. Kostbares Sandelholz ist in den schier endlosen Urwäldern zu finden, und auf diesen alten Bäumen wachsen die schönsten Orchideen, Bromelien und Farne. Natürlich weit oben. Deshalb hat er sich die Holzfäller, die diesen Schatz ausbeuten, zu Freunden gemacht und zieht mit ihnen umher. Ich habe bereits eine dieser abenteuerlichen Expeditionen begleitet und werde wohl nie vergessen, wie mein Mann, der zuvor stundenlang geduldig wartete, bis ein Baum gefällt war, plötzlich losjagte, um wie ein geschickter Akrobat in den Ästen herumzuturnen und die schönsten Exemplare aus der Borke zu schneiden.*
*Damit Du es Dir vorstellen kannst: Das sind keine Bäume, wie Du sie von daheim kennst. Ihre Stämme sind so mächtig, darin könntest Du ein kleines Häuschen verbergen. Sie müssen Hunderte Jahre alt sein!*
*Bennet und mir tut es in der Seele weh, sie fallen zu sehen, doch wenigstens können wir einige Orchideen retten und sie heimbringen.*
*Mir gefällt es hier im Dorf besser, wo ich mich um unsere wachsende Sammlung kümmere. Ich habe Beete angelegt und experimentiere mit morschen Hölzern, auf die ich die Pflanzen aufbringe. Es ist fast wie eine kleine Baumschule, und ich bin stolz darauf, meine Anlage wachsen zu sehen. Meine Zeichenkünste sind nicht die besten, aber ich versuche, Dir unser Heim und die Aussicht von meiner Veranda zu skizzieren.*
*Wir sind hier ein wenig isoliert, wie aus der Welt gefallen. Nur hin und wieder erreichen uns Nachrichten aus der Heimat, wenn wir auf andere Reisende treffen. Die*

*Zeitungen sind meist viele Wochen oder gar Monate alt, aber was ich dort lese, beunruhigt mich. So erfuhren wir erst jetzt von den schrecklichen Angriffen auf jüdische Menschen und ihre Gotteshäuser im Deutschen Reich und den vielen Toten. Das geschah im November, nun haben wir bereits Januar. Was sagt unsere Regierung dazu? Das kann man doch nicht einfach so hinnehmen! Hält Chamberlain noch immer an seiner Beschwichtigungspolitik fest? Sieht er denn nicht, dass im Herzen Europas ein Monster heranwächst, das bald niemand mehr bändigen kann?*
*Es ist zum Haareraufen! Aber genug nun von der Politik. Wenn mein Brief Dich erreicht, wird alles schon wieder anders sein, besser, wie ich hoffe.*
*Dieses Schreiben wird eine Sendung für Deine Eltern begleiten, die hoffentlich ein gutes Wort für unser Geschäft einlegen werden. Die Pflanzen sollten überzeugend sein. Für Dich habe ich auch ein kleines Geschenk beigelegt. Bitte pass gut auf Dich auf.*
*Ich umarme Dich aus der Ferne und vermisse Dich schrecklich.*
*Deine Freundin Tilda*

# 37

Ein halbes Dutzend Stempel verteilten sich über jede der drei Holzkisten, die Sibyllas Flur verstopften und einen dumpfen Geruch von Erde und Moder verströmten. Sie waren durchnummeriert, und auf der mit der Nummer 1 stand mit Kohle und zudem mit einem Messer ins Holz geschnitten das Wort *Anschreiben*.

Ein Brief von Tilda, endlich ein Brief!

Doch er befand sich in dieser zugenagelten, miefenden Holzkiste, und Sibylla kam nicht heran. Sie hatte es halbherzig mit einem Brieföffner versucht, der schon nach dem zweiten Hebeln abgebrochen war. Nun stand sie bewaffnet mit einem Spaten vor der Kiste und rammte das Blatt in einen Spalt. Was musste sie für einen Anblick bieten! Eine junge Frau in einem eleganten Kleid, darüber ein ungefärbter Kittel. Das Haar hübsch frisiert, geschminkt war sie auch bereits, doch nun fühlte sie die Schweißperlen auf ihrer Nase kribbeln.

»Verflixt, Tilda«, grollte sie und lehnte sich mit ihrem ganzen Gewicht auf den Spaten. Die Holzkiste gab ein jämmerliches Geräusch von sich, und der Deckel bewegte sich ein kleines Stückchen.

»Ha! Besiege ich dich doch!« Sie suchte sich eine neue Stelle und wiederholte ihre Anstrengung. Herum und herum ging es, dann polterte der Deckel so plötzlich zu Boden, dass sie erschrak. Ein Nagel war davongesprungen und hatte einen hässlichen Kratzer in der Tapete hinterlassen.

Sibylla lehnte den Spaten an die Wand und blickte mit gerümpfter Nase in das Kistendunkel. Der Modergeruch war schier überwältigend. Die lange Reise hatte wohl einigen Pflanzen zugesetzt.

Den Geruch kannte sie seit Kindertagen. Stets hatte er Healey House erfüllt, wenn ihre Eltern Überseekisten von den Pflanzenjägern erhielten.

Sie stocherte in den Sägespänen herum. Dort war der Brief. Ihr Herz tat einen Satz. Endlich!

Zwei dicht beschriebene Seiten, die sie begierig in der guten Stube las, begleitet von Bleistiftzeichnungen. »Du machst mich noch ganz rührselig«, murmelte Sibylla, nachdem sie alles ein zweites Mal gelesen hatte, und tupfte sich eine Träne von der Wange. Beim Lesen war es ihr vorgekommen, als hörte sie die vertraute Stimme der Freundin im Kopf.

Die Kiste enthielt zudem ein Päckchen mit Geschenken für Sibylla und zwei vollgeschriebene Reisetagebücher. Hoffentlich würde sie bald dazu kommen, sie in aller Ruhe durchzulesen. Bislang hatten sie nur einmal kurz telegrafiert, Adressen und knappe Nachrichten ausgetauscht, als Tilda einige Tage in einem Handelsposten verbracht hatte.

Sibylla stand gerade mit einem bunten Seidenschal vor einem Spiegel, als ein Schlüssel in der Haustür klimperte.

»Du meine Güte!«, entfuhr es ihr, als Oliver hereintrat. Sie hatte die Zeit völlig vergessen, so sehr hatten sie Tildas Brief, die Kisten und Geschenke in Beschlag genommen.

Oliver trug seine Uniform, hatte die Mütze aber bereits abgenommen und stellte nun seine Tasche auf einer Anrichte ab. »Was ist denn hier los?«, fragte er irritiert und manövrierte sich um die Kisten herum, um seine Frau mit einem Kuss zu begrüßen. Seit einigen Tagen strich er ihr dabei über den Bauch, als begrüßte er ein weiteres Mitglied der Familie.

Sibylla war im vierten Monat schwanger, und heute würden sie endlich ihren Eltern die frohe Nachricht überbringen.

»Die sind von Tilda, entschuldige meinen Aufzug.« Sie musste wirklich lächerlich aussehen mit Kleid und Kittel und dazu den Seidenschals. Sie zupfte die Schleifen auf und legte den Kittel ab. Die Schals fanden auf einem Sessel Platz.

»Das stinkt, was ist denn da drin?«, erkundigte sich Oliver und spähte mit zusammengekniffenen Brauen in die geöffnete Kiste.

»Pflanzen.« Sibylla seufzte. »Pflanzen für meine Eltern.«

Oliver verdrehte die Augen, als er zu ahnen begann, was auf ihn zukam.

Mit Mühe und Not und einem nur dürftig zugebundenen Kofferraum fuhren sie schließlich mit einer halben Stunde Verspätung los. Sibylla hielt einen kleinen Stapel mit Magazinen und Zeitungen auf dem Schoß, in denen ihre neusten Reportagen abgedruckt waren.

Dies hatte ihr großer Tag werden sollen, und ein wenig grollte sie ihrer Freundin, dass die Kisten ausgerechnet heute angekommen waren.

»Ich ahne schon, wie unser Kaffeebesuch ausfallen wird«, seufzte sie und lehnte sich tiefer in den Sitz. Wie von allein fand ihre Hand den Weg zu ihrem Bauch und rieb kreisend darüber.

»Wie denn?« Oliver legte ihr kurz die Hand aufs Knie. »Sie werden sich doch mit uns freuen.«

»Pah! Ihren Kuchen herunterschlingen wie die Wölfe werden sie und sich dann auf unsere stinkende Fracht stürzen.«

»Dann sagen wir ihnen eben erst einmal gar nicht, was wir mitgebracht haben.«

»Oh, die würden es selbst dann herausfinden, wenn wir die Kisten an der Straße abstellen.«

»Lass dir nicht die Laune verderben, Liebes. Es sind deine Eltern, sie werden sich über die gute Nachricht freuen, und wenn sie sich auch über die Kisten freuen … dann sei es so. Im schlimmsten Fall schleichen wir uns davon, fahren nach Oxford und gehen etwas Köstliches essen. Ich will dieses Wochenende mit meiner geliebten Frau genießen.«

Da war er wieder, der Schatten, der hin und wieder über sie hinweghuschte. Die unausgesprochene Wahrheit, dass ihr Zusammensein endlich war und sie vielleicht bald schon allein in ihrem großen Haus, während Oliver ins Ungewisse zog.

»Recht hast du, wir machen uns eine schöne Zeit, du und ich und das Kleine.« Mit dem Gedanken an das winzige Leben, das in ihr heranwuchs, breitete sich eine Wärme in ihr aus, die sie früher nie empfunden hatte. Sibylla lächelte und blickte zu Oliver herüber, der konzentriert auf die Straße sah. Ob das Kind aussehen würde wie er? Ebenfalls zu einem geradlinigen, ehrlichen und liebevollen Menschen heranwachsen würde? Sie liebte es schon jetzt mehr, als sie je mit Worten hätte beschreiben können.

*Borneo, zwei Monate später*

Der Regen pladderte auf den kleinen Unterstand aus Segeltuch, der auf dem Boot aufgespannt war. Es rauschte, als stünden sie neben einem Wasserfall. Ströme ergossen sich an den Seilen hinab, die das Tuch hielten.

Tilda blinzelte, um die Tropfen auf ihren Wimpern loszuwerden. Sie stand zwar unter dem Schutzdach, doch der Regen fiel mit solch einer Wucht, dass ein Teil des Wassers als feiner Sprühnebel durch den Stoff drang und alles mit einer dünnen, glitzernden Schicht überzog. Tilda hatte sich an das Wetter in Borneo gewöhnt, auch wenn sie die schwülwarme Luft wohl nie lieben lernen würde.

Sie waren auf dem Rückweg von einer Expedition, die sie

tief ins Landesinnere geführt hatte. Allem vorangegangen waren lange Diskussionen, die regelmäßig in Streit gemündet hatten. Wieder einmal stand Bennets Sorge um Tilda zwischen ihnen. Er wollte nicht, dass sie sich in die Wildnis wagte, denn dort lauerten riesige Salzwasserkrokodile, giftige Schlangen, Bären und sogar wilde Schweine, die angeblich gefährlich werden konnten. Außerdem Piraten und verschiedene Eingeborenenstämme, die gerüchtehalber teilweise immer noch Kopfjagd betrieben.

Tilda war stur geblieben und hatte argumentiert, dass es nicht weniger riskant war, als Frau allein zurückzubleiben. Außerdem gab es auch in den Gärten giftige Spinnen, Schlangen und riesige Warane. Bennet hatte schließlich klein beigegeben, und in der Tat waren sie nur einigen Schlangen begegnet und hatten von Weitem ein paar Krokodile gesehen.

Zehn Tage lang waren sie unterwegs gewesen, um Sumpfgebiete und unendliche Urwälder zu erkunden, die sich an den Hängen der Berge erstreckten, die sie bislang stets nur aus der Ferne bewundert hatte. Tilda hatte seit dem Beginn ihrer Reise schon viel gesehen, aber die kleine Expedition, die hinter ihnen lag, übertraf alles.

Der Wald ließ sich kaum mit Worten beschreiben. Auf den ersten Blick war er pures Chaos. Ein Durcheinander von Farnen, Schlingpflanzen, Schösslingen, allerlei Blühpflanzen. Und dann die Bäume selbst. Jeder einzelne war wie eine eigene, in sich ruhende Welt. Ein Kosmos aus Rinde, Moosen und Flechten, Epiphyten, Ranken, kleinen, humosen Inseln in den Astgabeln, wo Gräser und Schösslinge sprossen. Sie ernährten eine Armee von Insekten, Säugetieren, Reptilien und schillernd bunten Vögeln.

Tilda hatte sich Zeit genommen, um diese Gemeinschaften zu studieren. Nach und nach entfaltete sich eine ganz andere Art der Ordnung, als es sie in einem Garten gab. Aber eine Ordnung war es. Das eine bedingte das andere. Diese

Mischung aus Chaos und Harmonie wollte sie irgendwann auf ihre eigenen Pflanzungen übertragen.

Bennet war ganz in seiner Sammelleidenschaft aufgegangen, und so kam es, dass das Boot bis in den letzten Winkel beladen war. In übereinandergestapelten flachen Kisten lagerten Hunderte Pflanzen. Morgen würden sie wieder zu Hause sein und mit der Bestandsaufnahme beginnen.

Tilda stieg der Duft von gebratenem Fisch in die Nase. Sie folgte dem Geruch bis zum Heck, wo eine junge Frau vor einem Feuerchen hockte, das sie in einer Metallkonstruktion entzündet hatte. Auf einem Gitter darüber briet Fisch. Nur hin und wieder fand ein Regentropfen hinein und zischte in den Kohlen. Gegarte Knollen und ein scharfer Eintopf standen zum Warmhalten daneben. Tilda gestikulierte der lächelnden Köchin, dass es gut duftete und sie hungrig war, dann lachten sie beide. Tilda wusste nicht viel über die zarte Schönheit mit dem langen dunkelbraunen Haar. Nur dass sie Eseha hieß, die Frau des Bootseigentümers war und sich an Bord um das Essen sowie um die Hühner und Enten kümmerte, die in kleinen Käfigen mitgeführt wurden, Eier legten und manchmal selbst im Topf landeten.

Eine Bastmatte mit Kissen lag bereit. Dort würden sie bald alle sitzen und das Mahl teilen.

»Ich hole Wasser«, erklärte Tilda, ließ eine Geste folgen und ging dann zu einem Fass, in dem sie das Regenwasser sammelten, das von der Plane herunterlief.

Der Schauer war fast zu Ende, und die dunkeln Wolken machten dem nächsten Akt in diesem sich ewig wiederholenden Schauspiel Platz. Die Sonne brach durch die Wolkendecke, und für einen Augenblick war es klar und der Himmel strahlend blau. Doch schon bildete sich Wasserdampf. Wie Geistergestalten stieg er aus dem Urwald beiderseits des Flusses auf. Zwischen den Wipfeln schrillten Vogelgesänge. Brüllaffen machten ihrem Namen alle Ehre.

Tilda starrte einen Augenblick hinaus in diese exotische Welt, von deren Existenz sie noch vor zwei Jahren nicht einmal gewusst hatte, und versuchte, sich alles genau einzuprägen. Die Schönheit der Landschaft, die feuchte Wärme auf ihrer Haut und den unbeschreiblichen Geruch von Grün und Erde, der hier so anders war als zu Hause in England.

Tilda schöpfte mit einer bereitstehenden Blechkanne Regenwasser aus dem Fass und fischte einen ertrunkenen Schmetterling heraus. Auf der Oberfläche blieb eine Spur feinen blauen Puders zurück. Sie überlegte kurz, die Kanne auszuleeren und neu zu schöpfen, dann tat sie es mit einem Schulterzucken ab. Wer wusste schon, was für unliebsame Überraschungen das Fass sonst noch bereithielt? Im Dschungel hatte sie sich an vieles gewöhnt, dabei war sie zuvor schon nicht zimperlich gewesen.

Also kehrte sie zur Köchin zurück, stellte den Krug neben die Bastmatte mit den Kissen und sah sich dann nach Bennet um. Er saß an einem Klapptisch und betrachtete etwas mit einer Lupe. Beim Näherkommen sah sie, dass es sich um eine weitere Orchideenblüte handelte.

»Bennet«, sagte sie leise.

Er blickte auf. Seine grünen Augen schienen die Farbe zu wechseln, heller zu werden, wie immer, wenn er Tilda auf diese Weise ansah. »Schon wieder eine Neue«, beantwortete er ihre ungestellte Frage. »Ich glaube, es gibt auf dieser Insel noch Tausende unbeschriebene Arten, viel mehr, als in einem Forscherleben zu schaffen wären. Was hast du da?«

Tilda blickte auf ihre Hand hinab, den ertrunkenen Falter hatte sie beinahe vergessen. »Aus dem Wasserfass.« Sie seufzte. »Es gibt bald Essen.«

»Aber hoffentlich keine Faltersuppe«, erwiderte er nüchtern.

Tilda musste lachen. »Schau nur, wie schön er sogar noch im Tode ist.«

Bennet stand auf und reckte sich. Er hatte schon seit dem Morgen an diesem Tischchen gehockt, während Tilda es genoss, die vorbeiziehende Landschaft zu beobachten. Für sie war alles noch so neu und aufregend.

»Wir sollten ihm eine Seebestattung gönnen«, meinte Bennet, legte Tilda einen Arm um die Schultern und gab ihr einen Kuss auf die Wange.

Gemeinsam traten sie an die niedrige Bordwand. Schlammbraun und trüb zog das Wasser vorbei. Tilda streckte die Hand aus und ließ den kleinen Leichnam fallen. Auf ihrer Hand blieb ein schillernder Abdruck zurück.

»Adieu«, sagte sie leise.

Der Falter kreiselte auf dem Wasser, als auch schon ein dunkler Schemen heranhuschte und das Insekt verschlang.

»Das ging aber schnell. Wir hätten ihn als Köder zum Angeln benutzen sollen.«

»Bennet!«, protestierte sie halbherzig.

Flügelrauschen und Vogelgeschrei lenkte sie ab. Eine Schar von Reihern stob aus den Bäumen auf, wo ein verwunschener Nebenarm in den Hauptstrom mündete. Tilda versuchte zu erkennen, was die großen Vögel erschreckt hatte, und entdeckte einen Bootsrumpf, der sich durch das Schilf schob.

Sonnenlicht brach sich auf Metall.

»Schau …«

Ein Schuss krachte. Tilda spürte, wie Bennet neben ihr zusammenzuckte. Offenbar hatte er sich noch mehr erschrocken als sie.

»Tilda …«, stammelte er. Seine Stimme klang seltsam hohl.

Dann entdeckte sie den grellroten Blutfleck, der sich rasch auf seinem hellen Tropenhemd ausbreitete, und begann zu schreien.

# 38

*London, Mai 1939*

Die Chelsea Flower Show öffnete ihre Tore für das Publikum, und Sibylla war unter den Ersten, die hineinströmten. Es würde ein heißer Tag werden, und sie fühlte sich mit ihrem dicken Bauch so unbeholfen und elend, dass sie sich nur in den kühleren Morgenstunden umsehen würde, solange noch Platz auf den Wegen war und sie keine Angst haben musste, dass sie jemand anstieß oder anrempelte.

Seitdem sie fühlen konnte, wie sich das Kind in ihrem Bauch bewegte und drehte, war sie noch besorgter um sein Wohl. Denn sie liebte es bereits von ganzem Herzen.

Sie wurde von ihren Eltern begleitet, Oliver hatte bedauerlicherweise nicht freibekommen. Europa war in Aufruhr, und ein Krieg schien inzwischen nahezu unvermeidlich. Überall Aufrüstung, Truppenaufmärsche. Landkarten wurden durch Gewaltakte und politische Schachzüge neu geordnet. So waren deutsche Truppen in die Tschechoslowakische Republik einmarschiert. Während sich der slowakische Teil in die Unabhängigkeit rettete, hörte der tschechische auf zu existieren. Das war Mitte März geschehen. Eine Woche später rang Hitler Litauen das Memelland ab. Die Politik blieb erschreckend still. Amerika protestierte förmlich gegen die Annexion Böhmens und Mährens. Chamberlain gab die britische Beschwichtigungspolitik nicht auf, konnte sich aber gemeinsam mit Frankreich dazu durchringen, eine Garantieerklärung für Polen abzugeben, auf das Hitlers Nationalsozialisten nun ihren gierigen Blick richteten.

Italien, das mit dem Deutschen Reich verbündet war, hatte vor drei Wochen Albanien attackiert und es nach einem kurzen Feldzug eingenommen.

Oliver schlief kaum noch. Er kannte kein anderes Thema mehr als die vielen Brandherde, aus denen jederzeit eine Feuersbrunst entstehen konnte. Sibylla wurde ganz mürbe von dem vielen Gerede um Krieg und Gefahr und beneidete ein wenig ihre Freundinnen, die einfach in den Tag hineinlebten und deren größte Sorge darin bestand, welcher Adelige es auf die erste Seite der Klatschpresse schaffte.

Sibylla versuchte, sich zumindest am heutigen Tag von allen schweren Gedanken frei zu machen. Sie war fest entschlossen, diesen Tag auf der Flower Show gemeinsam mit ihren Eltern zu genießen, auch wenn sie dieses Jahr dem Kind zuliebe den großen Andrang vermeiden wollte.

Die Mutter lächelte über Sibyllas ständige Sorge um das Ungeborene. Doch sie konnte es auch nachfühlen, denn das erste Kind war immer etwas ganz Besonderes, sagte sie. Es forme eine Frau, mache sie zu einem anderen Wesen.

»Ich möchte gern bei Mrs Havergal vorbeischauen«, erklärte Sibylla, sobald sie das Gelände betreten hatten. »Treffen wir uns in einer Stunde dort wieder?«

Sie wusste genau, dass ihre Eltern zuallererst Freunde aus ihrer botanischen Gesellschaft treffen wollten, um ihnen von den Orchideen zu berichten, die Tilda und Bennet geschickt hatten.

Sibylla vermisste ihre Freundin von Herzen. Bedauerlicherweise hatte Tilda das Datum ihrer Rückkehr noch mit keinem Wort erwähnt, was nur bedeuten konnte, dass es noch lange dauern konnte. Dabei sollte sie doch Patentante werden!

Sibylla lief an einigen Schaugärten vorbei und verschaffte

sich einen Überblick. Zu den besten würde sie zurückkehren und ihre Schöpfer interviewen. Sie war schließlich nicht nur zum Vergnügen hier. Mindestens fünf Artikel galt es zu verschiedenen Themen zu schreiben.

Wasser plätscherte und übertönte bald den Lärm der Stadt. Sibylla fühlte sich wie magisch angezogen. Der Schaugarten, der es ihr besonders angetan hatte, verband strenge Symmetrie spielerisch mit der Wildheit der Natur. Blühender Lavendel brach die strengen Linien einer Trockenmauer. Steinbrech und rosa blühende Dickblattgewächse krallten sich in die Lücken.

Zentral lag ein rechteckiger Teich mit einer einzelnen Seerose. Wie Juwelen schwammen darin metallisch schimmernde silberne Koikarpfen. Sibylla stützte sich auf die Umzäunung, um die Fische zu beobachten. Dieser Garten war ein Meisterwerk. Eine Mischung aus einem klassizistischen Arrangement und einem wilden Bauerngarten. Mehrere Namen möglicher Schöpfer huschten durch ihren Kopf. Dann blickte sie auf die Namenstafel und erstarrte. *Francis Boyle* stand dort und darunter der Name des Landschaftsarchitekten, für den er arbeitete.

Sibylla wandte sich hektisch zum Gehen. Sie durfte ihm nicht begegnen.

»Sibylla?«

Sie hatte gerade erst zwei Schritte gemacht. Wenn sie jetzt so tat, als hätte sie ihren Namen überhört …

Eine Berührung am Arm, die ihr eine Gänsehaut bescherte.

»Miss Healey!«

Sie fuhr herum. »Mein Name lautet Sable«, sagte sie kühl und fühlte, wie sich ein eiserner Panzer um ihr Herz schloss.

Da war er. Francis. Und er sah noch genauso aus, wie sie ihn in Erinnerung hatte. Etwas reifer vielleicht, das Haar kürzer geschnitten und gescheitelt. Er benutzte noch immer dasselbe Rasierwasser. Vermischt mit dem Duft seiner Haut löste es etwas in ihr aus, das nicht sein durfte. Etwas, das tief vergraben und mit einem Stein beschwert gehörte, damit es nie wieder ans Licht kam.

Licht brach sich in seinen wundervollen Augen, als er erst ihr Gesicht musterte und dann unweigerlich ihren geschwollenen Bauch. Ein Hauch von Bitterkeit verformte seinen Mund.

»Geht es dir gut?«, fragte er.

Sibylla nickte. In ihrem Hals saß ein Stein, an dem sie zu ersticken drohte.

»Liebst du ihn?«

»Ja«, sagte sie leise und ergänzte in Gedanken: Aber nicht so wie dich. Weil ich nie wieder einen Mann so lieben werde wie dich.

In Francis' Augen glitzerte es verräterisch.

»Du hast den schönsten Garten«, sagte sie und starrte ihn dabei an, als wäre ein Bann über sie gefallen. Sie hatte geglaubt, sie sei mit Oliver so glücklich, wie ein jungvermähltes Paar es nur sein konnte. Dass sie zumindest seit der Schwangerschaft endgültig über Francis hinweg war.

Sie hatte sich getäuscht. Ihn zu sehen, tat weh wie eine offene Wunde. Sie wollte fort von ihm, während sich ein anderer Teil von ihr wünschte, ihm nah zu sein. Er sollte sie in die Arme nehmen und ganz fest halten, während sie ihr Gesicht in seine Halsbeuge schmiegte. Wie es wohl gewesen wäre, ihn zu heiraten statt Oliver? Wären sie miteinander glücklich geworden? Ganz bestimmt sogar.

Francis sah sie an, als wüsste er genau, was sie dachte.

Dann räusperte er sich. »Wir könnten einen Tee …«

Schlagartig wurde sie aus ihren Gedanken gerissen. Ihre Begegnung durfte keinen Moment länger fortdauern. »Nein, Francis, ich muss jetzt gehen. Leb wohl!« Durch Sibyllas Bauch fuhr ein scharfer Schmerz, der sie taumeln ließ. Francis versuchte, sie zu stützen, doch sie schlug seine Hand fort. Sie musste fort, fort von ihm und all dem, was aus ihr herauszubrechen drohte.

»Ich kann dich nie wiedersehen!«, fauchte sie ihn an.

Er fuhr zurück, als hätte sie ihn geschlagen, und blieb stocksteif stehen, während sie sich an einem erschrocken dreinblickenden Besucherpaar vorbeidrängte.

Sie begann zu laufen.

Lief, bis der Schmerz so heftig an ihr riss, dass ihr schwarz vor Augen wurde.